Knaur.

Knaur.

Im Droemer Knaur Verlag sind bereits
folgende Bücher der Autorin erschienen:
Linas Kinder
Die Reise nach Westen

Über die Autorin:
Toril Brekke, geboren 1949, ist eine der bekanntesten norwegischen Autorinnen und seit 1992 Vorsitzende des PEN-Clubs ihres Landes. Seit mehr als zwanzig Jahren schreibt sie Romane und Erzählungen sowie Kinder- und Jugendbücher. Nach »Elises Traum« liegt mit »Die Reise nach Westen« die Fortsetzung ihrer norwegischen Auswandererttrilogie vor. Die Autorin schreibt gerade am dritten Band.

Toril Brekke

Elises Traum

Roman

Aus dem Norwegischen von
Gabriele Haefs

Knaur Taschenbuch Verlag

Die norwegische Originalausgabe erschien unter dem Titel
»Drømmen om Amerika« bei Aschehoug, Oslo.

Besuchen Sie uns im Internet:
www.knaur.de

Vollständige Taschenbuchausgabe Mai 2010
Knaur Taschenbuch

Ein Unternehmen der Droemerschen Verlagsanstalt
Th. Knaur Nachf. GmbH & Co. KG, München

Redaktion: Viola Eigenberz
Umschlaggestaltung: ZERO Werbeagentur, München
Umschlagabbildung: mauritius images / Workbookstock
Satz: Adobe InDesign im Verlag
Druck und Bindung: CPI – Clausen & Bosse, Leck
Printed in Germany
ISBN 978-3-426-63859-0

2 4 5 3 1

Vorwort

Die Wikinger waren die ersten Abenteurer, Eroberer und Träumer, die die norwegischen Gewässer verließen und an der Küste Amerikas landeten. Die nächsten Norweger, die den Atlantik überquerten, befanden sich vermutlich im 16. Jahrhundert an Bord niederländischer Schiffe. Als Manhattan im 17. Jahrhundert den Indianern abgekauft wurde, war ein norwegischer Dolmetscher im Einsatz. Aber erst im 19. Jahrhundert wurde die Auswanderung zu einer Woge, die sich von einem Kontinent zum anderen bewegte. Über achthunderttausend Norweger emigrierten in den hundert Jahren zwischen 1825 und 1925.

Viele Autoren haben die Erlebnisse dieser Pioniere geschildert. Aber jede Zeit liefert neue Einblicke in die Geschichte. Zu meinen Zielen mit diesem Roman gehört es zu zeigen, was Norweger möglicherweise, im Guten wie im Bösen, dazu beigetragen haben, dass die USA zu dem geworden sind, was sie heute sind.

Ich setze am Anfang der Woge an. Nein, ich setze einige Jahre zuvor an, um zu erklären, aus welchen Verhältnissen heraus die Ersten diese harte Überfahrt wagten. Wir kennen die Namen der ersten Auswanderer. Alle kommen in diesem Buch vor, ob mit Namen oder nicht, als authentischer Hintergrund. Im Vordergrund stehen andere. Ganz hinten im Buch werde ich in der Personengalerie klar zwischen Dichtung und Wahrheit unterscheiden.

Meine Vorarbeiten zu diesem Buch bestanden aus Lesen und Reisen und wieder Lesen. Ich bin unter anderem den ersten Auswanderern gefolgt, habe ihre Route genommen, habe dort gestanden, wo sie die ersten Häuser errichtet haben, habe die Aussicht bewundert. Ich habe in Rochester im Staate New York das Grab des Anführers Lars Larsen aus Jeilane fotografiert. Und ich habe andere Siedlungen aus dieser ersten Periode besucht, bin durch vom norwegischen Einfluss geprägte Kleinstädte geschlendert, habe Auswanderer der siebten Generation kennengelernt, bei denen nostalgische Bilder der armseligen Bauernhäuser ihrer Ahnen an den Wänden hingen. Ich habe Geschichten von Mühsal und Sehnsucht gelauscht, vom Kampf um das Überleben, von Phantasie, Improvisation und Sieg. Wenige Nationen haben mich mehr fasziniert als die USA.

Toril Brekke
Liholt, Juni 2006

Teil I

Das Land Kanaan

1. Kapitel

Über Geschehnisse in Krieg und Frieden, über Glaubenszwang, Qualen und Wahnsinn, und über den Traum von einem besseren Leben, gelebt von Menschen in der Umgebung von Stavanger zu Beginn des 19. Jahrhunderts

Zugang zum himmlischen Licht

Håvard sass im dritten Jahr dort, fieberheiß im Inneren eines Gefängnisschiffes. Schon lange glitten die Tage für den Jungen ineinander, schon lange zählte er Tage und Monate nicht mehr. Die Welt war ein stinkendes Halbdunkel aus Verwünschungen und Geschrei, aus grobem Lachen, Seufzen und Stöhnen. Die Flüche wurden in Sprachen ausgestoßen, die er nicht beherrschte. Zuerst hatte er alles für Englisch gehalten, später hatte er gelernt, anhand des Klangs und des Gebrauchs von Stimme und Kehle die eine von der anderen zu unterscheiden, es musste sich um zwei Sprachen handeln, Englisch und eine andere, eine für die Wächter und eine für die Gefangenen, und auch wenn er den Inhalt nicht begriff, so erfasste er doch, dass sie grob und voller Spott waren. Er wollte diese Sprachen nicht lernen. Er brauchte sie nicht. Er brauchte überhaupt nichts. Er hatte nur einen Gedanken: sterben zu dürfen.

Zwölf Jahre alt war er gewesen, als er hergekommen war, jetzt war er fast fünfzehn, ohne das zu wissen, ohne daran gedacht zu haben, dass er unterwegs dreizehn und vierzehn geworden war. Er sah nicht die zu klein gewordenen Lumpen an seinem

Leib, er sah den Friedhof zu Hause. Er ahnte die Kirche mit Blick auf das Meer dahinter, aber in seinen Gedanken war die Kirche grau, nicht weiß, wie er doch wusste, dass sie es gewesen war. Und das Meer war in seiner Erinnerung niemals hell und glitzernd, es war nur grau, wie in einer ewigen Dämmerung. Dieses Bild sah er, und die Kreuze mit den Namen seiner Eltern. Dorthin wollte er. Zu Mutter und Vater. Unter die Erde. Und in den Garten des Paradieses.
Håvard hörte den Lärm, der ihn umgab, nur noch als fernes Dröhnen, er hörte nicht die Geräusche der Männer, die sich ihrer körperlichen Abfälle entledigten, oft unter argen Schmerzen, er war erfüllt vom Gesicht seiner Mutter. Das lag im Schatten. Aber sie lächelte, auch wenn ihr Lächeln vielleicht eher eine Gewissheit war als etwas, das er sah. Und er dachte an die Worte des Pastors, jedenfalls an das Gefühl, mit dem sie ihn erfüllt hatten; gut war sie gewesen, voller Fürsorge für die Ihren.
Jetzt war sie bei Gott. Bei Gott, der das Licht war. Das hatte der Pastor bei der Beerdigung gesagt. Håvard hatte gewusst, dass es stimmte, denn der Pastor gehörte zur Kirche, und an keinem anderen Ort war Håvard wie dort von gutem Licht erfüllt gewesen. Der Lichtschein am Himmel hatte in ihm gelebt, als er dort auf der harten Holzbank saß, das Himmelslicht über Jæren und Klepp. Viel mehr war es als etwas, das sich in ein Fenster einrahmen ließ, die ganze große Himmelsfläche hatte ihn in der Kirche gefüllt.
An den Wochentagen hatte er nach unten blicken müssen, nicht nach oben. Die Arbeit lag bei den Füßen, oder bei den Knien oder den Knöcheln, je nachdem, ob gejätet oder gemäht werden musste, geerntet oder gesät. So hatte er der Mutter geholfen, die Handdienste hatte leisten müssen. Trotzdem hatten sie nach der ganzen Mühe nur wenig nach Hause tragen können. Håvard jedoch hatte nur selten über Hunger geklagt, denn die Mutter sollte nicht wissen, dass er litt, und dann auf die

Idee kommen, seinetwegen zur Diebin zu werden. Sie stahl Kartoffeln bei dem Bauern, dessen Kätner sie waren. Später schickte sie den Sohn aus. Er sollte die Pflanze vorsichtig aus dem Erdreich ziehen, zwei Knollen abbrechen, nicht mehr, die Pflanze dann wieder in den Boden stecken und die Erde festdrücken.

Er hatte sich dann überhaupt nicht wohl in seiner Haut gefühlt, als sie das Kartoffelfeld abernten sollten, auf das er sich nur eine Woche zuvor geschlichen hatte. Er hatte zum Feldrand hinübergeschielt, wo sie standen, diese Pflanzen, denen er etwas geraubt hatte, sahen sie nicht welker und schlaffer aus als die anderen? Die Knollen hatten ihn wirklich satt gemacht. Aber es hatte doch nicht geholfen, denn die Seuche hatte seine Schwestern geholt. Und am Ende hatte die Krankheit ihm auch die Mutter genommen. Der Vater war einige Zeit zuvor auf dem Meer geblieben.

Und Håvard sehnte sich nach der Wärme in der Erde und nach der Leiter, die in den Garten des Paradieses führte.

Andere Wünsche hatte er nicht, er wollte nur fort von den Lebenden, um das Schöne wiederzufinden. Er hatte den Willen eingebüßt, seine Essensrationen zu verstecken und in kleine Portionen einzuteilen, bis es neue gab. Er aß das wenige, das sie bekamen, wenn sie es bekamen. Das reichte, um ihn im Bauch des Gefängnisschiffes zu halten. Aber er nahm den Gestank nicht mehr wahr. Er spürte das Rucken des Schiffsrumpfes, wenn ein Unwetter heraufzog, nicht mehr. Er registrierte Geschrei und grobes Lachen nicht mehr. Er sehnte sich nach dem Gotteslicht, wo es Vögel gab, und Engel. Mit dem winzigen Rest an Kraft, der ihm noch blieb, sehnte er sich.

Manchmal, in verwirrten Augenblicken, konnte Håvard zusammenzucken, wenn ein Engel sich zu nähern schien. Aber dann war es doch nur ein Wärter mit einer Fackel oder einer Laterne. Und das Licht, das auf diese Weise entstand, konnte doch nicht aus dem Paradies stammen, denn es zeigte nichts Schönes, nur arme Erdenwürmer, einmal einen Knochenhaufen in einer seltsam verzerrten Stellung, einen Toten.

Wie Thøger.

Es war Thøger gewesen, der ihm die Heuer besorgt hatte. Håvards einziger Onkel. Er war am Abend vor der Beerdigung der Mutter aufgetaucht und hatte eine Lammkeule auf den Tisch geworfen, an dem der junge Håvard saß und weinte. Hör auf zu flennen. Iss die guten Sachen. In fünf Tagen geht's auf See.

Thøger hatte die Habseligkeiten der Toten durchgesehen. Das, was des Mitnehmens wert war, füllte nicht mehr als zwei Friessäcke. Dann brachen sie auf, ohne sich umzusehen. Das hatte der Onkel so gesagt: Dreh dich nicht um. Die Bilder, die du in dir trägst, sind schöner als das, was du hier siehst.

Es war ein Regentag gewesen.

Sie wollten auf Kaperfahrt gehen. Wer einen Kaperbrief hatte, konnte jedes englische Schiff entern und ausrauben, hatte der Erwachsene gesagt. Konnte das stimmen? Der Junge hatte gewagt, am Beerdigungstag den Pastor zu fragen.

Nein, die Kaperfahrt verstieß durchaus nicht gegen das Gebot des Herrn. Denn der Herr hielt zu den Seinen, und in diesem Fall waren die Seinen das dänisch-norwegische Reich. Schließlich hatten die englischen Teufel die dänisch-norwegische Flotte gestohlen oder an der Reede in Kopenhagen versenkt; da hatten sie ja wohl nichts anderes verdient, als dass man sich ein wenig zurückholte. Die Kaperer waren doch eine Art Soldaten in Diensten ihres Königs, wenn sie versuchten, den Feind zu schwächen, und das war jedenfalls eine gute Tat.

So viele neue Wörter für Håvard.

Außerdem war da das Getreide, erklärte Thøger, als sie an Inseln und Schären vorbei in Richtung Christiansand glitten, wo die »Blaa Bris« mit Holz beladen wurde und auf sie wartete.

Getreide?

Habt ihr denn nicht gehungert?, fragte Thøger.

Das hatten sie immer schon, wusste Håvard.

Aber es sei möglich, dass es besser werde, teilte ihm der andere mit, trotz der Missernten. Es könnte Getreide aus Dänemark kommen. Es würde Getreide aus Dänemark kommen.

Sie saßen im Sonnenschein an Deck und hatten frei, und der Onkel zwirbelte seinen feschen Schnurrbart und erzählte von englischen Kreuzern. Im April dieses Jahres waren sie zur Reede von Fladstrand im nordöstlichen Jütland gesegelt und hatten nicht weniger als zehn Schiffe geraubt, die mit Getreide nach Norwegen unterwegs gewesen waren.

Über zehntausend Tonnen, sagte Thøger.

Die »Blaa Bris« sollte diese Schandtat rächen. Die »Blaa Bris«, die weit in die Ostsee hineingefahren war, mit Thøger als Zimmermann, die niederländische und spanische und portugiesische Häfen angelaufen hatte, aber das war, ehe Napoleon dort hinten in Frankreich seine kaiserliche Gewalt errungen hatte. Jetzt sollte das Schiff nur nach Jütland fahren, um Getreide zu holen, und wenn ihnen unterwegs ein englisches Schiff begegnete …

Der Kapitän hatte ihn gemessen. Groß für sein Alter, hatte er gesagt. Aber dünn.

Aber es wird doch ein Matrose gebraucht, hatte Thøger in fragendem Tonfall erklärt.

Ich brauche einen Matrosen, hatte der Kapitän bestätigt und die Hand des Jungen ergriffen, um die Heuer zu bekräftigen.

Die Arbeit als frischgebackener Decksjunge war härter als alles, was Håvard je erlebt hatte. Aber zugleich war sie ein Abenteuer. Unter vollen Segeln bei frischer Brise in See zu stechen und von allem zu träumen, was es auf den Schiffen geben könnte, die sie entern würden. Räucherschinken. Gold von einem Kapitänshals. Schöne Trinkgläser, die grünlich schimmerten und durch die man hindurchblicken konnte.

Thøger prahlte damit, einmal in Lübeck solche Gläser gesehen zu haben. Außerdem hatte er eine Bank gesehen, die von einem großen Schiff stammte; sie stand in der guten Stube des Großbauern und war mit weichem, tiefrotem Stoff bezogen und hatte Armlehnen aus einer dunklen Holzsorte, die nicht auf Jæren oder im Hinterland wuchs. Die Bank war aus einem Wrack geborgen worden, aber sie hätte ebenso gut aus einem gekaperten Schiff stammen können, hatte Thøger gesagt, wie es sich mit vielen Dingen in den wohlhabenderen Häusern an der Küste verhielt, hatte er ebenfalls gesagt.

Aber dann waren sie selbst überwältigt worden, mit Waffen erwartet und gefangengenommen. Thøger war im Tumult ins Meer gestürzt und verschwunden. Håvard war von einem harten Gegenstand am Kopf getroffen worden und konnte sich erst wieder an den Moment erinnern, als er sich im Gestank unter einem Deck befand. Waren der Kapitän und die anderen ebenfalls ertrunken? Er wusste es nicht. Und er hatte keine Ahnung, wo er sein mochte. Die Schmerzen im Kopf verschlugen ihm die Gedanken, er konnte sich Flocken aus geronnenem Blut von der Schläfe kratzen. Später war das Erbrechen das Schlimmste, und der Durchfall, der sich einfach nicht legen wollte, bis das Fieber den Jungen benommen machte.

Rosing hieß der Mann, der Håvard als Erster seit vielen Jahren in einer Sprache ansprach, die dieser verstehen konnte. Er kam von draußen, mit einem kleinen Ruderboot vom Land her, und kletterte die Leiter in dünnen Schuhen mit Sohlenleder hoch, das ihn auf dem glitschigen Deck herumrutschen ließ. Das geschah im Frühling des Jahres 1811. Rosing war Pastor an der dänisch-norwegischen Kirche in London. Nach langem Briefwechsel mit der Admiralität war ihm die Erlaubnis erteilt worden, Gefängnisschiffe und Lager an Land aufzusuchen, um mit seinen Landsleuten zu sprechen und ihnen zu größerem Seelenfrieden zu verhelfen. Er brachte Seifenstücke und Bibeln mit. Einmal hatte er auch Kämme und ein Rasiermesser bei sich. Vor allem besuchte er die Gefängnisschiffe, die an der Themsemündung bei Chatham lagen, aber auch in Plymouth und Portsmouth, in Reading und Greenlaw Depot war er gewesen. Einmal hatte ein Gefangener ihm ein Bein gestellt, und er war ins Dunkel gestürzt, außerhalb des Lichtkegels der Laterne, die der Wärter hielt, er hatte Finger an seinem Leib gespürt, Gefangenenfinger wie kratzende Rattenkrallen. Es waren französische Finger. Die französischen Gefangenen wurden besonders schlecht behandelt, natürlich wurden sie das. Aber Rosing sollte ja nicht sie trösten. Trotzdem bewegte er sich zwischen ihnen, für den Fall, dass unter den Fremden ein seltenes Mal ein Norweger oder ein Däne lag.

Wie Håvard.

Rosing befand sich auf einem ausrangierten Kriegsschiff, als ein Wärter ihn zu einem sich im Fieberwahn wälzenden Jungen führte.

Er redet hier mit niemandem, erfuhr der Pastor.

Rosing sprach die benommene Gestalt an.

Wie alt bist du denn wohl, mein Junge?, fragte er versuchsweise.

Zwölf, wurde geantwortet, mit geschlossenen Augen, ohne nachzudenken.

Das kann ja wohl nicht stimmen, dachte Rosing, als er sich über ihn beugte, dass der Junge erst zwölf ist. Aber ein Norweger war er offenbar. Und deshalb wurde Håvard auf das Schiff »Fyn« überführt, wo er wie eine willenlose Puppe gewaschen wurde, wo ihm die verfilzten Haare geschnitten und gekämmt wurden und er neue Kleider bekam anstelle der alten, aus denen er herausgewachsen war. Sie war safrangelb, die Gefangenenkleidung. Sie bestand aus Hose, Weste und Hemd.

Abgesehen von der Weste standen auf jedem Kleidungsstück die schwarzen Buchstaben TO. Das bedeutete Transport Office. Und die Wachmannschaft korrigierte das, was bei seinem Eintreffen über den Jungen notiert worden war. Es ging um seine Größe, seine Augenfarbe und seine Haarfarbe; was korrigiert wurde, war die Größe. Am Ende wurde er in Rosings Buch in die Liste derer eingetragen, die Konfirmandenunterricht erhalten sollten.

Ein Mensch im Rachen des Todes, sagte der gleichaltrige Carl Olvig aus Grimstad.

Jetzt bist du bei deinen Leuten, flüsterte er freundlich und strich Håvard unbeholfen über die Stirn.

Danach passte er auf den anderen auf. Seine Koje befand sich neben Håvards. Er wachte über Håvards Essen, sorgte dafür, dass er aß, brachte ihm Wasser. Und er stützte ihn und schleppte ihn mit sich zur Bibelschule.

Håvard hörte die Stimmen wie das Gesumm eines Insektenschwarms, der seinen Kopf umkreiste. Es war ein freundliches Geräusch, mild wie die Hand, die ihn gestreichelt hatte. Er war bei seinen Leuten, war ihm gesagt worden. Wie unter der Erde, bei seiner Mutter. Aber die Hand, die ihn fütterte, saß nicht am Arm der Mutter. Der Garten des Paradieses, hatte er geglaubt, als er in das Licht zwischen zwei Schiffen hinausgetragen worden war, aber in dieser kurzen Zeit an der frischen Luft hatte er seine Geruchsfähigkeit zurückgewonnen, und der Gestank unter dem neuen Deck konnte einfach nichts mit dem Himmel zu tun haben.

Carl Olvig schleppte und stützte ihn von der Bibelstunde zurück und half ihm in seine schmutzige Koje, die Håvard von einem gestorbenen Dänen übernommen hatte. Håvard schlief. Er nahm die Stiche von Flöhen und krabbelnden, gierigen Läusen nicht wahr. Er hörte nicht die Stimme des jungen Mannes aus Grimstad, der nacherzählte, was aus der Bibel und den

Schriften Pontoppidans vorgetragen worden war. Er schlief. Bis er erwachte und irre redete. Über die fruchtbaren Äcker des Paradieses sprach er. Und über jemanden, der ihm neue Kartoffeln gab.
Jetzt stirbt er, sagte ein Mann aus Krossen.
Aber er starb nicht. Er wurde jedoch auch nicht konfirmiert. Denn als das geschehen sollte, riss Håvard die Augen auf und schrie.
Ich sehe das Licht nicht!, schrie er.
Er schrie voller Entsetzen. Mit einer Verzweiflung, die aus der Tiefe seiner Seele kam.

Bist du blind geworden?, fragte Carl Olvig ängstlich.
Blind?
Er konnte die kargen, flachen Äcker seiner Heimat sehen, im Winter, lange ehe die Saat ausgeworfen wurde. Er konnte das verwelkte gelbgraue Kraut über verfaulten Setzkartoffeln sehen. Er konnte eine vom Feuer verrußte Wand ahnen, die er einmal gesehen hatte, eine Wand, die stehengeblieben war, als gehe sie niemanden an, als habe niemand die Kraft, etwas damit zu unternehmen. Stillstand lag in seinen Gesichten, sie waren menschenlos, ohne Sonne oder Regen. Ohne Himmel darüber.
Blind?
Er ahnte seine eigenen Hände, ahnte den Menschen mit der freundlichen Stimme und dem weißblonden Schopf.
Komm Karten spielen, wurde in der Nähe gelockt; der Pastor war nach London zurückgefahren.
Was kannst du nicht sehen?, fragte Carl Olvig.
Die Kirche, wollte Håvard erklären; dass er in Gedanken die Kirche nicht sehen konnte, mit dem Fenster in der Wand, dem Fenster, das das zeigte, was so viel mehr war … aber er schaffte es nicht, so viele Wörter zu bilden.
Es gibt hier Bücher, berichtete ein Anders aus Rennesøy.

Bücher?, fragte Carl Olvig.
Ein fettiger Haufen, sagt einer, der Knud hieß. Sie sind in englischer Sprache.
Nicht alle, sagte einer namens Enoch.

Wer konnte und wollte, las, was es hier an verständlichen Büchern gab. Einige besuchten die Navigationsschule. Die wurde von den Kapitänen der Kaperschiffe geleitet. Die Schüler saßen unter dem Licht der vergitterten Kanonenöffnungen und fertigten Abschriften aus dem Lehrbuch an.
Das nennt man »Schatzkammer«, sagte Carl Olvig.
Håvard verstand nicht.
Ich würde auch gern mit den anderen dort sitzen, sagte Carl jetzt. Mit Winkel und Seekarte. Aber es kostet. Nicht viel. Aber dennoch.
Ich habe einmal ein Stück Leder bekommen, und Werkzeug, erzählte er. Was ich hergestellt habe, sollte an Land verkauft werden. Er könne das in die Wege leiten, der Pastor. Aber am Morgen, noch ehe ich angefangen hatte, waren Leder und Werkzeug verschwunden.
Andere schnitzten an Holzstücken herum. Daraus sollten kleine Dosen werden, vielleicht mit einem eingravierten Muster an der Seite und einer Jahreszahl im Deckel. Andere spielten. Noch andere hatten Flöten. Und jemand besaß eine Trommel. Es war nicht so wie dort, wo Håvard vorher gewesen war, bei den armen Franzosen. Er ahnte in seinem Dämmerschlaf Musik, offenbar wurde hier sogar getanzt. Aber dann durchschnitten die Stimmen der Wärter alles. Der Junge fuhr zusammen und glaubte, das andere müsse ein Traum gewesen sein.
Kill, wurde drohend in ihm geflüstert. Kill-kill-kill. Das war ein Echo dessen, was er auf dem ersten Schiff gehört hatte. Ein böses Flüstern.
Iss jetzt, mahnte Carl, damit du zu Kräften kommst.

Håvard aß. Die Gespräche um ihn herum wurden deutlicher. Ganz in seiner Nähe lernte jemand Englisch. Auf das Stichwort eines Mannes kamen die Antworten in einer anderen Sprache von dreien oder vieren, die darum wetteiferten, der Erste zu sein. Meer. Ocean. Mond. Moon. Sonne. Sun. Der Junge verstand, was sie sagten. Aber in ihm war noch immer alles grau.
Der Norweger, der am besten Englisch konnte, war der, der Enoch hieß. Er hatte begriffen, dass er als Erstes lernen musste, seine eigene Sprache zu lesen und zu schreiben; dabei hatte ein Kapitän ihm geholfen. Danach hatte er die andere Sprache erlernt. Jetzt las er Bücher in beiden. Er las über Gott.
Und das erzählt er mir, flüsterte Carl Olvig und hustete.
Das ist wichtig, flüsterte Carl. Auch wenn ich nicht alles begreife. Ich glaube, Enoch begreift auch nicht alles.

Die anderen machen sich lustig über uns, flüsterte Carl zwischen seinen Hustenanfällen.
Das wusste Håvard. Er hörte sie schon eine ganze Weile, die Verachtung der anderen für diejenigen, die lesen und etwas erfahren wollten. Er hatte dem kalten Hohn gelauscht, der Spucke, die zwischen schmalen Lippen hervorgekommen war, um einen anderen zu treffen. Håvard war jetzt stärker. Er konnte den Lesenden erzählen, was ihm fehlte. Nämlich die Kirche zu Hause in Jæren. Denn nur dort könne er glücklich sein.
Warum?
Die, die das wissen wollten, waren Enoch und Carl und noch zwei andere, die ebenfalls lasen und die Elias und Lars hießen.
So war es eben. Für Håvard war es so. Wenn er von dem guten Bild des Lichtes am Himmel über Jæren erfüllt werden wollte, dann musste er dort sitzen, auf der harten Kirchenbank.
Die anderen saßen in einer Ecke und tuschelten über ihren Büchern. Bald schrieben sie einen Brief. Bald erfuhr Håvard, dass jemand kommen würde.

Wer denn?
Leute, die etwas wissen und die in Rochester wohnen. Sie waren schon einmal hier.
Und was wissen sie?
Carl Olvig zeigte ihm ein Buch. Es hieß »Apology«. Es stammte von diesen Leuten aus Rochester.
Der Junge aus Grimstad hatte einen hässlichen Husten. Er war magerer geworden. Sein Gesicht bestand nur aus einer spitzen Nase, die zwischen den tief eingesunkenen Augen hervorragte.
Komm Karten spielen, wurde vom Boden her gelockt.
Håvard setzte sich auf.
Fehlt dir der Himmel oder ein Licht?, fragte Carl.
Håvard hatte keine Kraft zu einer Antwort. Er hatte es einmal gesagt. Und daran war doch nicht zu denken. Eigentlich war an fast nichts zu denken. Nur an das Brot und die wenigen Fleischfetzen. Und die Makrelen, die es selten einmal gab. Alles andere war wie besudelt. Das Gesicht der Mutter. Deshalb versuchte er nicht mehr, es vor sich zu sehen.
Aber wir müssen nicht in der Kirche sitzen, predigte Carl. Um das Gotteslicht zu sehen. Wir selbst sind gewissermaßen eine Kirche. Das steht im Buch. Dass wir selbst die Kirche sind, mit Kerzenleuchtern in der Christmette.
Håvard horchte auf den schweren, röchelnden Atem des anderen.
Hört, hört, wurde vom Deck her gehöhnt. Die bilden sich ein, sie wüssten etwas.
Zu Hause in Rennesøy gibt es Haugianer, sagte der, der Anders hieß.
Und was mag das wohl sein, wurde gespottet. Unterirdische Wichtel?
Ich glaube, sie haben Ähnlichkeit miteinander, sagte Enoch. Die Haugianer und die, die kommen werden.
Kommen?

Ja, aus Rochester.
Ach, die.
Die Stimmen wurden leiser.
Lars Larsen saß jetzt auf Håvards Kojenrand.
Du glaubst, dass das, wonach du dich sehnst, weit weg ist, sagte er. Ist es nicht so?
Weit weg, wiederholte Håvard mit Schmerz in der Stimme.
Er sank auf das Deck. Bald hielt er fettige Karten in den Händen. Die Bretter unter ihm waren klebrig vor Schmutz und Kot. Seine Kleider waren nicht mehr sauber und weich wie an dem Tag, als er sie bekommen hatte, sie waren steif, wie ins Meer getunkt und vom salzigen Wind getrocknet. Da saß Håvard zwischen den älteren Männern und verlor.

Und dann kamen sie, die Leute, die Bücher über das tröstende innere Licht verteilten. Quäker wurden sie genannt. Sie waren anders als Pastor Rosing und seine Barbiere. Sie entpuppten sich als zwei Männer mit hohen schwarzen Hüten, und sie sprachen über die Schrecken des Krieges.
Enoch wiederholte das Gesagte langsam auf Norwegisch, für die, die nichts verstanden hatten.
Niemand dürfe in den Krieg ziehen, erfuhren die Gefangenen jetzt, denn das verstoße gegen Jesu Lehre. Selig sind die Friedfertigen, heißt es, denn sie werden Kinder Gottes heißen.
Matthäus 5 Vers 9, wurde ihnen mitgeteilt.
Nicht einmal das hatte ich gewusst, sagte Carl Olvig nachher. Dass Krieg war, in der Nacht, in der ich in Gefangenschaft geraten bin. Ich war doch nur ein einfacher Seemann.
Sei still, sagte Håvard.
Mehrere Male kamen sie, die Quäker, und immer schielte Håvard mit dem Blick eines Menschen, den der Glaube verlassen hat, zu ihnen hinüber.
Sie geben uns doch Hoffnung, sagte Carl.

Sie zeigen uns einen Weg, sagte Anders.
Welche Hoffnung? Welchen Weg?, seufzte Håvard hoffnungslos und höhnisch.
Nächstes Mal machst du mit, sagte Lars Larsen.
Håvards abweisende Antwort ertrank im Geräusch von Carl, der sich erbrach. Der Husten ließ den mageren Körper des Jungen aus Grimstad beben, seine Lunge warf etwas auf und aus, nicht der Magen, und was kam, war ein rostfarbener Schleim. Und so geschah es, dass Håvard doch mit den anderen zur Andacht ging, als die Quäker wiederkamen, denn Carl wollte dabei sein, obwohl er das nicht mehr aus eigener Kraft schaffte. Also musste Håvard dem anderen beistehen, wie der früher ihm beigestanden hatte, das musste er doch.
Sie saßen auf dem Boden. Håvard spürte neben sich den fieberheißen Leib des Jungen aus Grimstad. Er nahm den bitteren Gestank von dessen keuchendem Atem wahr. Die Blicke vor ihm waren in einer stillen Zeremonie in sich gekehrt. Dann sprach einer der Engländer. Er schaute dabei auf und ließ seinen Blick wandern. Darin lag eine Freundlichkeit, die Håvard sofort benommen machte. Er schien einen Bibelspruch vorzutragen, und Enoch übersetzte ins Norwegische.
Ich sehe meine Schwester, flüsterte Carl bewegt. Hat Gott sie geschickt?
Deine Schwester ist ein Teil Seiner wunderbaren Schöpfung, wurde ihm erklärt, das Lächeln deiner Schwester schickt der Herr.
Ich habe sie so viele Jahre nicht mehr gesehen, seufzte Carl.
Er drehte sich zu Håvard um, den er in dieser trostlosen Unfreiheit zum Freund erwählt hatte, und seine Augen waren wie leuchtende Kugeln in der Dunkelheit. Dann drehte er offenbar abermals den Kopf, denn das Leuchten erlosch. Aber für Håvard gab es dieses Leuchten noch immer, wenn nicht im Gesicht des Freundes, so doch an einem Ort, an dem er es sehen konnte.

Wie ein Wunder, erzählte er später, ihr, der er alles erzählen wollte, als der Krieg schon längst zu Ende war und Napoleon seine Kaiserwürde verloren hatte und auf einer Insel gefangengehalten wurde. Ein Wunder. Dieses innere Licht zu sehen. Es zu finden. Sich innerlich zu öffnen und davon erfüllt zu werden. Verstehst du? Nichts war noch kalt, nichts war gefährlich. Verstehst du?

So fragte er bisweilen, vielleicht zehn Jahre später, wohl wissend, dass die Frau, die er fragte, nichts begriff, nichts begreifen konnte, aber er wollte es ihr zeigen, sie lehren, damit sie von ihrem eigenen Licht erfüllt und gewärmt, von der Angst befreit werden könnte. Denn Håvard hatte es gefunden und gesehen. Es war in ihm selbst gewesen, wie sie gesagt hatten, Enoch, Elias, Lars und die anderen. Er brauchte in keiner Kirche zu sitzen. Er brauchte keinem Pastor zu lauschen. Es war in ihm vorhanden, wie eine glühende Sonne, eine glühende Sonne vor blauem Eis, Eis, hart wie ein Fels, das aber aufweichte, zu Matsch wurde, zu plätscherndem Wasser im Körper, und es war eine wundersame Fülle und schöner als der Anblick des Himmels über Klepp, es war wie eine starke, weiße Freude, und es ließ ihn vor Befreiung und Dankbarkeit zittern und weinen an dem Tag, an dem Carl Olvig starb.

Ein Begräbnis

Elise hiess sie, die Frau, der Håvard später einmal alles erzählen wollte. Sie waren einander noch nicht begegnet an diesem bleichen Tag im Jahre 1822, als die Luft zwischen ihnen von Geschrei und Lärm zerfetzt wurde, aber sie kamen einander näher, der eine aus einer Gasse in der Stadt Stavanger, die andere ging gebückt auf armselig graue Häuser zu, nachdem sie Wasser geholt hatte.

Und jetzt hörte sie es, lauter als das Kratzen ihres Kittels am Stroh und das Gluckern des Bachs. Zuerst waren es nur ein paar kurze scharfe Geräusche, die mit dem Geschrei der Möwen verwechselt werden konnten. Dann hob es sich zu Rufen und Johlen, und Elise packte das, was sie trug, fester und eilte ängstlich Häusern und Lärm entgegen, denn es musste doch Ansgar sein, dachte sie ängstlich, Ansgar, der wieder wild geworden war, und das ließ sie laufen, trotz der schweren Last, und über eine Baumwurzel stolpern, aber sie fiel nicht hin, sie verlor nicht das, was sie schleppte, sie spritzte nur ein wenig auf die Seite ihres Rockes. Und sie eilte weiter, denn Ansgar hatte nur sie, und sie hatte nur ihn, und wenn sie nicht rechtzeitig käme, könnten sie auf die Idee kommen, ihn zu erschlagen oder ihn wie ein Tier in ein Erdloch zu sperren.
Aber dann war es doch etwas anderes.
Der Tantenmann stand auf dem Hofplatz und starrte zum Karrenweg hinüber. Und bald kam auch seine Frau dazu, mit der Kinderschar hinter ihrem umfangreichen Leib.
Es musste ein Leichenzug sein, das war Elise jetzt klar, denn vor denen, die sich mit Lärm und Geschrei näherten, gingen sechs schwarzgekleidete Männer und trugen einen Sarg. Ihnen folgte eine Frau mit dunklem Kopftuch und glasigem, grauem Blick vor zwei weiteren Frauen und einigen halbwüchsigen Kindern. Dahinter kam ein Paar, bei dem die Frau sich schwer auf den Mann stützte, während sie die Füße unsicher und ohne nachzudenken bewegte. Hinter ihnen nun wieder kam eine Schar von Trauernden, die zu Boden sahen, und sie alle waren nicht für den Lärm verantwortlich, sondern eine Meute von anderen Leuten, ein Abschaum von Verdreckten, Zerlumpten, aber es waren auch gutgekleidete Menschen dabei, Städter und Bauersleute, die schrien und johlten, die grinsten und fluchten.
Es war der pure Wahnsinn.

Elise befreite sich vom Wasserjoch und ging ängstlich weiter. Bald stand sie vor dem Schuppen, wie die meisten, die zum Haus hier gehörten, sie glotzten und starrten das an, was sich vor ihren Blicken vorüberbewegte.
Abschaum, wurde gerufen.
In den Arrest damit, wurde gefordert.
Schamloses Gesindel, wurde gehöhnt.
Gottloses Pack!
Uhuhu, kam jammernd die Antwort.
Diese Antwort stammte von der Frau mit den unsicheren Schritten, und als sie jetzt genau vor Elise stand, griff sie unter ihre Kleidung und zog eine Schnapsflasche hervor, die sie dann an den Mund hielt.
Dann kommst du warm ins Loch, schrie die Menge.
Gib uns auch einen Schluck, schrie ein zahnloser, böser Greis.
Die Frau trank noch einen Zug, ehe sie zitternd den Schnaps an den Pöbel weiterreichte, als traue sie sich nicht, ihn zu verweigern, und ein junger Bursche mit Lumpen und nackten Füßen in seinen Holzschuhen griff begierig mit schmutziggrauer Hand zu.
Die Flammen des Teufels, wurde gerufen, ein böses Omen!
Zu schwach im Glauben, jammerte die Frau, die den Schnaps hergegeben hatte, dann brach sie in verzweifeltes Schluchzen aus.
Der Mann, der sie stützte, zitterte, aber er ließ sie nicht los, er fasste die Betrunkene nur besser, vielleicht war sie seine Frau, wenn sie nicht die Witwe dessen war, der hier zu Grabe getragen wurde.
Mehrere Minuten lang hatte Elise über diesem Aufzug ihren Bruder vergessen. Aber der Anblick dieser Frauensperson, die mit sich selbst so zerfallen zu sein schien, brachte sie dazu, nach dem Jungen Ausschau zu halten.
Tanzende Satansflammen, hieß es bedrohlich in der Menge.

Und wie eine Art Echo ertönte plötzlich Ansgars scharfe und zugleich zitternde Stimme: S-s-satans buhlendes Hu-hu-hurennest!
Die Wörter kamen von oben, wie aus einem Vogelschnabel, aber Ansgar war kein Vogel, er war nur auf einen Baum geklettert, um sich bessere Übersicht zu verschaffen. Da oben hing er, und Elise schloss die Augen, denn sie wollte es nicht sehen, wollte nicht hören, wollte nicht an diesem Ort sein, an diesem Tag, an dem nicht nur ihr Bruder, sondern noch viele andere sich aufführten wie die Wahnsinnigen.
Der T-t-tod soll tanzen!, schrie Ansgar mit schriller Erregung in der Stimme.
Der Leichenzug hatte sich geteilt, als der Junge geschrien hatte. Die, die vorn gingen und den Sarg trugen, waren schneller geworden, die hinter ihnen jedoch waren stehengeblieben. Die Betrunkene und der Mann, in dessen Armen sie hing, starrten verdutzt am Baum nach oben. In dem Gewimmel hinter ihnen lachte jemand schallend.
Das ist das wilde Balg, wurde geschrien.
Wer ist das?, fragte ein kleiner Mann in städtischer Kleidung.
Das wilde Balg vom Tantenhof, hast du nicht von ihm gehört?
Der T-t-tod soll in der H-h-hölle tanzen, wurde oben im Baum geschrien.
Ansgar, flehte Elise zaghaft.
Komm runter, du Teufelsbalg, verlangte der Tantenmann mit Gürtelriemen in der Stimme.
T-t-tanzen auf dem K-k-kneipentisch, schrie der Junge.
Und in diesem Moment geschah es, dass Elise den Kopf hob und unversehens einem fremden Blick begegnete, dass sie in zwei Augen schaute, die sich sofort mit etwas Erstauntem und Mildem füllten, und sie musste aufkeuchen und sich an die Brust und an den Bauch greifen, denn sie hatte das Gefühl, je-

mand habe sie berührt, irgendwo in ihrem Inneren, und das erschien ihr als unanständig und ungehörig. Die fremden Augen gehörten einem Mann, der die Menschenmenge überragte. Düster überragte er sie, in schwarzer Kleidung und schwarzem Hut; nur sein lichter Blick widersprach seinem Anzug. Jetzt löste er sich aus der Menge. Bald stand er unter dem Baum. Er packte den Stamm und schüttelte ihn, bis der Junge herunterfiel. Er fing ihn auf, hielt ihn fest und schritt mit Ansgar in den Armen weiter.

Der Tantenmann schaute verwundert hinter ihnen her, dann grinste er töricht.

Sollen wir ihn einfach laufenlassen?, fragte die Tante tonlos.

Nein!, keuchte Elise.

Aber dann hol ihn doch, wenn du dich traust, ihnen in den Abgrund zu folgen.

Die Menge hatte sich wieder in Bewegung gesetzt. Bald war sie vorübergegangen. Sie zogen nicht in Richtung Kirche. Sie bewegten sich in die Gegenrichtung, es war nicht zu fassen. Aber Elise konnte ihren Bruder doch nicht verlorengeben, also folgte sie ihnen, während die Tränen wie Feuer in ihrem Hals brannten.

Es ging nach Våland. Mitten auf einer Wiese fing jemand an zu graben.

Elise hielt sich ängstlich auf Distanz und sah allem zu. Wie der Boden geöffnet wurde. Wie der Sarg mit Hilfe von drei Seilen hinabgelassen wurde. Wie die Erde zurückgeschaufelt wurde, um das Holz zu bedecken. Danach fing ein Mann an zu sprechen. Und alle um ihn herum verstummten. Elise stand zu weit weg, um seine Worte zu hören. Aber der Mann war kein Geistlicher, das konnte sie sehen.

Und kein Choral wurde gesungen.

Was hast du mit dem Kind vor?, fragte der Sprecher, als alles vorüber war.
Ich werde es *ihr* geben, antwortete Håvard.
Denn es war Håvard, der alle überragte, der ein Kind von einem Baum geschüttelt hatte. Er hatte es einer Frau zuliebe getan. Wegen des Schmerzes in ihren Augen hatte er am Baum gerüttelt und die herabfallende Frucht aufgefangen und war weitergegangen, das Kind an sich gepresst, in dem sicheren Wissen, dass die Frau ihm folgen würde. Denn an diesem Tag war alles möglich und unmöglich, wo ihm Bosheit und Dummheit um die Ohren flogen. Und ihm war es vorgekommen, als sei der Junge verhext, als habe er sich mit seinen bösen Worten gar nicht in die Rufe der anderen einmischen wollen. Håvard hatte dem Bösen mit Gutem begegnen wollen, und deshalb hatte er das Kind an sein Herz gedrückt, hatte es festgehalten, damit es ausruhen könnte.
Er war schon lange kein halbtoter Junge auf einem Gefängnisschiff mehr. Jetzt war er ein erwachsener Mann von sechsundzwanzig. Im Jahre 1814 war er achtzehn gewesen, als endlich der Krieg zu Ende ging und die Gefangenen befreit wurden. Ein breites Skelett unter straff gespannter Haut war er gewesen, in Kleidungsstücken, die an seinem Körper zerrissen waren. Dann war er mit den anderen nach Norwegen geschickt worden, obwohl dort niemand auf ihn wartete. Er war mit Anders Andersen nach Rennesøy gegangen. Vierzehn Tage lang hatte er sich ausruhen und sich satt essen können, baden und sich neu einkleiden, dazwischen hatte er berichtet. Als die Zeit gekommen war, einen Gegendienst zu leisten, hatte Håvard Zaunpfähle eingeschlagen, und das sehr tief. Aber mehr Arbeit gab es hier für ihn nicht. Arbeit fand er auf Finnøy, bei einem Bekannten von Anders' Familie.
Finnøy war nicht wie Jæren und Klepp, mit der flachen Landschaft und den Äckern, die erst am Wasser endeten. Finnøy

war hügelig und felsig, es gab kleine, von Kühne und Schafen kahlgeweidete Steinkuppeln. Aber wie in Jæren gab es Bauern, die fett oder weniger fett waren, freundlich oder gehässig. Håvard war bei einem gelandet, der ein Gesicht zu jeder Seite hatte, und diese Gesichter veränderten sich. Der Mann konnte auf die Knie fallen und mit gefalteten Händen dem Herrn danken, wenn es ihm gutging; erging es ihm schlecht, fluchte er aufs Gotteslästerlichste. Er konnte lustig tanzen und mit den anderen lachen, er konnte Kummer und Freude teilen, er konnte in Not Geratene trösten und ihnen helfen. Aber in sich trug er eine Sehnsucht. Die hatte sich nach und nach eingestellt, als er sah, wie Håvard arbeiten konnte. Es war braun und fett, das, wonach er lechzte. Es war Boden. Mehr Boden. Für mehr Getreide und mehr Kartoffeln. Der Fjord, der die Insel einrahmte, zog Grenzen, wie die Flurgrenzen zu den Nachbarn. Aber auf dem eigenen Grund des Bauern, wo es noch immer Öd- und Unland gab, da konnte gerodet werden, für Getreide und Kartoffeln und Gras.
Die Sonntage waren heilig, auch für die Gierigen. Und Håvard konnte zu den Freunden in Stavanger zur Andacht fahren.

Lars Larsen war einer dieser Freunde. Lars Larsen aus Jeilane. Er war einer der Mitgefangenen, die sich im düsteren Bootsinneren um Håvard gekümmert hatten, damit er nicht sterben sollte, nicht verdüstert werden und den Lebensfunken verlieren. Lars Larsen selbst war als Zimmermann gefahren, ehe er in Gefangenschaft geraten war, in einem Krieg, der ihm nichts bedeutet hatte. Jetzt folgte er in Jesu Fußspuren, in dem Bestreben, ein guter Mensch zu sein. Immer hatte er ein freundliches Wort, fast immer ein strahlendes Lächeln. Jetzt hatte er soeben einige Worte zum Gedächtnis eines Verstorbenen gesprochen. Ein Mann, hieß es, der ebenfalls zu den Freunden gehört hatte und der hier auf Våland, ein wenig außerhalb der Stadt

Stavanger, zur letzten Ruhe hatte gebettet werden wollen. Und während die Trauernden und der Pöbel, der ihnen folgte, sich entfernten, blieb er stehen und schaute nachdenklich Håvard hinterher, als dieser auf eine einsame Frau zuging.

Sollen wir uns nicht setzen?
Sie setzten sich, die Frau voller Unruhe, als hätte sie lieber etwas ganz anderes getan. Und Håvard brannte darauf, sie behutsam an sich zu ziehen, damit sie aufhörte, sich zu fürchten. Er hatte den Jungen losgelassen. Jetzt lehnte das Kind sich an die Frau, die es kannte, es knabberte an einem Nagel und lugte zu dem Mann auf, der es getragen hatte. Ab und zu zuckte seine Schulter, als krabbele ein Insekt unter seinem Wams, eine Bremse, die ihn unter dem Schulterblatt stach. Die Frau hielt mit beiden Händen sein Wams in festem Griff, als fürchte sie, er könne ihr ein weiteres Mal entrissen werden.
Hier auf der Wiese liegen schon zwei, erzählte Håvard. Zwei Kinder.
Die Frau krümmte sich, als habe er sie geschlagen.
Håvard richtete seinen Blick auf die letzten Angehörigen des Leichenzuges, die bald nicht mehr zu sehen sein würden; es waren die Frau, die sich mit Schnaps vollgeschüttet, und der Mann, der sie gestützt hatte.
Ein Zwillingspaar haben sie verloren, erzählte er. Knapp ein Jahr alt. Das ist voriges Jahr passiert. Also tröstet sie sich, obwohl im Suff wohl kaum ein wahrer Trost zu finden ist, während die Trauer sich verdoppelt und verdreifacht.
Die junge Frau griff nach dem Kopf des Kindes und drückte ihn an ihre Brust, und der Junge bohrte ihr den Ellbogen in den Bauch, um sich zu befreien.
Es hätte nicht anders sein können, sagte jetzt Håvard. Da wir zur Gemeinde der Freunde gehören.
Die junge Frau starrte zu Boden.

So nennen wir uns, sagte Håvard.
Oder Quäker, fügte er hinzu. Aber das dürfen wir nicht laut sagen, höchstens hier, im Freien. Nicht zwischen den Häusern der Stadt.
Warum nicht?, fragte der Junge, und die Wörter schienen in einem einzigen Atemzug aus seiner Brust geschleudert zu werden.
Jetzt stotterte er nicht. Und die Frau hatte ihn losgelassen.
Das ist nicht erlaubt, antwortete Håvard.
Das zu sagen?, fragte das Kind.
Nein. Das zu sein. – Wie alt bist du?, fragte er dann.
Zehn, sagte der Junge fröhlich. Tirili, fügte er hinzu.
Also kann er nicht der Sohn dieser Frau sein, dachte der Mann. Dazu ist sie zu jung. Oder sieht sie nur so aus?
Erst jetzt streckte Håvard die Hand aus und nannte seinen Namen. Erst jetzt erfuhr er, wie die beiden anderen hießen. Und er erzählte ihnen, wo er wohnte und arbeitete, das sollten sie jetzt wissen.
Aber warum liegen die hier?, fragte Ansgar. Die Toten? Und nicht auf dem Friedhof?
Wir haben einen besseren Weg gefunden, erwiderte Håvard. Ich will gern darüber erzählen.
Er nimmt uns die Angst, sagte er und sah Elise an, die fast noch kein Wort so laut gesagt hatte, dass es vernehmlich war; es war das Kind, das ihm beide Namen genannt hatte.
Aber auch jetzt sagte sie nichts, und er merkte, dass sie ein klein wenig zurückwich, dass sie auf dem Sprung saß und gern davongelaufen wäre.
Håvard wurde von dem Wunsch erfüllt, sie so zu wärmen, dass sie niemals wieder frieren müsste.
Das war Liebe, wusste er, als er heimwärts ruderte.

Verrückte, sagte die Tante, nachdem sie Elise über Fortsetzung und Abschluss der Leichenfeier ausgefragt hatte.
Wie Kleng Pedersen Hesthammer, fügte sie hinzu.
Hesthammer?
Ein Wilder. Weitläufig mit uns verwandt. Auch der war bei dem Leichenzug dabei.
Mit uns verwandt?
Ja. Mit uns verwandt. Aber ich habe so getan, als ob ich ihn nicht gesehen hätte. Er stammt aus Tysvær. Wie Mutter. Und deine Großmutter.
Ein Wilder, dachte Elise ängstlich. Ein Wilder, verwandt mit dem wilden Balg. Vorsichtig trank sie einen Schluck von dem Bier, das die Tante ausnahmsweise einmal aufgetischt hatte, um Elise redselig zu stimmen. Die Tante hatte Elises Antworten mehrmals wiederholt und immer neue Fragen gestellt, um sicher zu sein, dass sie alles erfuhr, um es am Ende in eigene Worte zu fassen: Ein Mann im Sarg. Und in ungeweihter Erde, auf einem Misthaufen.
Keinem Misthaufen, einer Wiese, widersprach Elise.
Einer ungeweihten Wiese. Ohne Segen. Da kommt er doch in die Hölle!
Aber vielleicht hat der Mann, der dabei gesprochen hat, den Boden gesegnet.
Ach was? Mit welchem Recht könnte er das denn getan haben? Was hat er gesagt?
Das habe ich nicht gehört, ich war zu weit weg.
Du dumme Kuh!

Bald kam der Mann der Tante herein. Er war den Karrenweg hinuntergegangen, um mehr zu erfahren. Zusammen mit dem Nachbarn war er sogar in der Stadt gewesen. Vor einer Schenke waren sie mit jemandem ins Gespräch gekommen, sagte er, aber sicher waren sie auch drinnen gewesen, vermutete die

Frau halblaut. Jetzt holte der Mann sich einen Krug mit etwas Stärkerem, um rasch einen Grund für den blanken Blick zu schaffen, und die ganze Zeit brüstete er sich dabei mit seinem Wissen.

Die Trauernden waren diesen Weg schon einmal gegangen. Nur hatte sie damals niemand bemerkt, denn der Sarg war so klein gewesen. Und kein Pöbel war ihnen gefolgt, sie hatten noch nicht gewusst, dass es einen Grund dazu geben könnte.

Das wissen wir schon, sagte die Frau. Zwei kleine Kinder auf einem Misthaufen. Was für eine Sünde! Aber warum sind sie nicht auf dem Friedhof bestattet worden?

Weil sie das nicht dürfen, erklärte der Mann.

Das dürfen doch wohl alle?

Aber sie wollten nicht, dass der Pastor dabei spricht.

Nicht der Pastor? Warum denn nicht?

Sie halten den Alten sicher für einen Mistkerl, lachte der Mann.

Und die Tante schlug sich auf die Oberschenkel und lachte mit: Wollen sie vielleicht den Zehnten nicht bezahlen?

Ich glaube, es geht um ein Licht, sagte Elise unsicher.

Ein Licht, du meine Güte, spottete der Mann.

Ein himmlisches Licht, das sie in sich tragen, erklärte Elise und berichtete, was Håvard auf dem Rückweg erzählt hatte.

Ein Licht?

Weil sie ihren eigenen Weg gefunden haben.

Einen staubigen Weg in die Einöde!, schnaubte der Mann glücklich. Verrückte!

Wie Kleng.

Was für ein Kleng?

Damit waren sie wieder bei diesem Verwandten angekommen.

Ein schöner Mann, sagte die Tante. Verheiratet mit einer alten Witwe. Fast vierzig Jahre älter als der Bräutigam.

Dann hatte sie sicher Geld, tippte der Mann.

Aber wurde die Männerleiche auf die Kleinen gelegt?, fragte die Tante und schaute Elise an.
Du hast ja vielleicht viele komische Verwandte, sagte der Mann und musterte seine Frau aus hervorquellenden Augen und mit feuchten, schlaffen Lippen.

Bier, dachte Elise und leckte sich den Mund, für den Fall, dass der Geschmack noch daran haftete. Sie hatte einen großen Tag hinter sich, in den Augen der Tante. Sie war mutig gewesen, denn sie war dem Pöbel gefolgt. Und dieser hochgewachsene Mann. Mit schwarzem Hut und Jacke. Wie an einem Feiertag. Der fremde Mann, der sie zum Sitzen aufgefordert hatte. Der sich zu ihr gesetzt und mit ihr gesprochen hatte. Als glaubte er, sie habe sie verdient, seine Worte über das alles. Warum eigentlich?
Weil er Ansgar gestohlen hatte, war ihre Antwort gewesen, obwohl sie eine Ahnung von etwas anderem und von mehr gehabt hatte.
Aber warum hatte er den Jungen mitgenommen?
Wegen des anderen und wegen noch mehr, johlte es schamlos in ihrem vom Bier berauschten Leib.
Aber nicht doch, rief sie sich zur Ordnung. Es war, weil ihr Bruder so hässlich geschrien hatte. Der hochgewachsene Mann hatte ihn bestrafen wollen, aber in der Eile hatte ihm die Zeit dazu gefehlt. Und später hatte er es dann sicher vergessen. Über dem Toten.
Elise lag mit Ansgar neben sich unter dem Fell auf der Pritsche im Schuppen. Jetzt ging sein Atem gleichmäßig. Mit einem zitternden Seufzer legte er im Schlaf einen Arm über ihre Brust. Die Schwester drehte ihm dem Rücken zu. Sie versuchte, das Gesicht des Mannes vor sich zu sehen, neben dem sie im Gras gesessen hatten. Aber das gelang ihr nicht. Sie hatte ihn ja kaum angesehen, nur ab und zu für einen kurzen Moment. An die

schwarze Jacke konnte sie sich erinnern. Die Schuhe mit dem Riss im Leder. Jetzt entglitten ihr auch diese Bilder, wie die Reste des Bierrausches. Übrig war noch der Hof der Tante mit Haus und Menschen und Forderungen. Und Ansgar. In Elise hatte es nie Platz für etwas anderes gegeben als für den Jungen und die Arbeit. Sogar im Schlaf lauschte sie auf abgehackte Wörter, die zu Geheul und Spektakel werden konnten. Denn auch im Schlaf konnte er wild werden. Dann presste sie, so fest sie konnte, die Arme um seine Brust und seinen Rücken und drohte ihm mit dem Tod.

Wie ein Engel, dachte Håvard. Mit den hellen, fast weißen Haaren und dem scheuen Blick. Er dachte an sie, während er für den gierigen Bauern arbeitete. Er dachte an sie, wenn er aß und ehe er einschlief. Er war von ihrem bescheidenen Bild erfüllt, als er das nächste Mal zur Andacht in die Stadt fuhr. Das war Liebe, das wusste er, und er dankte Gott. Denn wenn der Herr ihm diese Frau gezeigt und ihn mit der Gewissheit erfüllt hatte, dass er sie bekommen würde, dann würde Er sie auch wieder zusammenführen. Er musste nur Geduld haben.
Und der Herr enttäuschte ihn nicht, denn im Herbst, auf dem Markt, sah er sie wieder. Sie verkaufte Talglichter und gefärbte Wolle, und sie hatte ihren Bruder bei sich.

Ein Stück weiter stand der Tantenmann mit einigen geräucherten Lammkeulen und einem angeleinten bissigen Widder. Bald war er das Fleisch los, beim Widder dagegen dauerte es. Schließlich vergaß er das Tier, denn er kam mit einigen Pferdehändlern ins Gespräch, die zu einem Schluck einluden. Elise sah zu, sie sah, wie das riesige gehörnte Tier sich von dem Mann entfernte, wie es in der Luft herumschnupperte und seine gelben Zähne zeigte. Sie musste es einfangen, das wusste sie, denn der Mann der Tante hatte Umsicht und Gedanken verloren; sie dagegen stand mit ihren Waren und dem Bruder da, der bewacht werden musste, und nun kam eine Frau auf sie zu.

Schöne Wolle, meinte die Frau.

Elise hatte sie gefärbt, sie hatte sie auch gesponnen und gekratzt, und sie hatte die Lichter gegossen und in diesem Herbst fast alle Frauenarbeit auf dem Hof übernommen, da die Tante krank darniedergelegen hatte.

Schöne Farben, sagte die Frau, nur das Rot ist vielleicht ein bisschen …

Wie Preiselbeeren, rief ein Mädchen, das daneben stand. Es waren noch zwei Kinder dabei, ein Junge und ein Mädchen, die zu der Wollkundin gehörten.

Aus dem Augenwinkel sah Elise, wie der Widder sich einen Apfel schnappte. Sie sah Ansgar an, der sollte loslaufen und den Widder einfangen, aber der Junge achtete nicht darauf, er stand nur da und glotzte die Frau an.

Ich nehme das hier, sagte die Frau und hob einen Strang hoch. Ihre Augen waren groß und dunkel, fast ohne jedes Weiß. Der Mund reichte von Ohr zu Ohr, als sie ihn öffnete, um etwas zu sagen. Die Lippen wölbten sich, und die Zähne waren kurz und spitz.

Wie bei einem Fisch, dachte Elise.

Hol den Widder!, fauchte sie den Bruder an.

Aber es war zu spät. Er hatte schon bemerkt, wie die Frau aussah.

Sch-sch-sch, stammelte er.

Rasch nannte Elise einen Preis, um den Handel ganz schnell hinter sich zu bringen. Die Frau hielt ihr eine Münze hin.

Sch-sch-sch, mühte Ansgar sich ab.

Elise machte einen Knicks und sagte auf Wiedersehen.
Die Frau hatte sich schon halbwegs umgedreht, als der Junge es schaffte.
Schellfisch, ja, rief er. Schellfischgesicht, seht euch das an! Schellfischweib! Fischlippen und Schellfischaugen! Schwarze Augen, wie der T-tod im Meer!
Mutter!, riefen die Kinder, als hätten sie selbst auch schon entdeckt, wem ihre Mutter ähnelte, als hätten sie gar keine Zweifel daran, wen der Junge als Fisch bezeichnete.
Da ist der verrückte Ansgar, rief jemand ein Stück weiter weg voller Begeisterung.
Elise hielt ihm den Mund zu, aber ihr Bruder biss ihr in die Hand, und sie musste ihn loslassen.
Der Wilde aus der Schule, hieß es, der Wilde vom Tantenhof!
Seht euch den Widder an, wurde außerdem gerufen.
Kinder und Halbwüchsige strömten zusammen.
W-w-weib im Netz!, brüllte Ansgar. Der fieseste Fisch!
Stoßt ihn an, rief jemand. Dann wird er noch verrückter.
Stecht ihm in die Ohren, rief ein anderer. Hier ist ein Stöckchen!
Setzt ihn auf den Wollrücken, schlug ein Dritter vor.
Und schon wurde der Junge hochgehoben. Ansgar verstummte mitten in einem Ruf, als sei seine Stimme mit der Schafschere gekappt worden.
Es war Håvard. Diesmal warf er sich den Jungen über die Schulter, ehe er loslief. Die Meute folgte mit erwartungsvollem Geheul, sie schien zu glauben, der Mann werde den Jungen ins Meer schleudern.
Elises Blick hatte sich getrübt, wie immer, wenn es um ihren Bruder auf eine Weise stand, mit der sie nicht fertig wurde. Sie wagte niemals, sich einzuschalten, wenn die Tante oder der Mann ihn schikanierten, sie wagte nicht einmal, Atem zu holen. Wie ein toter Baum stand sie hinter dem, was sie zu bieten

hatte, bis die Erkenntnis dessen, was hier geschehen war, in sie hineinglitt.
Es war doch der Hochgewachsene, der Ansgar gepackt hatte. Zum zweiten Mal. Und Elise konnte wieder atmen. Und sie konnte den Menschen hinterhersehen, die sich jetzt ein Stück entfernt hatten, der Bruder hing wie ein totes Stück Fleisch über einer breiten Schulter. Die anderen Kinder fielen zurück, sie schienen zu begreifen, dass der Spaß hier ein Ende hatte, sie wandten sich jetzt dem Widder zu, der noch immer unbehelligt zwischen den Marktbuden umherwanderte.
Und Elise lief. Auf das Tier zu. Und packte das Seil, ehe noch Schlimmeres geschehen konnte. Und zog den Vierbeiner mit sich zum Mann der Tante.
Hier!
Dann stand sie wieder bei ihrem Korb mit der Wolle und der Holzkiste mit den Lichtern und wusste, dass der Mann jetzt in ihrer Schuld stand, so, wie sie vielleicht bei dem Mann, der Håvard hieß, in der Schuld stand. Und beide Gleichungen sorgten dafür, dass sie sich größer fühlte als vorher, ehe das alles passiert war.

Ich hab einen Kuchenfladen bekommen, sagte Ansgar mit glänzenden Lippen. Mit was Süßem drauf.
Er und Håvard standen am Rand des Marktplatzes und sahen einem räudigen Hund zu, der zählen konnte, und der Junge sprang vor Eifer auf und ab.
Elise schaute zu dem Köter hinüber.
Wie viele Hüte sind das?, fragte sein Besitzer.
Er warf seinen Hut in die Luft.
Wuff, sagte der Hund.
Und wie viele Füße habe ich?, fragte der Mann und trampelte auf den Boden.
Wuff, wuff.

Der Hund stank nach Krankheit und altem feuchtem Fell. Elise ging ein Stück weiter und träumte von einem Leckerbissen. Håvard folgte ihr, er hielt dabei Ansgars Schulter gepackt. Elise hatte eine Münze in der Hand, eine, die sie vom Mann der Tante bekommen hatte, nachdem sie mit ihm für Wolle und Lichter abgerechnet hatte. Jetzt wollte sie zu einer Bude, in der Kuchenfladen verkauft wurden, aber Håvard ging einen kleinen Bogen und entfernte sich damit vom Marktplatz. Elise blieb nichts anderes übrig, als ihm zu folgen, da er noch immer ihren Bruder festhielt. Bald blieb der Mann in einer Gasse stehen. Er ließ den Jungen los, fuhr sich über die Stirn, als schwitze er in der herbstlichen Kühle, und seufzte.

Wir müssen die Leiche wieder ausgraben, murmelte er.

Elise ballte die Faust um die Münze.

Und die Kleinen, sagte Håvard, die müssen auch wieder ausgegraben werden.

Elise sah ihren Bruder an. Er schaute zum Ende der Gasse hinüber, er stellte sich auf Zehenspitzen, als könne er dann den zählenden Hund noch immer sehen.

Es ist schon lange her, dass Elias Tastad befohlen wurde, die Mädchen wieder auszugraben, sagte Håvard. Aber wer tut denn so etwas?

Elise biss sich auf die Lippe. Sie kam sich plötzlich klein und arm vor.

Deshalb verstehst du sicher, warum Elias' Frau sich ab und zu mit Schnaps tröstet, sagte Håvard.

Elise dachte an den Geschmack des dünnen Bieres, das sie von ihrer Tante bekommen hatte.

Wir dürfen sie nicht auf dem Friedhof begraben, sagte Håvard, und auch an keinem anderen Ort.

Elias Tastad ist eine Frist gesetzt worden, fügte er dann hinzu. Wenn der Sarg bis zum Ende dieser Frist nicht ans Tageslicht

geholt worden ist, dann muss er Buße zahlen, fünf Speziesthaler für jeden Tag, an dem er der Forderung nicht nachkommt!
Fünf Speziesthaler, keuchte Elise.
Ansgar hatte sich von dem lustigen Hund abgewandt. Jetzt sah er den Mann, der da vor ihm stand, aus großen Augen an.
Aber warum dürft ihr nicht …?, fragte er aufgebracht.
Nicht ohne kirchliche Rituale, sagte Håvard.
Aber …
Wir brauchen diese Rituale nicht. Wir wollen sie nicht.
Aber …
Als sei die Wahrheit nur das eine, Elise, sagte Håvard und wandte sich der jungen Frau zu, nicht dem Kind, das ihn gefragt hatte. Nur das eine, dieses Enge. Aber so kann es nicht sein. Denn der Weg der Wahrheit muss ewig groß und breit sein. Und großzügig. Und er muss Platz für uns alle haben, wenn wir guten Sinnes sind. Glaubst du das nicht auch?
Ansgar weinte, als er und seine Schwester abends unter dem Fell lagen, denn niemand durfte doch wieder ausgegraben werden, wenn er schon zur Ruhe gelegt worden war.

Der Traum vom Land der Freiheit

Es sei eine Sünde, sich dem Gebot der Obrigkeit zu widersetzen, sagte der Pastor in der Pfarrkirche, denn jegliche Obrigkeit sei von Gott. Wem Gott ein Amt gibt, dem gibt Er auch Verstand, wurde verkündet.
Elise saß zwischen zwei der rotzigen Gören ihrer Tante. Sie sollte aufpassen, dass die nicht auf der Bank herumturnten oder mit den Schuhabsätzen gegen das Holz knallten. Gewöhnlich durfte sie nicht mit in die Kirche, wegen ihres Bruders. Aber es gab ja die Kirchenpflicht, und da Ansgar an diesem Tag mit einem verstauchten Fuß und Fieber unter dem

Fell lag, konnte sie eben doch mitgehen und auf andere Kinder aufpassen. Sie hatte jedes der Kleinen mit festem Griff gepackt, ehe sie sich gesetzt hatten, dann hatte sie sie vergessen, über den Worten des Pastors. Er sprach über Håvard. Er sagte es nicht offen, aber es war nicht misszuverstehen. Er sprach über Leute, die glaubten, alles besser zu wissen als die Propheten selber, und besser als die Apostel. Glaubten sie denn der Schrift nicht? Wie konnten sie dann behaupten, an Gott zu glauben, denn war die Schrift nicht von Ihm?

Ungläubige, das sind sie, tadelte der Pastor.

Elise wollte nicht mehr hören. Die Stimme des Pastors brachte doch keine Linderung. Früher hatte sie darin ruhen können, in ihrem singenden Klang, die wenigen Male, wenn sie sich in der Kirche aufgehalten hatte. Nicht jetzt, und sie ließ ihren Blick gleiten und verharren und weitergleiten, um sich von dem füllen zu lassen, was sie sah, statt von der tadelnden Stimme auf der Kanzel. Das war nicht leicht. Aber nun entdeckte sie einen schönen Mantel. Er war grün. Am Kragen und an den Handgelenken war er mit breiten braunen Zierbändern besetzt. Ob die wohl aus Seide sein konnten? Elises eigener Mantel war schwarz und viel zu kurz in der Länge und an den Ärmeln. Außerdem war er an den Nähten verschlissen. Sie hatte gehofft, einen neuen zu bekommen, aus Stoff, der von dem auf dem Herbstmarkt verdienten Geld angeschafft wurde, aber das passierte nicht. Er hätte auch grün sein können, dachte sie. Der Stoff. Und der Mantel hätte rote Knöpfe haben können. Was für eine Vorstellung, rote! Der Gedanke entsprang Verzweiflung und Trotz, um nicht zuhören zu müssen, er entsprang keinem Traum, denn der Traum von etwas Grünem war zu groß, und der Traum von bunten Knöpfen war noch größer; falls sie überhaupt etwas bekäme, würde es niemals von einer anderen Farbe sein als Schwarz.

Ihre Augen glitten wieder zum Pastor hinüber, obwohl sie das nicht wollte. Seine Haare waren silbern. Er schmatzte beim Reden. Trotzdem konnte sie seine Predigt aussperren. Dann aber brach er mit seinen starken Worten doch in sie ein.
Lasst euch nicht verleiten, mahnte der Mann im Talar. Kehrt den Sündigen den Rücken zu.
Noch immer redete er über Håvard. Und über diese Menschen, die wegen einer unerhörten Tat Buße zahlen sollten.
Wegen einer Beerdigung irgendwo in der Natur.
Die Tante hatte recht, das wusste Elise jetzt. Unerhört, unerhört. Schändlich. Torheit, sich auf eine solche Weise vor aller Welt bloßzustellen. Särge in die entgegengesetzte Richtung zu tragen, durch Gassen und Torwege, aus der Stadt hinaus. Was für eine entsetzliche Vorstellung! Was für eine Schandtat, was für ein grauenhafter Anblick!
Sie sah den Pöbel vor sich, hörte das Gespött. Sie dachte an die Rufe ihres Bruders aus dem Baum und zog in der Kirchenbank den Kopf ein. Und ihre Arme kreuzten sich von selbst über ihrer Brust, sie bohrte die Hände in die Schultern und presste die Ellbogen auf ihren Bauch, und die Kinder der Tante rutschten von ihr fort. Sie bemerkte es erst, als sie das eine unten auf dem Boden summen hörte. Und dann schlug das andere mit zwei frechen Hacken auf das Holz.

An diesem Abend weinte Elise sich tränenlos in den Schlaf. Körper und Gedanken schienen von Disteln gefüllt. Sie fühlte sich verraten. Sie hatte einen Retter gefunden, doch nun hatte er sich als Trugbild entpuppt. Er konnte sie niemals nach oben ziehen, nur nach unten, zu den Würmern im Erdreich, wo die armen Zwillinge lagen.
Wie ein seltsames und unerwartetes Geschenk war er gekommen, dieser Mann, der ihren Bruder zähmen konnte. Aber dann war er doch nur wie Luft, oder schlimmer als Luft, denn man

konnte ihn berühren und sehen; er ragte in die Höhe wie eine Vogelscheuche auf einem Kornfeld, er konnte von verfaulten Kartoffeln und Steinen getroffen werden, wie die Vogelscheuche, wenn man nach den Krähen warf, die sich doch näherten und sie umstoben.

Sie waren wie die Wahnsinnigen, Håvard und dieser Lars aus Jeilane, der an einem Grab in einer Wiese gesprochen hatte. Und schlimmer: Sie waren verdammt, nach Aussage des Pastors waren sie das.

Elise weinte, mit trockenem Schluchzen gegen den Rücken des fieberkranken Bruders. Sie fühlte sich bitter betrogen.

Der nächste Morgen war trostlos, draußen vor den Häusern und in Elise, und als Ansgar erwachte und ohne den trüben Film vor dem Blick lächelte, wandte die Schwester sich ab, um das Grau zu verbergen, das sie erfüllte. Denn alles war wie vorher. Der Junge und sein Wahnsinn waren das Los der Schwester während der endlosen Reihe von Tagen, die ihnen bevorstanden. Er hatte nur sie, und jetzt teilte er seine Gedanken mit ihr, wie das eben seine Art war: Mein Fuß tut nicht mehr weh davon, dass der Tantenmann mich bestraft hat.

Vor Ansgar hatte es noch weitere in der Reihe von Geschwistern zwischen ihnen gegeben, aber der Tod hatte sie eins nach dem anderen geholt. Elise hatte vage Erinnerungen an etwas Kleines, Stummes und an das von Trauer schwere, müde Gesicht der Mutter. Und dann war auch die Mutter stumm geworden. Doch das Neugeborene hatte Laute von sich gegeben. Es war Ansgar gewesen. Der Vater hatte seine Frau kaum unter die Erde und den Jungen zur Taufe bringen können, da hatte ein Wintersturm ihn geholt. Auf diese Weise waren die beiden Geschwister zur Tante und ihrem Mann gekommen, und die kleine Elise war mit sieben Jahren zu einer Art Mutter für ihren Bruder geworden.

In ihm wohnte etwas Fremdes. Es lebte sein eigenes Leben. Es war wie ein Schwelbrand unter vom Sommer ausgedörrten Flechten und Moos, unsichtbar, bis es ohne Vorwarnung plötzlich aufloderte. Dann konnte der Junge Dinge rufen, die man nicht aussprechen durfte, und wenn jemand ihn daran hindern wollte, brüllte er wie ein angepflockter Stier, trat um sich, schlug nach allem, was in der Nähe war, bis der Mann der Tante ihn packte und prügelte, bis alles still war. Kackeohr. Der Bruder des Tantenmannes hatte eins, ein seltsames und immer geschwollenes Ohr, nach einem Sturz von einem Felshang. Es sah aus wie ein Kuhfladen, und die Leute kicherten hinter seinem Rücken, aber die Ähnlichkeit durfte nicht laut erwähnt werden. Die Wörter aber machten in Ansgar trotzdem, was sie wollten, wie juckende Ameisen waren sie, und sie sprangen aus seinem Rachen, auch wenn er dagegen ankämpfte. Da kam es, wieder und wieder, in abgehackten Stößen: Kackeohr! Seht mal, der Mann hat ein Kackeohr. Wie K-k-kuhkacke, ja! Ein s-s-stinkender brauner Fladen!

Wenn es so weit war, wurde er wie ein Wahnsinniger. Er konnte Satz um Satz rufen, wenn er erst losgelegt hatte, ungezogen und stotternd zu Anfang, doch das Stottern verlor sich, wenn er erst in Gang gekommen war. Mit glühendem Funkeln im Blick konnte er dann rufen, laut und wild, und es wurde immer gemeiner und immer höhnischer, wenn niemand ihm den Mund zuhielt.

Aber der Mann mit dem hässlichen Ohr hatte Böses mit Bösem vergolten. Wir schlagen dich bei Besek, hatte er gesagt, mit zusammengekniffenen Augen und zischend. Wir schlagen dich bei Besek mit zehntausend Mann.

Das hatte den Jungen aber nicht zum Verstummen gebracht, und der Mann der Tante hatte ihn wegschleppen müssen. Aber was war Besek? Elise hatte sich gefürchtet. Doch sie wagte nicht zu fragen. Das tat die Tante.

Besek? Ein Ort aus dem Buch, antwortete der Schwager.
Das Buch, das war die Bibel.
Und die Tante hatte Tränen gelacht, deshalb hatte Elise gewusst, dass Besek dem Jungen nur Angst einjagen sollte.
Allein Håvard hatte den Jungen zum Verstummen bringen können, ohne Gewalt anzuwenden. Aber an ihn durfte sie nicht denken. Und Elises Gesicht war schrecklich verzerrt, als sie in der rußigen Küche der Verwandten vor der Feuerstelle hockte und die Glut schürte, in einem inneren Kampf, jemanden zu vergessen.

Was für eine schöne Frau, dachte Håvard. Wie wunderbar. Und so durch und durch lieb und gut, dachte er, und das machte ihn stark im Kampf der Freunde, dass er ihr Bild in sich trug, dass er an Elise denken konnte. Das machte ihn zu einem, der Elias Tastads Frau trösten konnte, die Zwillinge verloren hatte und ihren eigenen schwankenden Glauben dafür verantwortlich machte, sie konnte Håvard vorsichtig an seine breite Brust ziehen, zu ihr konnte er in sanften Worten sprechen.
Aber, aber, konnte er sagen. Die werden schon wieder zur Besinnung kommen.
Und es überraschte ihn, dass er die Frau eines anderen an sich drückte, er, der doch noch nie eine Frau umarmt hatte, eine, die ihm gehörte. Trotzdem kostete es ihn nichts, und während die anderen sich von dem armen Wesen abwandten, fasste Håvard ihre Hände und lächelte ihr in die verweinten Augen: Bald bekommt ihr neue Kinder.
Bei den Andachten versuchte er, auch ihren Mann zu trösten, wenn sie zu siebt auf Stühlen oder Schemeln im Kreis saßen, die Blicke in sich gekehrt. Die Bilder des trauernden Ehepaares gesellten sich zu Christi Licht, und in Håvard entstand eine

Art Gebet, die Frau möge zu größerer Ruhe gelangen, die Bürde möge Elias leichter werden.
Und es waren Ansgar und Elise da, auch die begleiteten ihn auf der inneren Reise, mit demselben Ziel, bis alle Bilder sich in ihm auflösten. Dann sah er keine Menschen oder Gegenstände mehr, keine Landschaften, er wurde von einem leuchtenden inneren Frieden erfüllt.
Darauf folgte die Botschaft.
Es kam nicht immer so, dass auf die stille Gemeinschaft eine Botschaft folgte, aber an diesem Tag trug es sich so zu, einer sagte etwas, und die anderen wussten, dass er recht hatte, und sie fühlten, dass sie von demselben Bild erfüllt wurden.
Einer schönen und freien Landschaft. Mit wogenden Kornfeldern! Unter blauem, blauem Himmel!
Die eine Schilderung gab die andere, einer nach dem anderen ergriff das Wort und fügte etwas hinzu: Und in der Nähe gibt es eine Quelle.
Einen plätschernden Bach.
Und vielleicht einen See?
Ja. Einen See. Und darin springen Fische. Sie sehen aus wie Forellen!
Fette Forellen mit rotem Fleisch!
Er habe den Ort gefunden, teilte Lars Larsen aus Jeilane mit. Den endgültigen. Eine gute Wahl.
Sie saßen nicht mehr mit geschlossenen Augen da. Sie tauschten begeisterte Blicke. Dann standen sie auf, einer nach dem anderen, und umarmten einander zutiefst bewegt.
Sie hatten soeben von Kleng Pedersen Hesthammers Vision und Wahl erfahren, denn Kleng war für die Freunde und für das Geld der Freunde übers Meer gereist, er war hingereist, um guten Boden zu finden, denn die Freunde wollten nicht mehr in Norwegen leben, auch das war ihnen als Botschaft zuteilgeworden, sie wollten an einem Ort leben, wo Glaubensfreiheit

herrschte, wo niemand ihnen Rituale vorschreiben konnte, die sie als nichtssagend und aufgezwungen erlebten.

Verstehst du, Elise?, fragte Håvard.

Seit ihrer letzten Begegnung war ein Jahr vergangen. Abermals war Markt. Diesmal war sie ohne den Bruder gekommen. Håvard war mit dem Bauern zusammen, bei dem er diente; sie wollten Lämmer und einige Tonnen Pökelfisch verkaufen. Er hatte sie aus der Ferne gesehen, hatte sie mit Seife und Lichtern gesehen. Lämmer und Fische waren schon verkauft, lange ehe Elises Waren mit Herrinnen und Dienstmädchen verschwunden waren, und darum war es schon spät, als er endlich unter vier Augen mit ihr sprechen konnte.

Verstehst du?, fragte er.

Er hatte eifrig ihren Arm gepackt und sie mit sich gezogen, nachdem er sie mit strahlendem Lächeln begrüßt hatte. Später hatte er sie losgelassen und sich auf einen Bretterstapel gesetzt. Er hatte sich den Hut vom Kopf gestreift und ihn in der Hand gehalten, während er nach Westen zeigte. Seine Haare lagen glatt an seinem Kopf, konnte sie sehen, hellbraun und gewellt.

Alles wird auf der anderen Seite des Meeres besser werden, wiederholte er. Dort ist alles weit und offen, und Ansgar kann das loswerden, was er mit sich herumschleppt, ohne dass irgendwer ihn hört! Niemand wird verstehen, was er schreit, falls doch jemand da sein sollte, denn sie sprechen eine andere Sprache.

Er lächelte sie glücklich an.

Und da braucht man nicht in den Krieg zu ziehen, fügte er hinzu.

In den Krieg?

Da ist es nicht so wie hier, dass jeder zur Armee geholt werden kann. Da ist man frei!
Elise sah seine Nase an. Die war groß und breit.
Håvard erzählte von einem jungen Freund, der im Arrest saß, weil er nicht zum Heer gehen wollte.
Du sollst nicht töten, das steht in der Bibel, sagte er.
Seine Augen waren schön und blau. Sein Bart lockte sich an seinem Kinn.
Und darum haben wir recht, mehr als die Pastoren, verstehst du das nicht?, fügte er hinzu.
Elise wandte sich von seinem intensiven Blick ab.
In Amerika ist Platz für alle, erklärte er. Für alle Menschen und alle Gedanken. Da gibt es viele Arten von Heiligen. Und sie kämpfen überhaupt nicht gegeneinander! – Wir fahren, wenn alles vorbereitet ist, sagte er. Aber pst! Zu niemandem ein Wort!
Dann erhob er sich zu seiner ganzen Höhe und hob sie in die Luft.
Hab keine Angst, murmelte er an ihrer Wange, wir werden Mann und Frau, ehe wir aufbrechen!

War das ein Heiratsantrag gewesen? Elise wusste es nicht. Aber dann wusste sie es doch, als sie oben auf einem Mehlsack saß und durchgeschüttelt wurde, während der Mann der Tante die Zügel hielt und mit der Zunge schnalzte. Es war zwar nicht zu begreifen, aber es öffnete doch eine Nische in ihren Gedanken, eine Nische aus bleicher Sonne.

DAMIT SIND WIR DIE Missgeburt los, grinste der Mann der Tante.
Aber ist das denn überhaupt erlaubt?, wollte die Tante wissen. Auf so eine seltsame Weise zu heiraten?
Ich heirate ja schließlich nicht, antwortete der Mann. Und du auch nicht. Und keine von unseren Töchtern.
Aber sie ist doch Marnas Kind. Wir können doch nicht einfach ... und was für ein riesiger Mann!
Soo groß ist er nun auch wieder nicht, das kannst du mir glauben.
Oh doch, er ist groß.
Ich habe schon größere gesehen. Wie die Brüder Podlest.
Von mir aus.
Und deren Frauen sind kleiner als Elise.
Na ja ...
Elise ist erwachsen genug, erklärte der Mann, um sich Mann und Hochzeitsart selber auszusuchen. Du kannst mir glauben, die haben hinter meinem Rücken miteinander geredet, auf dem Markt, und das mehr als einmal!
Ja, wenn das so ist, murmelte die Tante mit den letzten traurigen Resten alter Wonne in der Stimme.

Håvard hätte gar nicht so viel zu sagen brauchen, als er mit den beiden Menschen auf dem Hof gesprochen hatte. Das Wichtigste war, dass er auch Ansgar nehmen wollte, und da fanden sie sich mit dem Fehlen von Kirche und Pastor ab, zumal er außerdem versprechen konnte, dass sie irgendwann im Sommer alle drei die Pfarrei verlassen würden. Elises Verwandte machten sich nicht einmal die Mühe zu fragen, wohin sie denn gehen wollten, aber der Mann der Tante besiegelte die Abmachung doch immerhin mit einem großzügigen Schnaps.

Auf Finnøy hatte Håvard ebenfalls Bescheid gegeben, dass er heiraten und wegziehen wollte. Er hatte das vor dem Ziehtag im Frühling angekündigt, hatte aber gesagt, wenn der Bauer wolle, könne er trotzdem noch eine Zeit lang bleiben. Und der Bauer wollte. Der Bauer wollte ihn für immer und ewig behalten, und er bettelte und schimpfte, aber das alles half nichts.

Wo willst du denn hin?

Nach Westen, hatte Håvard geantwortet.

Nach Tysvær?

Nach Westen, hatte Håvard wiederholt und sich über seine Arbeit gebückt.

Ansgar und Elise gaben dieselbe Antwort, als die Tante und der Mann der Tante schließlich doch versuchten, sie auszuhorchen. Es gab viele Inseln und Landschaften, wo Håvard möglicherweise Verwandte hatte und vielleicht einen kleinen Hof übernehmen könnte, es gab Ombo und Talgje, Hidle, Helgøy und Halsnøy, es gab Buøy und Idse und noch mehr, und niemand schien sich darüber zu wundern, dass weder Elise noch Ansgar den Namen eines Ortes oder einer Insel nennen konnten, wo sie doch über den Markt in der Stadt nie hinausgekommen waren. Deshalb wurde ihnen auch nicht weiter zugesetzt.

Nur wenn sie allein auf der Pritsche lagen, konnten sie es sagen. Amerika. Ein großer Acker, auf dem man rufen durfte, wenn man vorsichtig ging und keine Pflanzen zertrat. Das Herz des Jungen hämmerte, wenn sie darüber sprachen. Er führte das Wort. Elise hatte sich damit begnügt, Håvards Worte zu wie-

derholen. Später schwieg sie dann, denn sie konnte nichts Neues hinzufügen. Ansgar dagegen schmückte alles in abgehackten Wortschwällen aus, und sein Herz hämmerte dermaßen, dass er vor Aufregung stotterte, aber es kamen keine hässlichen Worte, nicht auf der Pritsche, nicht an diesen Abenden.
Amerika.
Elise wusste nichts über Amerika.
Sie sollte nach Amerika gehen?
Niemand hatte sie gefragt. Nicht der Mann, der Håvard hieß, nicht die Tante, nicht der Mann der Tante. Die beiden wussten zwar nichts über die Reise, aber sie hatten auch nicht gefragt, ob Elise heiraten würde.
Würde sie das?
Es war beschlossen. Es würde geschehen. Daran brauchte sie jetzt nicht zu denken.
Stattdessen dachte sie daran, dass sie kein Brautkleid tragen würde. Keine schöne Kleidung. Keinen Schmuck. Sie benutzten das alles nicht, diese Freunde. Sie heirateten so, wie sie gingen und standen. Die Freude stecke in ihnen, hatte Håvard erklärt. Kein Silberschmuck könne schöner sein als der, den sie sich vorstellten, keine Farbe stärker und strahlender. Deshalb sangen sie auch keine Choräle. Die brauchten sie nicht. Ihre inneren Klänge übertrafen an Schönheit alle andere Musik.
Dann musste es wohl so sein, hatte Elise erkannt; wenn sie heiratete, musste es doch einen Haken an der Sache geben, eben wegen ihres Bruders. Aber es machte ihr doch Kummer, dass es ohne irgendwelche Pracht passieren sollte. Nicht einmal der Hochzeitstag sollte für eine wie sie als etwas Besonderes und Schönes betont werden. Wenn sie am Feldrain stand und jätete, kam es vor, dass sie versuchte, in sich Ausschau zu halten nach dem, was schöner sein sollte als das Schöne, das man erleben und berühren konnte, aber sie sah nur die Keime, die aus dem Boden wuchsen, eine Reihe neben der anderen, umringt von

Unkraut, sie sah weder in sich noch zu ihren Knien und Füßen etwas anderes. Und Musik hörte sie auch nicht.

Und es kam ihr seltsam nackt vor, barfuß und ohne Brautzug und ohne Wagen in die Stadt hinunterzugehen, an dem Tag, an dem es geschehen sollte. Sie hatte nicht einmal Kühe vor sich, die sie hätte antreiben und ausschelten können. Es gab nur sie und den Karrenweg, es gab die Bäume und den Himmel und den Blick aufs Meer, und sie blieb für einen Moment stehen, um das Blau dort unten anzusehen.

Sie war noch nie mit einem Boot unterwegs gewesen. Nie hatte sie auch nur in einem Nachen gesessen, um Seelachs zu fangen, wie der Mann der Tante das tat. Und kein einziges Mal war sie mit anderen nach Tysvær gesegelt, um Verwandte zu besuchen, wie die Tante es tat.

Elise hielt sich unter dem wehenden Haubenrand die flache Hand an die Stirn und betrachtete aus zusammengekniffenen Augen die Fahrzeuge tief unter ihr. Es gab kleinere und größere Schiffe. Es gab winzige Boote, die auf dem Wasser auf und ab wippten und aussahen wie dicke Möwen. Und in ihr wuchs etwas heran, etwas, das bisher nicht dort gewesen war, es war eine Sehnsucht, und die hing mit dem Meer und mit der Reise zusammen. Jenseits von alldem hier würde sie bald sein. Jenseits der kleinen Boote, die dort wogten und wippten, die aber groß und abweisend und fremd wirkten, als sie sich ihnen näherte, wie sie das manchmal auch an Markttagen heimlich getan hatte. Mitten unter diesen Booten würde sie sein und dann das Meer überqueren. Vorbei an großen und kleinen Inseln, die dort draußen lagen. Noch weiter würde sie reisen, aber das war nicht zu fassen, und das Unfassbare ließ sie keuchend nach Luft schnappen.

Das Schiff, mit dem sie fahren würden, lag noch in einem anderen Hafen, das wusste sie.

Aber wenn es dann kam! Dann würde es sie fortbringen, fort vom Hof der Verwandten …
Ihr wurde schwindlig. Sie musste sich auf einen Stein setzen.
War das denn überhaupt zu verstehen und zu glauben? Dass sie die grauen Häuser hinter sich zurücklassen würde. Die rußige Feuerstelle. Die Huckel auf dem Weg, über die sie immer wieder stolperte. Den Mann der Tante, der wütend wurde und sie züchtigte. Die magere Kost. Den Geiz, der dafür sorgte, dass die Kinder der Tante zuerst zugreifen durften, während Elise und ihr Bruder niemals satt wurden. Den harten Griff des Tantenmannes um ihr Handgelenk, im vergangenen Jahr, und das Keifen der Tante: Spiel dich nicht so auf, Mädel! Hände weg, du Bock!
Den widerlichen Atem des Mannes in ihrem Gesicht. Den Blick der Tante, als sei Elise selber schuld. Aber sie konnte doch wohl keine Schuld tragen, schließlich schlug sie die Augen nieder, dachte nur an ihre Arbeit und den Bruder. Dennoch hatten sie nach ihr gegriffen, nicht nur der Mann der Tante, auch andere, Männer von den Nachbarhöfen, einmal ein zufälliger Wanderer. Sie hatte um sich getreten, einmal mit harter Holzschuhspitze, sie hatte sich losgerissen, hatte wie eine Katze gekratzt und war davongestürzt.
Sehnsucht beim Anblick des Meeres: fortzukommen, gleichsam über die blaue Oberfläche zu laufen. Zu etwas anderem hin. Aber zu was? Zu etwas, das nicht hier war. Das keine Angst und kein Hunger war, und nicht der stechende Blick des Tantenmannes.
Einem Ort, wo es Ruhe und Frieden gab.
Bei Håvard, das wusste sie. Denn er hatte es ihr versprochen, Ruhe und Frieden. Aber was, wenn Ansgar während der langen Überfahrt verrückt würde?
Håvard war ja bei ihr.
Aber was, wenn sie nicht mehr wirkten, die Milde und der feste Griff des Mannes?

Bestimmt wirkten sie. Und wenn nicht, würden sie den Jungen ins Meer werfen, das dachte sie für einen Moment.

Håvard stand vor einem grauen, niedrigen Holzhaus und wartete. Ein Paar kam auf ihn zu. Er dachte nicht an diese Leute. Er dachte daran, dass er heiraten würde. Trotzdem erfasste er, dass das Paar aus Telemark stammen musste. Das lag an ihrer Kleidung, daran, wie der Mann den Hut trug, einen Hut, der mit Vieh und vielleicht mit Pferden über die Berge gekommen war, das machten sie jeden Frühling, kamen aus Numedal und Telemark, auch wenn nur selten Frauen dabei waren. Und war es nicht schon ein wenig spät im Jahr? Aber dann hatten sie sicher nicht früher aufbrechen können. Es ging Håvard nun wirklich nichts an, wie er mit neuem kreideweißem Hemd und Freude im Herzen dastand.

Aber etwas geschah, das den Bräutigam *sehen* ließ. Denn der Mann schlug.

Sie waren nur einige Schritte von ihm entfernt, vor dem Eingang zu einer Kneipe. Der Mann wollte hinein. Die Frau hatte etwas gesagt, leise und entschieden. Es war nicht schwer, den Inhalt zu erraten. Der Kerl wollte einen saufen. Sein Blick war schon glasig. Sicher hatte er mit Schnaps auf einen Handel angestoßen. Bestimmt hatte er seine Tiere eben an einen Bauern hier in der Nähe verkauft.

Und dann schlug er zu, der Mann aus Telemark.

Håvard trat einen Schritt vor.

Was ihn innehalten ließ, war der Blick der Frau, nicht der Mann. Und der ätzte sich in ihn ein, der Blick der Frau, die rückwärts taumelte, die zu Boden gegangen wäre, wenn die Hauswand sie nicht aufgefangen hätte. Der Blick war mild und nachsichtig. Er gehörte einer, die den Schmerz nicht spürte, die über diese Episode erhaben war, über den Mann, der sie schlug. Er gehörte einer, die wusste, dass Gewalt das Werk kleiner

Menschen ist, dass die Schande ihm zufiel, nicht ihr. Der Blick verriet einen Menschen, der seinem eigenen Weg folgte.

Für einen winzigen Moment erlebte Håvard den Anblick von strahlender Milde und Vernunft, und er musste sich abwenden, denn in diesem Blick gab es eine Offenheit, die etwas in ihm bersten ließ, und in ihm erhob sich eine Himmelsleiter und leuchtete in allen Farben des Regenbogens.

Als er sich wieder der Kneipentür zuwandte, waren die beiden nicht mehr zu sehen, dafür kam Elise auf ihn zu, barfuß. Jetzt bückte sie sich rasch und zog die Schuhe an, die sie bei sich gehabt hatte, in jeder Hand einen.

Und sie gingen zusammen weiter, ohne noch andere Worte zu wechseln als den Gruß ganz zu Anfang. Seite an Seite stapften sie durch die Gasse, ein hochgewachsener Mann und eine zierliche Frau mit einem sonnenverblichenen, fast weißen Zopf auf dem Rücken. Am nächsten Morgen würde der um ihren Kopf festgesteckt werden, dachte er einen seltsamen Moment, festgesteckt wie bei der Frau, die er eben gesehen hatte. Und er nahm ihre Hand und führte sie weiter, durch Torwege und weitere Gassen, unter schreienden Seevögeln, durch Windstöße, die allerlei Essengerüche aus den Häusern zu ihnen brachten, durch den Gestank von Abfällen, die vor die Häuser geworfen worden waren. Dann ging es eine schmale Treppe hoch und durch eine Tür, und dann standen sie in einem länglichen Raum mit grauen Wänden. Das Zimmer war mit nichts geschmückt, es hatte weder Bank noch Tisch, nur am einen Ende standen einige Schemel und Stühle. Eine kleine Versammlung aus Männern und einigen wenigen Frauen reichte ihnen mit ernster Miene die Hand. Elise erkannte Elias Tastad, den Vater der toten kleinen Zwillingsschwestern, seine Frau dagegen war nicht dabei. Und sie glaubte, auch noch zwei andere auf der Wanderung nach Våland gesehen zu haben.

Dann mussten sie sich nebeneinander mitten in den Raum

stellen, diese beiden, die Frau und Mann werden sollten, während die Übrigen sich an die Wände zurückzogen wie eine schwarzgraue Masse, mit Ausnahme von Lars Larsen aus Jeilane. Er blieb vor den beiden stehen. Er würde sprechen, wie damals, als Elise ihn zuletzt gesehen hatte. Und seine Stimme klang sicher. Sie klang gütig. Sie konnte sich zu strahlender Freude heben. Er sprach über die Freiheit in Amerika. Er sprach über das Recht jedes einzelnen Menschen, frei zu atmen, frei zu sprechen, nach eigener Fasson zu leben und zu glauben. Er forderte das Brautpaar zu Offenheit gegeneinander auf, und er betonte, wie gut es sei, zu zweit den Lebensweg weiterzuschreiten.

Mehr kam dann nicht.

Doch, ein wenig mehr noch, denn alle Anwesenden mussten ihren Namen auf ein Stück Papier schreiben, das bezeugte, dass hier die Ehe geschlossen worden war.

Danach dankten sie Gott.

Gab es denn nichts zu essen?, fragte die Tante später.

Nein, nichts zu essen.

Und auch keinen Schnaps?, rief der Mann der Tante entrüstet.

Auch keinen Schnaps. Aber er und ich, wir waren danach in einem Gasthaus und haben Pökelfleisch und Kartoffeln gegessen, und es gab auch Kuchenfladen und Kaffee, erzählte Elise.

Meine Güte, Kaffee, sagte die Tante. Immerhin etwas.

Und dann?, wollte sie wissen.

Elise gab keine Antwort.

Es ist doch mehr als ein Tag vergangen, was habt ihr in der übrigen Zeit getrieben?, quengelte die Person.

Das geht dich ja wohl nichts an, Weib, fuhr der Mann sie an.

Elise kehrte den beiden den Rücken zu und ging Unkraut jäten. Ihre Hände arbeiteten ganz von selbst. Sie sah nicht die Pflanzen, die aus dem Boden wuchsen, sah nicht Unkraut und Insekten. Sie sah den Mann. Sie sah ihn in dem neuen Hemd, und obwohl sie wusste, dass es weiß war, nichts als weiß, so hatte es in ihrer Erinnerung doch gelbe und rote und blaue und grüne Stickereien an Hals und Handgelenken. Denn so war es ihr vorgekommen, als sie abends zusammen gewesen waren, ehe die Nacht sich gesenkt hatte: dass alles schön war, die Blumen, die sie umgaben, sie waren auf einer kleinen Insel, der Mann hatte sie zu dieser Insel gerudert, wo außer ihnen kein Mensch war, keine Tiere waren zu sehen, außer einigen scheuen Schafen, und es war bei Sonnenuntergang gewesen, die ganze Landschaft hatte leuchtende Farben gehabt, auch das weiße Hemd.

Sie trug es in sich, alles. Das Wasser, das gegen die Felsen schlug. Den Duft von Heidekraut und salziger See. Das Hemd, das er zusammengefaltet und auf seine Hose gelegt hatte. Die Narben auf seinem Rücken und die Kerbe in dem einen Oberschenkel, diese Spuren seiner Begegnungen mit Engländern und einem Gefängnisschiff. Er hatte ihr Haar gelöst und ihr den Kopf gestreichelt, während er gesprochen hatte.

Hab keine Angst mehr, hatte er gesagt.

Und er hatte ihren Kopf an seine Brust gelegt, damit sie sich ausruhen könnte. So hatten sie dagesessen, lange, der Mann nackt und warm, sie selbst angezogen und frierend, und die Schafe hatten ihnen aus der Ferne zugesehen.

Du kannst dich jetzt an mich lehnen, hatte er getröstet.

Und sie hatte sich an die breite Brust gelehnt und so gesessen, bis sie fast eingeschlafen war.

Der Abschied

Das Land Kanaan, sagte Håvard über Amerika.

Aber das liegt nicht dort!, protestierte ein Fremder in Reisekleidung vor Madame Seligers Haus.

Håvard war zu Fuß gekommen und hatte etwas zu besorgen, der Fremde würde bald mit dem Boot abfahren, und während sie beide auf die Madame warteten, die die Kutschstation auf Finnøy betrieb, hatte der Reisende gefragt, ob sie Witwe sei. Und da hatte Håvard Kleng Pedersen Hesthammer erwähnen und erzählen müssen, wo der sich aufhielt.
Das Land Kanaan, das liegt doch dort, wo Jesus gewandert ist, wandte der Reisende ein.
Das ist ein Bild, erklärte Håvard. Für ein Land, in dem Milch und Honig fließen.
Amerika?
Jedenfalls muss es da schön sein, wo er doch nie zurückkommt!
Das war die Madame, die sich ins Gespräch einmischte. Klengs Frau. Plötzlich stand sie da, auf den Steinplatten zwischen den Gebäuden und dem Felshang, unter dem grünen Schleier aus den Blättern der Obstbäume, die sich an den steilen Hang klammerten.
Wie meint Ihr das?, fragte der Gast.
Eine Antwort bekam er nicht.
Das Boot ist bereit, erfuhr er stattdessen, und der Mann nahm seine Reisetruhe und stapfte nach unten zum Wasser.
Bald darauf saßen Håvard und die Frau in der Stube des weißen Hauses mit dem Satteldach. Er sollte sie für die Freunde ein letztes Mal fragen, ob sie sie über das Meer begleiten wollte.
Sie wollte nicht. Sie sei zu alt.
Kleng hat mich auch schon gefragt, sagte sie. Darf ich ein Glas Wein anbieten?
Der Wein war aus Äpfeln aus dem Garten gemacht. Es war am Sonntag zur Kirchzeit, und sie mussten nicht arbeiten; sonnenglitzernder Staub stand in einer schrägen Säule über dem Tisch, und die ältere Frau und der junge Mann stießen ernst und scherzend miteinander an, während sie über das sprachen,

wovon nur wenige Außenstehende wussten. Die bevorstehende Reise. Das Boot, das die Freunde endlich gekauft hatten, nachdem viele andere sich geweigert hatten, mit Quäkern Geschäfte zu machen.
Ihr hättet mich fragen können, sagte Madame Seliger, dann hätte niemand sich angefochten gefühlt, ich habe doch das Handelsrecht.
Danke, sagte Håvard. Aber jetzt ist alles in Ordnung. Das Schiff liegt in Egersund. Es wird gerade repariert.
Und ansonsten?
Der Proviant. Es ist schwer, sich für eine lange Reise bereitzumachen, so wie ich lebe. Ich habe eine Reisetruhe gezimmert. Die ist klein. Größere können wir nicht bauen. Es wird sehr eng an Deck. Wir dürfen an Kleidern und Essen nur mitnehmen, was unbedingt nötig ist. Mehr nicht. Wenn jemand Werkzeug mitbringen will, dann muss es auf Kosten anderer Dinge in die Truhe gepresst werden. Aber ein paar Spaten und Hacken können wohl zum Eisen in den Schiffsrumpf gelegt werden.
Hat Kleng das alles bestimmt?
Nein, Lars, nachdem er das Boot vermessen hatte. Aber Kleng hat uns geraten, Eisenplatten und Eisenschrott mitzunehmen, angeblich kann man das auf der anderen Seite für einen guten Preis verkaufen.
Sie tranken den süßen Wein.
Willst du deine Truhe hier bei mir stehen lassen, während du sie füllst?, fragte Madame Seliger.
Nein, antwortete Håvard. Nicht die Truhe. Dann würden sie sich wundern, der Bauer und seine Leute, weil die Truhe verschwunden ist. Aber das Essen.
Nur das Essen?
Für drei. Geräucherte Schinken. Hammelkeulen. Und Fladenbrot.

Die Brote brauchen eine große Truhe, meinte die Frau. Es muss ein hoher Stapel für drei Leute sein, für so viele Wochen.
Die Schinken können innen an den Schiffswänden hängen, sagte Håvard, zwischen den Kojen, an Haken, damit sie bei Sturm nicht herunterfallen. Und dann kann das Essen in einem Sack stecken, während ich in die Stadt rudere, und diesen Sack …
Werde ich füllen …
Für Geld.
Natürlich.

Wo du doch Marnas Tochter bist, sagte eine Tante, eine andere, die jüngere Schwester der ersten.
Sie gab Elise einen Kochlöffel.
Das soll also ein Geschenk sein, fügte sie hinzu. Wo es keine richtige Hochzeit gegeben hat.
Da sind uns immerhin diese Ausgaben erspart geblieben, verteidigte der Bauer die Jungverheiratete.
Und über uns ist ein Gebet gesprochen worden, murmelte Elise.
Nicht vom Pastor. Und nicht in der Kirche!
Sündig, sang die Luft. Sündig und schändlich!
Und die Schultern der Frau, die plötzlich aufgetaucht war, senkten sich ein wenig.
Einen Kochlöffel sollst du wenigstens haben, sagte sie. Marna zuliebe.

Und der einzige Bruder der Mutter schaute vorbei, mit einer Truhe. Er habe sie mit eigenen Händen hergestellt, erzählte er, gezimmert und das Schloss eingesetzt, damit sie ihre eigenen Habseligkeiten von einem Heim ins andere bringen könne, sie

sollte der Sippe nicht noch größere Schande machen als ohnehin schon.
Obwohl er es ja nicht sicher wisse, murmelte er ihr ins Ohr, nachdem er einige Stunden lang mit seinem Schwager Bier getrunken hatte, er wisse ja durchaus nicht, wer überhaupt recht habe und die Wahrheit besser kenne, falls es also eine Wahrheit gebe, und das müsse es doch, aber die Geistlichen … ach, die Geistlichen seien eine gierige Bande.
Und geht ihr denn nun nach Rennesøy?, fragte er und hielt sie auf Armlänge von sich.
Da ist es schon gut, fügte er hinzu, ohne auf Antwort zu warten.
Dann drückte er sie für einen flüchtigen Moment an sich, und sein warmer Atem traf ihre Wange: Du hast solche Ähnlichkeit mit meiner Schwester, dass es wehtut. Sie war die Schönste, und jetzt ist sie tot. Der Herr hat sie ihrer Schönheit wegen so früh geholt, haben wir damals gesagt …

Håvard trug Steine. Er hatte niemanden, von dem er Abschied nehmen musste, also machte er das, was er um diese Jahreszeit immer tat. Er wippte mit einem Stemmeisen die Felsstücke aus dem Zugriff von Wurzeln und Erde und rollte oder trug sie vom zukünftigen Ackerland des Bauern fort, falls sie nicht so groß waren, dass sie mit Hilfe des Pferdes weggebracht werden mussten. Früher hatte er sich gefragt, welche Arbeit der Bauer ihm geben würde, wenn alles Land gerodet wäre. Jetzt dachte er an das Meer. Und er dachte an ein schönes Schultertuch, das er gekauft hatte, etwas Schönes, das er Elise schenken wollte. Er hatte sie doch gesehen, ihre Enttäuschung vor der Hochzeit, angesichts der Nüchternheit und der Farblosigkeit. Er hatte ihre Gedanken ja noch nicht auf den inneren Pfad zum Licht lenken können. Und deshalb würde sie sich über ein rotes Tuch sicher freuen, stellte er sich vor. An der Küste von Amerika würde sie es bekommen, so hatte er das geplant, als Willkommensgeschenk in der Fremde. Dann hatte er gedacht, sie müsse das Tuch erhalten, ehe sie dort drüben an Land gingen, damit sie für die Begegnung mit dem Neuen geschmückt wäre. Jetzt dachte er wieder anders über das alles, denn wäre es nicht doch besser, ihr das Tuch schon vorher zu geben, damit sie auf der heiligen Reise etwas Schönes hätte? Je mehr er darüber grübelte, um so sicherer wurde er, und als die letzte Schicht an diesem Tag zu Ende ging, holte er das kostbare Kleidungsstück heraus. Er hatte das bestickte Stoffstück sorgfältig zusammengefaltet, als er es in die Truhe gelegt hatte. Ein großes Dreieck war zu einem kleinen geworden, in mehreren Schichten. Ohne es auseinanderzufalten, legte er die Stoffschichten unter seinem Wams an seine Brust und machte sich auf.

Mit kräftigen Ruderschlägen schob er das Boot durch das Wasser. Es war ein stiller Abend. Es war das Boot des Bauern. Er dachte daran, dass das nächste Mal, wenn er es ruderte, das letzte sein würde. Ohne Wehmut schaute er sich um, ja, schön war es hier schon, aber nichts gehörte ihm, außer als Bilder, an die er sich erinnern könnte. Und die würde er doch mitnehmen …

Bald hatte er die Stadt erreicht, bald eilte er zum Hof der Tante hinauf. Bald stand er zwischen den grauen Wänden in einem Schuppen.

Das sollst du in das neue Leben hineintragen, sagte er lächelnd, als er seiner Frau das schöne Geschenk hinhielt.

Es ist ein Tuch, erklärte er. Ich habe mir alle Mühe gemacht, es ordentlich zusammenzufalten.

Also faltete sie das Tuch nicht auseinander, da er es doch offenbar nicht wollte. Vorsichtig legte sie die Gabe ganz unten in die Truhe, die der Onkel gezimmert hatte, unter den Kochlöffel, unter das Messer, das ihr ebenfalls gehörte, unter die Winterkleidung, die ihr und Ansgar gehörte, und unter die neuen Filzhandschuhe, die der Mann der Tante ihr eines Abends, als er nach Schnaps gestunken hatte, zugesteckt hatte. Dann zog der Mann sie an sich, er, der dieses Schöne gebracht hatte. Der Junge hatte ihnen schon den Rücken gekehrt und schlief.

Das nächste Mal auf dem Schiff, flüsterte Håvard, als er gehen musste.
Sie wandte sich ab.
So war das nicht gemeint, sagte er, ich wollte sagen, dass wir uns dann wiedersehen, das nächste Mal sehen wir uns auf einem Schiff.
Er merkte, dass sie zitterte, als er sie umarmte.

Dann kam Håvards letzter Tag auf einem fremden Feld. Deshalb griff er ganz besonders energisch zu, mit Jubel in der Brust, bis der Bauer den Arbeitstag abkürzte und ihn früher als sonst zu Tisch rief.
Hier sollte gefeiert werden, das sah Håvard, als er das Haus betrat. Der Tisch war gedeckt mit Pökelfleisch und Räucherfisch, mit Sauerrahmgrütze und reichlich Schnaps. Er würde sie doch verlassen, rief der Bauer, und da müssten sie ja wohl auf eine sichere Überfahrt der Bootsgesellschaft anstoßen.
Håvard fuhr zusammen. Was meinte der Mann? Die Bootsgesellschaft?
Mach nicht so ein Gesicht, sagte der Bauer und lachte, hab ich nicht recht?
Wir wissen das doch, sagte auch die Frau, dass ihr übers Meer wollt.
Übers Meer, wiederholte die Tochter.

Nach Amerika, sagte die Bäuerin und kniff die hellblauen Augen zusammen, als stehe sie an Deck und blicke in das scharfe Sonnenlicht.
Wer sagt das?
Håvard fühlte sich plötzlich benommen und seltsam, und sein Mund war wie ausgedörrt. Er packte den Krug, der ihm hingehalten wurde, und trank in langen Zügen.
Nein, wer hat das gesagt?, brummte der Bauer. Aber stimmt es denn nicht?
Ein Vögelchen in Egersund, sagte die Bäuerin mit schadenfroher Stimme. Man muss ja wohl Dreck am Stecken haben, wenn man sich hinter dem Rücken der anderen davonstehlen will.
Hinter dem Rücken der Obrigkeit, mischte der Sohn des Bauern sich ein.
Gib es nur zu, verlangte der Bauer und lachte.
Jetzt greif schon zu, nötigte die Frau. Wir sagen es nicht weiter, das kannst du uns glauben.
Kein Sterbenswörtchen werden wir verraten, sagte die Bauerntochter. Iss jetzt!
Sie reichte ihm ein Brettchen mit geräucherter Makrele. Håvard langte zu. Er konnte nicht klar denken. Ein Vögelchen aus Egersund. Dort war das Boot umgebaut worden und hatte einen neuen Namen erhalten. »Restauration« hieß es jetzt. Vorher hatte es »Emanuel« geheißen.
Nein, wir sind doch deine Freunde, behauptete der Anerbe und schenkte Bier nach.
Also Prost, Håvard!
Håvard stieß mit allen an.
Dann aßen sie, und es wurde über andere Dinge geredet, munter wurde geredet, über Menschen aus der Gegend, über Ereignisse in alter Zeit, über Menschen aus der Ferne, die die Kutschstation besucht hatten, die durch Dinge, die sie getan oder gesagt hatten, Geschichte gemacht hatten.

Könnt ihr euch noch an den Ziegenhändler erinnern? brüllte der Bauer und lachte wiehernd.
Håvard sagte nur wenig. Aber immer wieder wurde angestoßen, und langsam wich die Angst aus seinem Körper. Denn er hatte doch nichts zugegeben. Er hatte die Behauptungen der anderen kaum kommentiert. Es war ja wohl nicht verboten, aus einem Land in ein anderes zu reisen. Nicht einmal, wenn es über das Meer gehen sollte, war das wohl verboten. Oder doch nur für junge Männer, die zum Militär einberufen waren, dachte er.
Dann erinnerte er den Bauern daran, dass er seinen Lohn für das letzte halbe Jahr noch nicht bekommen hatte, und der wurde ihm versprochen, noch ehe dieses Fest zu Ende wäre. Danach füllte sich das Zimmer mit neuen Geschichten und mit Lachen, das leicht und hell war oder grob und dunkel, und die Zeit verging.
Danke für die Bewirtung, sagte Håvard endlich und wollte aufstehen, aber der Bauer zog ihn wieder auf die Bank.
Du kannst doch noch mehr vertragen, wo du auf eine so weite Reise gehen willst, wurde gejohlt und gerufen.
Und deshalb konnte er erst spät über den Hofplatz taumeln und auf sein Lager fallen.

Ein Gebrüll zerfetzte den Schlaf. Håvard hatte nicht ganz verstanden, was da gerufen worden war, worum es ging, aber plötzlich griffen in der Dunkelheit viele Hände nach ihm, Fäuste, die ein Seil um seinen Körper wickelten, während er noch immer nicht ganz wach war, die ihn wickelten wie einen Säugling, bis er kaum einen Finger bewegen konnte.
Da kannst du liegen, du verdammter Dieb, sagte der Bauer wütend.
Håvard riss an den Riemen, aber das half nichts.
Verdammter Dieb, wiederholte der Hütejunge ein wenig unsicher.

Das ist also der Dank für viele Jahre Dienst bei ehrlichen Christenmenschen, rief die Bäuerin.
Schweinehund, rief der Anerbe.
Silberdieb, rief seine Schwester.
Golddieb, johlte der halbtaube Knecht.
Håvard begriff das alles nicht.
Dann fiel ihm das Schiff ein.
Ich muss aufbrechen, rief er.
Noch ist schwarze Nacht, teilte ihm der Bauer mit. Das Schiff geht noch lange nicht.
Schlaf du nur weiter, sagte die Bäuerin. Dann kannst du morgen mit dem Dorfschulzen reden. Vielleicht bist du ja doch kein Dieb, wenn der Dorfschulze sich die Sache angesehen und wir uns alle untereinander beraten haben.
Ich bin kein Dieb, rief Håvard.
Das sage ich doch gerade, meinte die Frau.
Das muss die Obrigkeit entscheiden, erklärte der Bauer.
Und dann lag er da, Håvard, und war müde, so müde.
Als er das nächste Mal zu sich kam, war er noch immer gefesselt, und jemand machte sich in seiner Nähe zu schaffen.
Ist jetzt Morgen?, fragte er heiser.
Siehst du die Lampe nicht?, antwortete die Bäuerin. Also ist es wohl noch dunkel.
Aber habe ich nicht lange genug geschlafen?
Hier hast du ein wenig Grütze, sagte die Frau und beugte sich über ihn. Damit du immerhin satt bist, wenn der Dorfschulze kommt.
Aber was wird mir denn vorgeworfen?, fragte Håvard.
Man vergreift sich ja so schnell, murmelte die andere. Vor allem, wenn man getrunken hat. Aber das macht die Sache auch nicht besser.
Damit war sie verschwunden.
Und es musste doch immer noch Nacht sein, so schwer wie

sein Kopf war. Also konnte er noch ein wenig schlafen, fand Håvard, auch wenn das unbequem war, am ganzen Leib gefesselt, wie er war. Trotzdem glitt er in neue Träume hinein, in böse Träume, aus denen er sich herauskämpfte. Er hatte keine Ahnung, wie viel Zeit vergangen war, aber auch diesmal stand die Frau mit Grütze da, die sie in ihn hineinschütten wollte.
Hast du Schnaps in die Grütze gegeben?, fragte Håvard.
Einen Absud vom Gagelstrauch, antwortete die Frau. Das tut gut.

Elise und Ansgar waren früh auf den Beinen.
Und mit Schuhen an den Füßen, wie die Tante sah.
Es machte den Morgen nicht schlechter, dass sie die beiden vielleicht verhöhnte; auf eine heilige Reise begab man sich nicht mit nackten Füßen. Dass die Reise über das Meer heilig war, hatte Ansgar verstanden und seiner Schwester gegenüber wiederholt.
Bald kam ein Verwandter von Lars Larsen mit einer Handkarre, um sie zu holen, deshalb brauchten sie die Reisetruhe nicht zu tragen. Bei Jeilane würden Marta Georgiana und Lars sich anschließen.
Und dann trefft ihr deinen Mann am Hafen, ist das so?, fragte der Mann der Tante verwirrt.
Ja, so ist das wohl, antwortete Elise.
Und es gab Tanz in Ansgars Füßen und Gesang im Körper der Schwester, als sie das Haus verließen, denn heute sollte es passieren, sie sollten wirklich aufbrechen und den Ort verlassen, wo alles nur Hoffnungslosigkeit und Angst gewesen war. Und Håvard würde mit ihnen zusammen sein. Der Mann, der Elise eine breite Brust zum Anlehnen gegeben hatte. Der Bräutigam, der versprochen hatte, ihre Last zu erleichtern. Håvard,

Håvard, der Ansgar hochheben und seine Sätze abschneiden konnte, der stark war wie zwei Männer von der Sorte des Tantenmannes, stark wie ein Bär, wie ein Wolf. Er gehörte ihr. Elise wagte jetzt, das zu denken, als sie leichten Schrittes hinter dem Jungen mit der Karre herliefen. Und sie lächelte Marta und Lars an, lächelte strahlend und blickte ihnen freimütig ins Gesicht, denn sie würden mit demselben Schiff fahren, und sie besaß eine Truhe, die etwas enthielt. Ein Tuch und einen Kochlöffel. Und ein Messer. Dazu ein Paar neue Filzhandschuhe.
Und Marta nahm ihren Arm, als sie das letzte Stück bergab gingen, denn sie erwartete etwas Kleines und war nicht mehr sicher zu Fuß. Sie waren gleich alt, die beiden, und hätten zusammen zur Schule gegangen sein können. Dann wären sie früher vielleicht einmal Freundinnen gewesen, ging es Elise auf, denn Freundinnen liefen doch sicher Arm in Arm über die Straße.
Sie selbst hatte nie eine Freundin gehabt.
Und Marta Georgiana sprach über alles, was sie sahen, über die Menschen, an denen sie vorbeigingen, Menschen, die nichts wussten, über das Geheimnis, über die heilige Reise, und sie hatte ein perlendes klares kleines Lachen, das sie gleichsam über ihre Worte rieseln ließ.

Was die wohl denken, sagte sie, wenn sie sehen, wie das Schiff mit gehissten Segeln den Hafen verlässt. Denn heute weht eine feine Brise, sagte Lars.
Da liegt sie, sagte der Mann gleich danach und zeigte auf das Schiff.
Bald darauf waren sie an Bord.

Es war bis ins Kleinste geplant, wie das Schiff beladen werden sollte. Ganz unten lag dicht an dicht der Eisenabfall. Darauf wurden größere Eisenplatten geschichtet, Kante an Kante lagen sie und balancierten auf ihrer Unterlage. Sie war wie eine

Art Deck, diese Unterlage, auf die jetzt die Truhen als ein neuer Boden von unterschiedlicher Höhe geladen werden sollten, manche Truhen waren nämlich höher als andere. Auf einigen würden sie also sitzen können, während andere als Esstische dienten. Die Kojen hingen an den Wänden und unter der Decke im Bootsinneren, in zwei Reihen übereinander hingen sie an den Bootswänden, dazu in einer Reihe in der Mitte, damit man sich auf beiden Seiten bewegen konnte. Ansgar teilte sie in Gruppen von fünfen ein. In der letzten Gruppe war eine Koje zu wenig.

Vierundfünfzig Schlafplätze, murmelte Elise.

Ihr könnt die da haben, entschied Lars und zeigte auf drei Kojen kurz vor dem Bug. Håvard kann die unterste nehmen, er wiegt ja schließlich am meisten.

Aber wo steckt er denn eigentlich?, fragte Ansgar.

Er kommt sicher bald, sagte Lars. Wir gehören doch zu den Ersten.

Bald trafen sie ein, mit andächtigen Schritten und Bewegungen, Ehepaare mit Kindern, einzelne Junggesellen, sie stiegen die Leiter herunter ins dunkle Bootsinnere, ihre Habseligkeiten in kleinen Holztruhen, die ordentlich unter den Schlafplätzen verstaut wurden. Ansgar half Lars, das Ganze zu organisieren, er schob die Truhen hin und her und machte Platz für die neuen, er kletterte nach oben und schleppte Säcke mit Mehl und Getreide, er hielt die Laterne für die frisch eingetroffenen Frauen, damit die in ihren weiten Röcken nicht stolperten, solange sie sich noch nicht an die Dunkelheit unter Deck gewöhnt hatten, und die ganze Zeit schaute er voller Besorgnis und Neugier Menschen an, die er noch nie zuvor gesehen hatte.

Die Auswanderer kamen in kleineren Gruppen, nicht alle auf einmal. Und wenn die Ersten unter Deck gegangen waren, sollten sie dort bleiben. Die Menschen an Land durften nicht bemerken, was hier vor sich ging. Es war eine Flucht, die sie hier vorbereiteten, fort von Schikanen und unbilligen Forderungen. Auch wenn niemand von denen, die himmelhohe Bußen bezahlen sollten, mitkam, weder die Witwe des zuletzt verstorbenen Mannes noch das Ehepaar Tastad. Aber alle, die jetzt auswandern wollten, hatten den Schmerz der anderen wie ihren eigenen verspürt, und das war noch nicht alles …

Deshalb wollten sie jetzt unbedingt in See stechen.

Aber Håvard fehlte.

Håvard fehlte noch immer, als alle Vorbereitungen getroffen waren.

Also schickten sie zwei Männer mit einem Ruderboot los, um nach ihm zu sehen. Zugleich setzten sie Segel und lösten die Trossen, und langsam legte die Schaluppe »Restauration« ab. Ansgar durfte oben im Tageslicht stehen, als Gehilfe der kleinen Mannschaft, und er keuchte auf beim Anblick der Lagerhäuser, die ihn an Kühe erinnerten, wie sie nebeneinander in einem Stall stehen, und die bald die Größe von Tannenzapfen hatten.

Hinter einer kleinen Insel legten sie eine Pause ein. Sie warteten auf das Ruderboot, das Håvard von Finnøy holen sollte. Während sie warteten, kam ein Mann an Deck gestürzt. Er hatte sich die Sache anders überlegt. Er wollte doch nicht fort! Er wollte an Land!

Und in diesem Moment sahen sie das Ruderboot. Darin saßen nur zwei Männer.

Dann muss das Boot ja ohnehin noch einmal losfahren, murmelte Lars Larsen aus Jeilane besorgt, ehe er gehört hatte, was die Ruderer über Håvard zu berichten hatten.

Der lag noch immer an Händen und Füßen gefesselt auf einer Pritsche und schlief. Er döste noch viele Stunden vor sich hin,

dann wurde er von einer wütenden Stimme draußen auf dem Hofplatz geweckt.
Habt ihr mich also ganz ohne Grund herkommen lassen?, fragte die Stimme.
Aber es *muss* doch irgendwo sein, brummte der Bauer.
Ja, stimmte der Sohn ängstlich zu. Ich weiß, dass es da war.
Wann denn?, fragte der Unbekannte.
Als wir gegessen und getrunken hatten … und Vater hatte auf der Fiedel gespielt …
Jetzt mal ganz langsam, sagte der Fremde. Es geht hier um den Silberschmuck deiner Frau, ja?
Genau, sagte der Bauer.
Er ist weg, sagte der Sohn. Und er lag in seiner Reisetruhe. Das weiß ich! Das habe ich gesehen! Er war in ein besticktes Tuch eingewickelt. Er hatte ihn am Stoff befestigt.
Aber ein Tuch ist hier auch nicht, wurde eingewandt.
Dann muss er beides anderswo versteckt haben, sagte der Bauer.
Aber jetzt brüllte Håvard. Jetzt blies er sich auf und reckte sich dermaßen, dass die Seile rissen. Und er stürzte hinaus auf den Hofplatz, wo die Sonne schien, und nun begriff er, dass er betrogen worden war. Und er packte den Bauern am Schlafittchen und hob ihn hoch und brüllte vor Wut. Dein Sohn hat also etwas in meine Truhe legen müssen, ja? In etwas anderem versteckt. Und wieso? Damit ich nicht weggehe, sondern bleibe? Weil du mich seit Monaten unter Druck setzt, damit ich nicht weggehe, sondern bleibe und für dich und deine Familie in alle Ewigkeit einen Stein auf den anderen setze?
Nein, ich bin kein Dieb, brüllte Håvard. Das bist schon eher du, denn du hast mir noch immer nicht den Lohn gegeben, den du mir schuldig bist!
Er ließ den anderen los.
Der Bauer fiel rückwärts ins Gras. Håvard bückte sich nach seinen Habseligkeiten, die um die offene Reisetruhe herum

verstreut lagen. Irgendwer hatte die Truhe auf den Hofplatz gezogen, während er geschlafen hatte; er legte alles wieder hinein, er schloss den Deckel, er ging seine Reisekleidung holen, die er drinnen bereitgelegt hatte.

Es ist zu spät, schluchzte die Bäuerin, die hinter ihm hergetrottet kam. Du warst zu müde. Du hast einen ganzen Tag und noch eine Nacht verschlafen. Das Schiff ist in See gestochen. Wir haben es vorüberfahren sehen. Aber wo ist mein Schmuckstück?

2. Kapitel

Die lange Reise

Himmlisches Elixier

Ansgar war gerade dreizehn geworden, als sie in See stachen. Er hatte nur einige Wochen Schulbesuch hinter sich, und die Zeit, in der ihm Wissen hätte zugeführt werden sollen, erschien in seiner Erinnerung als Wirrwarr aus Niederlagen und Streit und Blut. Er konnte nicht dafür, dass er losredete, ohne gefragt worden zu sein. Er konnte nicht dagegen an, dass er vor Kindern, die ihn verspotteten, platzte wie ein Troll. Und dann wurde er mit dem Bambusstock verprügelt. Und draußen, in der Pause, fielen die anderen Kinder mit den Fäusten über ihn her.

Ein Kampf darum, zu schweigen, den Mund zu halten, den er verloren hatte, wieder und wieder, bis der Lehrer dem Mann der Tante mitgeteilt hatte, er wolle Ansgar nicht wiedersehen. Was ihm an Schulwissen blieb, war nicht mehr als losgerissene Bibelworte. Sie stammten aus Versen, die der Junge hatte büffeln müssen, ohne dass ihm Inhalt oder Zusammenhang verständlich erklärt worden wären, und auf diese Weise waren sie in seiner Erinnerung zu einem eingestürzten Bauwerk geworden. Er besaß ein halbes Gebet, das er sprechen konnte, und einige Gebote, um darüber nachzudenken, ansonsten gab es nur Bruchstücke über unbegreifliche Wesen wie Leviten und Musiten, Kehathiten und Eselinnen. Mit Lesen und Schreiben stand es noch schlimmer. Er konnte Jesus und Amen schreiben, und

er kannte die ersten drei Buchstaben in seinem Namen. Ansonsten war er mittelgroß, mager und ein wenig schief gewachsen, nach all den Prügeln, die er bekommen hatte. Seine Haare waren hellbraun und struppig und die Augen braun und ein wenig schräg. »Du Fuchs«, war er in der Schule manchmal genannt worden; da er auf einem Bein lahmte, seit der Mann der Tante ihn einmal halbtot geschlagen hatte, zog er es so hinter sich her, dass es an einen Schwanz erinnern konnte. Manchmal nannten sie ihn aber auch Hase oder Maus. Wenn seine Augenlider ganz besonders arg zuckten, wenn er die Kontrolle über die Augäpfel verlor, so dass sie sich nicht nur drehten, sondern wie blitzschnelle Weberschiffchen hin und her jagten. Wenn das geschah, schwand der Lärm um ihn herum zu etwas Vagem, das ihn nichts anging, und er hätte einschlafen können, wenn er auf seiner Pritsche gelegen hätte.
Jetzt stand er an der Reling und starrte in die blaue Weite. Sein Blick war ruhig und ohne dieses Zitternde, und er folgte der Wasseroberfläche, bis sie an den Himmelsrand stieß. Danach schaute er nach unten, in die Tiefe, aber die konnte er nicht durchdringen, er konnte nur die oberste Schicht erfassen, die sich wie kleine bewegliche Wasserkuppen kräuselte. Unten stand ein Wald, das hatte der Kapitän erzählt. Ansgar hätte diesen Wald gern gesehen. Er wäre gern dort unten zwischen den Bäumen umhergewandert, allein unter den Fischen. Aber das konnte er nicht, das hatte der Kapitän ebenfalls gesagt, denn kein Mensch konnte auf dem Meeresboden atmen.
Ansgar schloss die Augen. Und er sah das Deck hinter seinem Rücken vor sich, ein Segelbootdeck. Eine Yacht, so hatte Lars Larsen aus Jeilane das Schiff genannt. Eine Schaluppe, hatte der Kapitän, Lars Helland, gesagt.
Yacht, Macht, Tracht.
Unter den Männern gab es keine harten Wortwechsel, es gab nur joviales Geplauder.

Schaluppe, Puppe, Suppe.
Eine Yacht hat einen einzelnen Mast, hatte Helland erklärt.
Ansgar sah ihre Gesichter vor sich; an den Gesichtern der beiden, die Lars hießen, war nichts auszusetzen. Auch mit dem Gesicht des Kochs, er hieß Endre, stimmte alles. Endre Salvesen Dahl hieß er, und Ansgar hatte ihm beim Frühstückmachen geholfen, an diesem ersten Tag, an dem sie an Bord erwacht waren. Sie hatten in einem riesigen Kessel Grütze gekocht. Der Kessel hatte auf einem kleinen Eisenofen gestanden. Ansgar hatte den Ofen mit Kohle gefüllt, während Endre in der Grütze gerührt hatte. Der Ofen stand an Deck in seinem kleinen, mit Sand gefüllten Koben, für den Fall, dass er Funken sprühte.
Jetzt war der Kessel leer und sauber gescheuert. Dreimal war er bisher gefüllt worden. Die Menschen saßen satt und zufrieden dort, wo sie die Mahlzeit genossen hatten, auf festgenagelten Kästen, Taurollen oder gleich auf den Decksbrettern. Ansgar kehrte ihnen den Rücken zu. Er hörte Kinderlachen und ruhige Erwachsenenstimmen. Er hörte Ermahnungen, der Mannschaft nicht im Weg zu stehen. Er sah den Steuermann am Ruder vor sich.
Der Junge hatte noch nie so viele freundliche Gesichter gesehen. In diesen Menschen schien eine Fülle von Sonne zu wohnen, so strahlten ihre Augen vor Freude und Erwartung. Keiner schrie den anderen an. Niemand schimpfte. Die Stimmen waren ruhig und behaglich, und die Freunde konnten einander freundlich berühren, während sie miteinander sprachen, ein kurzes Streicheln, ein sanfter Schubs, eine Handbewegung über einen Arm, an einer Wange. Und inmitten von allem stand Lars Larsen aus Jeilane.
Wie ein guter Vater, dachte Ansgar jetzt, und dieser Gedanke füllte seine Brust mit etwas so seltsam Weichem, dass er sich krümmen musste. Ein guter Vater. Das war ein Ausdruck von

seinem ersten Tag im Schulzimmer. Dabei war es um den Hirten mit dem langen, geschwungenen Hirtenstab gegangen, den Mann, der die Natur überragte und der Vater von Löwe und Ochse der biblischen Geschichten war, und auch der von Adam, von Adam, der einen Namen wie Ansgar hatte, mit demselben Anfangslaut. Und der Hirte strahlte etwas Mildes und Schönes aus, und das tat auch Lars Larsen aus Jeilane, und Ansgar hätte weinen mögen, aber das tat er dann doch nicht.
Der Junge seufzte tief. Er hörte den Kindern hinter seinem Rücken zu. Sie passten auf sich selbst und aufeinander auf, das hatte er gesehen, oft hielten sie einander an den Händen, aber sie rannten nicht, sie gingen mit kleinen Schritten, um nicht zu stolpern oder auszurutschen. Und die Mädchen hatten schönes Haar mit Schleifen. Ansgar hatte noch nie so viel schönes Haar und so viele Schleifen auf einmal gesehen. Die schönsten waren rot-gelb und gehörten einem Mädchen namens Alida Ruth. Sie hätte er lange ansehen können, ohne dass etwas Schlimmes passiert wäre, aber man durfte andere doch nicht anstarren.
Hahnenschwan.
Deshalb schaute er aufs Meer hinaus. Um nicht Alida Ruth anzustarren. Um nichts über andere und anderes zu rufen. Über eine grobporige bläulich verfärbte Nase.
Hasenase.
Und weil der Grobporige ihn auf eine Weise angesehen hatte, die ihm nicht gefiel, war in Ansgar auch ein Klangbild aufgetaucht, ein Wort, das an das erinnerte, was er nicht sagen durfte, ein Wort, das er aufgefangen und bewahrt hatte und das er so gebrauchen konnte, wie er solche Wörter gebrauchte: indem er es wie etwas Unerklärliches in ein Gesicht schleuderte.
Nebukadnezar.
Vielleicht ein alter Mann aus Nazareth. Naserot. Mit großer Nase und schlaffer Haut. Wie ein blauer Hodensack unter dem Bauch eines alten Stiers.

Aber er konnte zwischen diesen vielen lächelnden Menschen nicht rufen, das konnte er nicht, auch wenn er etwas anderes rief, als sie dachten.
Nein.
Er war in aller Eile die Leiter hinuntergestiegen und zu seinem Schlafplatz geeilt, dann wieder zurück zur Leiter und nach oben, einmal, zweimal, als habe er noch immer etwas vergessen und müsse es holen, und das half ein wenig, wenn auch nicht viel.
Dann stand er da, an der Reling, den Blick auf das Blau gerichtet, um nicht diese Nase zu sehen, und einen Mund mit seltsam braungelben Lippen, die aussahen wie …
Nein.
Er musste das Meer ansehen. Die Schaumkämme. Die Schar von Seevögeln, die dem Schiff folgte. Es waren Möwen, große Möwen mit gelben Schnäbeln, seht nur! Ein Fisch in einem gelben Schnabel! Ein glitzernder Fisch, vielleicht ein Hering!
Ansgar ließ seinen Blick an den Möwen haften, er begleitete den Fisch, der durch den gelben Schnabel verschwand, er sah die schlagenden Flügel, sie waren grau mit weißen Sprenkeln, und der Vogel schien ein wenig eifriger mit den Flügeln schlagen zu müssen, um seinen Fisch verschlingen zu können.
Wenn man doch selbst ein Vogel sein könnte!
Ansgar war keiner.
Er war ein Junge, der den anderen den Rücken zukehren musste, um nicht zu rufen. Denn hier war niemand, der ihn aufhalten, der seinen Mund verschließen konnte.
Håvard war nicht gekommen.
Und die Schwester lag unter Deck, mit dem Gesicht nach unten, zusammengekrümmt in einer Koje, und sie wollte nicht reden.
Ansgar hatte in der ersten Nacht ihr Seufzen gehört. Er hatte in seiner eigenen Koje gelegen, gleich über ihr, und es war ihm schwergefallen, sich so zu legen, dass es nicht wehtat. Das war

wohl allen hier in den Kojen so gegangen, und Elise hatte nicht als Einzige geseufzt, aber kein anderer Seufzer war aus einer solchen Tiefe gekommen, glaubte der Bruder. Dann war er doch eingeschlafen, trotz der Seufzer, müde, wie er war, stolz, wie er war, nach der Arbeit, zu der sie ihn eingesetzt hatten, der Kapitän und der Koch Endre, der Arbeit, die er so gemeistert hatte, dass er gelobt worden war.
Aber Håvard war nicht gekommen.
Ansgar hatte nach dem Frühstück plötzlich arbeitslos bei der Kombüse gestanden und seine Freunde angesehen, die schwarzgekleideten Männer, die Hüte trugen, sogar draußen im Wind, Hüte, die sie tief über den Schädel zogen, um sie nicht zu verlieren, und erst jetzt war dem Jungen aufgegangen, dass zwischen den anderen einer fehlte. Erst jetzt war ihm wirklich aufgegangen, in welches Unglück er geraten war, und das hatte ihn mit grauer Übelkeit erfüllt, und er hatte sich abgewandt und sich an die Reling geklammert.
Håvard sollte ein Dieb sein?
Niemals. Nicht Håvard.
Aber deshalb war er ja nicht gekommen, hatten sie gesagt. Das war ihnen mitgeteilt worden, den beiden, die ihn holen sollten, der Mann sei ein schnöder Dieb, der sich am Silber der Bauersleute vergriffen habe.
Niemals!
Ansgar erbrach sich. Die gute Grütze spritzte aus ihm heraus. Zum Glück hatte er Rückenwind.

Er wird nachkommen, sagte eine Frau mit dünnen blonden Haaren tröstend.
Der Herr wird es fügen, sagte eine andere, dunkelhaarige mit milder Stimme.

Warte nur, sagte Marta Georgiana. Håvard wird schon kommen, du wirst sehen.
Elise begriff es nicht. Das hier war das Schiff nach Amerika, das Schiff, dessen Bewegungen sie spürte, im Wogen der Wellen. Kein anderes Schiff hatte bei Stavanger im Fjord gelegen und diese Strecke fahren sollen. Dort mochten Schiffe liegen, die nach Hamburg oder in die Niederlande oder nach England unterwegs waren. Elise wusste nicht so viele Namen von Orten, die ein Schiff mit seiner Ladung ansteuern konnte, aber keins von den anderen sollte den langen Weg über das große Meer antreten, da war sie sich sicher. Meinten die Frauen, Håvard werde rudern? Meinten sie, ein Engel werde ihn zu den Wolken hochhheben und zu ihnen tragen?
So etwas passierte nicht, glaubte Elise.
Er würde sie niemals einholen, das wusste sie. Niemals. Und außerdem würde er doch in Arrest genommen werden. Diebe wurden in Eisen gelegt, wenn sie geschnappt wurden. Håvard war geschnappt worden. So musste es doch sein, wenn sie dort auf dem Hof so schreckliche Dinge über ihn hatten sagen können, und sie sah ihn vor sich, sein langer Körper auf einer schmalen Pritsche sitzend, über die langen Oberschenkel gekrümmt, an einer von grünem Schimmel überwucherten Kellermauer angekettet.
Er war also unvorsichtig gewesen, dachte sie. Er musste doch dumm sein, wenn er erwischt worden war. Elise war nie erwischt worden. Sie hatte aber auch niemals etwas Wertvolles gestohlen. Ein Ei vielleicht, wenn sie vor Hunger fast umgekommen war, während die Tante und der Mann im Haus saßen und sich den Bauch vollschlugen. Eine Scheibe Schinken. Nicht mehr. Nicht so, dass es bemerkt werden konnte.
Håvard hatte Silber gestohlen. Damit sie in der Neuen Welt besser zurechtkämen, nahm sie an. Sie selbst, Håvard und Ansgar. Damit sie sich ein paar Kühe anschaffen könnten, vielleicht.

Und ein Schwein. Und vielleicht ein Pferd und einen Wagen. Also war es gut gemeint gewesen, und sie hatte leise bei dem Gedanken daran geweint, was er sich für sie beide erträumt hatte, vielleicht nicht weniger als drei Kühe, drei strotzend fette Milchkühe, und vielleicht einige Schafe, zwei, drei, vielleicht fünf oder sechs, die Wolle geben würden, Jahr um Jahr, Wolle, die kardiert, gesponnen, gefärbt werden konnte; sie konnte das, sie wusste, wie man das machte …
Aber er war erwischt worden. Er musste sich ungeheuer dumm angestellt haben. Aber natürlich, wie hätte ein großer Bursche wie Håvard sich in eine fremde Kammer schleichen sollen, ohne gesehen zu werden! Da hätte er doch lieber Ansgar schicken sollen …

Hast du Durst?, fragte der Bruder.
Elise bewegte mit geschlossenen Augen den Kopf hin und her. Sie brachte es nicht über sich, Ansgar anzusehen.
Aber Hunger musst du doch haben, sagte er.
Sie grunzte ein Nein.
Ich habe guten Kuchenfladen, sagte der Junge. Den hat mir die Frau von Larsen gegeben.
Kuchenfladen?
Elise streckte eine Hand aus.
Es war Fladen mit einem Weichkäseaufstrich, der auf der Zunge zerging. Sie schmatzte vor Wonne. Sie aß wortlos. Der Bruder sagte auch nichts, aber sie spürte einen Strom in ihm, der herauswollte, der sich über sie ergießen wollte, damit sie ihn in den Arm nahm und tröstete oder ausschimpfte. Aber sie wollte ihn nicht, diesen Strom. Sie wollte den Bruder nicht anrühren. Sie sah an ihm vorbei und hinter ihn, bis von dem Kuchenfladen nichts mehr übrig war. Dann legte sie den Kopf hin und schloss die Augen. Als sie sie wieder öffnete, war der Bruder gegangen.

Alle Kraft schien sie verlassen zu haben. Jetzt hätte sie doch befreit sein sollen. Das hätte sie jetzt sein sollen, das war ihr versprochen worden. Der Mann hatte ihre Last auf sich nehmen wollen. Und sie konnte das Wissen nicht ertragen, dass nun doch alles war wie zuvor, dass Ansgar ihr Joch und ihre Bürde war, nur ihre, und dass es entsetzliche Augenblicke geben würde, früher oder später würden die sich einstellen, an Bord dieses Schiffes, zusammen mit den Menschen, die so gütig lächelten, und das war fast schlimmer als früher, denn auf dem Hof der Tante kannte sie sich aus, dort gab es den Mann der Tante und das Erdloch, und das war schrecklich, schrecklich, aber dennoch wussten sie, was es war.
Sie brachte es nicht über sich, daran zu denken. Die Bürde. Das Joch. Die Angst vor dem Entsetzlichen. Sie brachte es nicht über sich, sich noch mehr zu fürchten.
Mit geschlossenen Augen dort in der Koje zu liegen war fast unerträglich. Der Junge war ja nicht mehr da, dicht an ihrer Hand, wie er es früher immer gewesen war. Und so konnte sie träumen, Håvard sei doch gekommen. So konnte sie träumen, sie selbst sei jetzt frei, so, wie sie von der Arbeit befreit war. Sie brauchte nicht mehr in aller Frühe aufzustehen und für andere Feuer zu machen. Sie brauchte nicht zum Wasserholen zu stürzen, brauchte sich nicht stundenlang zum Jäten über das Feld zu beugen. Niemand zog sie aus der Koje. Niemand verlangte etwas von ihr. Stattdessen flüsterten sie ihr milde Worte zu und streichelten ihre Wange. Aber der Trost sorgte dafür, dass sie nicht vergessen konnte, wie ihre Lage wirklich war.
Der, der sich ihr Mann nannte, hatte sie durch seine Ungeschicklichkeit im Stich gelassen.
So war ihre Lage.
Und sie blieb liegen, trotzig und unglücklich, das Gesicht nach unten gekehrt, und sie versuchte, sich vor dem Gedränge um sie herum zu verschließen. In jedem Moment waren auch andere

unter Deck, denn oben war ja nicht für alle Platz, und sie saßen auf den Truhen und plauderten. Elise hielt sich die Ohren zu, um nicht hören zu müssen, um nicht wissen zu müssen, wo sie war.

Heute werden wir fischen, sagte der Koch Endre.
Er ließ Ansgar Köder aus Salzhering an den Haken befestigen. Neben dem Jungen standen andere, die ebenfalls ihr Glück versuchen wollten, und es war wirklich lustig, dort zu stehen und an einer Angelrute zu rucken. Ansgar zog die Angel hoch und zählte bis drei; bei vier ließ er die Angel sinken und riss sie dann wieder hoch, und bald wurde unten in der Tiefe angebissen, und er musste ziehen, vorsichtig, vorsichtig, Leine lassen und einholen, bis der Fisch gespannt wie in einem Bogen unter dem Himmel hing und im Sonnenschein glitzerte. Ein dicker Brocken war es, und bald hatten sie fünf von der gleichen Sorte.
Seht, der Kabeljau, rief der Mann mit der Hodennase, als der sechste an Bord geholt wurde.
Ist das nicht ein Seelachs?
Endre nahm den Fisch aus und warf den Abfall über Bord. Die Möwen schnappten ihn sich im Flug. Denn noch waren sie da, diese Vögel, jetzt aber nur noch zu zweit.
Noch eine Weile standen sie da mit den Angeln, nebeneinander in angemessenem Abstand, leicht gebeugt, auf der Leeseite. Es wehte ein feiner Wind, das Wasser war ruhig, und bald hatten sie genug, fand der Koch, genug für eine Mahlzeit mit frischem Fisch für sie alle, Fisch, gekocht in salzigem Meerwasser, das in einem Leinensack an Bord geholt worden war.
Ansgar brachte seiner Schwester ein großes Stück Fisch mit hartem, dünnem Fladenbrot nach unten. Und sie aß begierig.

Alle wussten, dass Håvard Essen für die beiden hätte mitbringen sollen. Und die guten Menschen gaben von ihrem eigenen Proviant, damit es ihnen an nichts fehlte. Sie gaben es dem Jungen, am ersten Tag einen Lammknochen und ein wenig Kuchenfladen, am nächsten Tag etliche Scheiben hartes Fladenbrot, und Ansgar kam sich groß vor, als er das duftende Fleisch an den krummen Nagel hängte und das Brot in die Truhe legte. Zugleich aber ließ die Güte ihn ängstlicher werden. Denn durch sie geriet er in die Schuld der anderen, und wenn er dann platzte, würde alles noch schlimmer sein.
Und es würde passieren. Früher oder später. Da war er sich sicher. Auch wenn der Pastor zu Hause gesagt hatte, es werde sich auswachsen.
Der Mann der Tante hatte Gottes ersten Diener in der Gemeinde gebeten, sich den Jungen anzusehen und zu entscheiden, ob der vielleicht von einem Dämon besessen sei. Fünf, sechs Jahre war Ansgar damals alt gewesen, und der Fremde hatte ihm einige Fragen gestellt, die er beantworten sollte. Wie heißt du? Wie alt bist du? Wer bin ich?
Ihr seid der Pastor, Herr Pastor.
Und wer lenkt unsere täglichen Schritte?
Das tut unser Herrgott, Herr Pastor.
Ansgar hatte sich bis auf die Haut ausziehen müssen, und der Mann im Pelzmantel hatte den winterbleichen, bläulichen narbigen Körper von allen Seiten gemustert und einen knochigen Finger in ihn hineingebohrt.
Hat er blutende Hühneraugen?, hatte der Pastor gefragt.
Der Mann der Tante war hinausgegangen, um für den Gast einen Krug Bier zu holen, und die Tante hatte die Gelegenheit genutzt, um der Obrigkeit für ihre Mühe einen Räucherschinken zuzustecken. Der verschwand rasch zwischen den Falten des Gewandes unter dem Pelzmantel, und sein Urteil stand fest: Das wächst sich aus. Kein Dämon.

Er braucht neue Schuhe, sagte er, als der Mann der Tante mit dem Bier hereinkam. Schmerzende Hühneraugen können jeden um die Fassung bringen, wenn die Schuhe zu eng sind.
Hühneraugen?
Gebt ihm Honig, fügte der Pastor seinen Ratschlägen noch hinzu und packte den Krug.

Du bist doch Marnas Kind, hatte die Tante später gemurmelt. Dass er dich der Teufelsprobe aussetzen wollte, das konnten wir doch nicht zulassen! Schließlich sterben die Guten, während die Bösen überleben.
Deshalb wusste Ansgar, dass der Pastor sich von einem Schinken hatte beeinflussen lassen. Deshalb wusste er, dass das Gerede des Mannes vom Auswachsen nichts wert war.
Hühneraugen, hatte der Mann der Tante nach dem Besuch gestaunt, denn die blutenden Zehen stammten von einem harten Zusammenstoß mit dem Brennholzkasten, beim letzten Wutanfall des Jungen.

Nein, es hatte sich nichts ausgewachsen. Noch steckte es in ihm, dieses Wilde, wie ein Kolk, ein Sog, in dem das Wasser sich schneller und schneller drehen konnte, siedend, kochend, am Ende sprühend. Wie ein Drache, hatte Håvard gesagt. Was war ein Drache? Eine fliegende Eidechse, hatte der Mann erklärt. Der Feuer aus dem Rachen stiebt.
Und der Drache war noch immer da, das wusste Ansgar. In ihm. Er merkte es, wenn er die junge Frau mit den beiden ungleichen Augen ansah, eins war groß und schön, das andere klein und scheel. Es sah hässlich aus, das eine Auge. Hässlich, flüsterte der Drache, hässlich, hässlich. Aber das durfte nicht laut gesagt werden, denn die Frau hatte kein böses Wort verdient. Es war schlimm genug, unschön zu sein, es brauchte nicht auch noch betont zu werden. Diese Worte jedoch stiegen

in Ansgar auf wie Kotze. Dieses Eklige wollte ausgewürgt und ausgespuckt werden, und der Junge kämpfte dagegen an, er schluckte und schluckte und wandte sich ab, sah die Möwen an, von denen es noch immer zwei gab und die zu dem Ufer gehörten, von dem diese Bootsmannschaft herstammte, und sie waren eine Art Trost für Ansgar, kein guter Trost, aber dennoch eine Art Linderung, denn solange die Vögel ihnen noch folgten, waren sie doch noch nicht allzu weit fort von zu Hause. Wenn er sich vergaß, könnten sie einfach umkehren und ihn dem Mann der Tante aushändigen, und der wusste, wie man ihn zum Schweigen brachte.

Na, Junge!
Er fuhr zusammen und zog den Kopf ein.
Aber niemand wollte ihn schlagen. Wer ihn angesprochen hatte, das war Lars Larsen aus Jeilane, der Hirte des Schiffes. Er ragte in seiner Milde und Gelassenheit auf. Ansgar hatte ihn eben noch heimlich beobachtet, als Lars mit der taubstummen Schwester gesprochen hatte. Lars stellte Fragen, und die Schwester konnte mit Handbewegungen und Kopfrucken antworten. An ihrem Körper und in ihrem Auge zeigte sich keine Furcht. Freimütig schaute sie dem Bruder ins Gesicht, als habe niemals irgendwer sie wegen ihrer Trägheit und ihrer Gebrechen geschlagen.
Jetzt lächelte Lars Ansgar an. Das Gesicht des Mannes war ein wenig zu breit. Sein Haar war dunkel und glatt. Es tat gut, ihn anzusehen.
Jetzt lassen sie los, sagte Lars.
Ansgar folgte dem Blick des anderen. In diesem Blick waren die Möwen enthalten. Die kehrten ihnen die Schwänze zu, sie flogen höher und dann davon.
Jetzt sind wir mit dem Meer allein, sagte Lars andächtig.
Er legte dem Jungen eine Hand auf die Schulter. Die Schulter fuhr hoch wie in einem Krampf. Dann beruhigte sie sich, und

die Hand blieb liegen. Ansgar spürte ihre Wärme, durch seine Kleidung und unter seiner Haut, und er musste die Augen schließen.

Aber noch waren sie nur auf der Nordsee, und bald tauchten in der Luft über ihnen andere Möwen auf, schreiend auf Jagd nach Essensresten, die die Menschen vielleicht wegwerfen würden. Und Ansgar richtete seine Blicke auf die geflügelten Geschöpfe, um nicht Olaves anzusehen, denn Olaves hatte etwas Schiefes und seltsam Blaues, und Ansgar hatte noch nie gesehen, dass etwas so schräg von einem Leib abstehen konnte, während es ins Wasser spritzte und zugleich so blau war. Und obwohl Olaves diesen Teil in schwarzer Frieskleidung verborgen hatte, wenn er mit der Grützschüssel über Deck ging oder wenn er über Truhen und Tonnen zu der Hängematte kletterte, in der er schlief, so sah Ansgar doch das, was an ihm saß. Nicht das blonde Haar. Sondern dieses fleischige Blaue.

Es half nichts, dass der Schulmeister, der sich ebenfalls an Bord befand, gleich hinter Ansgars Rücken einige Kleine um sich versammelt hatte, um sie in biblischer Geschichte abzuhören, denn aus dem Augenwinkel ahnte er Olaves und den Steuermann. Es half nichts, dass seine Gedanken sich an die Bilder klammerten, die von Ole Olsen Hetletvedts Worten geschaffen wurden, es half nichts, dass er versuchte, sich die Fischer vom See Genezareth vorzustellen, denn Ansgar sah nur das, was er nicht sehen durfte, woran er nicht denken durfte, denn dann könnte er vielleicht laut darüber rufen, und dann würde er über Deck rennen, schnell rennen, aber dafür war kein Platz, überall drängten sich die Menschen. Die Frauen saßen in Gruppen zusammen, mit einer Handarbeit auf dem Schoß, zwei kleine Mädchen spielten mit einer einsamen Stoffpuppe, die Männer rauchten, Lars las in seiner Bibel, einige Knaben amüsierten sich mit dem Versuch, einen großen

Tannenzapfen mit einigen kleineren zu treffen, es war unerträglich, die lächelnden Gesichter, die Körper, an die man stieß, egal, wohin er sich wandte; er musste fort, aber es gab keinen Ort, an den er fliehen konnte. Dann sah er diesen Ort: die Leiter, die in den Mast führte. Die Stricksprossen, die in die Höhe führten! Mit einem Sprung hatte er sie erreicht, schon stand sein Fuß auf der Leiter, wie ein Eichhörnchen jagte er nach oben.

Sein Körper wurde hin und her geworfen. Der Wind traf sein Gesicht mit frischen, guten Schlägen. Und er öffnete den Mund, der sich mit einer Ladung kühler Luft füllte.

In ihm rief es: O.

O-O.

Er konnte es nicht stoppen. Es stieg aus seinen Fußsohlen durch seinen baumelnden Körper und wurde zu einem Brüllen: Olaves hat schrägblau, schrägblau, hat einen Schwanz wie ein Mohr, ein Moormann, ein Tier, ein geschundener Stier!

Er lachte. Er hing da oben und wollte sich ausschütten vor Lachen, erleichtert und entleert. Er wusste, was seiner harrte. Das Tauende. Aber noch konnte er lachen, wie er dort hing und schaukelte, bis das Lachen versiegte und die Scham ihn überkam. Noch hatte er nicht gewagt, die anderen unten anzusehen. Jetzt tat er das. Zuerst ganz kurz und vorsichtig. Dann ließ er seinen Blick über die Menschen dort unten schweifen.

Die waren mit ihren Angelegenheiten beschäftigt. Sie saßen oder standen so wie zuvor. Lars mit seiner Bibel. Die Frauen mit ihren Handarbeiten. Die Mädchen mit der Puppe. Nur die Knaben mit den Tannenzapfen schauten offenen Mundes zu ihm hoch. Und Simon Lima lächelte. Der Kaufmann aus Stavanger. Der Steuermann in seinem gestreiften Pullover aber schaute fragend zu ihm auf.

Hatten sie nichts gehört?

Ach, natürlich hatten sie es gehört. Aber dann hatten sie sicher beschlossen, es zu überhören, vor allem aus Rücksicht auf die Frauen; sie beherrschten vielleicht die Kunst, die Ohren zu verschließen, diese Heiligen, überlegte Ansgar verwirrt.
Er kletterte zögernd wieder nach unten.
Was hast du denn so Witziges gesehen?, fragte der Gestreifte.
Moormann, Steuermann.
Na und?
Hast du nichts über etwas im Wasser gerufen, das aussieht wie ein Tier?
Tier, Stier.
Der Wind hatte seine Worte gefressen. Das war wie ein Geschenk, ein Wunder. Wenn er nur mit dem Wind rief und der Wind es schnell davontrug …

In der Nacht zuvor wäre er fast zugrunde gegangen in seiner Angst, die anderen zu wecken. Er hatte sich nach dem Geborgenheit schenkenden Körper seiner Schwester an seinem eigenen gesehnt. Mit ihr in seinem Rücken konnte er leichter zum Schweigen gebracht werden. Sie konnte die Arme um seinen Körper schließen. Er hatte sich noch nie so allein gefühlt, auch wenn sie doch dicht unter ihm lag. Und dann war er aus der Koje gesprungen und hatte versucht, sich zu ihr zu legen. Aber sie hatte ihn weggeschoben.
Es wäre nicht genug Platz gewesen. Das wusste Ansgar ja.
Jetzt hatte er eine Möglichkeit gefunden.
Und er war fast froh, als er nach Westen schaute, während das Schiff die Südspitze Englands umrundete.

Traust du dich heute auch auf den Mast?
Das hatte der Steuermann gefragt. Früher an diesem Tag hatte er

Ansgar die Namen der Segel gelehrt. Es gab Fock und Giek-segel, Klüwer und Schlagsegel, Bramsegel und Gaffeltoppsegel.
Der Käptn glaubt, ein Stück vor uns etwas gesehen zu haben, erklärte der Steuermann jetzt.
Der Junge enterte die Strickleiter mit nackten Füßen. Er brauchte sich nicht bis ganz nach oben zu ziehen. Ungefähr auf halber Höhe entdeckte er vorn im Wasser etwas Braunes. Es sah aus wie eine Tonne. Sollte er das rufen? Nein, der Wind könnte ihm die Wörter entreißen, das wusste er ja. Also kletterte er eilig nach unten und rannte über Deck.
Eine Holztonne, meldete er.
Die kann leer sein, meinte der Steuermann, oder mit etwas gefüllt.
Wir müssen sie an Bord holen, sagte Lars Larsen aus Jeilane.
Er stieg selbst in das kleine Bot, das am Schiff nach unten gelassen wurde. Er ruderte mit der Strömung, wurde vorwärts geworfen, und die an Deck mussten Warnrufe ausstoßen, damit er nicht an der Tonne, oder was immer es war, zerschmettert würde.
Es war ein Weinfass. Alt, sagten die anderen, als es an Deck lag, geschmückt mit vielen Schichten aus Muscheln und mit Tangdolden.
Habt ihr den Fisch gesehen?, fragte Lars Larsen. Das war ein Hai!
Gibt es hier denn Haie?
Was ist ein Hai?
Ein Fisch mit einem riesigen Maul, mit spitzen, scharfen Zähnen, ein Menschenfresser von Fisch!
Der wollte meinen Arm haben!, sagte Lars.
Aber den hat er nicht gekriegt, erklärte Marta Georgiana.
Sie rieb dem Mann mit einem Tuch das Salzwasser ab.

Es war Madeirawein, erfuhr Ansgar später in dieser Nacht. Er hatte schon eine Weile geschlafen, als der Koch Endre ihn

schüttelte. Du musst kommen. An Deck wird gefeiert. Aber nicht die Schlafenden aufwecken!
Benommen lief der Junge nach oben ins Mondlicht.
Ein guter alter Jahrgang, verkündete der Kapitän. Und du hast einen Schluck verdient, wo du doch in den Mast geklettert bist und das Fass entdeckt hast!
So etwas hatte Ansgar noch nie gekostet. Er hatte nicht einmal Dünnbier getrunken, denn der Mann der Tante hatte behauptet, das könne für solche wie ihn gefährlich sein. Also hatte er auch nicht gewagt, sich heimlich ein paar Schlucke zu erschleichen, denn er hatte auch so schon mehr als genug Grund gehabt, sich zu fürchten. Aber jetzt wurde ihm die Holzschüssel in die Hände gedrückt, und er wurde gastfreundlich genötigt: Trink jetzt, Junge. Ein himmlisches Elixier.
Mach den Mund voll und lass es liegen, erklärte der Steuermann.
Roll es mit der Zunge herum, sagte er. Dann schiebst du die Unterlippe wie eine Kante vor, damit es nicht rausläuft. Blas den Duft zu den Nasenlöchern hoch und saug ihn dann ein. Schmeckst du es, Junge? Schmeckst du die Süße?
Die stammt von den Früchten des Mittelmeers, sagte der Kapitän. Die hängen in Dolden an kleinen Büschen und können blau oder grün sein.
Es schmeckte süß auf eine starke, erregende Weise. Es war wunderbar gut. Er wollte mehr. Und das bekam er. Und es war schön, in der Dunkelheit unter den Sternen zu sitzen und einer von vielen zu sein, nicht nur die Mannschaft saß hier und trank, Lars Larsen war dabei und die sechs, die Frau und Kinder hatten, und zwei von den Junggesellen. Und jemand spielte zitternd auf einer Geige.
So saßen sie in der Nacht und lauschten auf die zarten Töne, während sie die Trinkschüssel herumreichten. Und etwas geschah mit Ansgar. Es war, als hätte in seinem Körper früher ein

Bündel Seile gesteckt, Seile mit vielen Knoten, und als lösten die Knoten sich nun endlich. Die Angst davor, etwas über Olaves' versteckte Körperteile zu sagen, schien jetzt keinen Sinn zu haben, denn warum hätte er so etwas erwähnen sollen? Und es gab keine innere Stimme in ihm in diesem Moment, die Widerspruch einlegte und ihre Behauptungen aufstellte, und Ansgar lachte, hell und glücklich, denn nichts war noch gefährlich, als er das himmlische Elixier mit den anderen teilte.

Elise erwachte und war von dieser Sehnsucht erfüllt. Die schien zu der Schaluppe zu gehören, denn an Land hatte sie noch nie so empfunden. Es war Hunger, ein gieriger und grober Hunger war es, aber trotzdem war es seltsam, denn sie brachte hier fast nichts hinunter, ehe ihr schlecht wurde. Es half nichts, was sie auch vor sich hatte, so wunderbar es auch duften und schmecken mochte, wie der Knochen, den sie ihr gegeben hatten, um das Fleisch herunterzuschneiden. Es war wie Zauberwerk und zum Weinen.

Aber jetzt war ihr noch nicht schlecht, und sie träumte von Kuchenfladen mit Streichkäse. Sie träumte von Marta Larsens köstlichem Kuchenfladen mit dem schmelzenden Süßkäse, von dem sie einige Tage zuvor einen Bissen bekommen hatte und der, wie sie ahnte, in der Truhe drüben bei Marta und Lars lag. Da lagen die Kuchenfladen sicher für sich, dachte sie, in ein feuchtes Tuch gewickelt. Während der Käse unter dem Deckel eines Kruges verborgen war.

Daran dachte sie, als sie dort lag und auf die Geräusche der anderen horchte. Sie klangen gröber als sonst, das merkte sie jetzt. Eine wogende Unruhe begleitete die Ruhe der Schlafenden. Sie hörte das tiefe Schnarchen kräftiger Männerkörper, Geräusche, die in einer Brust zitterten und bebten. Es gab helles Piepsen. Es

gab Geheul und leises Kläffen von Frauen und Kindern und Mannsbildern, die träumten.
Elise wusste, wer ab und zu im Schlaf schmatzte, sie wusste, wer Winde wie Trompetenstöße fahren und wer sie mit leisem Sausen davongleiten ließ. Das alles wusste sie, und doch waren sie ihr fremd, diese Menschen, die sie umgaben. Anders waren sie als Elise und ihr Bruder. Das lag an diesem Lächeln.
Diesem ewigen Lächeln, dachte sie, während sie aus der Koje glitt. Als seien sie dem Himmel näher als andere. Aber das waren sie nicht. Sie mussten den Fuß auf den Boden setzen, wenn sie vorwärts kommen wollten. Sie mussten essen und sich entleeren. Und sie schlich vorsichtig durch die Dunkelheit zwischen den Kojen, bis sie das schlafende Paar erreicht hatte. Marta und Lars. Sie öffnete unter ihnen die Truhe. Sie tastete darin herum, auf der Jagd nach etwas Hartem, etwas Rundem, etwas mit einem Deckel, und sie fand es. Sie drehte behutsam den Deckel ab und bohrte einen Finger in das Weiche. Gleich darauf war alles so, wie es gewesen war, und Elise stand beim Vorhang und labte sich an süßer Seligkeit.
Dann furzte jemand, und der Dunst füllte die ohnehin schon gesättigte Luft. Die Luke war geschlossen, das wusste Elise, das war sie nachts nicht immer. Jetzt war sie es, vielleicht regnete es oben. Plötzlich war Elise von Übelkeit erfüllt. Auf nackten Füßen ging sie auf die Leiter zu, sie wollte hinaus an die frische Luft, wollte sich auf das vom Segeltuch verborgene Brett setzen, um sich zu entleeren und sich vielleicht ins Meer zu erbrechen, wenn sie nicht von dem Unwohlsein befreit wäre, sowie sie dem Gestank hier unten entkommen war.
Das sanfte Morgenlicht blendete sie einen Moment. Sie saugte Salziges und Frisches durch Nasenlöcher und Mund in sich auf. Sie bewegte vorsichtig die Füße, das Deck war feucht, wie zu Hause das taufeuchte Gras am Morgen. Der Himmel war blass, mit einem goldenen Lichtschimmer im hellblauen Osten.

Seht nur, Land, rief sie halblaut und überrascht, denn ein Stück vor ihr erhob sich eine grüne Wand aus dem Meer, und über und hinter dem Grünen ahnte sie eine zackige Reihe von Berggipfeln.

Was bist du schön, war die Antwort.

Sie fuhr herum. Auf einer Taurolle lag der Steuermann und grinste töricht.

Schön, wiederholte Ansgars Stimme, und sie musste sich umdrehen, um ihn sehen zu können. Sie versetzte ihm einen Tritt in die Seite. Sie wollte ihn schon schlagen, aber sie musste erst etwas anderes erledigen, etwas, das einfach schrecklich falsch war. Das Problem waren nicht die Leute, die hier herumlagen und Unsinn redeten, sondern dass niemand am Ruder stand.

Langsam entdeckte sie die übrige Mannschaft. Die war an Deck verstreut, die meisten achtern.

Ihr müsst aufwachen, rief sie mit dünner Stimme.

Sie waren betrunken, das war ihr klar. Wie mehrere von den Männern unten, ging ihr plötzlich auf, deshalb war die Luft schwerer gewesen als sonst, deshalb hatten sie lauter geschnarcht. Und das Schiff trieb einfach weiter.

Es trieb langsam auf das Land zu. Elise kniff die Augen zusammen. Sie sah Boote an der Reede und Häuser, und sie lief nach unten, tastete sich zum Schlafplatz derer vor, die sie bestohlen hatte.

Die Mannschaft hat sich um Sinn und Verstand gesoffen!, schrie sie und rüttelte Lars.

Was sagst du da, Mensch?

Das war Marta, nicht der Mann, der schnarchte nur weiter.

Wie treiben steuerlos auf das Land zu!, rief Elise.

Bald wimmelte es an Deck nur so von frisch erwachten Wesen, halb angezogen und verwirrt, die meisten Frauen, und vergeblich schüttelten sie den Kapitän und seine Männer.

Hört, sagte die eine. Da ruft jemand!

In einem Boot vor der Schiffswand stand ein einsamer Mann und gestikulierte und schrie und winkte. Er zeigte auf eine Anhöhe an Land, und jetzt sahen sie es auch: eine Kanone. Die stand ganz oben am grünen Hang, und die Mündung war direkt auf die »Restauration« gerichtet.
Einige Frauen sanken auf die Knie: Lieber allmächtiger Gott …
Marta blieb aufrecht stehen und reckte den Hals.
Ich glaube, der spricht Deutsch, sagte sie über den Rufer im Boot. Wo steckt der Schulmeister?
Alida Ruth lief nach unten und fand ihn. Sie konnte ihn auf die Beine und an Bord bringen.
Der redet von einer Flagge, schrie der Schulmeister aufgeregt. Sie werden auf uns schießen, wenn wir nicht Flagge zeigen!
Die anderen schauten ratlos zum nackten Masttopp hoch.
Lars' schwangere Frau Marta brüllte den Kapitän an, weil die Flagge fehlte.
Und endlich fand Torstein Bjaaland das Stoffstück und konnte es hissen.

Auf diese Weise gelangten sie lebend nach Funchal auf Madeira. Mit gehisster Flagge durften sie an Land gehen, und sie wurden gefeiert und bewirtet. Und als sie weiterfuhren, waren sie mit frischem Wasser und sogar mit vielen süßen Früchten versorgt worden.
»Es sind Beeren in Dolden«, schrieb Lehrer Hetletvedt in das Buch, in dem er wichtige Aufzeichnungen vornahm. »Größer als Blaubeeren. So saftig, dass es einem über die Wangen strömt.«
Wie im Paradies, sagte ein anderer andächtig über diesen Genuss.
Trauben, erklärte Lars.
Er wusste mehr als die meisten anderen, nach acht Jahren auf See und einem Gefängnisschiff.

Neues Leben

Nicht alle hier waren Quäker, das ging Ansgar nach und nach auf. Der Schulmeister bezeichnete sich als Haugianer. Andere waren zu Hause für Haugianer gehalten worden, während sie insgeheim eigentlich den Freunden angehört hatten, erfuhr er jetzt, aber nicht Ole Olsen Hetletvedt. Deshalb rief der gern die Kinder zum Unterricht zusammen, während die anderen stille Andachten abhielten, damit die schweigenden Beter nicht von Gerenne und lautem Gerede gestört würden. Ansgar stand dabei gern abgewandt in der Nähe der Jüngeren. Er wollte hören, was gesagt wurde, ob er daraus etwas lernen könnte. Meistens ging es um biblische Geschichte, und der Junge konnte sich von den Erzählungen mitreißen lassen. Einmal ging es um Jesus und die Aussätzigen. Jesus war zu diesen Kranken ebenso gütig gewesen wie zu den Gesunden. Und Ansgar fiel eine Frau ein, die einmal auf den Hof der Tante gekommen war. Sie hatte eine verfaulte Hand gehabt. Die war so schrecklich gewesen, dass nicht einmal im Hals des Jungen ein Ruf aufgestiegen war. Er hatte nur geglotzt, geglotzt und war zurückgewichen, weg von Hand und Gestank, aus der Küche hinaus, hinaus zu den Kindern der Tante, die um die Wette ein Zicklein mit Kieselsteinen bewarfen, und obwohl der Älteste auch einen Stein nach Ansgar warf, war es für den doch nur eine Erleichterung, diese gesunden Wesen zu sehen, mit Händen aus Knochen und Haut, mit Muskeln und Beweglichkeit.

In dieser Hinsicht war Jesus groß gewesen. Er war größer als die Tante. Denn die Tante hatte die Kranke aus dem Haus gejagt, als sie die verfaulte Hand gesehen hatte, die aus deren Ärmel lugte. Da hatte die Tante geschrien, nicht Ansgar, und die arme Frau war über den Weg davongerannt, der aus der Stadt führte.

Und dann gab es die Geschichten über Jesus und die Pharisäer. Die gefielen Ansgar gut. Nicht zuletzt gefiel ihm Hetletvedts Stimme, sie beruhigte ihn. Und er fühlte sich fast ganz wohl, wenn er hier stand und zuhörte.
Aber seine Schwester fehlte ihm. Sie war gewissermaßen nirgendwo. Sie sprach nicht mit ihm. Sie sprach mit niemandem. Sie schien für ihn verschwunden zu sein. Wie ein graues Bündel lag sie unten, ohne irgendwelche Kräfte.
Der Mann fehlt ihr, hatte Marta Georgiana gesagt, Lars' Marta. Ansgar konnte das verstehen und verstand es doch nicht. Denn natürlich war Håvard ein Mann von einer ganz besonderen Sorte, mit seiner Größe und seiner Freundlichkeit, aber trotzdem gehörten doch Elise und ihr Bruder zusammen. Håvard war dazugekommen, jemand, den man gern traf; man freute sich, ihn zu sehen, wenn er mit seinen langen Schritten und seinen breiten Fäusten daherkam. Und natürlich hatte seine Schwester diesen Riesen geheiratet, aber alles war doch seinetwegen passiert, hatte Ansgar geglaubt, die Reise war Wirklichkeit geworden, um ihm die Schläge zu ersparen.
Also warum konnten sie nicht darüber sprechen, wie alles gekommen war?
Sie hatten immer miteinander gesprochen, die beiden Geschwister, abends, bis sie auf der Pritsche eingeschlafen waren, darüber, wie der Tag gewesen war, grau in grau oder mit goldenen Einsprengseln, und Elise hatte ihn ab und zu ermahnt. Nur so war das Leben auszuhalten gewesen. Nur so. Während sie ihm die Tränen abwischte, wenn er welche vergossen hatte. Während sie Lappen auf die geschwollenen Stellen gelegt hatte. Während sie ein seltenes Mal ein Stück Speck geteilt oder ein Ei ausgelutscht hatten, das von Elise unter dem zerlumpten Fell versteckt worden war.
Alles hatte er ihr erzählt, über seine Gedanken. Und jetzt wollte sie diese Gedanken nicht mehr. Und das steckte in seinem

Körper wie ein Unglück und machte ihn schwer vor Tränen. Und er ertappte sich dabei, wie er immer wieder Alida Ruth ansah und in ihren rot-gelben Zopfbändern Trost suchte.

Die anderen hatten über seine Schwester gesprochen. Sie hatten ihren Namen nicht erwähnt, jedenfalls nicht, wenn Ansgar es hören konnte. *Sie,* hatten sie gesagt. *Wir müssen sie an Deck schaffen.* Er hatte Bruchstücke von Gesprächen zwischen knatternden Segeln aufgefangen, zwischen den Frauen, die auf den Truhen saßen, und er war sich klein und beschämt vorgekommen.

Dann hatten sie es geschafft, hatten sie auf die Beine und an Deck gebracht, und dort hatten sie sie zur Arbeit angesetzt. Sie sollte auf die Kinder aufpassen. So konnten die Mütter sich anderen Aufgaben widmen, Wäschewaschen zum Beispiel, sah Ansgar. Sie wuschen nur das Allernötigste, denn sie wuschen mit Salzwasser, und das zerfraß den Stoff, hatte der Junge ihren Gesprächen entnommen. Aber Windeln und andere Dinge für die Kleinsten mussten jeden Tag nach der Benutzung gesäubert werden, und immer hingen einige an der Leine und wehten im Wind. Aus dem Augenwinkel nahm er seine Schwester wahr; sie lief zwischen den Kindern der anderen umher, und ihre ganze Gestalt verriet, dass sie dort nicht hingehörte, dass sie sich unwohl fühlte.

Er wandte sich ab und schaute auf das Blau hinaus, wie er das immer tat. Und er dachte, wie dumm es sei, dass Elise geheiratet hatte. Denn wenn sie nicht verheiratet wäre, könnte ihr Haar zu lockeren Zöpfen geflochten über ihren Rücken hängen, und dann würden alle sehen, dass es schönere Zöpfe überhaupt nicht geben konnte. Jetzt war ihre Mähne unter der Haube versteckt, die ihn an eine Blume erinnerte, eine Tüte mit einem Knick, aber die Blumen, an die er sich erinnern konnte, waren rotlila und schön. Die Hauben waren meistens blau, und sie waren unter dem Kinn mit Bändern gebunden, die manchmal aufgingen, vielleicht durch den Wind.

Ansgar dachte an das letzte Mal, als er die offene Haarpracht seiner Schwester gesehen hatte. Es war am Abend vor der Abreise gewesen, als sie nacheinander die Bütte benutzt hatten.
Allen war aufgetragen worden, von Kopf bis Fuß frisch gewaschen und in sauberer Kleidung zu erscheinen. Alles, was sie mitbrachten, musste frisch gewaschen und sauber sein, damit sich während der Überfahrt das Ungeziefer nicht vermehren könnte, war gesagt worden. Und er hatte Elise beim Haarewaschen helfen dürfen.
Es hatte ihm gehört, dieses lange Haar, damit er sein Gesicht hinter ihrem Rücken verstecken konnte, damit er sie um den Finger wickeln konnte. Jetzt hatte er keine Erlaubnis und keine Möglichkeit mehr. Er konnte abends im trüben Licht einer Tranlampe an der Wand im Bootsinneren vor dem Einschlafen auf Elise hinabblicken, aber er konnte sie nicht mehr berühren. Glotz nicht so, sagte ihr Blick wütend, wenn sie aufschaute. Dann drehte sie sich zur Seite, wenn sie vollständig angezogen dort lag.
Nichts hatten sie mitgebracht, keine Decken und keine Laken, die beiden Geschwister, so wie einzelne andere sie besaßen, aber noch hatten sie wohl beide nicht gefroren, wo so viele Menschen in der Nähe waren. Im Gegenteil war es unter Deck fast zu warm, fand der Junge, jedenfalls, wenn die Luke geschlossen war. Wie es oben an Tagen ohne Wind glühend heiß werden konnte, wenn die Sonne vom klaren Himmel brannte! Dann war es unten im Dunkeln kühler.
Das Süßwasser war zum Trinken und Kochen. Nicht zum Waschen. Und es musste lange halten.
Ansgar gefiel es, dass es Regeln und Ordnung gab. Es gefiel ihm, wenn alles erklärt wurde, laut und für alle. Lars Larsen erklärte, er und der Kapitän, wenn es um die großen Fragen ging. Andere erklärten die kleinen Fragen. Wie der Koch Endre die Kombüsenfragen. So viel Mehl brauchten sie. So viel

Getreide und Wasser. Darum hatte Ansgar die Grütze anrühren können, ohne etwas falsch zu machen.
Aber verstohlen musterte er seine Schwester. Sie nahm nicht an dem teil, was die anderen machten. Sie lernte nicht, wie die Heiligen miteinander umgingen. Wenn sie auf die Kinder aufpasste, machte sie es so wie früher bei den Kindern der Tante. Auf eine schroffe Weise. Und an Bord der »Restauration« sollte das nicht so sein, dort sollte es freundlich zugehen. Keine der Mütter schüttelte ihre kleinen Töchter, keine riss die kleinen Söhne an den Haaren oder an den Ohren. Das tat Elise. Und in Ansgar wippte und wogte etwas hin und her, denn vielleicht war es seine Schuld, dass die Schwester so hart war, weil er eben schroffe Behandlung brauchte.
Die Mütter hörten auf, Elise um Hilfe bei den Kindern zu bitten. Stattdessen gaben sie ihr Handarbeiten. So machten sie für Elise Platz zwischen sich, im Alltäglichen, auf den Truhen unten oder oben an Deck bei Tageslicht, wo viele zusammensaßen und über alles Mögliche sprachen.

Wie in der Küche bei der Tante, dachte Elise, wo die Kleider anderer geflickt werden mussten. Wenn sie für sich oder den Bruder etwas flicken wollte, hatte sie das meistens später machen müssen, auf der Pritsche, ohne das Licht der Feuerstätte, in dem sie die Bewegungen ihrer Hände hätte sehen können.
Sie hatte die Wärme in der Küche gemocht. Sie hatte das wütende Gerede der Tante gern gehört, wenn es andere als sie selbst betraf. Aber sie hatte immer auf dem Sprung gesessen, vor allem, wenn ihr Bruder außer Sichtweite gewesen war. Und deshalb waren ihre Stiche schief ausgefallen.
So musst du das machen, leiteten Brita Rossedal und Kari Hersdal sie freundlich an. Nicht so feste Stiche. Nicht so hart mit der Nadel …
Tagaus, tagein sagten sie genau dasselbe.

Ansonsten sprachen die Frauen über Amerika. Es hörte sich an wie Stücke aus der biblischen Geschichte, das hohe Gras und die schönen Blumen, die dort wuchsen, die goldenen Äcker und die hellgrünen Hügel mit den ausgelassenen Lämmern.
Jede Menge Wild, sagte die eine. Hasen und Schneehühner.
Elche und Rehe, sagte eine andere.
Wissen wir das genau?, fragte eine Dritte.
Aber sicher, erklärte eine Vierte.
Sie hätte eine der Schlingen des Tantenmannes mitnehmen sollen, dachte Elise. Denn so würde es doch wohl werden, das hatte sie begriffen, als sie mit dem Gesicht nach unten unter Deck gelegen hatte, dass sie in der Fremde allein zurechtkommen müsste. Das war wie eine Wand in ihren Gedanken gewesen, eine Wand aus Unmöglichkeit, denn sie besaß doch rein gar nichts, ohne Håvard konnte sie dort drüben kein Land kaufen, und sie wollte das auch gar nicht, ihr Leben lang mit krummem Rücken jäten. Lieber wollte sie in einer Schenke arbeiten.
Dieser Gedanke hatte die Wand aus Verzweiflung durchbrochen. Er war ziemlich neu, als sie dort zwischen den Heiligen saß und eine Hose flickte, und sie sah weder das Kleidungsstück noch die Nadel, sie sah einen blauen Tresen. Sie würde sich eine Stelle suchen, das würde sie, eine Stelle, wo Zimtkringel und Kaffee verkauft wurden. Das war ein Bild, bei dem sie sich ausruhen konnte, der blau angestrichen Tresen, ein Fenster in der Wand, zum Hinausblicken, der wunderbare Duft.
Ihr Bruder kam in diesem Bild nicht vor.
Du weißt ja sicher alles über Amerika, sagte Siri Madland zu Kari. Wo du doch Klengs Schwester bist.
Kleng Pedersen Hesthammer, das wusste Elise. Der Mann, der für das Geld der Freunde nach Amerika gereist war, um die schönste Wohnstätte für sie zu finden. Von einem ausländischen Hafen aus, das hatte eben eine gesagt, offenbar aus England.

Wir sind verwandt, rutschte es ihr heraus.
Ach, wie lustig, sagte Siri mit einem Lächeln in der Stimme.
Wirklich?, fragte Kari erstaunt. Über deinen Vater?
Nein, über meine Mutter, antwortete Elise.
Kommt ihr denn von Tysvær?
Ja. Meine Tante und meine Mutter.
Sicher erwartet er uns schon am Strand, sagte Siri über Kleng.

Ansgar sah es vor sich; der Mann mit dem seltsamen Namen stand an einem Strand, mit langem Mantel und schwarzem Hut und Vollbart, die Arme ausgestreckt, um ihnen aus dem Ruderboot zu helfen, wenn sie das große Schiff verlassen hatten.
In diesem Moment entdeckte er Alida Ruth, die eine kleinere Schwester trug. Und er musste zwinkern, weil sie so schön und fein war.

Er glotzt mich an, klagte sie. Ich spüre überall seine Augen. Und dann zwinkert er.
Wer denn?, fragte die Mutter.
Der natürlich. Der ist wie ein Kartoffelwurm. Oder eine Schnecke.
Was sagst du da bloß!
Aber das ist er doch. Einer, der den Kopf einzieht, wenn du vorübergehst, zwischen die Schultern, als ob sein Körper ein Haus wäre, in dem er sich verstecken kann. Trotzdem sieht er mich an, als ob er Augen im Nacken hätte. Und die Augenlider hüpfen auf und ab wie flatternde Nachtschwärmerflügel!
Das kannst du ja wohl nicht sehen, wenn er dir den Rücken zukehrt, sagte die Mutter.
Ich sehe es. Und er glotzt. Die ganze Zeit und ununterbro-

chen. Wo ich auch gehe und stehe. Als ob er in den Schatten wohnt, in den Ecken, und als ob er da liegt und *sieht.*
Auf diesem Schiff gibt es doch kein Versteck, Kind. Wir stolpern doch übereinander, wo wir auch gehen und stehen!
Aber trotzdem …
Und wir müssen gut zu Ansgar sein, mahnte ihre Mutter. Wenn wir gut zu ihm sind, wird das Wehe verschwinden.
Das Wehe, was denn, Mutter?
Ach, vergiss es. Wenn du nur freundlich und lieb bist … er ist doch noch ein Kind.
Er ist dreizehn.
Dann ist er offenbar klein für sein Alter.
In den Augen ist er nicht klein.
Hilf deiner Schwester jetzt mit den Kleinen.

Plötzlich begriff er das mit der Ehe, dass die auch ihre guten Seiten haben konnte. Er stand an Deck, wie er das zwischendurch immer tat, wenn niemand ihn zur Arbeit anhielt. Er stand an der Reling und gab sich alle Mühe, das Schöne anzusehen und nichts Unschönes. Dabei hatte er die Wahl zwischen Zopfbändern und gelben Röcken, blauen Augen und einer Nase mit kleinen Sommersprossen, einem lachenden Kind, einem halbwüchsigen Mädchen. Und er konnte sich Erwachsene aussuchen, deren Betrachtung Ruhe schenkte. Lars und Marta gaben solchen Frieden, vor allem, wenn der Mann kein Hirte zwischen den anderen war, sondern einfach mit seiner Frau und der krummen Pfeife im Mundwinkel still dastand. Dann unterhielten sie sich mit leisem Gemurmel, und Ansgar konnte ihren Gesichtern entnehmen, dass sie freundliche Dinge sagten.
Der Junge hatte das noch nie gesehen, dass ein Mann seiner Frau den Arm um die Schultern legte. Er hatte noch nie ge-

sehen, dass die Hände von zwei Erwachsenen sich miteinander verflechten und miteinander verflochten bleiben konnten, als seien sie vergessen worden, während man sich vielleicht eine dunkle Wolke angesehen hatte. Die Tante und ihr Mann hatten so etwas nie gemacht. Er hatte ihr in den Hintern getreten. Und sie hatte ihn einmal, als er sternhagelvoll von einem Nachbarn gekommen war, mit dem Besenstiel verprügelt.

Lars würde Marta niemals schlagen, das wusste er plötzlich. Es war ein seltsames Wissen, dass es möglich war, gut zu sein, einfach nur gut, zu dem Menschen, mit dem man zusammengehörte. Und er wusste plötzlich, dass die Schwester sich nach Håvard sehnte als nach einem, der sie mit Güte berühren konnte. So musste es sein, er hatte sie bestimmt in der Tiefe gefüllt, als sei die Frau ein Krug und der Mann Honig, und andersherum, so, dass sie beide Gefäße für die Butter der Freundlichkeit und Freude des anderen waren. Und Ansgar nahm sie wie ein Bohren in sich wahr, die Sehnsucht danach, irgendwann einmal selbst geben und nehmen zu können, und der Anblick von Alida Ruth ließ ihn in unkontrollierten jähen Stößen aufstöhnen.

Dann blieb sie plötzlich vor ihm stehen, das Mädchen mit den gelben Zopfbändern. Und sie stellte ihm eine Frage: Tut dir etwas weh?

Ansgar schüttelte verwirrt den Kopf. Weh, wo denn?

Vielleicht in den Augen, sagte das Mädchen.

Äääääh.

Und deine Haare stehen zu Berge, sagte sie schnippisch. Du siehst aus wie eine Distel.

Die rechte Faust des Jungen jagte zu seinem Kopf hoch. Er betastete das, was nach oben wollte, struppige Strähnen und eine Wand aus Haar vorn an der Stirn.

So ist das eben, flüsterte Ansgar beschämt.
Das kann geschnitten werden, sagte das Mädchen.
Wir haben keine Schere, flüsterte der Junge.
Mutter hat eine. Ich kann schneiden, sagte Alida Ruth.
Dann machte sie sich über sein Haar her. Ansgar saß auf einer Taurolle, und der Wind schnappte sich die abgeschnittenen Strähnen. In kleinen Stößen strömte ein süßer Mädchenduft von ihr zu ihm, und seine Kopfhaut prickelte. Die Haut um seinen Mund prickelte ebenfalls, und seine Glieder waren wie betäubt. Aber in seinem Schritt wurde etwas hart und presste gegen den Stoff. In dem Moment, in dem er das bemerkte, schoss seine rechte Schulter nach oben. Stillhalten!, befahl das Mädchen.
Ansgar saß steif da.
Alida Ruth schnitt.
Am Himmel näherten sich einige weiße Wolken. Ansgar sah die Wolken an, sah ihre Formen, suchte nach Mustern, ohne welche finden zu können.
Du hörst nicht zu!, klagte Alida Ruth.
Doch, sicher, widersprach Ansgar.
Und was habe ich gesagt?
Dass wir heute Nacht den Mond sehen werden.
Sie drehte sich halbwegs um und schaute zum Himmel auf. Diese Bewegung setzte so viel süßen Mädchenduft frei, dass abermals die Schulter des Jungen hochschoss, während er sich gleichzeitig zusammenkrümmte.
Ist es dein Magen?, fragte sie freundlich.
Was denn?
Das dir wehtut?
Manchmal, murmelte er.
Danke, fügte er hinzu, denn sie war offenbar fertig mit ihrer Arbeit.
Jetzt ragte auf seinem Kopf nichts mehr in die Höhe. Alles war

bis zur Kopfhaut abgeschnitten. Als er sich eine Hand auf den Schädel legte, kam er sich vor wie ein gerupftes Huhn.
Honig, sagte Alida Ruth. Das ist gut für den Magen.
Wir haben keinen Honig.
Wir auch nicht. Aber in Amerika. Da gibt es welchen. Milch und Honig. Überall, sagt Vater. Wie aus Quellen im Boden.

Sie hatte ihn berührt. Ansgar trug es in sich, das Gefühl ihrer Hände, die an seinem Haar zogen, das Gefühl von Haarsträhnen in den Augen, als sie sie losgelassen hatte und der Wind sie forttrug.
An den folgenden Tagen musterte Alida Ruth seine Frisur aus leicht zusammengekniffenen Augen, als bewerte sie ihr Werk. Das spürte er, und es machte ihn benommen. Aber sie blieb nicht mehr vor ihm stehen, um etwas zu sagen. Auch Ansgar blieb nicht vor ihr stehen, er hielt sich an der Reling fest.
Der Matrose dagegen, der hielt sie auf, und er erklärte ihr alles über die Beschaffenheit von Wind und Segeln. Alida Ruth hörte zu und schaute in die Richtung, in die sein Finger zeigte. Und der Matrose entlockte ihr ein lautes Lachen.
Das war alles, aber es wiederholte sich am nächsten Tag, am Nachmittag, der Matrose hielt sie an und redete. Und Ansgar glitt davon und hinunter ins Bootsinnere, wo die meisten anderen waren, da saßen sie im trüben Licht der einen oder anderen Öllampe, die Kleinen waren eingeschlafen, und Lars Larsens Marta lehnte sich mit ihrem schmalen Rücken an ihren Mann, und vor sich hatte sie ihren strotzenden Bauch, und in Ansgar schrie es aufs Schlimmste, wie der Bauch so geworden war, was Lars mit ihr gemacht hatte, was sie ihm erlaubt hatte, und er musste das Messer aus der Scheide ziehen und sich tief und langsam in die Hand schneiden, damit seine Schreie nicht laut würden.
Später stand er wieder an der Reling, und eine Hand tropfte,

während er die Wundränder aneinanderpresste und darauf wartete, dass sie aufhörten zu bluten.

Stimmt was nicht?, fragte Simon Lima.

Nur eine Wunde.

Du kannst mit zu einer Andacht kommen. Wenn du willst.

Ansgar gab keine Antwort.

Vielleicht spricht da jemand in Zungen, sagte Simon Lima.

Ansgar wusste nicht, was das bedeutete, in Zungen zu sprechen.

Aber vor allem nimmt man die Nähe von Gott und voneinander wahr, sagte der Mann. Es ist eine Art Liebesbegegnung, bei der man zusammen ist. Im inneren Gotteslicht. Und die Mitmenschlichkeit lässt einem die Brust schwellen. So hat Lars das erklärt.

Hat man das noch nie gemacht?, fragte Ansgar verwirrt.

Man? Du meinst mich? Nur einige wenige haben teilgenommen. Ehe wir hier heraus aufs Meer gekommen sind, sagte Simon Lima.

Er legte einen Arm um die Schulter des Jungen.

Findest du das seltsam?, fragte er.

Was denn?

Alles. Die Art, wie man miteinander redet, dass wir zu allen »du« sagen. Dass du mich Simon nennen sollst und nicht »Kaufmann Lima«.

Ansgar schluckte. Sogar zu seiner Tante und deren Mann hatte er immer nur »Tante« und »Tantenmann« gesagt.

Wir sind vor Gott alle gleich, meinen die Freunde, sagte Simon. Alles andere ist Blendwerk. Alles andere ist menschengeschaffener Abstand, damit Einzelne Macht erringen können, während die anderen unten gehalten werden.

Und niemand denkt etwas Schlechtes über Håvard, fügte der Erwachsene dann hinzu und schaute auf die Hand, von der es dunkel ins Meer tropfte. Wenn etwas Verbotenes passiert ist, dann müssen andere dahinterstecken.

Verstehst du?

Ansgar nickte.

Er war das Nicken nicht gewohnt. Er war es nicht gewohnt, dass andere etwas sagten, zu dem er nicken konnte. Ansgar war es gewohnt, Befehle zu befolgen, wenn er nicht gerade wild war.

Hab ich nicht recht?, fragte Lars aus Jeilane.

Marta Georgiana lächelte ihr starkes junges Lächeln. Hast du das nicht immer?

In einer guten Atmosphäre kommt noch das widerspenstigste Gemüt zur Ruhe, sagte der Mann.

Das ungleiche Paar saß auf einem Kasten an Deck. Ein Stück von ihnen entfernt ahnten sie Ansgar hinter einer flatternden Segeltuchplane, er stand in der Kombüse und heizte ein.

Unglaublich, dass das der Junge aus dem Baum sein soll, sagte Lars.

Es sind ja einige Jahre vergangen, sagte Marta weise, seit jenem schrecklichen Tag.

Das schon, sagte Lars. Das schon.

Er sah ihre Hände an. Immer waren sie mit einer Handarbeit beschäftigt. Jetzt nähte sie den Kragen an ein winziges Hemd.

Ich habe die anderen gebeten, ihn zu beschäftigen, sagte er.

Ansgar?

Ja. Ich habe die Mannschaft gebeten. Sowie wir abgelegt hatten.

Wie die Schwester, sagte Marta.

Die Schwester?

Auch die müsste wohl beschäftigt werden.

Aber wenn sie nicht will?

Wer ist sie denn, unter uns anderen allen!, sagte Marta.

Du meinst, ohne Mann?

Marta gab keine Antwort. Ihre Blicke richteten sich plötzlich nach innen, und ihr junges Gesicht verzog sich, wie im Schmerz.

Das ist doch nicht dein Ernst, sagte der Mann.

Marta wimmerte. Etwas in ihr trat um sich. Sie sah jetzt Lars an und lächelte wieder ihr offenes Lächeln. Aus diesem Lächeln sprach ein tiefes Glück. Das hatte ihm am besten an ihr gefallen, bei ihrer ersten Begegnung, das Lächeln, dass sie einen einfach ansah, als kenne sie keine Furcht. Sie war noch ein Kind gewesen, als er aus England zurückgekehrt war. Jetzt erwartete sie selbst eins. Lars wusste, wie er das Kind nennen wollte, wenn es ein Junge wäre. Und er wusste, wie es heißen sollte, wenn es ein Mädchen wäre. Er hatte es ihr noch nicht gesagt. Trotzdem hatte er das Gefühl, dass Marta wusste, was er vorschlagen würde, als öffne ihre eigene Offenheit in anderen Türen.

Lars Larsen aus Jeilane hätte gern den Bauch seiner schwangeren Frau gestreichelt, tat es aber nicht, denn Ansgar und die anderen hätten es sehen können.

Dass eine, die so jung ist, so klug sein kann, flüsterte er ihr stattdessen ins Ohr.

Du kannst ihm ja beibringen, Holzfiguren zu schnitzen, antwortete sie und schaute zu dem Jungen hinter dem Großsegel hinüber.

Dann schlug das Wetter um. Es geschah später im August, und der Wind riss an den Segeln, während der Regen schräg und heftig auf die Gestalten einprasselte, die sich trotzdem im Freien aufhielten. Die Luken wurden geschlossen, um den Strom des Wassers aufzuhalten, und die Menschen unter Deck litten unter dem Schlingern des Schiffes. In der nächsten Nacht wur-

de es noch schlimmer, sie wurden an den Schiffswänden blau und gelb geschlagen, viele wurden aus den Kojen geworfen, herumfliegende Gegenstände trafen im Dunkeln zufällig hier und dort und ließen Blut und Tränen strömen.
Der Herr ist nah, wurde gemurmelt.
Danke, Herr, für diese Prüfung, wurde gesagt.
Er führt das Schiff durch die Finsternis, wurde gerufen.
Elise krümmte sich hinter einem Vorhang über einen Eimer. Es war unmöglich, bei diesem Unwetter nach oben zu gelangen, um sich über der Reling auszuleeren oder um im Schutze des Leinwandstückes auf dem Balken zu sitzen. Deshalb standen unter Deck zwei Eimer, jeder von einem Vorhang verborgen, zwischen Kisten eingeklemmt, damit sie nicht umkippten.
Sie biss sich in die Hand, weil es so stank, um nicht vor Hilflosigkeit und Verzweiflung aufzuheulen. Sie hatte sich wieder und wieder entleert, mehr war nicht da, mehr konnte nicht da sein außer bitterem Aufstoßen. Trotzdem wurde ihr Körper von neuem Brechreiz geschüttelt, immer aufs Neue, als stecke doch noch etwas Falsches in ihr, etwas, das hinauswollte, das aber den Weg nicht fand. Das war schon seit Stunden so. Und ab und zu kamen andere Frauen hinter den Vorhang, und sie musste Platz machen, andere, die sich ebenfalls erbrechen mussten, die schwankten und jammerten und manchmal von den Windstößen, die das Schiff trafen, umgeworfen wurden. Oft verfehlten die Frauen ihr Ziel in der Dunkelheit. Sie kotzten daneben. Und dann kotzte auch Elise auf ihre eigene Kleidung.
Singt, Kinder!, rief der Lehrer durch die Dunkelheit.
Die Kinder sangen.
Es war nicht auszuhalten. Elise erbrach sich schon wieder, wegen dieser Gerüche, weil ihr Körper es verlangte, weil der Gesang so stoßweise und gehetzt klang, und sie wimmerte und

schluchzte, bis Rotz und Tränen sich mit saurem Speichel mischten.
Kann denn niemand der armen Frau beistehen?, rief Kaufmann Lima durch die Kinderstimmen.
Und dann war Ansgar da.
Ich bring dich nach oben, sagte er. Damit du frische Luft schnappen kannst.
Hast du den Verstand verloren?, rief eine tiefe Männerstimme. Willst du uns alle ertränken? Wir können die Luke jetzt nicht aufmachen.
Geh weg!, stöhnte Elise den Bruder an, der sie mit sich ziehen wollte.
Zitternd sank sie auf dem Boden aus unterschiedlich hohen Truhen auf die Knie. So blieb sie eine Weile hocken, ohne zu denken, ohne sich dorthin zu schleppen, wo sie hingehörte.
Möchtest du eine Banane?, fragte Ansgar.
Die Kinder sangen nicht mehr. Plötzlich war alles still, abgesehen vom Wind, abgesehen vom Pochen der guten Knochen und Keulen, die an den Nägeln hingen und von den Wellen gegen die Schiffswände geknallt wurden.
Eine Banane?
Auch das hatten sie aus Funchal mitgenommen, eine Menge gelbgrüner, länglicher Früchte, von denen man die Schale abziehen konnte. Fünf Stück pro Person hatten sie bekommen, Erwachsene und Kinder, ohne Unterschied, und Ansgar hatte von seinen noch eine übrig. Jetzt war sie nicht mehr gelbgrün, sondern gelb, und sie hatte einige braune Flecken.
Ein Trost des Herrn, wurde gejubelt.
Und alle, die im Bootsinneren saßen, lauschten und warteten, gespannt auf die Antwort, als bedeute es etwas, dass eine von ihnen, stellvertretend für sie alle, in dieser Schreckensnacht eine gebogene Frucht des Herrn kosten sollte.
Aber Elise brachte keinen Bissen hinunter.

Wasser, stöhnte sie, und all die anderen seufzten enttäuscht auf.

Nach einigen Tagen flaute der Wind ab, und sie blieben liegen und kamen nicht voran. Das Unwetter hatte sie vom Kurs abgebracht, aber nicht ernsthaft, sie waren ein Stück weiter südlich als berechnet, und ein gutes Stück weiter im Westen.
Sie fingen an, unter Deck aufzuräumen. Zuerst kamen die Eimer an die Reihe, die überfüllt waren und überliefen. Zwei Männer packten sie und schafften sie vorsichtig nach oben, wo sie sie über der Reling auskippten. Danach wurden sie mit Hilfe von Tauen ins Wasser gesenkt. Dann sollten die Leinwandsäcke vom Dienst der vergangenen Tage befreit werden; während des Sturmes hatten sie unter den Segeln gehangen und sich mit Regenwasser gefüllt. Die Windstöße hatten sie mehr als einmal geleert, aber jetzt hingen sie da wie gefüllte Tröge unter ihren leeren Eutern, dachte Ansgar, als sei der Himmel ein Stall und die Wolken Kühe. Ob es erlaubt war, sie schräg zu halten und sich daran zu laben?
Zuerst müssen wir das Wasser in die Tonne gießen, sagte Endre, als habe er Ansgars Gedanken gelesen.
Zusammen holten sie einen Leinwandsack nach dem anderen, bugsierten die Säcke über das Deck und kippten den Inhalt in das größere Gefäß. Danach erklärte der Kapitän, jeder Fahrgast werde eine zusätzliche Kelle von dem rieselnden Nass erhalten, zum Trost nach den Strapazen und aus Freude über das gute Wetter.
Elise zitterte, als sie an die Reihe kam. Sie leckte das Wasser auf wie ein gieriges Kalb. Sie seufzte, als die Kelle leer war.
Dann sollten die Säcke mit Seewasser gefüllt werden, damit man unter den Kojen putzen und die verschmutzten Kleider

waschen konnte. Die Frauen wechselten frohe Blicke, als sie die Leiter hoch und nieder stiegen, als sie mit gekrümmten Rücken nebeneinanderstanden und die Umstände erträglicher machten. Nur Elise konnte sich nicht freuen. Sie war so sicher gewesen, dass sie an einem der jetzt vergangenen Tage sterben würde. Noch wohnte das Unwohlsein in ihr, und das machte sie böse, während die anderen über Sonnenschein und Dunst jubelten, darüber, dass die Masten wieder gerade standen und dass kein Segel zerfetzt worden und in den Wellen verschwunden war.

Das hier ist eben eine heilige Reise, sagten die Gesichter.

Dumme Gänse, dachte Elise.

Das waren die Worte des Tantenmannes über die Gebetshausfrauen, die ihre Männer nicht saufen ließen. Blinde Hühner und dumme Gänse.

Während des ganzen Sturmes hatten sie gebetet, hatten einander getröstet. Nichts wirklich Schlimmes könne ihnen geschehen, hatten sie beschwörend in die Nacht hinausgerufen. Einige kleine Prüfungen, na gut, aber nichts Schlimmeres. Jetzt summten sie während der Arbeit. Siri hatte angefangen, mehrere waren eingestimmt, als brächen die Töne aus ihnen heraus, sie sangen einen Choral.

Elise stand in der Reihe der Frauen. Sie stand im Gesumm. Es schlug ihr entgegen, gegen ihre Ohren, und drang in ihren Kopf, und das wollte sie nicht. Sie wollte diese leichten Töne nicht hören, sie passten nicht zu der Müdigkeit in ihrem Körper, zu der Übelkeit, die sie noch immer nicht verlassen hatte, passten einfach nicht. Außerdem sollten die anderen doch nicht singen; hatte Håvard ihr nicht gesagt, dass der Gesang, den sie in sich hörten, so viel schöner sei als der, den sie selbst zustande bringen könnten?

Stimmte das also doch nicht?, stieg es wie ein spitzer Gedanke in ihr auf, stimmt es nicht, dass sie in sich so schöne Klänge

trugen? War das nur etwas, das sie Håvard eingeredet hatten, damit seine Braut sich nicht schön anzog?
Der Gesang wurde lauter, wie um Elises Zweifel und ihren Unwillen zu ertränken. Die Frauen sangen jetzt auch einen Text, sie sangen über Jesus, den Himmelsfürsten, über Jesu Tränen sangen sie, darüber, dass Jesus geweint hatte, damit sie selbst erfreut werden könnten, und die Stimmen jubelten und erhoben sich immer stärker, zu einem gewaltigen Chor.
Elise konnte sie nicht ansehen. Sie leuchteten so sehr. Sie wünschte sich fort, fort von dem ewigen Schlingern, fort von der Freude in den schweißnassen Gesichtern, von diesem überschwenglichen Gesang. Elise sehnte sich nach dem Stall. Nach dem Stall der Tante sehnte sie sich, nach der Dunkelheit, wenn der Bruder schlief. Und sie sehnte sich nach einer Schenke mit einem blau angestrichenen Tresen.
Geht es besser?, fragte Siri Madland freundlich, als der Gesang verstummte.
Ja, danke, antwortete Elise kurz und mit gesenktem Blick.
Dann sank Marta Georgiana auf die Knie.
Es ist so weit, rief Berta Aadnesdatter.
Es war so weit, Mannsbilder und Kinder wurden an Deck gejagt.
An diesem Tag wurde das Wasser nicht mehr zum Putzen gekocht, sondern für eine Geburt.

Binde mich fest, flüsterte Ansgar.
Elise hörte ihn zuerst nicht über das Weinen des Säuglings.
Binde mich fest, wiederholte der Bruder. Und steck mir ein Stück Stoff in den Mund!
Es waren neue Tage mit tatenlosen Stunden unter Deck gekommen. Der Regen war von einem tiefgrauen Himmel geströmt,

eines Nachts hatten sie Blitze gesehen und aus der Ferne den Donner gehört, das berichtete die Mannschaft am nächsten Morgen.
Ansgar konnte nicht mehr. So viel Nacktheit hatte er durch die Spalten in den Vorhängen geahnt. Er konnte es nicht ertragen. Er spürte die Katzenkrallen in sich. Die Wörter, die er nicht hinauslassen wollte, erzeugten in ihm einen Zorn, der die Macht an sich zu reißen drohte. Und bei solchem Wetter kletterte niemand in den Mast. Die Schwester fesselte ihn in der Dunkelheit. Ehe sie von zu Hause aufgebrochen waren, hatte sie das Seil in die Truhe gelegt.

Ein zu kleines Schiff

Dann hörten sie durch das Geschrei des neugeborenen Kindes das Geschrei von Vögeln. Die Geräusche kamen durch die offene Luke zu ihnen nach unten. Ansgar begriff es nicht sofort; waren sie doch nur ein Stück vom heimatlichen Strand entfernt? Oder von der englischen Küste? Letzteres dachte er ein wenig klarer und wacher. Aber das hier waren offenbar Seeschwalben und keine Möwen! Es war ein spitzes Geräusch, und das Herz hämmerte in seiner Brust, denn er begriff jetzt, was er sehen würde, wenn er an Deck käme, was sich zeigen würde, vielleicht nicht in der ersten Stunde oder am ersten Tag, aber doch vielleicht morgen. Amerika am Horizont, der Strand Amerikas.
Und sie standen andächtig an der Reling, als es so weit war. Die Frauen in schwarzen Kleidern, mit einem Tuch über dem Haar, die Männer mit ihren Hüten, Hüten, die sie im Wind festhalten mussten, einige mit kleinen Kindern auf dem Arm, seht!
Amerika war grün und ein wenig herbstgolden.

Siehst du?, flüsterte Lars Larsen aus Jeilane dem Bündel zu, das sein Erstgeborenes war.
Es war ein Mädchen. Sie hatte schon einen Namen; sie hieß nach einer gütigen Quäkerfrau, die er in England kennengelernt hatte. Margaret Allen.
Für dich wird nur das dort Zuhause sein, flüsterte der Vater.
Vielleicht sind wir zu weit im Norden, sagte der Kapitän.
Dann manövrierte er die Schaluppe gen Süden, parallel zum Land, bis sie Häuser ahnten. Und dann ruderte Lars Larsen mit zwei anderen hinüber, um zu fragen.

Am 9. Oktober 1825 glitten sie dem Ort entgegen, der jetzt New York hieß. Es war kein Strand am Ende eines Feldes, es sah aus wie eine Landzunge oder vielleicht wie eine von Häusern bedeckte Insel. An die dreizehn Wochen waren sie auf See gewesen. Noch länger hatte das Bild in ihnen geleuchtet, von weißem Strand, weich unter nackten Fußsohlen oder biblischen Sandalen, einer Jungfräulichkeit, an der der Blick ruhen konnte, mit wogenden, verheißungsvollen Ähren im Hintergrund, so weit das Auge reichte, vielleicht sogar Weizen.
Stattdessen sahen sie morsche Lagerhäuser und lange Kajen aus Holz hinter vielen Masten, die anderen Schiffen gehörten. Und es wimmelte dort nur so von Leben; Männer und Knaben, die Dinge trugen oder schoben, die sich aufrichteten und Atem holten, die vielleicht riefen und die gestikulierten. Hinter ihnen ragte ein Wald aus Häusern auf.
Sie hatten eine Stadt erreicht, die größer war als Stavanger, und jemand an Land schirmte seine Augen mit der Hand gegen die Sonne ab und winkte ihnen zu. Konnte das Kleng sein? Es musste Kleng sein. Sie winkten zurück. Sie atmeten zitternd und umarmten einander andächtig. Sie fassten sich an den Händen, schauten einander in die tränenfeuchten Augen, lächelten und weinten und lachten. Elise und Ansgar wurden in

den Freudenausbruch hineingewirbelt, wie zwei Gegenstände wurden sie gedrückt und sozusagen weiter zu den anderen geschoben, die sie ebenfalls anfassen und ihnen bewegt ins Gesicht schauen wollten. Einige sanken auf die Knie.
Halleluja!
Sie hatten diesmal deutlich sichtbar geflaggt. Kein Kanonenlauf zeigte auf sie, und es wirkte überhaupt nicht feindselig, das kleine Ruderboot mit zwei Männern mit Mützen auf dem Kopf, das jetzt zu ihnen unterwegs war. Aber keiner der beiden auf den Ruderbänken war Kleng. Und tatsächlich stimmte hier etwas nicht. Niemand von der »Restauration« durfte an Land gehen.
Herrscht hier die Pest?, rutschte es jemandem heraus.
Wollen sie uns nicht?, fragte ein anderer.
Wir haben Boden, erklärte ein Dritter in der singenden Sprache Jærens. Kleng hat ihn gekauft …
Wir wollen mit Kleng sprechen!
Das war nicht der, den wir an Land gesehen haben, wurde gemurmelt. Nicht Kleng hat gewinkt. Er war zu groß, der Mann am Kai.
Aber er wollte uns doch hier in Empfang nehmen!
Er konnte doch nicht genau wissen, wann wir ankommen würden!
Mit der Hilfe des Herrn hätte er das wissen können!
Dann durfte doch jemand an Land, aber nur zwei von ihnen. Und zwar der Kapitän, weil er der Kapitän war, und Lars Larsen aus Jeilane, da er der Anführer der Auswanderer war und Englisch konnte. Die anderen sahen lange hinter ihnen her, als sie davongerudert wurden.
Ich koche Grütze, sagte Endre.
Ansgar hütete das Feuer. Bald bildete sich vor ihnen eine stumme Schlange von Hungrigen.
Wo ist die Heringstonne?, wurde gefragt.

Leer, sagte der Koch.
Gibt es nicht einmal mehr Lake?
Nicht einmal mehr das.
Ein Festmahl hatten sie sich ausgemalt, wenn sie endlich am Ziel wären, eine Jubelmahlzeit auf einer amerikanischen Wiese hatten sie sich erträumt. Die letzten Fleischfetzen von den Knochen unter Deck sollten ans Licht gebracht und unter allen aufgeteilt werden. Aber niemand konnte doch feiern, wenn Amerika sie nicht mit Jubel und funkelnden Trompeten in Empfang nehmen wollte! Und übrigens waren die Knochen fast glattgenagt.
Also aßen sie mit Regenwasser gekochte Grütze und starrten aus zusammengekniffenen Augen auf New York City, und die Unsicherheit, die sie für einige Augenblicke erfasst hatte, verschwand beim Anblick des festen Landes und weil sie nun die Sattheit überkam. Sie würden doch an Land gehen, daran zweifelten sie nicht. Es würde nur noch ein wenig dauern. Und sie bewunderten die Schiffe, die sie in ihrer Nähe sahen, einige größer, andere kleiner als ihr eigenes, die meisten mit grauweißen Segeln, aber eins mit einem riesigen hellroten zwischen den grauen, und ein anderes mit schwarzen, wie ein Pirat. Viele wurden gerade gelöscht, und sie kniffen die Augen zusammen, um rollende Tonnen, Säcke und Kisten zu erkennen, und sie entdeckten einen Käfig voller lebender gackernder Hühner.
Und dann kam er doch noch, Kleng.
Lars und der Kapitän waren noch an Land. Aber Kleng kam, Kleng Pedersen Hesthammer aus Tysvær, auch wenn sie ihn nicht auf den ersten Blick erkannten, als er in einem Ruderboot näher kam, denn er trug eine seltsame flache Mütze aus Fell auf dem Kopf, und die Menschen an Bord waren noch in den Anblick einiger brauner Hühner vertieft.
Aber Kari sah ihn dann doch und erkannte ihn, denn sie war ja seine Schwester. Und aus ihrer Kehle stieg ein Heulen, ein

erleichtertes, glückliches Heulen, und dieser Laut war ohne Worte, sie konnte nur lachen und heulen, und sie musste die anderen anstoßen und auf das Ruderboot zeigen, ehe sie mit tanzenden Röcken zur Reling stürzte, um ihn in Empfang zu nehmen.

Es war der Mann, der sich ihnen in einer Vision gezeigt hatte, mitten in einer goldenen Landschaft. Kari packte seine Hände und zog ihn über Deck. Sie umarmte ihn und hielt ihn fest, fest. Alle waren jetzt aufgesprungen. Alle kamen näher, rennend oder mit würdevoller Ruhe.

Dem Herrn sei Lob und Dank, wurde gemurmelt.

Kleng wurde von einem uniformierten Mann begleitet. Dieser hielt sich im Hintergrund, während der Mann mit der Pelzmütze die Freunde begrüßte.

Willkommen in Amerika, sagte er feierlich.

Dürfen wir jetzt an Land?, fragte ein ungeduldiger Knabe.

Pst, Kind, wurde er sanft zurechtgewiesen.

Leider nicht, sagte Kleng.

Euch fehlen Papiere mit Stempel und Siegel, sagte er dann.

Stempel und Siegel?

Papiere, die sein müssen in einem neuen Land, sagte Kleng.

Wir haben Papiere für die Ladung, sagte der Steuermann.

Das reicht nicht. Ihr braucht außerdem Papiere für Fahrgäste und Schiff. Außerdem ist das Schiff zu klein.

Zu klein für was?

Für so viele wie euch. Für den weiten Weg über das Meer.

Aber den haben wir doch geschafft.

Kleng nickte. Den habt ihr geschafft, murmelte er.

Gott sei Dank, kam leise die Antwort.

Aber die Behörden in New York können keine Fahrzeuge durchlassen, die nicht den verlangten Standard einhalten, versuchte Kleng zu erklären. Es geht nicht, dass ungesetzlich viele Menschen an Bord sind.

Aber es ist doch unser eigenes Schiff, wurde protestiert.
Sechzehn, sagte Kleng, Sechzehn Fahrgäste wären zulässig gewesen. Mehr nicht, das sagen die US Maritime Laws.
Mister Peerson, sagte der Uniformierte und zeigte auf eine Textstelle in einem Dokument.
Das Schiff ist beschlagnahmt, sagte Kleng.

Aber er hatte Freunde in der Stadt. Und Klengs Freunde waren Freunde der Freunde, und das gab vielleicht den Ausschlag, denn Kleng war kein Quäker wie die Menschen an Bord und die, die er in New York kannte; die Quäker in New York hatte er kennengelernt, weil er auf ein Schiff mit Landsleuten wartete, von denen, wie er glaubte, die meisten der Lehre der Quäker anhingen. Darum waren es eigentlich Lars Larsen aus Jeilane und seine kleine Gemeinde, die Freunde in New York hatten, und diese Freunde erschienen im Hafenkontor, wo Lars und der Kapitän zu den fehlenden Papieren befragt wurden.
Das findet sich schon, trösteten die Freunde aus New York, mit etwas Geduld und mit Gottes Hilfe.
A friend of ours is a friend of the Governor, erklärten sie.
And he is a friend of the President, sagte ein anderer.
He is indeed, stimmte ein Dritter zu.
Schließlich durften die Auswanderer an Land kommen, auch wenn die Schaluppe sich noch immer in Arrest befand. Aber zuerst mussten sie sich und ihre schmutzige Kleidung waschen. Tonnen voller Süßwasser wurden zu ihnen hinausgerudert und am Schiff hochgehievt. Das Wasser wurde heiß gemacht und unter Deck gebracht, wo zuerst die Frauen und nach ihnen die Mannsbilder ihre Haut entblößten und sich die Haare wuschen. Zöpfe und Nackenknoten wurden gelöst, die Frauen halfen einander und teilten die wenige Seife, die sie noch hatten, danach standen sie halbnackt da und wuschen Wäsche, die sie dann die Leiter hochtrugen und oben zum

Trocknen aufhängten. Andere standen an Deck und wuschen Kleidung, ehe sie sich selbst säubern konnten, und bald sah das Schiff aus wie ein seltsamer Baum mit wehenden Blättern in den seltsamsten Formen.

Elise tat es den anderen verheirateten Frauen nach, sie flocht sich das Haar neu und legte es um den Kopf. Sie wollten ihre Sonntagskleider anziehen, war beschlossen worden, das Beste, was sie hatten, und sie lugte verstohlen zu den anderen hinüber, als sie sich im Halbdunkel über ihre Truhe beugte. Marta Georgiana hatte ein blaues Kleid aus weichem, leichtem Kaliko. Einige der Frauen aus Stavanger besaßen bestickte Blusen und schöne Kopftücher. Aber Elise war nicht die Einzige, die vom Bauernland stammte. Es gab auch andere, die sich in nichts Feinerem als Fries sehen lassen konnten.

Aber Elise hatte noch etwas. Sie hatte ein Tuch. Wie ein Schatz lag es dort, unten in der Truhe.

Es stammte von einem Dieb, das wusste sie. Aber das Tuch war nicht gestohlen, denn das hatte Håvard von einer Elise namentlich bekannten Frau nähen lassen. Und hatte sie dieses Tuch etwa nicht verdient? Sie fand, doch, sie verdiene dieses Schöne, Rote, als Buße und als Trost, denn sie brauchte nicht nur Trost, weil der Dieb ertappt worden und nicht aufgetaucht war. Sie war schwanger.

Sie hatte es spät und plötzlich begriffen.

Die Erkenntnis war mit der Erleichterung darüber gekommen, dass sie die Lumpen nicht hatte benutzen müssen, die ebenfalls in der Truhe lagen, Lumpen, wie sie die Frauen hinter dem Vorhang unter Deck zum Trocknen aufhängten, egal, ob das Wetter gut oder schlecht war, denn sie durften von keinem Mann gesehen werden. Dort hingen sie und füllten die Luft mit einem Blutgeruch, der sich einfach nicht auswaschen ließ. Elise war das Blut erspart geblieben. Tag für Tag war das ein Grund zu einer bleichen, dankbaren Erleichterung gewesen,

bis die Freude in Entsetzen umgeschlagen war. Die Sehnsucht im Körper, die Übelkeit, die sich nicht legen wollte, das alles lag einfach daran, dass sie schwanger war.
Aber noch war ihre Taille schlank. Und sie würde sich mit dem Tuch schön machen.
Am Rand des schönen roten Stoffes lief eine Borte aus gelben Blumen. Aber als sie das gewebte Stück in seiner vollen Größe vor sich hinhielt, fiel etwas zu Boden. Und zwar ein silbernes Schmuckstück. Und im selben Moment wusste sie, woher es stammte. Das war der Beweis. Das war der Grund für die Anklage wegen Diebstahls.
Ihr Blick irrte hin und her. Rasch bückte sie sich nach dem Schmuckstück und legte es wieder in die Truhe. Sie setzte sich auf den Truhendeckel, atmete schwer und dann leichter. Sie besaß Silber. Hier war ihr Silber. Niemand sonst würde es erkennen, es für sich beanspruchen. Es hatte in *ihrer* Truhe gelegen. Niemand sonst hatte ein Anrecht auf deren Inhalt.
Elise lächelte ihr erstes Lächeln seit vielen Wochen. Sie war reich. Und sie dachte an diesen heimlichen Reichtum, als sie bald darauf ihren Fuß auf die hölzernen Kajen und dann auf den festgetrampelten Boden Amerikas setzte. Und sie lachte mit den anderen, denn dieses Land schien eine Fortsetzung des Meeres zu sein, das immer noch unter ihren Füßen rollte. Und sie konnte lachen, weil sie ein Stück Silber besaß.
Sie wurden von den Quäkern begrüßt, die gekommen waren, um sie durch die Straßen zu begleiten. Auch ein Zeitungsmann war zur Stelle, er wollte über die Menschen schreiben, die in einem viel zu kleinen Boot Wind und Wellen getrotzt hatten.
Dann wanderten sie durch Manhattan, ein Zug aus schwarzgekleideten Männern, die meisten mit Vollbart, viele mit buschigen, kräftigen Augenbrauen, alle mit schwarzen Hüten und ausgebeulten Hosen, einige zu weit, andere zu kurz über behaarten Waden in Holzschuhen oder Lederstiefeln. Die Frauen boten

einen weniger düsteren Anblick, denn einige trugen blaue oder grüne Kleider und Hauben, und viele hatten bestickte Tücher umgelegt, wenn auch nur ein Tuch in keckem Rot leuchtete.
Wie schön, hatten sie darüber zu Elise gesagt, eine nach der anderen.
Jetzt sahen sie sich amerikanische Kleider und Menschen an, amerikanische Wagen und Pferde und Karren. Jetzt verschlangen ihre Blicke New Yorks breite Straßen, wo die Fassaden schon einen Block nach dem Hafenviertel schöner wurden.
Die hat ein Architekt gebaut, sagte ein Quäker.
Kleng war zum Übersetzen da. Vor einigen Jahren war ein Städteplaner und Architekt angeheuert worden, und der hatte das Stadtinnere entworfen. Außen sollten breite Alleen verlaufen. Quer durch die Stadt sollten sich schmalere Straßen hinziehen, und alles sollte nummeriert sein, damit man sich leicht zurechtfinden könnte.
Überall in Manhattan war das Straßennetz abgesteckt, auch wenn es bisher nur im unteren Teil richtige Bebauung gab. Aber von jetzt ab stand fest, wo Häuser gebaut werden und in welchem Winkel sie zu den Straßen stehen sollten.
Sie folgten einer Allee. Überall gingen Menschen spazieren, Frauen und Männer und einzelne Kinder, und manche waren so schön angezogen, dass Marta und die anderen einander in den Arm kneifen und auf sie zeigen mussten. Sie blieben am Straßenrand, um den Pferdekutschen nicht im Weg zu sein. Aber es gab hier auch von Eseln und Ochsen gezogene Karren, und es gab Menschen, die nicht viel anders gekleidet waren als die in Norwegen, und die Straßengräben waren wie in Stavanger, gefüllt mit stinkenden Abfällen und verfaulenden Essensresten. Einmal sahen sie einen streunenden Hund, der einen Vogelkadaver verschlang. Ein Stück weiter lief eine Hühnerschar hin und her. Und auf einer Bank saß ein ziemlich schwarzer Mann und las eine Zeitung.

Hat der die Pest?, fragte Siri Madland erschrocken.
Die Quäker lächelten freundlich. Nein, so sei er eben, dieser Mann, so sei er durch Gottes Willen auf die Welt gekommen. Seine Vorfahren stammten aus Afrika. Dort seien alle schwarz.
So was, schwarz, wurde gemurmelt.
Werden die alt?, wollte Simon Lima wissen.
Er bekam keine Antwort, denn in diesem Moment jagten in gestrecktem Galopp zwei Reiter durch die Allee, der eine schrie wütend hinter dem anderen her. Die Auswanderer blieben stehen und schauten sich um, bis die Staubwolke sich gelegt hatte. Die Quäker sagten diesmal nichts dazu, als sei das eine ganz alltägliche Episode gewesen.
Elise musterte die Fassaden; ob es hier wohl irgendwo Schenken gab? Die Häuser waren aus Stein oder Holz, die meisten zweistöckig. Einige hatten Treppen, die zu einer breiten Eingangstür führten, bei anderen trugen Säulen ein Sonnendach über der Tür.
Das ist sicher ein Wohnhaus, sagte Aanen. Kein Kontorhaus, wie wir sie näher beim Hafen gesehen haben.
Elise biss sich in die Lippe. Sie hatte nicht darauf geachtet, sie hatte sich zu sehr für die Menschen interessiert.
Vorne, zusammen mit den Quäkern, ging Kleng. Munter und fröhlich schritt er aus, dieser Mann, der alles für sie vorbereitet hatte, der gutes Land für sie gekauft hatte, das wussten sie. Kreuz und quer durch Berg und Tal und Wald war er ihretwegen gewandert, hatte Grashalme aus dem Boden gezogen, hatte die Beschaffenheit der Wurzeln untersucht, hatte den Finger in die Erde gesteckt, hatte Möglichkeiten erwogen und Orte verworfen, bis er den richtigen gefunden hatte. Sie sahen ihn mit Stolz und Freude an, alle, nicht nur seine Schwester und ihr Mann. Kleng hatte Kari und Kornelius beim Arm genommen, während er sich zugleich mit den Fremden unterhielt. Eine neue Hose schien er auch zu besitzen, das konnten sie

sehen, zusätzlich zu der weichen Kopfbedeckung, und so gut sprach er das Amerikanische, dass sie ihm hier einen neuen und amerikanischen Namen gegeben hatten. Cleng Peerson hieß er jetzt.
Dann überquerte der Vortrupp die Straße und betrat ein graurosa Säulenhaus, vor dem ein kleiner Springbrunnen plätscherte. Dahinter öffnete sich eine Halle, in der zwei Männer in grünen Jacken den Gästen aus dem Mantel halfen. Elise hatte nur ihr Tuch. Das wollte sie umbehalten.
Please, no, riefen die Grüngekleideten, als die Gäste anfingen, sich die Schuhe auszuziehen.
Das ist nicht nötig, erklärte Cleng.
Aber wir bringen doch nicht Staub und Schmutz mit ins Haus, wurde empört widersprochen.
Stattdessen stiegen sie barfuß über die Schwelle, oder auf Strümpfen, ganzen oder löchrigen. Und es war weich und gut, durch die schönen Zimmer der Freunde zu schreiten, wo weiche Teppiche auf breiten, glatten Bodenbrettern lagen. Und die amerikanischen Quäker legten den Neuankömmlingen die Arme um die Schultern, lächelten ihnen ins Gesicht und sprachen mit freundlichen Stimmen zu ihnen. Danach gab es etwas zu essen. Und Ansgar hatte noch nie so köstliche Speisen gekostet.

Auf dem Flussboot durch das Hudsontal

Dann lag das Ackerland sicher ein Stück hinter den Stadthäusern, hatte er gedacht. Dann endeten die breiten, geraden Straßen sicher in schmaleren und kurvenreicheren Gassen, die sich die Hänge hochzogen, wie in Stavanger.
Ansgar war nicht der Einzige, der darüber nachgedacht hatte. Das ging ihm auf, als sie auf dem Rückweg von den freund-

lichen Quäkern waren und die Leute, die neben Cleng Peerson gingen, lauter wurden.
Aber sind wir denn noch nicht da?, fragten sie vorwurfsvoll. Müssen wir noch weiter?
Das mussten sie. Die Reise war noch längst nicht zu Ende. Nicht hier bei der Stadt New York hatte Cleng Land für sie besorgt.
Aber wie sollen wir denn weiterkommen?, wurde ängstlich gefragt.
Wagen besaßen sie nicht, und sicher kostete so ein Wagen ein kleines Vermögen. Sie hatten auch nicht viele Münzen. Ihr Kapital steckte im Schiff und im Eisen auf dem Schiffsboden, das die Behörden jetzt offenbar an sich gerissen hatten.
Anything wrong?, fragten die Quäker, die sie zurück zum Hafen begleiteten.
Cleng musste Fragen von allen Seiten beantworten, in verschiedenen Sprachen.
Und so kam es, dass die herzensguten Freunde ihnen halfen. An den nächsten zwei Tagen wurden Decken und große Körbe hervorgeholt, Werkzeuge zum Kochen und für die Feldarbeit, zwei Äxte und eine Sichel, eine Pflugschar und ein Fangeisen, ein Spinnrocken und ein riesiger Eisenkessel und noch viel mehr. Einige Körbe wurden mit Lebensmitteln gefüllt, wie Brot und Butter, wie eingelegtem Fisch und Krüge mit eingelegtem Gemüse, mit Kürbismarmelade und gesalzenem Speck, mit schwarzen Bohnen und Räucherschinken. Außerdem wurden den Reisenden Münzen vorgestreckt. Nicht für Wagen und Zugtiere, sondern für die Bootsfahrkarten. Und dann kam der Tag, an dem sie sich von den guten Helfern verabschiedeten und an Bord eines Raddampfers gingen, der den Hudson befuhr.
Sie hatten noch nie so ein seltsames Schiff gesehen. Es war wie ein weiteres Geschenk, die merkwürdigen Holzräder betrachten zu können, die sie vorwärts schoben und das Wasser von

sich warfen. Bald verschwanden die Häuser. Das Letzte, was sie sahen, waren ein schiefer kleiner Schuppen und zwei Jungen mit gelben Strohhüten, die am Ufer saßen und angelten. Beide hoben den Arm und winkten. Die Fahrgäste winkten zurück, und sie lächelten einander zu, denn dieses Amerika war ja so schön und freundlich.

Die Strömung im Fluss war nicht so wie die im Meer, sie war ruhiger, stiller, und der Wind pfiff ihnen auch nicht so um die Ohren wie draußen auf dem Atlantik. Und es tat gut, etwas anderes sehen zu können als das ewige Wasser. Hier waren beide Ufer grün und einladend, auch wenn der Herbst schon anfing, die Blätter gelb zu färben. Kleine Hügel gab es, die in flachen Landzungen endeten, hinter ihnen ragten höhere Gipfel auf, der Fluss war ziemlich breit, und sie konnten über das Ufer hinaus und in die Ferne blicken. Selten einmal kamen sie an einigen Häusern vorbei, vielleicht einem kleinen Dorf, vielleicht einer ganzen Stadt, die sich vom Ufer ins Land oder die Hänge hochzog.

Sie waren jetzt weniger. Einige von der Mannschaft waren in New York geblieben. Sie hatten niemals weiterziehen wollen, sie wollten in der großen Stadt bleiben und dort ihr Glück suchen. Lars Larsen befand sich ebenfalls nicht an Bord des Dampfers. Er verhandelte noch immer über Schiff und Ladung. Marta Georgiana saß mit einsamen hochgezogenen Schultern in der morgendlichen Kühle auf ihrer Truhe, den Säugling in den Armen.

Es wurde ein schöner Tag. Als die Sonne am Himmel höher stieg, spürten sie die Wärme durch ihre Kleidung. Und sie sprachen darüber, was sie hier sahen, in ihrer norwegischen Sprache, über die jungfräuliche Landschaft, darüber, dass sie daran vorbeifuhren, warum taten sie das? Konnten sie nicht an diesem grünen Ufer an Land gehen und sich am Fluss ein Feld aussuchen? Die flachen Landzungen waren hervorragend zum

Hausbau geeignet, schön würde es werden, umrahmt von Bäumen, die ihre Blätter bewegten, konnten das Birken sein? Ja, Birken und sicher auch Buchen. Ja, Blutbuchen mussten das sein, und einige Birken ließen ihre Zweige über das Wasser hängen und streiften fast das Nass.

Wie Spitzen, sagte eine Frau.

Wie durchsichtige Vorhänge, sagte eine andere.

Und sie stellten sich fette Kühe mit schweren Eutern auf den sanft geschwungenen Wiesen vor, und dahinter an den Hängen vielleicht einige Schafe …

Cleng!, rief Kornelius Hersdal.

Er hörte nicht. Cleng Peerson war in ein lebhaftes Gespräch mit einer Gruppe von fremden Herren vertieft. Sie standen ganz hinten im Boot, während die Norweger sich mit Körben und Truhen um sich und unter sich am Bug niedergelassen hatten.

Stellt euch mal vor, ein lila Halstuch, flüsterte Siri Madland.

Elise hatte ihn schon gesehen, den Mann mit dem auffälligen Tuch unter dem Kinn. Ansonsten hatte er wilde Locken und trug einen Pelzhut. Von der Form her ähnelte der anderen Hüten, nicht der Mütze, die flach und ohne Wölbung auf Clengs Kopf lag. Außerdem hatte der Fremde einen dunkelroten Mantel an, der ihm bis zu den Knien reichte. Darunter trug er graue Kniehosen und weiße, leuchtende Strümpfe in mit silbernen Schnallen besetzten Schuhen.

Die Freunde in New York waren aber auch fein, sagte Kari Hersdal.

Aber keiner hatte ein lila Halstuch!

Vielleicht ist er ein Prinz, flüsterte Alida Ruth.

Elise musterte verstohlen diesen Menschen, der so viel eleganter wirkte als alle anderen. Sein Gesicht war ein wenig schmal, wie auch der Nasenrücken, aber sein Mund war üppig, und die Augen sahen unter den schwarzen Brauen aus wie glühende Kohlen. Und immer lachte er, ein Lachen, das nicht zu überhören war, ein klangvolles Geräusch, das Blicke auf sich zog, fühlte Elise, denn man durfte doch andere nicht anstarren, und trotzdem musste sie es tun.

Die Frauen tragen üppigere Hauben als wir, sagte Siri über New Yorks Frauen, obwohl auch ihre Aufmerksamkeit sich auf den hohen Pelzhut richtete.

Und die Herren haben weitere Mäntel, fügte Kari hinzu.

Und breitere Kragen.

Und alles ist aus schöneren Stoffen genäht.

Eine Frau hat mir einen Kamm aus Walbein geschenkt, erzählte Kari glücklich.

Aus Walbein?

Ihr Bruder hat ein Schiff, das zum Walfang ausfährt, erzählte sie.

Aber dass du das alles verstanden hast!

Cleng war ja da, der hat es mir übersetzt.

Jetzt trat er wieder zu ihnen. Und der Schwager Kornelius stellte die Frage, mit der sich viele schon eine ganze Weile herumschlugen: Warum können wir nicht hier an Land gehen?

Weil dieses Land nicht mehr frei ist, antwortete Cleng.

Die anderen verstanden das nicht. Sie sahen kein lebendes Wesen, kein Haus, und schon lange hatten sie keinen Menschen mehr entdeckt.

Es gehört zu einem Gut, erklärte Cleng.

Einem Gut?

Große Farmen. Höfe. Größer als groß. Riesig sind sie, sagte er. Ursprünglich haben sie Holländern gehört. Die sind jetzt aber Amerikaner geworden und sprechen Englisch. Sie brauchen mehrere Tage, um von einem Ende ihres Besitzes zum anderen zu reiten.

Haben die keine Häuser?, wurde gefragt.

Natürlich haben sie Häuser. Manche sind so groß wie Schlösser.

Ansgar kniff die Augen zusammen. Er verspürte ein Prickeln auf der Kopfhaut, ein Prickeln am ganzen Körper, er wollte an Land, er wollte laufen, wollte rennen, weg von den anderen, weit weg. Das Boot war ein Gefängnis, genau wie das vorige. Es war zu viel. Und hier war nicht einmal jemand, der ihm Arbeit gab.

Er schaute aus zusammengekniffenen Augen auf das Grün, den Hang; wenn er nur dort wäre, allein mit der Aussicht.

Ich sehe etwas Rotes, rutschte es ihm heraus.

Komm her, Junge, sagte Cleng. Wo hast du das Rote gesehen?

Ansgar zeigte.

Das ist eine rote Jacke, sagte der Erwachsene. Ein Reiter hat sie an. Siehst du das?

Ansgar nickte. Er ahnte eine ganze Gestalt auf einem grauen Pferd. Pferd und Reiter befanden sich ziemlich weit oben am Hang.

Ich dachte, es wäre leer hier, sagte er hilflos. Das hat Håvard gesagt. Dass wir in ein menschenleeres Land fahren.

Das tun wir auch, sagte Cleng. Aber das ist nicht hier. Wir müssen noch weiter.

Ansgar wandte den Blick von dem Reiter ab und schaute auf den blaugrauen Fluss. Ein Stück vor ihnen stieg eine helle Felswand steil aus dem Wasser auf. Wie ein geplatzter Hügel, dachte der Junge. Als sei der halbe Hügel in die Luft geflogen. Vielleicht lagen die Felsbrocken unten auf dem Grund des Flusses. Vielleicht sollte das Boot sich lieber so dicht wie möglich ans andere Ufer halten, um nicht am Rumpf aufgerissen zu werden, dachte er.

Natürlich hätten wir nicht hier an Land gehen können, meinte Simon Lima, der in Stavanger Kaufmann gewesen war. Dann hätten wir ja noch einmal bezahlen müssen. Wir müssen doch dahin, wo Cleng für uns Land gekauft hat.

Ganz recht, stimmte ein anderer zu.

Da ist es sicher viel besser als hier, sagte ein Dritter. Wo er den Boden doch nach einer so langen Wanderung ausgesucht hat.
Der Wanderer selbst sagte nichts. Er wühlte in dem Bündel, in dem er seine Habseligkeiten aufbewahrte.
Er ist sicher sehr reich, flüsterte Siri.
Wer denn?, fragte Kari.
Der Mann mit dem lila Halstuch, natürlich. Vielleicht ist er der Herr auf einem solchen Gut.
Cleng zog ein Strickzeug aus seinem Bündel.
Ansgar glotzte ihn an; er hatte noch nie ein Mannsbild stricken sehen. Es sollte ein Strumpf werden, aus braunem Garn, das konnte er erkennen. Der Junge suchte den Blick der Schwester, aber Elise schaute in eine andere Richtung. Sie sah zu den fremden Herren hinüber, und als Ansgar sich zu ihnen umdrehte, grinste einer von ihnen breit. Er hatte sicher das Strickzeug in den Männerhänden entdeckt. Jetzt sprang er auf, kam über das Deck und machte eine muntere Bemerkung.
Cleng antwortete.
Der Mann deutete eine Verbeugung an und kehrte an seinen Platz zurück.
Was wollte er?, fragte Kari.
Er wollte wissen, ob Elise und ich verheiratet sind, sagte Cleng. Er meinte, sie hätte Glück gehabt, also wenn wir verheiratet wären. Weil ich stricken kann.
Elise lief tiefrot an. Mit Cleng Peerson verheiratet? Warum gerade sie?
Ansgar sah wütend hinter dem Fremden her. *Nabal*, dachte er, und die Haut um seine Augen zuckte, zuckte und zuckte.
Cleng packte ihn am Arm.
Du hast damals im Baum gesessen und so schrecklich geschrien, sagte er und schaute ihm ins Gesicht.
Für einen Moment hätte Ansgar ihm gern ins Gesicht gespuckt, er riss sich aber zusammen.

Ich werde dich die Kunst des Strickens lehren, kündigte der Mann an.
Ansgar wollte sich losreißen, aber Cleng hielt ihn fest.
Verstehst du, das Stricken nimmt die Gedanken mit, erklärte er. Es lenkt Willen und Aufmerksamkeit auf das wachsende Wollteil, verstehst du? Schau her!
Ansgar hatte keine Wahl. Er musste sich ansehen, wie eine Masche entstand und wie sie auf einer Nadel zu zwei und drei und einer ganzen Maschenreihe werden konnte. Er musste die Nadeln selbst halten, sie übereinanderlegen und sie unter Anleitung des Erwachsenen gegeneinanderschlagen lassen, er musste den Faden mit gekrümmtem Finger den richtigen Weg führen, die Nadelspitze durch harte Fadenlöcher pressen, während seine Schultern und seine Augen zuckten.
Teufelsfaden, kannst du sagen, erklärte Cleng, wenn Gott dir deinen Kameraden genommen hat.
Ansgar sah den anderen skeptisch an.
Jetzt sei aber still, Cleng, tadelte Kari.
Siehst du?, sagte Cleng zu Ansgar. Wir sind zwei von der gleichen Sorte. Wir haben beide eine strenge Schwester an Bord.
Sie grinsten, alle, die in der Nähe saßen.
Und Ansgar strickte mit harten Bewegungen und wachsender Wut im Leib. Stricken, Nicken, Ficken. Er hätte das Strickzeug gern ins Wasser geworfen, oder in Clengs Gesicht, oder ins Gesicht des feinen Mannes. Stattdessen bildete er neue harte Maschen. Und er sah darin ein Muster. Die Bewegungen wechselten, aber sie stellten sich immer wieder ein, und sie konnten in Dreiergruppen gesammelt werden. Eins, zwei, drei. Drei Bewegungen für jede Masche. Diese Erkenntnis ließ seine Schultern sinken. Sie ließ ihn ruhiger atmen. Eins, zwei, drei. Stricken, Hicken, Wicken.
Und das Boot bewegte sich weiter, um eine Flussbiegung nach der anderen, durch eine einsame Landschaft, in der der Laub-

wald nur selten durch Gruppen von Nadelbäumen abgelöst wurde.

Dann schrie jemand: Ein Soldat!

Es waren sogar mehrere Soldaten, zwischen Baracken und kleinen Befestigungsanlagen. Eine Militärakademie. Sie hieß West Point. Sie war im Befreiungskrieg gegründet worden, erklärte Cleng.

Warst du schon mal da, hast du mit ihnen gesprochen?, wurde gefragt.

Das auch, wurde gemurmelt, als er nickte.

Er war offenbar überall gewesen. Bei den Soldaten auf West Point. Auf den Gütern der Holländer.

Was ist ein Befreiungskrieg?, fragte ein Junge, aber niemand schien ihn gehört zu haben außer Ansgar, der diese Frage nicht beantworten konnte.

Der Fremde mit dem leuchtenden Tuch um den Hals und dem roten Mantel war jetzt wieder zu ihnen getreten, er zeigte auf die Gebäude an Land und redete eifrig und in schnellem Tempo.

Sein Großvater, übersetzte Cleng Peerson. Sein Großvater war Offizier in George Washingtons Armee. Und als die Engländer hier den Fluss überquerten ... der ist hier tief, zweihundert Fuß, die tiefste Stelle im ganzen Flusslauf ... und als die Engländer ein von den Amerikanern besetztes Fort nach dem anderen erobert hatten, insgesamt drei, glaube ich, zwischen der Stadt New York und hier, bauten sie deshalb ein neues, die Freiheitskämpfer, hier an dieser Stelle ...

Ansgar konnte ihn nicht leiden, den Mann mit den weißen Strümpfen und der Kniehose. Seine Augen schienen ihr eigenes Leben zu leben, egal was der Mund sagte, sie schienen wegzulaufen, und der Mann schien seinem Blick zu folgen, während sein Mund die anderen mit Gerede ablenkte. Sein Blick glitt immer wieder zu Elise. Er schien sich um sie zu wi-

ckeln, an einer Locke hängenzubleiben, die unter ihrer Haube herausschaute, um ihren Hals zu tänzeln, das rote Tuch hinunter und wieder hinauf, fast so, als ob er sie damit erwürgen könnte, fürchtete der Bruder, denn er sah ja, wie sie sich wand und wie gern sie in der Truhe versunken wäre, auf der sie saß.
Jetzt strick endlich!, befahl Cleng.
Der Fremde hatte sich abgewandt. Sicher hatte er nicht mehr zu sagen. Oder er hatte genug gesehen.
Dieser Satansfaden, flüsterte Cleng.
Ansgars Herz hämmerte. Denn Cleng hatte offenbar verstanden. Was den Mann mit den fressenden Augen anging.
Ich werde ihm sagen, dass deine Schwester einen anderen hat, sagte der Erwachsene.
Danke, murmelte der Junge.
Was war das nur für ein Krieg?, hieß es um ihn herum. Wo ein Engländer den anderen abgestochen hat.
Die waren doch sicher keine Engländer mehr, wo sie in Amerika lebten?
So wurde spekuliert, über die Ereignisse aus dem Krieg, die dazu geführt hatten, dass die britische Herrschaft aus Nordamerika vertrieben worden war, nur nicht aus Kanada.
Kanada, wo liegt das?, wurde gefragt.
Weiter im Norden, antwortete Cleng, als er wieder bei den anderen saß.
Aber warum besitzen die Holländer diese riesigen Höfe?, fragte jemand.
Die waren zuerst hier, erklärte Cleng. Genau hier. Mit New York als Basis. Damals hieß die Stadt Nieuw Amsterdam.
Was heißt das?, wurde gefragt.
Und was war mit Kolumbus?, wurde ebenfalls gefragt. Waren denn nicht die Spanier zuerst hier?
Ansgar hörte zu. Das alles war neu für ihn. Kolumbus? Die Spanier?

Aber die Freunde haben doch sicher nicht zu den Waffen gegriffen, wurde überlegt. Wo sie doch den Krieg ganz und gar ablehnen?
Über ihnen war der Himmel jetzt dunstig geworden. Bald würde die Sonne untergehen. In der Ferne konnten sie blaue Berge ahnen. Und Ansgar strickte.

Eine Scharte. Eine Lichtung. Ein Messer

Sie hatten eine neue Stadt erreicht und verließen das Schiff. Albany hieß die Stadt, und sie konnten kaum mehr sehen als einige Schuppen und eine Schlägerei. Die fand vor ihren Augen statt, als sie einander an Land halfen, nachdem Cleng ihnen befohlen hatte, dort auf ihn zu warten. Ein Mann und eine Frau gingen immer wieder aufeinander los, eine rothaarige Person in schmutzigem Rock und ein kleiner fetter Kerl mit einer blutigen Schürze vor dem Bauch, und sie schimpften und schlugen, stolperten und stürzten, höhnten und fauchten, bis die Frau plötzlich zurückwich und hinter einem trinkenden Pferd verschwand.
Und nun war Cleng wieder da; er hatte für sie den Weitertransport organisiert.
Diesmal hatten sie gewusst, dass sie noch immer nicht am Ziel waren. Sie wussten, dass sie mit einem weiteren Boot fahren würden. Nach Westen ging es jetzt, und jetzt führte der Weg nicht über einen Fluss, sondern über einen von Menschen gebauten Kanal. Das Boot hatte einen flachen Boden, und oben und unten gab es einen Raum, in dem man sich während der Reise aufhalten konnte. Es hatte weder Segel noch Schaufeln, es wurde von Pferden gezogen. Von zwei Pferden, eins war braun und eins fast schwarz, und sie wurden von einem Jungen angetrieben. Auf dem einen Kanalufer gab es einen schmalen Pfad

für den Jungen und die Tiere. Der Junge lief in seinen Holzschuhen dahin, ohne Strümpfe und in einer viel zu kurzen Hose, die Zügel in der einen und einen Stock in der anderen Hand. Einige Male trat er in Pferdeäpfel, aber darauf achtete er kaum, er trabte einfach weiter und rief ab und zu: Kmonn! Kmonn!
Wieder saßen die Norweger zwischen und auf ihrem Gepäck an Deck. Der Weg war aus grauem Wasser, das sich in gerader Linie vor ihnen hinstreckte, bis es sich dann krümmte und ein Stück vor ihnen verschwand, aber sie schauten nicht hin, sie sprachen über die beiden, die sich geprügelt hatten.
Stellt euch vor, eine Frau.
Und noch dazu barhäuptig!
Er hat ihr sicher etwas getan, meinte Siri.
Ein Schlachter, das war er doch?
Sicher ein Schlachter.
Vielleicht hatte sie gestohlen?
Bei dem Schlachter, meinst du?
Ein Frauenzimmer, das stiehlt!
Lieber Jesus, murmelte Sara Tabithe mit gefalteten Händen, bitte, hilf allen Dieben, sich zu bessern und Frieden zu finden. Danke und Amen.
Diebe lügen, hackte eine Stimme in Ansgar.
Dann entdeckte Simon Lima, dass seine Taschenuhr verschwunden war. Bald darauf sahen sie, dass auch einer der Proviantkörbe fehlte, die sie von den Freunden bekommen hatten. Sicher hatten sie ihn am Anleger in Albany vergessen. Kaufmann Lima musste auch seine Uhr dort verloren haben, wenn nicht … wenn nicht …
Cleng!, schrien sie.
In diesem Moment sahen sie, dass das Boot auf eine Wand zuhielt, die sich über die Wasserstraße dahinstreckte. Es war nicht zu fassen, plötzlich war der Kanal versperrt, und sie keuchten entsetzt auf.

Wo ist Cleng?, fragten sie atemlos.
Er war nicht da. Er war nach unten gegangen, ins Innere des Bootes.
Er wird ertrinken, riefen sie ängstlich.
Aller Blicke hingen an der drohenden Wand. Deshalb sahen sie nur aus dem Augenwinkel, dass noch mehr passierte, und dieses andere machte ihre Angst noch größer, denn nun wurden sie offenbar gefangengenommen. Auf drei Seiten waren sie jetzt eingesperrt. Und wo war der Junge mit den Zügeln geblieben? Wo waren seine Pferde? Sie waren nicht zu sehen, so, als wären sie ins Wasser gefallen und verschwunden, aber das konnte doch nicht passiert sein, denn niemand hatte sie schreien hören. Und jetzt geschah das Allerschlimmste! Hinter ihnen glitt eine Tür zu, sie war aus dem Nichts aufgetaucht. Das Boot war eingesperrt in einer winzigen Kammer, und sie hörten ein Klirren und ein Rauschen, dessen Ursprung sie nicht begreifen konnten, und Ansgar schrie: Trolle!, denn die mussten doch dahinterstecken, Trolle und Unterirdische und Teufel und Werwölfe, die sie mit Boot und allem verschlingen wollten. Und er wollte springen, aber es war zu spät, die Wände waren zu hoch, der Untergrund schien unter ihm davonzugleiten, und er wusste, dass er sterben musste.
Er starb nicht. Er stand zwischen den anderen, eingepackt in die anderen, ohne die Möglichkeit, vor die vielen Füße zu sinken, die aufgeregt auf den Decksplanken hin und her traten. Und kein Trollschlund war zu sehen, kein Gebiss wie eine gezackte Bergreihe, keine Augen groß wie Zinnteller. Das Boot jedoch stieg. Es stieg und stieg, bis zum oberen Ende der Wände und der Tür. Bald konnten sie über den Rand schauen, wo der Kanal weiterlief, wo der Weg für den Jungen und die Tiere weiterging und wo sie schon warteten, der kleine Mensch mit den schmutzigen Holzschuhen, die schwarze Stute und der braune Hengst, wie durch Zauberhand. Und bald war es nicht

mehr zu sehen, das Tor, das vor ihnen aufgeragt hatte, während das, was hinter ihnen gewesen war, stehenblieb.
Schön, was?, fragte Cleng.
Sie schnappten noch immer verdutzt nach Luft.
Eine Schleuse, sagte Cleng. Und das war erst eine. Es kommen noch ganz viele.
Aber wie geht das?, fragte Torstein Bjorland andächtig.
So kommt der Kanal über die Berge, sagte Cleng.
Berge?
Die haben wir vom Fluss aus gesehen, riefen die anderen.
Jetzt geht es aufwärts, sagte Cleng. Wir folgen einer Felsscharte. Am Ende der Scharte kommt eine neue Schleuse.
Aber wie kann das möglich sein?
Als wir in der kleinen Kammer waren, wurde die mit Wasser gefüllt, erklärte der Mann, der nicht zum ersten Mal hier war. Da ist das Wasser auf eine höhere Ebene gestiegen. Jetzt sind wir auf der höheren Ebene. Und hier werden wir bis zur nächsten Schleusenkammer bleiben. Auf diese Weise kommen wir über die Berge, Stück für Stück.

Es gibt keine Trolle, dachte Elise. Das hatte zu Hause der Pastor gesagt. Das hatte sie selbst ihrem Bruder gesagt. Trolle waren alte Trugvorstellungen, aus der Zeit, als die Menschen die Bibel noch nicht lesen konnten. Es gab keine Trolle und keine Wichtel. Und auch keine Werwölfe und keinen Wassermann. Nur Gott. Und den Teufel, der in Versuchung führt. Genau das hatte der Pastor gesagt. Aber stimmte es wirklich?
Sie hatte Ansgar brüllen hören. Und ihre ganze ängstliche Seele war in diesen Ruf hineingezogen worden.
Aber nun waren sie glücklicherweise außer Gefahr. Auf dem Kanal gab es nur von Menschen geschaffene Seltsamkeiten.
Du Dussel, tadelte Elise ihren Bruder bald darauf leise und nebenbei.

Sie wusste also, dass er hier war, dachte Ansgar glücklich. Aber sie sah ihm nicht ins Gesicht. Sie hatte ihren Blick auf die Zugtiere gerichtet. Das eine ließ gerade zwei dampfende Äpfel fallen. Gleich darauf kam ein Boot aus der anderen Richtung. Es war kleiner. Es wurde von einem Ochsen gezogen.
Und dann war er wieder da, der Mann mit dem Halstuch. Ansgar hatte ihn nicht an Bord kommen sehen. Aber sonst hätte er ja nicht unter Deck gewesen sein können. Jetzt kam er wieder herauf, der elegante Herr hob seinen Biberhut und lächelte, als seien sie alte Bekannte. Er lächelte alle an, nicht die Frau, die dort mit ihrem leuchtenden Schultertuch saß, als Kontrast zu ihrer düsteren Umgebung. Er lächelte sie alle an, mit etwas Neuem und Stolzem im Blick, als sei er persönlich für das Schleusentor verantwortlich.
Great?, fragte er.
Ansgars Schultern zuckten.
Great, antwortete Cleng.
Wir sind bestohlen worden, sagte Marta Georgiana.
Der feine Herr sagte noch etwas, das Cleng Peerson dann übersetzte. Es ging um den Kanal, der war noch nicht fertig.
Nicht fertig? Aber wie können wir auf etwas fahren, das noch nicht fertig ist?
Hier sei er ja fertig, war die Antwort.
Wir haben einen Proviantkorb verloren, erklärte Marta. Und Simons Uhr ist verschwunden. Ich nehme an, die Rothaarige …
Du darfst niemanden verdächtigen, wenn du es nicht sicher weißt!
Und wir haben sie doch die ganze Zeit beobachtet!
Aber, aber, sagte Aanen Brastad. Wir wollen doch die Ruhe bewahren.
Anything wrong?, fragte der Amerikaner.
Als er die Geschichte gehört hatte, ging er damit zum Schiffer.
Helen Stockings, meinte der trocken.

Er hatte die Szene selbst nicht gesehen, meinte aber, sie müssten die Strumpf-Helen beobachtet haben, eine Witwe mit einer großen Kinderschar. Sie stellte immer irgendetwas an, wenn fremde Reisende kamen, und während die Mutter die Aufmerksamkeit auf sich lenkte, schnappten die Kinder sich das Gepäck der Reisenden.

Vor allem der kleine John Stockings. Der läuft schneller als alle anderen.

Lieber Jesus. Sara Tabithe begann murmelnd ein neues Gebet.

Die anderen wechselten resignierte Blicke. Dann lächelten sie. Das hier war eine kleine Prüfung, eine kleine Lektion, die sie nicht vergessen dürften.

Der Amerikaner lächelte teilnahmsvoll zurück. Auf Clengs Aufforderung hin teilte er mehr von seinem Wissen mit ihnen: wie lange der Kanalbau gedauert hatte, wie sie jedes neue Teilstück in Gebrauch genommen hatten, wenn die Wasserstraße verlängert worden war. Jede Verlängerung war mit Wasser gefüllt worden, damit über immer längere Strecken transportiert werden könnte.

Die Arbeit hatte in Albany angefangen, erzählte er. Der Kanal, auf dem sie jetzt unterwegs waren, wurde erst seit sechs, sieben Jahren benutzt.

Aber in einigen wenigen Tagen würde er ganz fertig sein.

Dann kommt der Gouverneur, übersetzte Cleng. Er wird am anderen Ende an Bord gehen. Dort werden die letzten Arbeiten abgeschlossen, und der Kanal endet. In Buffalo.

Die Fahrgäste folgten dem grauen, blanken Gewässer mit den Augen, diesem Weg, der in den Eriesee münden sollte. Zugleich dachten sie an Strumpf-Helen. Vor allem die Frauen konnten den Auftritt nicht vergessen, und sie führten ein leise gemurmeltes Gespräch, als sie auf ihren Truhen saßen, während die Männer noch immer den kenntnisreichen eleganten Herrn umstanden.

Glaubt ihr, dieser Schlachter war ihr Mann?, fragt Berta.
Aber sie ist doch Witwe!
Er könnte der Bruder sein, meinte Brita Johanne. Wenn er also mitgespielt hat.
Sie hatten keine Ähnlichkeit miteinander, erklärte Maren Karine.
Dann hat sie also Streit mit einem Mann angefangen, den sie gar nicht kannte …
Oder vielleicht kannte sie ihn, und es war nicht das erste Mal, und da wusste sie, wie leicht das geht …
Während die armen Vaterlosen in die Sünde geführt wurden!
Dann tauchte eine neue Schleuse auf. Auch diesmal hielten sie den Atem an. Und alle zitterten, als sich die Landschaft auf der nächsten Ebene vor ihnen ausbreitete und sie bis in die Unendlichkeit einen Gipfel nach dem anderen sehen konnten, bis ihre Blicke auf der einen Seite von einem steilen Berg mit herbstlichem Gelbgrün wie Spitzen an den Hängen versperrt wurde.
Ansgar rief diesmal nichts, wie Elise zufrieden bemerkte. Sie saß mit geradem Rücken und rotem Tuch da. Gleich darauf entdeckte sie auf einem Felssims einen Fuchs. Schon war er verschwunden, wie in einem Felsspalt, und sie dachte, dass nichts so war, wie sie es erwartet hatte.
Hätte sie in New York eine Schenke finden können? Hätte sie dort bleiben können, wie einige von der Mannschaft? Wenn sie es nur gewusst hätte, dachte sie, dass diese Leute dort bleiben würden, aber es hatte sie einfach zu sehr überrascht. Wie überhaupt alles sie überrascht hatte. Der Besuch im schönen Haus der Quäker. Der Dampfer und der Kanal. In der Sonne zu sitzen und sich umzusehen. Das war wunderbar. Den Windhauch im Gesicht zu fühlen. Einen Fuchs in einem Felsspalt verschwinden zu sehen. Den Mann mit dem feinen Halstuch zu beobachten. Noch nie hatte sie einen so schönen Mantel aus der Nähe gesehen. Und auch keine Schuhe mit silbernen Schnallen.

Als ob sie eine feine Dame sei, dachte sie über sich selbst, die einfach nur dasaß, zusammen mit gutgekleideten anderen. Als sei das Schiff ein Wagen und der Kanal eine breite Allee.
Nein, sie hätte nicht in New York bleiben können, wo sie doch die Sprache nicht kannte. Und sie würde ja Mutter werden.
Daran wollte sie nicht denken; nicht an das Kind, nicht an den Bruder, den sie hatte festbinden müssen. Sie schaute in eine andere Richtung.

Es ging nur langsam voran. Es ging nicht schneller, als der Junge und die Pferde ihre Beine bewegen konnten.
Wir hätten laufen können, meine Aanen. Dann hätten wir nicht zu bezahlen brauchen.
Das dauert viele Tage, wurde eingewandt. Und unser Gepäck?
Es gibt sicher keine Wege, sagte der Schulmeister. Bestimmt ist das hier der Weg.
Dieser Weg führte nicht bis ganz nach oben. Es gab weiter unten Täler und Felsscharten, wo der Kanal herausgesprengt und zurechtgehauen worden war, aufgemauert und gefüllt. An einigen Stellen überquerten sie Flüsse und Bäche, die unter dem Kanal hindurchgeführt wurden, andere Male folgten sie kleinen Seen. Und bei den Schleusen gab es Außenposten, und diese Außenposten hatten Namen. An einer Schleuse hieß er Halfmoon, weil sich dort der Fluss Mohawk wie ein Halbmond krümmte. Hier hatten schon Menschen gelebt, lange ehe der Kanal gekommen war, zuerst Indianer, aber auch Weiße, die mit Fellen gehandelt hatten.
Wie waren die Weißen ohne Wege hergekommen?, wurde gefragt.
Mit dem Pferd, schlug jemand vor.
Im Kanu, erfuhren sie dann.
Von Norden her den St.-Lorenz-Strom hoch, hieß es. Dann

weiter durch ein Netzwerk von Flussläufen. Das Wichtigste war, dass sie den Mississippi entdeckt hatten.
Und zwar die Franzosen, erzählte der Amerikaner mit dem Halstuch. Sie hatten St. Louis am Mississippi gegründet, tief in der Wildnis.
Ansgar schielte zu den Silberschnallen hinüber. Er ballte immer wieder die Fäuste, schnell, schnell.
Aber hier waren auch Engländer, fügte Cleng hinzu, vor allem hier im Osten.

Bald passierten sie das Schleusentor und den Außenposten Rotterdam Junction, später dann Fort Johnson und Fort Hunter.
Auch hier lebten schon länger Menschen, es war wie eine kleine Stadt mit Resten militärischer Bebauung, mit Häusern aus Holz und Steinen, es gab eine Kneipe und ein Logierhaus. Ansgar ging an Land. Das Boot lag in der Schleusenschlange und würde erst am nächsten Morgen an die Reihe kommen. Deshalb konnte Ansgar einen Streifzug unternehmen, ehe er sich zwischen die anderen auf das Deck legte.
Der Junge eilte auf seine ein wenig schleppende Weise dahin, vorbei an gelben Steinhäusern, vorbei an einer Schar von Kindern in roten Holzschuhen, vorbei an Menschen, die er nicht kannte und die er nicht ansah, um nicht angesprochen zu werden. Bald stand er im Wald, und er lief weiter über einen schmalen Weg, bis die Baumwipfel so breit wurden, dass das Licht der Nachmittagssonne verschwand. Und er ließ es in sich wachsen.
Das tat er jetzt zum zweiten Mal; er schlich sich vom Kanal fort, wenn das Boot für die Nacht vertäut war. Zum zweiten Mal tat er das, was er, wie Håvard gesagt hatte, hier tun könnte: in Amerika schreien.
Jetzt ließ er es hochsteigen.

Nabal, gurgelte es in ihm.
Ansgar sah den Amerikaner vor sich, sah die glühenden Augen und das Muntere, das vielleicht Hohn war, er hörte den Klang der Stimme, und in sich spürte er den Zorn.
Nabal! brüllte er. Der böse Nabal aus dem Geschlechte Kalebs, Abigails Gatte!
In ihm war alles weiß. Seine Augen verdrehten sich, er wiederholte das Gebrüll, einmal, dreimal.
Dann beruhigte es sich. Und er setzte sich auf einen grauen Stein mit gelben Flecken.
Es waren die Worte des Tantenmannes über die Reichen und Feinen, die er hier benutzt hatte, über Leute, die mehr besaßen als der Tantenmann selbst, solche wie der Pastor, der sich jeden Sonntag nach der Predigt an einem fetten Braten gütlich tat, wie der Tantenmann behauptete. Ansonsten wusste der Junge nicht so recht, wer er wohl sein mochte, dieser Nabal, nur dass er von teuflischer Gier besessen war, denn das hatte der Mann der Tante gesagt.
Und er saß da und dachte über die Ansichten des Tantenmannes nach, denn es war ihm plötzlich möglich geworden, den anderen als Menschen zu sehen, da er nicht da war und ihn also nicht schlagen konnte. Hatte er sagen wollen, auch der Pastor gehöre dem Teufel an?
Dem Jungen schauderte.
Er hatte so viel gesagt, der Mann, der dreizehn Jahre lang über Ansgars Leben geherrscht hatte. Und er hatte an einem Tag dies und am nächsten das Gegenteil sagen können. Und da war er vielleicht selbst ein Nabal, der Mann der Tante, überlegte der Junge in einem kühnen Moment, so, wie er mit seinem Besitz geprahlt und andere schikaniert hatte, wie er es sich in seinem Reich eben hatte erlauben können.
Die Entfernung ließ neue Gedanken aufkommen. Die Angst in ihm war nicht mehr von der Sorte, dass sie ihn immer wieder und

zu jeder Zeit von innen her auffraß. Er hatte Möglichkeiten gefunden, durch die Strickleiter und den Wind, durch das Geschrei, wenn das Kanalboot vertäut lag, durch den Griff um eine Reling, während die Schulter hüpfte und seine Augen wild zuckend herumtanzten, während er das Geschrei in die Knie zwang, damit es dann wie ein Zischen durch seine Zähne sickern konnte.

Er wollte den Heiligen nicht schaden. Wollte den Frauen keinen Schrecken einjagen.

Ansgar wollte sich in der Hut des Herrn befinden, in derselben Hut des Herrn wie Håvard, wie Lars und Marta und die anderen, wie Alida Ruth und Simon Lima. War es da falsch von ihm, dem Mann mit dem Pelzhut einen biblischen Namen anzuheften? Dunkel musste er gewesen sein, Abigails Mann, in Haaren und Augen, so hatte Ansgar gedacht; wie der Mann auf dem Boot, und langfingrig wie der Amerikaner. Wie der die schmalen Hände ausstreckte, wie er an den Fingern zog, als wollte er sie noch länger machen, die Finger, die nach Elise greifen wollten! Unter dem Lederhandschuh trug er einen Ring mit einem funkelnden eisblauen Stein, das hatte Ansgar gesehen. Wer sucht sich einen eisblauen Stein aus? Einer, der Eis im Herzen trägt.

Ein Dieb, sang es in Ansgar, über Nabal, über den Mann mit dem Ring.

Niemand sollte Håvard etwas wegnehmen. Niemand sollte das ansehen, was Håvard gehörte, als ob Håvard nicht existierte. Håvard existierte. Und er würde kommen. Wenn er nicht aus Stavanger käme, würde er aus Göteborg kommen können, es gab schließlich noch andere Häfen in Europa, das hatte Lars erklärt. Er könnte für die Überfahrt arbeiten, hatte Lars außerdem gesagt, wenn er kein Geld für die Schiffskarte hätte, denn Håvard war früher einmal Seemann gewesen.

Und dann würde Elise da stehen. Dann würde Håvard ihr einen Arm um die Schultern legen und sie behutsam an sich zie-

hen. Sie würden nebeneinander dastehen und sich dieses Amerika ansehen, sich Amerikas Landschaft aus Ebenen und Bergen und dem Himmel darüber ansehen, sich den blutroten Sonnenuntergang ansehen, und Elise würde sein wie früher, eine, die ihren Bruder *sah* und die mit ihm sprechen konnte, eine, die nicht nur verzweifelt war.
Und Ansgar weinte. Um Håvard. Und um sich selbst, denn er fühlte sich so grauenhaft allein.

Hier in Fort Hunter hatte die englische Königin einmal eine Kapelle bauen lassen, erzählte der Unverschämte am nächsten Morgen. Die Königin hatte Queen Anne geheißen.
Königin Anne, sagte Cleng.
Sie wollte den Wilden das Christentum bringen. Das war im Jahre 1711.
Was der Mann alles weiß!, seufzte Siri Madland über den galanten Amerikaner.

Jede Nacht, wenn das Boot stilllag und Pferde und Menschen sich ausruhten, ging er an Land und wurde verschluckt von dem Außenposten, wo sie angehalten und das Boot vertäut hatten. Am nächsten Morgen war er wieder da und konnte ihnen während des Tages vieles erzählen. Über den Ort Palatine Bridge wusste er, dass sich als erster Weißer ein Mann aus Zürich dort niedergelassen hatte. Das war 1689 gewesen, und er hatte friedlich mit den Indianern gelebt.
Jetzt wird hier Käse hergestellt, fügte er hinzu.
Und er öffnete eine kleine Holzschachtel und zeigte ihnen ein Stück goldenen Käse, und alle, die wollten, durften probieren, und alle fanden, er schmecke ziemlich gut, wenn auch ein wenig mild.
Dann kamen sie nach Indian Castle.
Hier hat König Hendrik gelebt, erfuhren die Freunde.

Was das für einer gewesen sei?
Er war Häuptling der Mohikaner und ein Freund der Weißen. Sie hatten ihm den Namen Hendrik gegeben.
Außerdem hatte hier noch ein Häuptling gelebt, und er hatte das Anglican Book of Common Prayer in seine eigene Sprache übersetzt.
Was das bedeute?
Das ist das heilige Gebetbuch der Anglikaner, erklärte Cleng.
Er wurde von den Weißen Joseph Brant genannt, erzählte der Mann mit dem Halstuch.

Inzwischen hatte er sich vorgestellt. Er hieß Francis de Lilac und kam aus Savannah, Georgia.
Willkommen in Amerika, hatte er hinzugefügt.
Immer wieder kam er zu ihnen herüber, um etwas zu erzählen, und die meisten Norweger wollten das gern hören.
Ein Meisterstück, sagte er zum Beispiel über die Kanalkunst. Nicht wahr?
Aber sicher doch.
Habt ihr so etwas in Europa gesehen?
Sie mussten den Kopf schütteln.
Und auch keine Dampfer, wurde hinzugefügt.
Aber in Europa gibt es Schulen für Ingenieure, sagte der Amerikaner.
Ja?
Nicht hier. Noch nicht. Aber trotzdem hatten wir als Erste einen Dampfer.
Wirklich?
Wirklich. Er hieß »Clermont«.

In diesen Augenblicken sah er Elise überhaupt nicht an, er sah die anderen an, und vor allem die jungen Frauen hatten Rosen in den Wangen, während er redete.

Es half nichts, das wusste Ansgar. Er machte sich doch nur wegen Elise so wichtig. Da war der Junge sich sicher. Denn Elise war die Schönste.
Ansgar hatte bisher nicht gewusst, dass sie schön war. Für ihn war sie nur die Schwester gewesen, mit harter Hand, wenn es sein musste, mit raschen Bewegungen bei der Arbeit, immer mit niedergeschlagenen Augen. Jetzt saß sie still zwischen den anderen. Und sie zog die Blicke auf sich.
Zuerst hatte er geglaubt, es liege an ihrem Tuch, und er hatte sie bitten wollen, es nicht mehr umzulegen. Aber er besaß keine Erfahrung darin, Forderungen zu stellen. Sie hätte ihn nur weggeschoben, hatte er gedacht. Und im Laufe der Tage hatte er gemerkt, dass das Tuch nicht alles war. Das Gesicht spielte eine Rolle, mit diesen Augen, die sich manchmal zu glänzenden Seen unter den geschwungenen Augenbrauen weiten konnten. Die geradewegs durch ihn hindurchschauen konnten, hatte der Junge früher gedacht. Jetzt sahen sie nur selten in seine Richtung, und nachdem er wieder und wieder vergeblich ihren Blick gesucht hatte, Tag um Tag, ging ihm auf, dass sie einem kleinen Hund ähnelte, den er einmal gesehen hatte. Er hatte den Hund eine Weile auf den Schoß nehmen und sein Fell streicheln dürfen, und der kleine Hund hatte ihn mit glänzenden und fast schwarzen Augen unergründlich angesehen. Die Erinnerung an das schöne Tier hatte ihn für lange Zeit glücklich und traurig zugleich gemacht.

Am Morgen nachdem sie beim Außenposten Frankfort übernachtet hatten, wollte Francis de Lilac sie seine Sprache lehren. Cleng war nicht zu sehen, deshalb konnte der Mann so tun, als sei er für sie auch in dieser Hinsicht unersetzlich. Und vielen machte es Spaß, zu wiederholen und zu verstehen.
Boat.
Boat.

Hoggee.
Hoggee.
Das war der Junge auf dem Leinpfad, wie sie jetzt begriffen.
Horse, Francis de Lilac zeigte auf das eine Pferd.
Horse, wiederholte die Gruppe eifrig.

Und etwas wuchs in Ansgar heran, eine erschreckende Erkenntnis. Die hatte nichts mit der Schwester und diesem Mann zu tun. Sie ging ihn selbst an. Ihn selbst und die englische Sprache. Und die Rufe, die niemand verstehen würde.

Endlich hatte die Übelkeit Elise verlassen. Sie atmete freier. Und sie konnte die neue Nahrung genießen, die sie teilten, das gute Fleisch, kleine gewürzte Fische aus einem Krug, Nüsse aus einem großen Stoffbeutel. Sie hatte noch nie solche Nüsse gesehen, sie waren rauh und klobig, aber sie schmeckten ihr. Sie hörte den Gesprächen jetzt aufmerksamer zu, und ab und zu lachte sie ein wenig.
Wie eine lange Rinne durch etwas Dunkles und herbstlich Grünes, so dachte sie über den Kanal. Ein kleiner Busch wuchs ziemlich gelb über die Böschung. Stamm und Zweige hingen am Fels nach unten, sie ragten nicht nach oben, gen Himmel, sie schienen nach dem Wasser dort unten zu dürsten. Ein etwas höherer Baum hatte mehrere große rote Blätter, die wie Hände aussahen. Und war das nicht eine Eberesche, die dort stand und ihre Beeren baumeln ließ? Nein, die Blätter sahen doch anders aus.
Sie hatten ein Fangeisen von den guten Freunden bekommen, das fiel ihr ein, als sie dann ein Reh sah, das an einer mit weißen Blumen umrahmten Quelle trank. In den Tälern gab es auch Hirsche, sah sie bald darauf, und sie entdeckte eichhörnchen-

ähnliche kleine Tiere, die Baumstämme hinaufjagten. Dann wurde die Aussicht abermals zu fast nichts verengt, nur die gemauerten Kanalränder waren zu sehen, die Böschung mit dem Blattbehang und die Reihe der Bäume auf dem anderen Ufer. Sie hatten die Höhenzüge zwischen den Bäumen jetzt unter sich. Über lange Strecken waren sie wie in eine Höhle eingesperrt, der die Decke weggerissen worden war. Über ihnen gab es das blaue Gewölbe. Unter ihnen gab es den Kanal. Sonst nichts. Und kein Mensch zu sehen, außer ihnen selbst.
So ist die Wildnis, hieß es.
Wie die, wo Jesus in Versuchung geführt wurde, fügte jemand hinzu.
War das nicht in der Wüste?
Ist die Wüste keine Wildnis?
Elise konnte nichts über Wüsten und Jesu Versuchungen sagen. Sie dachte an das Fell erlegter Tiere. Daraus konnte ein Wintermantel werden. Der Pastor zu Hause hatte einen langen Wolfsfellmantel besessen, um den der Mann der Tante ihn beneidet hatte. Ob wohl in Amerika auch Wölfe lebten …
Das, was Cleng auf dem Kopf trug, war aus Biber. Wie auch der Hut des Feinen. Und so zeigten die Menschen wohl, was sie für Leute waren, seufzte Elise in Gedanken, denn während der Hut immer elegant aussah, wie sich das gehörte, konnte sich die Mütze, die Cleng trug, verschieben oder verstecken, auch ganz von selbst, bis sie schief lag oder zu weit vorn oder zu weit im Nacken.
Es kam vor, dass der Herr in den wärmsten Vormittagsstunden den Hut abnahm. Dann strich er sich mit einer Hand durch die dunklen Locken. Wenn die Sonne sank, setzte er den Hut wieder auf. Ansonsten hatte er eine schwarze Decke mit einem goldenen Rand an der einen Seite, die er sich über die Knie legte, wenn er fror. Dann konnte er dort sitzen und eine reichgeschnitzte Pfeife rauchen. Dazu zog er die gelben

Handschuhe aus, die ansonsten seine langen, schlanken Hände verbargen.
Ach, solche Handschuhe zu besitzen, dachte Elise.
Er gehörte einer anderen Welt an. Daran war nicht zu denken, das wusste sie, sie konnte sich die Welt des Francis de Lilac nicht vorstellen. Wo es wohl liegen mochte, dieses Savannah, Georgia? Wie es dort wohl aussah, wo er herstammte?
Sie trug ihren Umhang. Den zu kurzen, verschlissenen. Zum Glück konnte sie das Tuch darüberlegen.
Kmonn!, rief der Hoggee.
Warum musste Ansgar sie so anglotzen? Tat ihm etwas weh?

Am nächsten Morgen wurde sie früh wach. Neben ihr auf dem Deck lagen die anderen und schliefen unter ihren Decken, die sie in New York bekommen hatten. Elise fühlte sich steif. Trotzdem war sie lichter Stimmung. Sie hörte gern zu, wie das Wasser gegen die Schiffsseiten schlug. Sie hörte gern dem Gesang der Vögel zu. Sie ging an Land und machte zwischen den Bäumen dort einige Schritte.
Look!, rief eine Männerstimme in der Nähe.
Es war der Mann mit dem Hut. Er kam von den Häusern her und zeigte mit seiner behandschuhten Hand gen Himmel.
Geese, sagte er.
Das waren Vögel. Waren es nicht Gänse? Es war ein ganzer Gänsekeil, und Elise spürte eine kleine Freude in der Brust, denn die Tante hatte einmal behauptet, es bringe Glück, von einem Gänsekeil überflogen zu werden.
Später an diesem Tag zeigte er wieder zum Himmel, der elegante Mann, und dabei sah er sie an, wie in einer Fortsetzung des Anblickes vom Morgen: Eagles.
Adler, sagte Daniel Rossedal.
Die hatten sie schon früher gesehen, oben zwischen den Ber-

gen. Jetzt standen zwei von ihnen mit ausgebreiteten Schwingen hoch über ihnen.
Vielleicht sehen die eine Maus, sagte jemand.
Was, wenn sie dieselbe Maus sehen und gleichzeitig nach unten schießen?
Die wollen nach Mexiko, erklärte Cleng. Da verbringen sie den Winter.
Just like the geese, sagte der Fremde an Elise gerichtet.
Warum denn?, fragte Brita Rossedal.
Das tun sie zu Hause doch auch, sagte Aanen. In südliche Gefilde ziehen.
Wirklich?, fragte Elise.
Das hatte sie nicht gewusst. Sie hatte noch nie darüber nachgedacht. Vögel waren entweder da oder nicht. Sie schrien, oder sie schwiegen. Seeschwalben, Möwen. Krähen und diebische Elstern. Und beim Hof der Tante hatte es doch auch im Winter Vögel gegeben?
Birds, sagte Francis de Lilac.
Jetzt sah er sie an. An den vergangenen Tagen hatte er sie kein einziges Mal angeschaut, als könne er sie nicht leiden, alle anderen dagegen wohl.
Birds, wiederholte Marta Georgiana.
Aber jetzt lächelte er Elise an, und er schien auf etwas zu warten. Deshalb sagte sie das Wort, auch sie sagte es, und es war das erste Mal, dass sie das tat, dass sie ein amerikanisches Wort aussprach. Birds. Das bedeutete Vögel, das hatte sie schon verstanden.
Dann richtete der Mann seinen Blick auf Ansgar.
Trees, sagte Francis de Lilac und zeigte auf ein Wäldchen.
Der Junge wandte sich ab. An seiner Stelle wiederholte Niels Hersdal dieses Wort.
Maples, sagte der Amerikaner jetzt.
Was bedeutet das?

Ahorn, sagte Cleng. Und es gibt Ahornbäume, die Zucker geben.
Er musste es laut sagen, damit alle es hörten, und er musste erklären, dass süßer Saft aus den Stämmen tropfte.
Was für ein herrliches Land!
Halleluja!

Wir nähern uns Rome, teilte ihnen der Mann im tiefroten Mantel mit.
Rom, sagte Cleng Peerson.
Seltsam, wie die Namen sich wiederholen, meinte Daniel.
Die Orte heißen nach anderen Orten, erklärte Cleng. Nach Städten in Europa. Frankfort heißt sicher so nach dem deutschen Frankfurt. Und Rochester, wo wir auch noch hinkommen werden, nach einer Stadt in England. Es liegt dort gleich bei Chatham, wo die Gefängnisschiffe verankert waren, wo einige von unseren Freunden das Licht erblickt haben. Sicher haben Auswanderer aus dieser englischen Stadt den Ort hier so genannt.
Gegen Abend wurde es jetzt kälter. Das Schiff wurde vertäut. Der Hoggee zog die Pferde vom Wasser fort, wie er sie jeden Abend zu einem nahe gelegenen Stall führte, der bei den Außenposten für die Bootszugtiere bereitstand. Und es gab Kneipen und Logierhäuser, die der Schiffer und der Mann aus Savannah besuchten. Manche Orte besaßen eine Kirche, und offenbar lagen Höfe in der Nähe. Es konnte Weinberge und Brauereien geben, auch wenn es in den neuesten Außenposten an so gut wie allem fehlte, wenn dort nicht schon vorher Häuser gestanden hatten.
Die Frauen trippelten in kleinen Gruppen an Land, um sich gegenseitig vor fremden Blicken zu schützen, wenn sie ihre Verrichtungen erledigten. Die Männer gingen in die Gegenrichtung. Bald waren die meisten wieder an Bord. Bald hatten

sie sich zurechtgelegt, die Menschen von der Schaluppe, dicht nebeneinander unter Decken und Fellen.

Am nächsten Morgen wurden sie vom Regen geweckt. Der fiel vom wollgrauen Himmel. Er fiel einfach geradewegs nach unten, ganz ohne Wind. Trotzdem riss er einzelne Blätter von den Bäumen am Hang, und das Laub trieb dann in Büscheln auf dem Kanal und lag als rot-gelbe Verzierung auf den Decken, unter denen die Menschen geschlafen hatten. Die Decken waren schon triefnass. Sie zogen sie unter das schmale Sonnendeck neben dem Steuerhaus, stellten die Kisten aufeinander und breiteten die nassen Decken darauf aus. Frauen und Kinder durften nach unten gehen, wo es zwei schmale Sitzbänke gab. Einzelne Männer waren schon an Land gesprungen und hatten sich im Schutze einiger Bäume versammelt. Andere fanden einen Platz auf der Treppe zwischen Unterdeck und Oberdeck.
Das Schiff war noch immer vertäut. Sie sahen zu, wie der Pferdejunge eine Schale Tee trank, ehe er die Tiere anschirrte. Der Schiffer schlief noch, sie hörten sein Schnarchen, aber das dritte Besatzungsmitglied war an Deck und kochte Grütze. Bald kam der Hoggee wieder aufs Schiff zurück. Er blieb bei dem kleinen Tisch zwischen den Bänken stehen. Das Regenwasser lief über seine Stirn, und er blies sich auf die Hände. Dann war auch der Kapitän da, in einer Wolke von Schweißgeruch, mit geschwollenen bläulichen Säcken unter den Augen und zerzausten Haaren, und die Fahrgäste rückten zusammen, damit er sich setzen konnte. Der Decksjunge balancierte mit dem Topf die Leiter herunter und stellte ihn auf einen Holzklotz auf dem Boden. Dann füllte er Grützeschalen und reichte sie den beiden, die sofort einen Löffel in der Hand hatten.
Der Schiffer murmelte ein kurzes Gebet. Amen.
Nicht mit Blicken betteln, wurde auf Norwegisch ermahnt. Das ist nicht unser Essen.

Die Erwachsenen sahen Cleng mit einer Mischung aus Bitten und Vorwürfen an, denn die Körbe waren jetzt leer. Am Vortag waren sie auch schon leer gewesen. Sie hatten es ihm gesagt, aber er hatte keinen Kommentar dazu abgegeben, der Mann, der ihre Rettung in der Fremde sein sollte. Nur er konnte für sie alle sprechen und fragen und die Antworten verstehen. Andererseits war es derselbe Cleng, der ihnen vorher nicht gesagt hatte, dass auf die erste noch eine weitere Schiffsreise folgen und was diese kosten würde.

Jetzt saß er auf der Treppe und schwieg. Er saß eingeklemmt zwischen den anderen und strickte, während Schiffer und Hoggee aßen. Bald reichte der Älteste aus der Mannschaft die Holzschale dem Decksjungen hin, um sich nachgeben zu lassen, und die Kinder ließen ihn dabei nicht aus den Augen. Die, die arbeiten sollten, schmatzten und schnauften, grunzten und schluckten, als wären sie allein im Raum. Bald erhoben beide sich fast im selben Moment und stiegen nach oben in den Regen. Die Kinder hielten den Atem an. Der Topf war noch nicht leer. Noch immer glitt der verlockende Duft in ihre Nasenlöcher. Er erinnerte nicht an den Geruch des Wasserbreis zu Hause. Und in dieser Grütze war auch kein Salz, kein Heringsrest und keine Lake. Sie war zudem gelber, als sie das gewöhnt waren, als seien Getreide und Mehl fremd und amerikanisch. Der Decksjunge, der außerdem Koch war, betrachtete sie mit ausdrucksloser Miene. Dann füllte er zwei Schalen mit der übriggebliebenen Grütze. Die eine schob er den Kindern zu und steckte einen Löffel hinein. Die andere aß er selbst.

Aber wir haben kein Geld, riefen die Frauen. Das können wir nicht annehmen. Sag ihm das, Cleng!

Die Kinder hörten nicht. Sie hatten schon die Finger in den warmen Brei gesteckt. Sie bliesen und leckten. Dann ließen sie den Löffel im Kreis wandern. Für jedes Kind einen Mundvoll. War Ansgar ein Kind? Er stand mit geschlossenen Augen da, wäh-

rend ihm das Wasser im Munde zusammenlief. Er nahm an, dass der Schiffer gegangen war, der Mann mit den Schweineaugen zwischen den geschwollenen Hautfalten, trotzdem wagte er nicht hinzusehen. Aber er musste es dann doch, das ansehen, was so süß duftete. Vielleicht war Zucker im Brei, von einem Zuckerbaum, überlegte er. Und er schaute ein zwölfjähriges Mädchen an, sie aß. Aber nicht ihr vierzehnjähriger Bruder. Die Grenze verlief bei Ansgar. Er schluckte. Er schluckte.
Dann war es zu spät. Die Schalen waren leer. Der Topf war leer geschabt. Die Glücklichen blieben mit seliger Miene sitzen, andere fühlten sich noch steifer als zuvor, und die vielen feuchten Körper im Raum machten das Atmen schwer.
Es regnete den ganzen Tag und die folgende Nacht. Niemand fand besonders viel Schlaf, wie sie da aufrecht und dicht an dicht nebeneinandersaßen, und immer mehr von ihnen husteten und schnieften. Die Mägen knurrten und ächzten, und die Kinder weinten. Der Schiffer verlangte jetzt, dass die Fahrgäste ihn allein ließen, wenn er seine Mahlzeiten zu sich nahm. Die Mitglieder der heiligen Gruppe mussten sich am anderen Ende des Raumes und auf der kleinen Leiter zusammendrängen. Einige blieben unter dem schmalen Sonnendach an Deck. Einzelne Männer gingen an Land weiter, hinter den Pferden und dem Jungen, um sich warm zu halten.
Aber wieso konnte Cleng Peerson sie denn nicht vor dem Hunger retten?
Was er dann tat. Als sie nach Syracuse kamen, kannte er dort einige Freunde. Und während das Schiff in der Schleusenschlange wartete, suchte er diese Freunde auf. Bald kamen die Freunde mit neuen Proviantkörben, die sie gegen die leeren tauschten.
Danke, danke.
Zwei Frauen und drei Männer waren sie, und jetzt waren sie gekommen, um die Fremden in Amerika und dem Außen-

posten Syracuse willkommen zu heißen. Einer der Männer war anders. Er trug Hose und Hemd aus dünnem Leder, er trug keinen Hut, und die schwarzen Haare hingen als Pferdeschwanz über seinen Rücken. Er hielt sich ein wenig im Hintergrund, ohne sich am Gespräch zu beteiligen, aber Ansgar sah, dass er alles beobachtete, alles mit einer ganz eigenen Wachsamkeit registrierte. Für einen langen Moment fing der Blick des Fremden seinen auf, und Ansgar staunte darüber, denn er war es nicht gewohnt, dass jemand ihn auf diese Weise anschaute. Es war so, als ob sie etwas teilten. Und das taten sie ja vielleicht auch, denn beide standen am Rand des Kreises, als ob sie eigentlich nicht dazugehörten. Plötzlich warf der Mann dem Jungen etwas zu. Gleich darauf stand er wieder so da, als sei nichts geschehen. Ansgar hatte den Gegenstand in der Luft aufgefangen. Es war ein Stein. Er war schwarz mit grauen Streifen. Er war ganz glatt.
Thanks, formte Ansgar versuchsweise mit den Lippen.
Der andere änderte seine Miene so wenig, dass kaum jemand begriffen hätte, dass er lachte. Ansgar aber begriff.

Bald zogen die Pferde das Schiff weiter, und es wurde gewinkt und Abschied genommen.
Ansgar stand mit dieser erschreckenden Erkenntnis in sich an der Reling. Fünf Wörter hatte er auf Amerikanisch gelernt, Wörter, an die er sich erinnerte. Diese Wörter bedeuteten Pferd, Boot, Vogel und Dach. Dazu kam Hoggee. Das Erschreckende war die Gewissheit um seine eigenen Dummheit, darüber, dass er betrogen worden war und sich hatte betrügen lassen. Es war Håvard, der ihn betrogen hatte. Håvard, der nicht zu sehen war, der zurückgeblieben war, als Dieb oder nicht als Dieb; hatte er es selbst geglaubt? Was er gesagt hatte? Dass man in einer Sprache brüllen konnte, die die anderen nicht verstanden? Aber jetzt lernte Ansgar doch, er konnte Thanks und Horse und Boat sa-

gen, das war leicht, leicht, es setzte sich gleich beim ersten Mal in seinem Kopf fest. Thanks, Mann, der ihm einen Stein gegeben hatte, thanks, boat, thanks, horse, das sie weiterzog. Bald würde er auch die Wörter für Kackeohr und Pferdepimmel wissen, vom zweiten hatte er schon den Anfang, und die Angst steckte ihm im Leib, wie jähe Schmerzensstiche in dem ein wenig zu langen Bein, im Rücken, in der Wunde in der Hand, wo er sich tief geschnitten hatte. Zugleich schien um seine Brust und seinen Hals ein Seil zu liegen, das ihn zu erwürgen drohte, denn er hatte niemanden, der ihn in den Arm nehmen könnte. Elise sah seine Verzweiflung nicht. Sie schaute in eine andere Richtung. Sie lächelte und sah schön aus. Sie bekannte sich nicht mehr zu ihm, seine Schwester, als wäre er ein streunender Hund, dem sie einen Tritt versetzt hatte. Er begriff das nicht. Er war doch so tüchtig gewesen! Während der ganzen Reise war er kein einziges Mal durchgedreht. Warum also wandte sie sich ab? Er wollte sie anflehen, wieder anders zu werden, er wollte auf die Knie fallen und sich an ihren Rocksaum klammern.
Aber das tat er nicht. Er kehrte ihr den Rücken zu. Er war kein Kind mehr, ein Kind, das flennte und bettelte. Er war einer, der nicht von der Grütze gegessen hatte, die den Kindern hingestellt worden war. Bald würde er erwachsen sein. Trotzdem erfüllte ihn das Weinen ganz und gar. Und er sehnte sich nach Lars aus Jeilane. Denn Lars hatte ihm den Arm um die Schultern gelegt und ihn lange dort liegenlassen, und die Wärme, die Ansgar dabei erfüllt hatte, hatte an die von Håvard vermittelte Kraft erinnert. Als seien sie Brüder. Als hätten sie Ansgar zwischen sich genommen.
Aber jetzt waren die Proviantkörbe geöffnet worden, und der Inhalt wurde verteilt. Und er hatte einen Stein von einem Mann mit einem langen Pferdeschwanz bekommen.

Eine seltsame Versammlung, so sah Francis de Lilac diese Menschen, die eben erst aus der Alten Welt herübergekommen waren. Und wie unschön sie sich kleideten. Die meisten trugen groben Fries, zu kurz oder zu lang, unförmig umschloss er ihre Körper. Sie sahen aus wie Kinder, fand er. Mit ihren leuchtenden Blicken. Erwartungsvolle kleine Kinder, denen etwas Schönes versprochen worden war. Bald würden sie es sehen dürfen!
Francis kannte die Gegend nicht, in der diese Menschen Land gekauft hatten. Er war zum ersten Mal so weit im Norden. Er war aus Notwendigkeit hier, auch wenn er sich nicht ausgerechnet hier auf diesem Kanal hätte befinden müssen. Er musste nur weg von zu Hause sein. Weit weg. Und das für eine ganze Weile.
Deshalb war er nach New York und von dort weiter nach Albany gereist. Von dort hatte er nach Boston weitergewollt. Er hatte davon geträumt, auf einem Walfänger anzuheuern, um etwas zu erleben, das ihn gepackt hielt, etwas Eiskaltes und Brutales. Stattdessen war er auf einem Flussboot im Hudsontal von einer Frau gepackt worden.
Sie war anders. Francis de Lilac hatte es auf den ersten Blick gesehen, dass die Person in dem roten Tuch anders war. Sie war nicht erfüllt von Hallelujarufen. Die kamen nie aus ihrem Mund. Fast gar nichts kam aus ihrem Mund. Aber dieser Mund war schön. Rosa und weich. Und er hatte zugleich etwas Gieriges.
Die Gier gefiel ihm. Er mochte die Kombination von Gier mit Schüchternheit, Ängstlichkeit. Beides erregte und reizte ihn, so sehr, dass er seine Pläne geändert hatte. Natürlich hätte er an anderen Orten ebenso schöne Frauen finden können, ebenso gierige und ebenso ängstliche. Oder auch nicht. Jedenfalls hatte er beschlossen, dieser seltsamen Gruppe zu folgen, da sich die Gelegenheit nun einmal bot, aus einem Impuls heraus,

um sich selbst etwas zu gönnen, mit der Jagd als Triebkraft, denn er würde sie schon bekommen, bestimmt würde er das.
Er stand mit dem Rücken zur Reling und schaute die kleine Reisegesellschaft an. Sie hatten sich die Gaben in den Körben der Quäker aus Syracuse angesehen. Sie hatten dem Himmel gedankt. Jetzt saß ein magerer Mann da und schnitt Scheiben von einer Lammkeule. Eine der Frauen sagte etwas, sicher seine Frau, und der Mann musterte das Messer und schnitt dünner. Bald fingen sie an zu essen. Sie aßen mit den Fingern. Nur wenige konnten verhehlen, dass sie seit Tagen nichts mehr bekommen hatten. Sie schmatzten laut und leckten sich die Lippen, Frauen wie Männer. Auch die Schöne. Besaßen sie denn keine Tischmanieren? Sie saßen zwar an keinem Tisch. Aber wenn sie das getan hätten?
Er sah die Schöne vor sich. Sah sie in einem Restaurant in Savannah. In Gedanken kleidete er sie in Gelb. Ein raschelndes Kleid mit sehr viel Stoff. Gelb, das zu ihren dunklen Augen passte. Oder vielleicht rosa. Rosa zu den blonden Haaren. Ja. Zugleich sprach er mit dem Decksjungen und dem Schiffer über das Wetter, offenbar stand eine Gewitternacht bevor, und die Pferde waren schreckhaft.
Was kann denn passieren?
Nicht Francis de Lilac fragte, sondern ein Händler, der nach Buffalo unterwegs war.
Einmal haben sie sich losgerissen und sind in den Kanal gestürzt, sagte der Schiffer.
Entsetzlich. Sind sie ertrunken?
Das eine. Das andere hat den Verstand verloren, und da mussten wir es ebenfalls töten.
Oder ein rotes, dachte Francis über ein Kleid. Aus schimmernder Seide. Hätte sein Großvater damals Erfolg gehabt, würde er ihr jetzt aus dem Garn seiner eigenen Plantage gesponnene Stoffe schenken können. Noch standen die tristen

Maulbeerbäume am Rand des Baumwollfeldes, aber keine Insekten spannen Seidenfäden.
Er hätte jetzt Seidenhändler sein können.
Würdet Ihr einen Seidenhändler nehmen?, fragte Francis in Gedanken und schaute auf die essende Gruppe.
Verheiratet, hatte er gesagt, dieser witzige Mann mit der Pelzmütze. Aber der Ehemann war ja nicht da. Er war auf der anderen Seite des Meeres geblieben. Welcher Trottel ließ denn so eine schöne Frau allein in die Welt ziehen? Alt, hatte Francis gedacht. Sicher war er uralt. Bestimmt lag er im Stroh, würde dort den Rest seines Greisenlebens verbringen, würde sabbern und schnaufen und unter einem verlausten Fell frösteln. Nie im Leben würde er nachkommen. Sie würde ihn niemals wiedersehen.
Und das wusste sie auch. Er hatte es in ihren Augen gelesen, dass sie frei war. In winzigen Momenten hatte er es gesehen, wenn sein Blick sie gestreift hatte, gleichsam ohne zu sehen, bis sie dann doch die Augen niederschlug, als habe sie seinen Blick bemerkt, weil sie das tun musste, weil es sich so gehörte, denn so waren die Regeln in Europa wie in Amerika, man sollte sich nicht anbieten, nicht deutlich werden, wenn man Röcke trug.
Das war immerhin etwas, in all dem Fries. Eine Spur von Sittsamkeit.
Aber diese Sittsamkeit war nur Zier, das wusste Francis de Lilac. Sie war eine Schale, etwas Äußerliches, wie eine schöne Brosche oder ein Federhut. Manieren konnten gelernt werden, wenn das nötig war. Menschen waren wie Hunde, sie konnten dressiert werden. Aber was er sich wünschte, war das andere, die heftige Natur.
Deshalb war der Mann aus Savannah auf ein Kanalboot gegangen, statt einen Walfängerreeder an der Ostküste aufzusuchen, er hatte begriffen, dass die Schöne eine ungeschliffene und wilde Natur besaß. Deshalb ließ er sich an jedem Abend in immer

neuen Kneipen von Ortskundigen über jeden Ort erzählen, jeden Außenposten an der Strecke, damit er später alles wiedergeben könnte, damit er sie aufreizen könnte, sie necken, sie außer sich geraten lassen, weil er sich an die anderen wandte und nicht an sie, bis er alles plötzlich umkehrte und es ihr den Atem verschlug.

So hatte er sich das vorgestellt. Und es war wie ein Spiel. Dieses Spiel liebte er.

Aber vor dem Ende der Reise musste er unter vier Augen mit ihr sprechen.

Nicht, dass unterwegs etwas passieren könnte. Aber er musste einen Abdruck in ihr hinterlassen, Sehnsucht in ihr erwecken, damit sie bei ihrer nächsten Begegnung bereit wäre, und diese Begegnung würde kommen … Jedenfalls musste es so sein, um seinetwillen. Er wollte ihr Gesicht aus der Nähe sehen, wollte ihr in die Augen schauen, die waren braun, oder nicht? Sie mussten braun sein, so dunkel wie sie waren, und bildeten so einen überaus faszinierenden Kontrast zu ihrem Haar, hatte er gedacht, diese weichen Strähnen, die sich unter der Haube hervorstahlen, kleine Locken hatten sie, hell, hell, fast weiß, sie brausten, das stellte er sich vor, sie würden wild und heftig brausen und wogen, wenn er die Kopfbedeckung entfernte und das Haar hervorwallen ließe.

Er wollte sie nur für einen winzigen Moment umarmen, sie an sich drücken und spüren, dass es ihr gefiel, auch wenn sie sich widersetzte. Mehr nicht. Keinen Kuss, noch nicht. Nur das hier. Der Druck. Ihr Widerstand, zugleich ihre Willenlosigkeit. Ihr schriller Vogelschrei zusammen mit ihrem lautlosen Seufzen. So musste es sein. Und wenn es doch anders käme, wenn sie schrie, laut und ängstlich und beleidigt, würde er es wie ein Mann nehmen, rasch den Rückzug antreten, das Boot verlassen, sogar ihrem Bruder im Duell gegenübertreten, sollte das nötig sein.

That little fox.

Der kleine Fuchs. So nannte Francis die übellaunige Gestalt, die immer wieder zu ihm herüberschielte.
Duell?
Er lachte in Gedanken. Welche Waffe könnte der Junge denn wählen? Bestimmt konnte er weder schießen noch fechten. Und er besaß wohl nicht einmal einen Handschuh, den er ihm ins Gesicht schleudern könnte. Er würde dem Knaben einen seiner eigenen leihen müssen.
Jetzt hatte sie ihre Mahlzeit beendet, diese seltsame Schar.
Sieh an, dachte der Amerikaner. Quäker sind das also.
Er mochte die Quäker nicht. Sie mischten sich in Dinge ein, von denen sie keine Ahnung hatten. Wie die Sache mit den Sklaven.
Trotzdem begann er bald darauf mit diesem Cleng Peerson ein Gespräch über Amerika als Freistätte für verfolgte Gläubige.
Meine eigenen Vorfahren waren Hugenotten, erzählte er.
Ach was, Hugenotten?
Französische Protestanten. Vom katholischen König verfolgt.
Mr. Peerson übersetzte diese Mitteilung, und die Freunde musterten Francis mit neuem Interesse und jetzt auch voller Teilnahme.

Ich habe diese Rastlosigkeit auch gekannt, sagte Simon Lima zu Ansgar. Damals, als ich jung war. Das war wie Ameisen.
Der Junge packte die Reling fester.
Dass du es nicht machst wie draußen auf dem Meer, sagte Simon nun. Versuch doch, aus einem Stück Holz etwas Schönes zu schnitzen.
Ich habe kein gutes Messer, antwortete Ansgar. Meins ist vorn spitz, ansonsten aber zu stumpf.
Auf See hatte er das Messer von Lars Larsen aus Jeilane leihen dürfen. Und Lars hatte ihn die Kunst gelehrt, und das war schön gewesen, denn es hatte seine Gedanken auf das Holz-

stück konzentriert, aus dem ein Pferd hätte werden können. Jeden Tag war es besser gegangen. Aber nicht gut genug. Er hätte das Pferd seiner Schwester schenken können. Oder vielleicht Alida Ruth. Aber es hatte einen zu kurzen Hals und einen zu breiten Kopf. Es sah eher aus wie ein Ochse.
Dann kannst du meins leihen, sagte der freundliche Kaufmann. Ich kann dir zeigen, wie man eine Flöte schnitzt, wenn du willst.

Die Nacht kam ohne Regen, und der Donner grollte in der Ferne. Der Mann aus Savannah hatte im Logierhaus beim Kartenspiel eine beträchtliche Summe gewonnen und war überaus zufrieden. Er hatte Whiskey getrunken und war müde. Aber dann wollte er doch noch einmal an die frische Luft gehen, ehe er sich schlafen legte.
Er stand in der Dunkelheit am Ufer und schaute zu den Menschen an Deck hinüber. Er stand versteckt unter den Bäumen und nahm den Geruch von Nüssen und Erde wahr. Er fuhr mit der Hand über einen Stamm. Es war Hickory. Die Luft hier war anders als dort, woher er kam. Weniger feucht, trockener. Plötzlich überkam ihn das Heimweh.
Er ahnte Gesichter im Licht einer Tranlampe. Die gehörte zum Boot. Sie stand an Deck, bis der Schiffer schlafen ging. Der Mann brauchte Licht, um nicht zu stolpern. Dann folgte der Decksjunge dem Schiffer nach unten und hütete die Lampe, bis der andere schlief. Dann löschte er sie. Und danach war dann alles dunkel.
Aber noch saß der Schiffer am Spieltisch und versuchte, etwas von seinem Verlust wieder hereinzuholen. Und Francis sah zu dem Gewimmel von Leibern auf dem Bootsdeck hinüber. Wie eine Schlangengrube, dachte er. Ineinander verflochtene Glieder. Hände, die nach etwas greifen können, was sie nicht anfassen dürfen.

Wohl kaum. Nicht bei dieser heiligen Gesellschaft.
Ein leises Klappern ließ ihn beiseitespringen. Bei helllichtem Tag hätte er die Schlange erschossen.

Seht mal, Tannenzapfen, riefen die Kinder.
Sie waren an Land gewesen und hatten mit den Frauen zusammen ihre morgendliche Verrichtung hinter sich gebracht. Jetzt hatten sie grüne Tannenzapfen gefunden.
Können wir die mitnehmen?
Tut das nur, Kinder.
Sie waren wie Lämmer, die Kleinsten, glücklich, weil sie für eine kurze Zeit laufen und rennen und springen durften, ehe sie wieder brav dasitzen und aufpassen mussten, dass sie nicht über Bord fielen.
Elise half bei den Vorbereitungen zum Frühstück. Marta hatte dafür gesorgt, sie hatte sie hineingezogen in die Arbeit, sie räumte jetzt auf und verteilte das Essen, damit alle zugreifen konnten. Die Freunde in Syracuse hatten ihnen eine Tüte Tee geschenkt, jetzt durften sie ihr Wasser auf dem Herd an Deck wärmen. Und sie durften einen Topf leihen, in dem die Teeblätter ziehen konnten, so wie Marta das für richtig hielt. Elise fragte sich, ob sie mit neuem Wasser aus denselben Blättern noch mehr Tee kochen könnten, denn der Inhalt des Topfs reichte nur für wenige. Marta konnte ihr diese Frage nicht beantworten, sie hatte an Land zu tun und hatte Elise ihr kleines Kind anvertraut.
Sie hatte nicht gefragt, sie hatte ihr nur das Bündel gereicht. Jetzt stand Elise mit einem lebendigen Kind in den Armen vor dem schwarzen Herd. Sie hatte das schon oft gemacht, hatte die Kinder der Tante getragen und gewiegt. Sie hatte sie gewickelt und in den Schlaf gesungen, und es war eine Arbeit unter vielen gewesen.

Hier war es anders. Das hier war Margaret Allen, das Kind, das auf der Schaluppe geboren worden war, das Kind, bei dessen Anblick sogar die Männer lächelten, als sei es etwas ganz Besonderes. Und das war es sicher auch. In Elise aber verhärtete sich alles in der Nähe dieses winzigen Wesens. Sie wollte es nicht haben, nicht in den Armen tragen, nicht an ihrer Brust sehen, dieses Kind mit den dunkelblauen Augen. Sie wollte diese Augen nicht sehen. Sie bekam Lust, es so fest zu drücken, dass es verstummte, oder das Kind in den Kanal zu schleudern.

Dann war Marta wieder da. Das Kind war in den Armen der Mutter in Sicherheit. Und in Elise wurde alles leichter, wieder waren ihre Bewegungen sanft, und die harten Gedanken in ihr schwanden, als seien sie niemals gedacht worden. Aber schon spülte die Übelkeit wieder durch sie, von der sie doch befreit zu sein gehofft hatte, und die Vorstellung des Essens, das sie hier austeilte, war ihr widerlich.

Also ging sie an Land, um es nicht sehen und riechen zu müssen.

Sie musste sich nicht erbrechen, das war es nicht. Sie wünschte sich nur ein wenig Schatten und vielleicht den frischeren Geruch von Erde und Bäumen. Und sie hatte Zeit genug, wie sie sah, denn vor ihnen in der Schleusenschlange warteten nicht weniger als sechs Boote.

Sie folgte einem mit dunkelgrünem Moos bewachsenen Weg. Hier war sie auch am frühen Morgen unterwegs gewesen, um sich Gesicht und Hände mit dem Wasser eines Tümpels zu reinigen, den sie dort entdeckt hatten. Aber sie dachte nicht an den Tümpel, nicht an das Moos, sie dachte an eine Geschichte, die sie in Stavanger gehört hatte, über eine junge Witwe. Sie hatte ein Kind bekommen, die junge Witwe, einige Monate nach dem Tod ihres Mannes. Und dann hatte eine reiche Frau das Kind gekauft. Denn es war so weise eingerichtet gewesen, dass der einen das fehlte, was die andere nicht haben wollte, und die junge hatte sogar noch Geld bekommen.

Nur wenige der anderen hatten Elises Vorhaben bemerkt. Aber von oben her, von der kleinen Kutschstation mit Stall und eigener Bierbrauerei kam Francis de Lilac. Und ihm war klar, dass es jetzt passieren würde. Genau jetzt würde sich die Möglichkeit bieten, der Schönen in die Augen zu blicken, sie vielleicht an sich zu ziehen, sie dazu zu bringen, dass sie zitterte oder zuschlug.

Außerdem war Ansgar da. Er hatte seine Schwester beobachtet, während er auf einer rotgestrichenen Truhe saß und mit Simon Limas scharfem Messer die Löcher einer kleinen Flöte schnitzte. Jetzt registrierte er den Amerikaner, der plötzlich stehen blieb und seine Richtung änderte. Mit einem knurrenden Kehllaut sprang Ansgar auf und lief hinterher.

Diese Bewegung ließ mehrere aufschauen. Vielleicht hatten sie auch das Knurren des Jungen gehört. Einige hatten außerdem einmal gehört, dass Ansgar in einem Baum wie ein Wahnsinniger geschrien hatte. Und sie hatten seine unseligen Zuckungen gesehen, hatten gesehen, wie die Rastlosigkeit wie ein Tier in dem Knabenkörper wütete. Aber nur wenige an Deck hatten eine Ahnung davon, was sich hier ankündigte. Diese wenigen waren Cleng, Endre und Kornelius. Und sie setzten hinterher, aus einem Impuls heraus oder gelenkt von einem höheren Willen.

Elise schrie.

Da war ein Tier!

Die fünf Männer wurden schneller. Elise hatte noch nie so ein Tier gesehen; es erinnerte an ein Schwein, aber es war schwarz. Mit seinem langen behaarten Rüssel hatte es im Boden gewühlt. Sie war so in ihre eigenen Gedanken vertieft gewesen, dass sie es erst gehört hatte, als sie fast davorstand.

Da schrie sie. Und das Schwein fuhr zusammen. Jetzt sah es sie wütend an, aus kleinen stechenden Augen, es ging in Stellung und schien angreifen zu wollen.
Der Amerikaner erreichte sie als Erster. Er riss die Frau an sich und machte Platz für den Nächsten. Ansgar hielt das Messer schon bereit. Jetzt sprang er vor und rammte es dem Tier in die Stirn. Noch lebte das Biest, und Endre riss das Messer heraus und stach es in die Brust des Schweines, dreimal tat er das, bis er sicher sein konnte, dass der Atem erloschen war.

Es war ein Wildschwein. Cleng holte den Decksjungen zu Hilfe. Bald hatte das scheußliche Tier sich in gesalzene und gewürzte Fleischstücke in einem riesigen Kessel verwandelt. Bald lagen die ersten Bratenstücke auf einem Rost über dem qualmenden Feuer, und der Duft des bevorstehenden Festmahls hing über dem Deck und dem Kanal, wo sie endlich die Schleuse passiert hatten und weiterfahren konnten.

Niemand sprach darüber, was an diesem Morgen hätte passieren können, auch wenn Francis de Lilac und die anderen, die hinterhergerannt waren, wussten, dass Ansgar durchaus nicht das Tier im Blick gehabt hatte, als er hinzugestürzt war.
Der Amerikaner verließ das Boot. Das Schiff hinter ihnen in der Schlange hatte Platz für einen weiteren Fahrgast. Die Frauen blickten ihn fragend an und schienen das alles nicht zu begreifen. Elise stand stumm da und sah zu, was mit dem Schwein geschah, als gehe alles andere sie nichts an.
Unter Deck saß Ansgar und weinte. Er hatte einen Mann töten wollen. Das hatte er gewusst, er hatte Kaufmann Limas Messer in den Leib eines Menschen stoßen wollen, am liebsten mitten ins Herz. Und niemand kam zu ihm, um etwas zu sagen, als hätten nicht nur seine Schwester, sondern auch alle anderen vergessen, dass es ihn gab. Aber dann kam doch jemand. Es

waren die nackten Füße des Decksjungen, die sich zeigten, er wollte mehr Salz und Pfeffer holen. Der schlaksige junge Mann sagte etwas und streichelte Ansgars Hinterkopf. Dann reichte er dem Jungen einen Apfel. Ansgar schniefte und putzte sich mit dem Ärmel die Nase. Er biss in die grüne Frucht. Die war sauer und hart. Der andere musterte den Jungen mit den roten Augen besorgt. Am Ende gab er ihm einen starken Schluck aus den Gemächern des Schiffers. Und Ansgar schlief ein.

Deshalb hörte er die Trompeten nicht.

Deshalb verschlief er die Begegnung mit dem Gouverneur des Staates New York, der aus der anderen Richtung kam, aus Buffalo, wo der Kanal in den Eriesee mündete. Er kam mit Hornbläsern und Jubel in einem geschmückten Boot, begleitet von vier anderen Fahrzeugen, dieser Mann, der den Lauf des Kanals von Albany und weiter nach Westen festgelegt hatte. Der Kanal hätte auch im Ontariosee enden können. Aber nun verlief er weiter südlich, damit die Kanadier so wenig Freude an dieser Wasserstraße hätten wie nur möglich.

Und er winkte und lächelte die Norweger an und wollte wissen, wer sie waren.

Cleng Peerson antwortete.

Und der Gouverneur bat die Hoggees, die von Westen kamen, die Zügel ins Wasser fallen zu lassen, damit das Schiff mit den Freunden darüberfahren könnte, denn so wollten es die Regeln: Wer von Osten kam, durfte zuerst passieren.

Der muss ja ein großer Mann sein, erklärte Kari Hersdal.

Sie winkten und jubelten dem bunten Aufzug zu.

Aber warum will er nicht, dass die Kanadier …, fragte ein freimütiges Mädchen, als sie sich der nächsten Schleuse näherten.

Weil die Franzosen da weitermachen wollten, wo die Engländer nach dem Befreiungskrieg aufgegeben hatten, antwortete Cleng.

Wieso das denn?, wurde gefragt.

Was ist passiert?
Gibt es viele von diesen Franzosen?
Seid jetzt still und genießt das Essen, sagten die Mütter der wissbegierigen Kinder.

Zu Fuss durch den Herbstwald

In Holley gingen sie an Land. Nicht in Rochester, das vom Kanal durchteilt wurde. Sie fuhren noch ein Stück, aber nicht weit, so dass Rochester in den Gedanken der heiligen Gemeinde als nahe gelegener Ort erschien. Seltsam, hatten sie erstaunt zueinander gesagt, als das Boot zwischen die Häuserreihen gezogen worden war. Eine ganze Stadt. Plötzlich, in der Wildnis.
Aber sie gingen in Holley an Land und folgten dann einem Weg vorbei an einer Kutschstation.
Der sei neu, erklärte Cleng über den Außenposten, den sie passierten. Die Gebäude waren bei seinem letzten Besuch noch nicht da gewesen, aber so sei es eben, erklärte er, dass an den Straßen und Wegen in Amerika alle sieben Meilen eine Kutschstation liegen sollte.
Versteht ihr?, fragte er.
Wir verstehen, dass alles weise eingerichtet ist, sagte Thomas Madland feierlich.
Der Weg wird vor uns ausgerollt, sagte Simon Lima. Mit Kutschstationen und allem.
Die in Holley war aus groben Brettern, die Stallungen lagen hinter dem Haus. Eine gackernde Hühnerschar lief zwischen einigen schönen Steinen am Wegesrand hin und her. Zwei Männer trieben die Hühner zusammen. Die Männer waren mager und sehnig, beide mit rotem, struppigem Haar. Die Steine waren braun und glatt, einige waren grau, andere wiederum

braun oder fast gelb, und einzelne näherten sich dem Schwarzen.
Wie ein Schatz, sagte ein staunendes Kind.
Wie große Vogeleier, sagte ein anderes.
Cleng fragte und erhielt Antwort. Farmer aus der Nähe hatten die Steine aus dem Boden gegraben. Da sie Waldgebiete in Felder verwandeln wollten, hatten sie die runden Steine ans Tageslicht geholt. Die rothaarigen Männer sammelten sie, um sie vielleicht zu etwas zu verwenden.
Zu was denn?
Werden sehen. Vielleicht, um ein Gotteshaus zu bauen.
Seid ihr Bauern?, wurde gefragt.
We are masons, lautete die Antwort.
Sie sind mit dem Kanal gekommen, erklärte Cleng. Sie arbeiten mit Steinen. Und sie sind Maurer. Jetzt ist der Kanal fertig, und sie haben keine Arbeit mehr.
Der kleinere der beiden bückte sich nach einem schönen gelbgrauen runden Stein und reichte ihn mit einer Verbeugung der nächststehenden Frau. Siri Madland nahm ihn entgegen und betastete ihn. Dann reichte sie ihn den anderen, die alle den Stein berühren und befühlen wollten, bis Siri ihn dem Iren zurückgab.
God bless you, murmelte sie, glücklich und stolz und zugleich ein wenig unsicher.
Dann standen auch sie draußen, die Leute, die die Kutschstation betrieben, angelockt durch die Stimmen. Und sie wischten sich die Fäuste an ihren Schürzen ab, die der Frau war aus Stoff, die des Mannes aus Leder, während sie die Neuankömmlinge feierlich willkommen hießen.
Und die Begegnung mit diesen vier freundlichen Menschen sollte die Reisegesellschaft prägen, als sie weiter gen Norden zog. Sie gingen langsam und mit erhobenem Haupt weiter. Sie trugen die Truhen zwischen sich, eine vorn, die Hände im Rü-

cken um den Rand des Deckels gelegt, einer dahinter. Sie trugen Bündel über der Schulter und auf dem Rücken, sie hatten Kinder in den Armen und an der Hand. Sie hatten zu viel Gepäck, um es auf einmal mitzunehmen, immer wieder mussten sie etwas zurücklassen. Die Männer wechselten sich ab, um das Zurückgelassene zu holen, während die anderen warteten und sich ausruhten. Es konnte sich um die Körbe handeln, die sie von den guten Freunden bekommen hatten, oder um den großen Kessel vom Boot. Die Körbe waren mit Decken gefüllt, der schwere Kessel war leer. Außerdem hatten sie Rocken und zwei Äxte, die Pflugschar und die Sichel. Und sie hatten einen Sack Mehl und einen Sack Gerste und einige Sägen, die Cleng besorgt hatte, als das Boot in Rochester lag.
Zwischendurch sangen sie, auf Aufforderung des Schulmeisters. Und ab und zu ahmte Ole Olsen Hetletvedt die Geräusche der Vögel in ihrer Nähe nach.
Black North, sagte Cleng. So heißt es hier. Der dunkle Norden. Wir nennen es Schwarzwald.
Wieso das?
Weil es hier jede Menge gutes Holz für neue Häuser gibt, sagte Cleng.
Weil er dunkel ist, schlug Marta Georgiana vor.
Weil er im Sommer, wenn die Kronen dick und reich an Blättern sind, noch dunkler wird, dachte Ansgar.
Er ging vor seiner Schwester her, hatte die Hände im Rücken und hielt das eine Ende der Truhe. In der lag jetzt ein Krug Butter, den Cleng Peerson in der Stadt besorgt hatte, die sie passiert hatten, dazu ein Stück Speck, das der Mann am selben Ort besorgt hatte, und es war ein gutes Gefühl, so zu gehen und das zu tragen, was er mit einer anderen teilte. Eine Truhe, die etwas enthielt.
Amerikanische Butter, dachte er. Amerikanischer Speck. In seiner Phantasie duftete er gebraten.

Er empfand Erleichterung. Nicht nur, weil Elise die Truhe mit ihm tragen wollte. Sondern weil er kein Mörder war. Niemand würde ihn verfolgen. Das hatte der Mann mit dem Strickzeug gesagt, als sie an Land gegangen waren und ehe sie ihre Wanderung aufgenommen hatten. Er hatte den Jungen beiseitegezogen und es ihm gesagt, leise, damit es sonst niemand hören könnte: Niemand wird dich für etwas bestrafen, das nicht geschehen ist. Schau jetzt nach vorn. Benutz deine Hände und deinen Körper. Ohne dich zu schonen. Füll deine Gedanken mit Arbeit. Verstehst du?

Ansgar hatte genickt und verstanden. Er hatte sich außerdem bedankt.

Jetzt lief er hier und wusste, dass Freiheit bedeutete, schnell und weit laufen zu können, wenn etwas passierte, das nicht wiedergutzumachen wäre. Und ohne es geplant zu haben, sang er jetzt zusammen mit den Kindern, aber seine Stimme war so unschön und schrill, dass alle laut lachten.

Ach, Ansgar, ach, Ansgar, sagten sie.

Es war keine Bosheit, das glaubte er nicht. In ihm wurde es deshalb nicht trauriger, das Gegenteil war der Fall. Und er schritt so kräftig aus, dass seine Schwester fast die Truhe aus dem Griff verloren hätte.

Der Weg war von Laub bedeckt. Sie wateten in Blättern. Aber es regnete nicht, vom Himmel fiel gedämpftes Licht über das Rot und Gelb, das Braun und das noch Grüne, und es duftete nach Wurzeln, die sie vielleicht ausgraben und essen könnten, nach Tannennadeln und Rinde.

Die Pausen, wenn sie sich ausruhten, während die Männer die zurückgelassenen Habseligkeiten holen gingen, waren eine Erholung. Die Kleinsten, die, die getragen wurden, konnten auf den Boden gesetzt werden und sich bewegen. Die Frauen und die Kinder, die selbst laufen konnten, setzten sich auf die Truhen. Die Gesellschaft hatte eine eigene Ruhe, nichts schien zu eilen. Trotzdem empfanden sie ein Zittern, eine tiefe Erwartung. Sie waren auf dem Weg in ihr eigenes Reich. An den Ort, wo sie endlich aufatmen, freie Menschen sein konnten. Diese Erkenntnis füllte sie mit etwas Heiligem, einer gewichtigen Dankbarkeit, und sie registrierten die Blicke der anderen und sahen, dass es allen so ging. Wenn sie nicht so viel zu tragen gehabt hätten, hätten sie einander umarmt. Das musste warten. Sie würden noch Zeit genug haben, wenn sie ihr Ziel erreicht hätten.

Elise spürte den Schmerz in den Fingern, die die Truhe trugen, und die Blasen an den Fersen. Am liebsten wäre sie barfuß gegangen, aber es konnte Schlangen geben, hatte sie gehört. Und da war der Schmerz in dem schönen Licht doch zu ertragen, fand sie, und in der Freude, die die anderen ausströmten. Das musste doch auch für sie gelten, fand sie, dass sie es an dem neuen Ort gut haben würden.

Sie dachte nicht mehr an die Schenke. Sie dachte daran, einen Ort zu erreichen, wo sie ihre eigene Schlafstätte haben würde, wo die Aussicht sich nicht ändern würde, wo der Untergrund sich nicht bewegte. Marta hatte sie in den Arm genommen und freundlich geflüstert: Ich weiß, wie es um dich steht. Hab keine Angst. Und denk doch nur, wie schön das wird, wenn wir beide hier etwas Kleines haben!

Wie hatte Marta sie so durchschauen können?

In diesem Moment war es ihr unangenehm gewesen, als wolle die andere sie auf irgendeine Weise treffen. Dann hatte es sich wieder verwandelt, in etwas, an dem sie in Gedanken ausruhen konnte. Es gab eine hier, die Bescheid wusste und die ihr wohlgesinnt war.

Bald wurde es dunkel.

Sind wir bald da?, fragte ein Kind.

Bald, Liebes, bald, beruhigte eine Mutter.

Es wurde kühler. Sie froren. Sie blieben stehen, damit die

Kinder zusätzliche Jacken anziehen oder in Schals gewickelt werden konnten.
Jetzt werden wir es bald sehen, sagte Cleng.
Die anderen sahen dasselbe wie bisher, hohe Baumstämme rundum. Sie gingen weiter.
Hier ist es, sagte Cleng.
Der Mond war aufgegangen. Vor ihnen gab es keinen Wald mehr. Der Weg endete an einem See, dann teilte er sich und zog sich in beiden Richtungen am Seeufer dahin.
Lake Ontario, sagte der Mann, der schon einmal hier gewesen war, der weit und breit gewandert war, der den Boden ausgesucht und mit einer Gesellschaft in New York City verhandelt hatte.
Der Mond zeichnete eine Straße aus Licht auf das Wasser. Die Straße zog sich zu einem unsichtbaren Horizont weit draußen hin. Es sah aus wie das Meer, von der Schaluppe aus gesehen.
Wo sind die Häuser?, fragte der Kaufmann Simon Lima.

3. Kapitel

Eine neue Welt

Am Ende des Schwarzwaldes. Am Ufer des Ontario

Es war kein Haus zu sehen. Aber hatten sie denn nicht einen Brief bekommen? Cleng hatten ihnen geschrieben, über Häuser, die gebaut werden sollten, über einen Eisenofen, den er bestellt hatte, doch alles, was sie sahen, war der Wald, der plötzlich an einem Ufer endete. Der Wanderer hatte vielleicht Absprachen getroffen, die nicht erfüllt worden waren, das war unklar in der Dunkelheit, unklar an den Tagen, die folgten, als alles darum ging, Bäume zu fällen, sie von Zweigen und Rinde zu befreien – in der Not der ersten Nacht Schutzhütten zu bauen, später zu sägen und mit der Axt Holz zu schlagen und den beinahe fünfzig Menschen, die spürten, dass der Herbst zu Ende ging und bald der Winter kommen würde, ein Dach über dem Kopf zu geben.

Die Frauen saßen in den ersten Stunden stumm an einem Feuer unter den Sternen, mit schlafenden Kindern auf dem Schoß. Sie saßen mitten auf dem Weg, denn um sie herum gab es nur Dickicht. Im Feuerschein sahen sie, wie der Wald zurückgewichen war in der Nähe des Sees, wie er dünneren, zäheren, verkrümmteren Gewächsen Platz machte. Die Frauen und die kleinen Kinder saßen auf Decken, die von den Regengüssen an Bord noch feucht waren. Sie saßen Schulter an Schulter da und dösten, dösten, schliefen aber nie, weder seicht noch tief,

obwohl das Feuer doch den Isegrimm vertreiben würde, aber was wussten sie denn schon über die Tiere in Amerika?
Die Männer mühten sich unter Mond und Sonne ab. In dieser Zeit hatten sie keine Wörter. Sie hatten nur Muskeln und Willen. Mit den Blicken gaben sie einander Zeichen: Den Stamm da. Du und Daniel. Tormod und ich. Zwei Sägen hatten sie, jede wurde von zwei Männern gehalten, einer an jedem Ende. Das Blatt war dünn, die Zähne spitz. Die Bäume waren dicker als die dicksten zu Hause. Also suchten sie sich andere aus, von geringerem Umfang, mit denen sie leichter fertig wurden. Danach wurden die Stämme entrindet und von Zweigen befreit und an der einen Seite behauen, um an einen anderen gelegt werden zu können. Sie suchten nach gleich großen Bäumen, die mit Axt und Messer zurechtgemacht wurden, um ineinandergeschoben zu werden, sie höhlten und füllten und bildeten Hausecken.
Einige befreiten einen kleinen Platz vom Dickicht. Dort wurden vier gleich große Stämme auf den Boden gelegt. Die Enden wurden zurechtgehauen und gespalten, sie waren viele Männer bei jedem Stamm, die mit den Händen und der Rückseite der Axtklingen drückten und schlugen.
Tagsüber gingen Mütter und Kinder in den Wald und suchten nach Essbarem. Sie kamen zurück mit wilden Äpfeln und verschrumpelten Beeren. Die Menschen dankten schweigend dem Herrn und schauten gen Himmel, ehe sie aßen. Dann verzehrten sie schweigend ihr Mahl an dem Feuer, das tagsüber von den älteren Kindern gehütet wurde und nachts von den Größeren, die sich dabei abwechselten. Es durfte nicht ausgehen. Das war zwischen ihnen wie ein Pakt. Das Feuer sollte wärmen und leuchten. Die ganze Zeit. Es sollte die feuchten Decken trocknen, die Windeln der Kleinen trocknen, die schweißnassen Wämser der Männer trocknen, die unaussprechlichen Lumpen der Frauen, die halbversteckt auf einem Stein hinter einem Busch lagen.

Die Reisetruhen standen ebenfalls am Feuer, um darauf sitzen und die nassen Decken darauflegen zu können. Eine wurde zum Bett des Säuglings. Margaret Allen lag in der Truhe, der Deckel wurde von zwei Holzstücken aufgehalten.
So vergingen die ersten Tage. Nur selten war eine Blockhütte so rasch mit so schlechtem Werkzeug errichtet worden. Aber es mangelte nicht an Arbeitsfäusten, und wenn einer sich ausruhen musste, waren immer andere da, um weiterzumachen.
An den Wänden gab es mehrere Schichten Tannenzweige, damit sie es weich hatten. In der Mitte lagen die flachen Steine einer Feuerstelle. Die Truhen mussten draußen stehen bleiben, drinnen war dafür kein Platz.
Am nächsten Morgen war Cleng wieder da.
Niemand hatte gefragt, wo er hinwollte, als er aufgebrochen war, und er hatte auch nichts gesagt. Er hatte sie einfach verlassen, mit gesenktem Blick, mit steifem Schritt, aber mit raschem Gang, als eile die Sache. Jetzt war er wieder da, er saß auf einem Pferd, und das Pferd schleppte eine Ladung aus langen und kurzen Sägen, kräftigen Äxten und anderen Dingen, die man braucht, um Bäume zu fällen und ein Haus zu bauen.
Gibt es Fische in dem See da?, brach Daniel Rossedal das Schweigen.
Ja, Fische. Massenhaft, antwortete Cleng.
Dann brauchen wir nur noch ein Boot, sagte Aanen Brastad.

Ein angefangenes Haus lag ein Stück weiter, hinter der Wand aus Bäumen, konnte Cleng berichten, es war aber nur halb fertig und hatte kein Dach. Also fingen sie mit dem Dach an, als das erste Haus stand.
In dem Haus gab es einen Ofen, aber der war zerbrochen und nicht zu benutzen. Also trugen sie ihn hinaus. Sie legten Steinplatten auf den Boden, wie sie es von zu Hause gewohnt waren.

Es stand auf Kornelius' Grund, das Haus, das vor ihrem Eintreffen hätte fertig sein sollen, das aber trotzdem für sie alle zu klein gewesen wäre. Denn es gab ein Blatt Papier mit Kästchen im Bündel des Wanderers, und in jedem Kästchen stand ein Name; so hatte es im Kontor gemacht werden müssen, als er die Grundstücke erworben hatte.

Sie sahen, dass das Haus, das sie von Grund auf errichtet hatten, auf Clengs Boden stand.

Sie bauten sich ein Boot. Sie ruderten hinaus und entdeckten, dass das Wasser seicht war. Wenn es nicht so kalt gewesen wäre, hätten sie endlos weit darin waten können. Gab es Fische, wenn das Wasser einem Mann nur bis zu den Knöcheln reichte? Konnte man sie mit bloßen Fäusten fangen? In den Bächen zu Hause lebten die Fische auch in seichtem Wasser. Hier konnten sie keine sehen, aber das musste ja nicht heißen, dass keine da waren, unten im Schlamm. Sie ruderten noch weiter hinaus, in das tiefere Wasser, und fingen Fische mit rotem oder weißem Fleisch. Sie kochten sie in dem Eisenkessel, den sie geschleppt und zurückgelassen und dann nachgeholt hatten, auf dem ganzen Weg von Holley.

Gefriert das Wasser bald?, fragten sie ängstlich.

Nein, versprach Cleng.

Sie glaubten ihm nicht.

Aber dann behielt er doch recht. Der Ontariosee gefror nie. Er war immer offen, egal, wie klirrend kalt ein Winter auch sein mochte. Sie konnten einfach hinausrudern und Fische hochziehen. So konnten sie nicht sterben, solange über dem See kein Sturm wütete.

In dieser ersten Zeit sahen sie nur die Arbeit. Den Boden unter ihren Füßen, unter den Stämmen, die sie von den Zweigen befreiten. Die Rinde an den Stämmen, sie war eine Spur röter als in ihrer Heimat, oder doch nicht? Den schwarzen Wald, der immer dunkler wurde, wenn man den Kopf hob

und die Augen zusammenkniff. In den ersten Wochen lag ein Dunst über der Landschaft, ein ewiger Nebel, der den Kampf schwerer machte, gegen das Werkzeug, die Bäume, die in die richtige Richtung fallen mussten, die Gedanken.
Zwischen den beiden Häusern verlief ein mit dichtem Gestrüpp umwachsener Bach. Einige Werst lagen zwischen den Häusern, tippte Simon. Und eine Werst war vielleicht dreizehnhundert Ellen lang, hatte Daniel hinzugefügt, die Grundstücke hier in Amerika waren ja auch sehr groß. In einem der Kästchen auf Clengs Plan stand Håvards Name. Ansgar und Elise hatten ihn gesehen, und sie wussten jetzt, dass ihr Grundstück tiefer im Wald lag.
Der Junge hielt die bösen Kräfte in sich durch die harte Arbeit in Schach. Es konnte lange gutgehen, das wagte er zu glauben, wo doch so viele Häuser errichtet werden mussten, wo so viel Land zu roden und zum Acker umzubrechen war.
Dass der Nebel sich nicht lichten kann, seufzten die Frauen.
Dann brach die Sonne durch. Und sie verstanden, warum Cleng diese Wahl getroffen hatte: der blaue See. Der silberhelle blaue See, der sich wie eine unendliche Decke vor ihnen ausbreitete. Und einigen traten vor Bewegung Tränen in die Augen.
Sie buken Fladenbrot auf den Steinplatten, die sie ins Haus getragen hatten. Sie legten Schlingen. Sie fingen einige Hasen und einen Vogel, dessen Namen sie nicht kannten; er schmeckte gut, aber er reichte nicht weit für so viele. Sie brauchten Material, um weitere Schlingen herzustellen. Sie brauchten noch einen Kochtopf, damit jedes Haus seinen eigenen hätte. Außerdem sehnten sie sich nach Salz.
Cleng hörte nichts über Mängel und Wünsche, er war nicht dort. Wieder war er losgezogen, er wollte dem Nachbarn das geliehene Pferd zurückbringen. Fünf Tage lang hatten sie damit Stämme aus dem Wald zu dem halben Haus ziehen können. Sie hatten ein Feuer am Leben erhalten, deshalb hatten sie

auch im Dunkeln die Bäume und die Fallrichtung sehen können. Und auch für das Pferd mussten sie die Wärme am Leben erhalten, denn sie hatten ja keinen Unterschlupf, wo das Tier sich hätte ausruhen können. Also stand es am Rand des Feuerscheins und döste vor sich hin, während die Männer die Grundlage für den harten Arbeitseinsatz des nächsten Tages legten, wenn der braune Hengst noch mehr Stämme schleppen müsste.

Dann war er wieder da, ihr Cleng Peerson, und ließ sich erzählen, was sie brauchten. Er nahm sich kaum die Zeit zum Hinsetzen, schon wanderte er nach Rochester. Das dauerte an einem Herbsttag die Zeit vom Sonnenaufgang zum Sonnenuntergang.

Denk an Seife!, hatte Kari ihm hinterhergerufen.

Seife bekämen sie. Und einen eisernen Kessel. Und Material für weitere Tierfallen. Außerdem brachte Cleng Salz und Gerste mit.

Am nächsten Morgen ging er mit einer Kinderschar in den Wald, um Nüsse zu suchen. Er erklärte ihnen den Unterschied zwischen dem hohen Schwarzwalnussbaum und dem kleineren, der Hickory hieß. Und sie suchten den Waldboden ab nach Hickorynüssen in grüner Schale; diese Schalen hatten vier Spalten, die sich öffneten und das Samenkorn darunter zeigten, und die Kinder freuten sich über ihre Beute.

Wasser holten sie aus dem See. Es war nicht salzig. Und sie hatten den Bach.

Wenn wir nur ein paar Kühe hätten, seufzten die Frauen.

Die Kühe kommen, sagte Cleng, wenn ihr erst einen Stall gebaut habt.

Habe ich das nicht geschrieben, wollte er wissen, dass es hier Kühe und Mutterschafe gibt?

Sie hatten es ja gelesen, die, die lesen konnten, dass er irgendwo auf einer Farm Tiere stehen hatte, dass die dort auf die

Aussiedler warteten. Aber das war in demselben Brief gewesen, in dem von fertigen Häusern die Rede gewesen war, und diese Häuser hatten sie sich so groß und schön erträumt. Deshalb waren die Tiere in ihrer Vorstellung geschrumpft, vielleicht zu einer Katze.

Aber sie machten sich daran, einen Stall zu bauen.

Wir könnten auch größeres Wild erlegen, hieß es nun. Hirsche vielleicht. Oder Rehe. Wenn wir ein Gewehr hätten.

Cleng besorgte aus Rochester eine langläufige Büchse.

Hatte er also doch Geld gehabt, während sie auf dem Kanalboot Hunger gelitten hatten?, überlegten sie.

Nein. Er hatte das Gewehr auf Pump gekauft.

Bald wird wohl Lars kommen, meinte der Wanderer. Und dann gibt es Geld.

Aber wenn er es nicht schafft, ängstigte sich Marta Georgiana. Wenn er Boot und Eisen nicht auslösen kann!

Ich habe für Abzahlung über zehn Jahre gesorgt, sagte Cleng. Für den Boden.

Aber können wir uns die erste Rate leisten?, fragte Kornelius.

Cleng gab keine Antwort.

Im Frühjahr werden wir Saatgetreide brauchen, sagte Simon Lima, der Kaufmann, der in einem freieren Land als Bauer leben wollte.

Dazu müssen wir zuerst einen langen Winter überstehen, sagte Siri Madland.

Mit der Hilfe des Herrn, sagte Kari.

Und der der Kühe, fügte sie hinzu.

Der Säugling weinte. Marta Georgiana kehrte den anderen den Rücken zu und legte die Tochter an die Brust. Etwas an ihren Schultern sagte denen, die so etwas sahen, dass die starke Frau weinte, wenn auch lautlos. Die taubstumme Schwägerin lief zu ihr und streichelte behutsam ihre Schulter.

Cleng zog sich an und ging.

Sie waren jetzt daran gewöhnt, dass er einfach verschwand. Dann konnten einige Stunden verstreichen, oder auch ein Tag oder mehrere, bis er zurückkehrte. Diesmal blieb er zwei Nächte aus. Sein Haar war schweißnass, als er wieder auftauchte und die Pelzmütze abnahm, als sei er schnell und weit gegangen.
Ich habe Drescharbeit besorgt, teilte er ihnen mit. Arbeit bei Bauern, die südlich des Kanals wohnen. Dafür gibt es Saatgetreide.
Arbeit für dich?
Nein. Für fünf Mann. Einen kleinen Tagesmarsch von hier aus. Als Lohn gibt es jedes elfte Bushel.
Bushel?
Das ist ein Maß, erklärte Cleng. Es könnten auch Tonnen sein; wenn ihr zehn Tonnen gefüllt habt, dürft ihr die elfte mit nach Hause nehmen.
Und er habe mit den Leuten gesprochen, die die Kutschstation leiteten, sagte der Wanderer nun. Die könnten eine Frau brauchen.
Aber wir verstehen nicht, was sie sagen, rief Kari, seine Schwester. Wir würden nicht begreifen, was wir machen sollen.
Man lernt doch, in einer neuen Umgebung mit so etwas fertig zu werden, meinte der Schulmeister.

Auf diese Weise leerten sich die Holzhäuser. Fünf Mann waren zu einer Farm verschwunden, um dort den Winter über zu dreschen. Der Haugianer Ole Olsen Hetletvedt war auf eigene Faust losgezogen, um nach einem besseren Dasein zu suchen. Eines Morgens schlug Cleng vor, die restlichen Männer sollten das Gelände abschreiten, das er für sie alle besorgt hatte.
Sie brauchten mehr als einen Tag, um alles zu umwandern, so groß war es, deshalb trugen sie Kiepen mit Proviant und De-

cken, unter denen sie schlafen konnten. Abends machten sie ein Feuer, kochten sich etwas zu essen und legten sich auf Tannenzweige, und sie erkannten, dass der Wanderer ihnen nur wahre Träume eingegeben hatte: Dieses Land war endlos. Hier gab es vor allem Wald, aber auch offene Lichtungen und Wiesen. Es gab viel Nadelwald, eine hohe Fichte mit grauer, knotiger Rinde, aber auch Laubbäume, und das Rotgelbe vor dem dunklen Immergrünen war schön. Auf den Wiesen faulten nach dem Herbstregen die gelbbraunen Halme, und Ansgar fragte sich, welche Blumen hier wohl gestanden und sich durch den Sommer genickt haben mochten.
Denn auch er war auf dieser langen Runde dabei, er war an Stelle von Håvard hier, und er fragte sich, ob Håvard den Blick auf das Wasser der Ruhe zwischen den Bäumen vorgezogen hätte. Der See, dachte der Junge, so glänzend und schön, wenn die Sonne scheint. Aber nun füllte der Wald das Kästchen auf dem Plan, das dem Mann und seiner Familie zugedacht war, und sie würden viele Jahre brauchen, um diese Unendlichkeit von Bäumen zu fällen, das wusste Ansgar. Doch so viel Arbeit bedeutete auch Linderung, das wusste er ebenfalls. Und sein Blick wanderte suchend wie der eines Tieres über alles, was er erfassen konnte; hier gab es Tümpel und Bäche, mit Moos bewachsene Felskuppen und Eichhörnchen, die an den Baumstämmen hochjagten. Gab es Fische in den Bächen? Ansgar rannte, um nachzusehen, er fiel auf die Knie, kostete das Nass, wartete, bis etwas Blankes vorüberschoss, hier gibt es Fische!
Als er den Kopf hob, schaute er in die Augen einer graugesprenkelten grünen Kröte. Er lachte sie an und lief hinter den anderen her, trat auf das Moos, das ihm weniger dicht vorkam als das, woran er gewöhnt war, es löste sich zu einzelnen Stengeln auf und war weniger fest, weniger weich unter seinem Fuß. Und plötzlich wohnte Jubel in seiner Brust, über diese menschenleere Landschaft, über die Kröte und darüber, dass

Francis de Lilac nicht mehr zu sehen war. Ab und zu pflückte er wässrige Blaubeeren, und die waren größer als zu Hause.
Ansgar gehörte zu denen, die bis auf weiteres in Clengs Haus wohnen sollten, nachdem die Gruppe sich geteilt hatte. Und das Hausinnere wirkte geradezu groß und leer, nun, da so viele nicht da waren. Zwei oder drei der Junggesellen zimmerten Schlafbänke, die an der Wand angebracht wurden. Auf diese Weise konnten die einen auf Bänken schlafen und die anderen auf Truhen, und tagsüber konnten sie die Truhen unter die Bänke schieben.
Etwas schien sie loszulassen an diesem ersten Abend, an dem sie sich endlich hinlegen konnten, ohne einen anderen Menschen zu berühren, als ob sie endlich zitternd aufatmeten, und ihr Atem röchelte. Am nächsten Morgen erwachten die meisten mit Fieber.

Alice von der Kutschstation

Elise war nicht dort. Sie war in der Kutschstation. Es war hin und her geredet worden. Sie hätten eines der ältesten Mädchen schicken können. Aber wagten das die Eltern? Lieber nicht. Und die Mütter, die kleine Kinder hatten, mussten doch bei den Kleinen bleiben, jedenfalls in der ersten Zeit im fremden Land, jedenfalls wenn die Väter zum Dreschen anderswo waren. Elise hatte keine Kinder. Doch sie erwartete eins. Es würde irgendwann im Frühling geboren werden, aber noch war kaum etwas zu sehen. Elise musste gehen; dann würden sie sie eben später ablösen, wenn ihr Zustand das verlangte.
Cleng Peerson hatte sie hingebracht. Sie waren frühzeitig aufgebrochen. Als die Sonne am höchsten stand, hatten sie ihr Ziel erreicht, und Cleng schob sie in ein Himmelreich.
Hier gab es Wärme und Essen und Ordnung. Hier gab es

Werkzeug und Geräte, kleine und große jeder Art. Hier gab es ein Bett, das nur Elise gehören sollte. Es stand in einer kleinen Kammer, die auch nur ihr gehören sollte, wenn sie nicht bei der Arbeit war. Und die Menschen waren munter und freundlich und wussten noch dazu, wie sie Elise anlernen sollten. Sie zeigten und benannten Handlungen und Gegenstände. Kochen. Topf. Kochlöffel.

Fireplace. Apple Pie.

Es gab einen Erdkeller, gefüllt mit Krügen mit dicht schließenden Deckeln. Unter den Deckeln lagen manchmal gezuckerte Beeren, dann wieder Pflaumen. Es gab säuerliche Äpfel mit runzliger oder glatter Haut. Es gab einen Stall mit zwei Milchkühen. Dann gab es noch die Pferdeställe, dort mussten jederzeit ausgeruhte Tiere für die Reisenden bereitstehen, damit sie ihre eigenen verschwitzten abstellen und mit anderen weiterziehen konnten.

Hier kamen Reiter und Menschen mit Wagen oder Karren vorbei. Viele stammten von Farmen am See, das begriff Elise nach und nach. Manche stellten ihre Tiere ein und wanderten zum Kanal, um dort mit einem Boot weiterzufahren. Andere wollten die Wasserstraße auf einer Brücke überqueren. Die Übernachtungsgäste hatten oft einen weiten Ritt hinter sich und würden am nächsten Morgen weiterziehen. Einige waren Boten. Andere Soldaten. Viele wollten nur unterwegs etwas essen und ein wenig plaudern, nachdem sie viele Stunden lang keinen Menschen gesehen hatten.

Elise heftete sich in der ersten Zeit wie ein Schatten an die Frauen, die hier arbeiteten. Sie nahm deren Bewegungen und Tätigkeiten in sich auf und ahmte sie so gut sie konnte nach. Sie buk Brot und Kuchen. Sie kochte Grütze und briet Fleisch. Sie füllte Fische mit getrockneten Kräutern, deren Namen sie nicht kannte, die aber köstlich dufteten.

Die Arbeit ging auf den Steinplatten an der Feuerstätte in dem großen Raum vor sich, wo die Gäste an langen Tischen aßen. An der einen Längswand gab es einen Kamin und einen riesigen schmiedeeisernen Ofen. Im Kamin konnten sie die großen Tierrümpfe braten und einen Eisenkessel über das offene Feuer hängen. Der Ofen hatte mehrere Kammern, eine zum Heizen und eine, um Brot, Kuchen und anderes Gebäck zu backen. Sie konnten kleinere Töpfe und Pfannen auf die Kammer mit den Flammen stellen.

Im Haus der Tante hatte es nur einen Kamin gegeben. Auf der Schaluppe hatte Elise zu dem Ofen hinübergesehen, an dem der Koch Endre Ansgar beschäftigt hatte, aber mit dem *stove* der Kutschstation konnte der Schiffsofen sich nicht messen.

Und Elise fühlte sich wohl, wenn sie dort mit dem Rücken zu den Gästen kniete oder auf einem kleinen Hocker saß und Zutaten mischte und Gemüse oder Fleisch schnitt. Ihre Hände gingen rasch mit Messer oder Mörser um, sie wusste, wie sie die zähen Sehnen aus einem Bratenstück schneiden konnte, ohne das gute Fleisch zu erwischen, sie zerschlug Eier, ohne Scherben von den Schalen zu brechen, sie hatte den Brotteig in festem Griff. Und sie hörte sich das Gerede an. Langsam konnte sie einzelne Wörter heraushören, deren Sinn sie begriff. Nein. Ja. Ich. Du. Auf Wiedersehen.

Es kam oft vor, dass sie versuchten, ihr beim Servieren etwas zu sagen. Und manchmal auch, wenn sie sich der Kochstelle zuwandte.

Hey, riefen sie dann.

Das bedeutete, schau her, glaubte sie, denn wenn sie sich umdrehte und sie ansah, waren sie zufrieden. Oft wollten sie ihr etwas erklären und zeichneten mit den Händen. Ein bedrohliches Tier war ihnen begegnet. Jemand hatte sich an sie angeschlichen. Es hatte schrecklich geregnet. Oder gebrannt.

Jeder Gast bekam sein eigenes Messer und seine eigene Gabel. Elise hatte niemals etwas wie eine Gabel mit zwei Zinken besessen. Hier lernte sie die Kunst: ein Stück Fleisch mit den Zinken festzuhalten, während sie mit dem breiten, krummen Messer mit dem schwarzen Griff schnitt.

Zum Essen wurde selbstgebrautes Bier serviert. Nur selten kam es vor, dass jemand zu viel trank und sich danebenbenahm. Einmal musste Elise um Hilfe schreien. Und da kamen sie angerannt, der Wirt und die Wirtin, und beschimpften den Trunkenbold mit den langen Fingern. Danach streichelten sie ihr übers Haar und redeten ihr tröstend zu wie einem Kind.

Sie nannten sie Alice.

Das gefiel ihr. Es war kürzer als Elise und klang weicher.

Alice.

Das Ehepaar hieß Brenda und Jim.

Flour. Milk. Berries, konnte Brenda sagen und darauf zeigen.

Milk, das war fast wie zu Hause.

Ach, es war so schön, hier zu sein. Niemals frieren zu müssen. Niemals hungrig zu Bett zu gehen. Etwas anderes brauchte Elise nicht. Sie wollte immer hierbleiben.

Sie dachte nicht daran, dass ihre Zeit kurz bemessen war. Sie dachte auch nicht an ihren Bruder, höchstens in seltenen Wellen des Widerwillens, wenn sie schlafen gegangen war. Sie hatte ihre Pflicht getan. Jetzt musste er selbst zurechtkommen.

Sie wusste, wie schwer er es unterwegs gehabt hatte. Aber sie hatte sie weggeschoben, die Angst, die auf dem Hof der Tante in ihr gewohnt hatte. Sie hatte es nicht mehr ertragen, diese Angst in sich zu haben. Also hatte sie sie ausgespuckt, sie hochgespuckt, sie aus sich hinausgeschwitzt, genau wusste sie es nicht, aber die Angst war verschwunden. Und ihr Körper war versperrt und würde sie nicht wieder einlassen.

Der arme Ansgar, konnte sie denken.

Mehr nicht. Nichts mit wirklicher Wärme.

Er stand im Fieber bei der Holzhütte. Er hackte Holz. Er war mit dem Boot fischen gefahren, hatte im Wind dagesessen und mit nassen Händen die Angel eingeholt. Stundenlang waren sie dort draußen gewesen, Ansgar und Niels, der jüngere Bruder von Kari Hersdal, ohne etwas zu fangen, bis dann doch etwas angebissen hatte, drei winzige Wichte und ein größerer Brocken, mehr nicht, und nun kam die Dämmerung. Jetzt hackte er Holz, damit der Fang gekocht und verspeist werden konnte.

Sie alle hatten diese Hitze im Körper und diese Benommenheit im Kopf, doch das war nicht gefährlich, es brachte nur laufende Nasen, einen bösen Husten und hinausgewürgten gelben Schleim, keinen grünen, keinen blutigen. Aber der Wind fuhr quer durch die Hütte.

Selten einmal erschienen ganze Familien auf der Kutschstation, wie von nirgendwoher. Es konnte ein Ehepaar mit einer verhuschten Kinderschar sein oder vielleicht nur mit einem in ein Tuch eingehüllten Säugling. Es konnten mehr Generationen als zwei sein, ein altes Großelternpaar oder vielleicht nur eine Großmutter oder ein Großvater, bei denen niemand das Herz besessen hatte, sie dort zurückzulassen, wo sie hergekommen waren. Anfangs glaubte Elise, alle, die eine ihr unverständliche Sprache sprachen, sprächen dasselbe Amerikanisch. Langsam ging ihr auf, dass es mehr Sprachen als nur zwei gab. Eine wurde von Menschen gesprochen, die Germans hießen.

Sie kamen den Pfad entlang, einmal, im Winter, mit einem Ochsen als Zugtier vor einem schmalen Schlitten mit Truhen und Bündeln, ein andermal mit einem Esel. Die mit dem Ochsen klopften an einem ganz frühen Morgen an, als seien sie die Nacht hindurch unterwegs gewesen. Der Frostrauch quoll ihnen aus dem Mund. Die beiden Männer hatten Reif im Bart. Bei den Frauen erschienen die Augenbrauen als vereiste Auswüchse, und ihre Gesichter waren dermaßen erstarrt, dass sie erst etwas sagen konnten, als sie ins Warme gekommen waren.

Eines Abends tauchten zwei solcher Reisegesellschaften auf einmal auf, die eine in schwarzem und grauem Fries, wie Elise es gewöhnt war, die andere in schöneren Stoffen und fröhlicheren Farben. Alle wollten übernachten, und alle mussten bewirtet werden. Ihre Vorratskammer war reich gefüllt, mit Pökelfleisch und Räucherfleisch und sogar Frischfleisch; mit den Betten sah es weniger gut aus. Und während die Gäste ihre Mahlzeit genossen, nahm der Wirt Elise mit sich in den Stall.

Was mochte er wollen?

Nichts Schlimmes. Sie hatte nicht einmal Zeit, sich zu ängstigen, ehe sie begriffen hatte; er wies über seine Schulter zurück auf die Gaststube, die sie soeben verlassen hatten, und zeigte ihr vierzehn Finger. So viele waren sie, die Gäste an dem grobgezimmerten langen Tisch. Sie hatte sie schon selbst gezählt. Es waren acht Germans und sechs Amerikanische. Die feine Dame mit dem kleinen Kind musste ihre Kammer leihen, und das konnte der Wirt ihr mit Zeichen und Mimik begreiflich machen.

Aus Boston, sagte er.

Elise sollte auf der Pritsche schlafen. Sie war es gewöhnt, zum Prusten der Tiere einzuschlafen, das machte ihr nichts aus.

Alice, hurry!

So klang es.

Alice, hurry up! The onions! The sweet potatoes. The vinegar. The butter!

Draußen schneite es. Drinnen knisterte das Feuer. Und ihr Bauch wuchs. Aber zuerst kam Weihnachten. Über Weihnach-

ten würde sie doch wohl bleiben dürfen. Zum Duft des Weihnachtsessens!
Bratäpfel. Sie hatte das noch nie gegessen, gebratene Äpfel mit Zucker und Zimt. Und sogar zu Weihnachten kamen Gäste. Und auch Silvester stellte einer sich ein.

Er kam auf einer Welle aus Jubel und Gewinn, auf einem grauen Hengst von Buffalo her durch den Schnee. Nach Rochester ritt er und fragte sich zu einem Kaufmann durch, den jemand erwähnt hatte, zu einem Mann, den er von früher her kannte, einem Quäker, der seine Freunde auf Pump kaufen ließ. Mister Peerson und seine Begleitung?
In Murray, lautete die Antwort.
Der Ritter auf dem grauen, eleganten Tier hatte kehrtmachen und ein Stück zurückreiten müssen. Als er die Kutschstation bei Holley entdeckte, wollte er dort übernachten, weil es schon spät war, um das letzte Stück zum See und nach Murray am nächsten Vormittag hinter sich zu bringen.
Es war ein jäher Impuls gewesen, sich vom Kartentisch loszureißen.
Der letzte Gewinn hatte nicht aus Geld bestanden, sondern aus einem schönen Schmuckstück. Es war eine Brosche, die an einem prachtvollen Kleid befestigt werden konnte, einem grünen vielleicht, obwohl der Frau, die es tragen sollte, Gelb vielleicht besser stand.

Und dann öffnete sie ihm die Tür.
Francis de Lilac glaubte zu träumen, aber dagegen hatte er nichts, zuerst Traum, am nächsten Tag Wirklichkeit, und deshalb wollte er sie in der Türöffnung im Traum an sich ziehen. Er wäre fast gestolpert, als sie rasch zurückwich, aber ihr Gesicht strahlte, weshalb er noch immer an einen Traum glaubte. Please come in, sagte sie und hielt ihn fest in der Illusion, denn

als er sie zuletzt gesehen hatte, an Deck eines Schiffes, mit einem roten Tuch um die Schultern, da hatte sie kein Englisch gesprochen.
Aber sie war wohl doch aus Fleisch und Blut, und der Mann war nicht so berauscht, dass er das nicht verstanden hätte, so dass er sich hocherhobenen Hauptes und mit eleganten Schritten ins Warme begeben konnte, nachdem das Pferd in den Stall gebracht worden war. Bald aß er Braten und Äpfel. Später gab es Pudding und warmes Bier. Und er lachte. Er saß allein am Tisch und lachte über die Frau, die ihn bediente.
Sie hieß Alice. Das wusste er jetzt. Jemand hatte nach ihr gerufen. Ein schöner Name, fand Francis. Mit einer eigenen Zähigkeit und zugleich etwas Weichem.
Und der Fuchs ist nicht zu sehen, dachte er.
Where is the fox?, fragte er, während er noch immer lachte.
Alice begriff nicht.
Your funny guard, sagte er.
Sie verstand nicht.
Your brother, erklärte er.
Es dämmerte ihr. Das war ihr wohl doch bekannt.
Not here, konnte sie antworten.
More pudding?, konnte sie fragen. More beer?
Sie war noch schöner als in seiner Erinnerung. Ihr Kopf trug keine Haube und kein Tuch, sie hatte das Haar mit einem hellblauen Band gezähmt, und es umbrauste ihren Kopf. Ein Schneegebrause, dachte der Mann, ein glitzerndes Gestöber. Er rief sie zu sich. Er lachte ihr ins Gesicht. Er wollte sie auf seinen Schoß ziehen.
Alice!
Das war die andere Frau.

Die Frau hatte sie gerettet, das wusste Elise, denn in dieser Nacht war er offenbar verrückt, der reiche Mann aus Savannah. Erleichtert ging sie, um eine Kammer für ihn zurechtzumachen. Sie richtete ihm Wasserkrug, Schüssel und eine warme Bettdecke. Später würde sie einen der flachen Steine holen, die immer im Kamin lagen und die Wärme speicherten, damit sie dann zum Aufwärmen in ein Bett gelegt werden konnten.
Er war nicht da, als sie den Stein holen ging. Aber der Bierkrug stand noch halbvoll da, also nahm sie an, dass er in der Nähe war. Und sie hörte, wie er etwas zu Brenda sagte. Und sie hörte Brenda antworten, mit wütender und fester Stimme: She ain't no nigger to you!
Was mochte das bedeuten?

Francis de Lilac hätte das Weibsstück prügeln mögen, die ging das wirklich nichts an! Sie hatte keine Ahnung! Alice, wollte er rufen und sie dazu bringen, ihm recht zu geben, zu bestätigen, dass sie wollte, dass sie nichts lieber wollte, als mit ihm zu spielen.
Zuerst in einer Badebütte.
Wasser, darum hatte er gebeten. Heißes Wasser in einer Bütte. Mit einem Seifenstück dazu. Und einem Tuch zum Abtrocknen. Sauber wollte er sein, wenn sie zu ihm kam. Und sie sollte ihm den Rücken schrubben und ihn liebkosen, und er wollte sie ausziehen und sie liebkosen.
She ain't no nigger.
Bitch!
Wollt Ihr bleiben oder weiterreiten?, diese Frage sollte er beantworten,
Hierbleiben? Bei dieser gehässigen Person? Die gehörte sicher auch zu den Quäkern. Den heiligen und verkniffenen.

Mit solchen Leuten konnte er nichts anfangen. Alice war nicht so. Vielleicht würde sie mit ihm nach Buffalo zurückgehen. Vielleicht würde sie mit ihm durchbrennen. Er konnte sie entführen. Er konnte sie freikaufen!

Alice verstand nicht, was sich hinter der halboffenen Tür abspielte. Francis sagte noch mehr, er wurde leiser. Danach schrie Brenda wütend auf.
Get out!, schrie sie. Out!
Wieder lachte er, der Mann, laut und wild, und er zeigte sich Alice mit ausgebreiteten Armen, wie zu einer Umarmung, oder wie als flatternde Fledermaus, und als er den Mantel fassen wollte, der am Feuer hing, fing er sie mit dem anderen und freien Arm ein und zog sie an sich.

Er hatte einen Kuss auf ihren Mund gepresst, das wusste sie später. Danach hatte er ihr etwas in die Hand gedrückt und war davongestürzt.
Sie hielt es versteckt, bis sie allein war, bis Brenda zu Bett gegangen war und sie zur Nacht noch alles aufgeräumt hatte. Dann öffnete sie die Hand, sah sie den Schmuck. Es war eine Brosche, die am Kleid befestigt werden konnte. Wie der Silberschmuck. Aber diese Nadel hier war anders. Sie war geformt wie ein Vogel. Mit Federn quer über der Stirn, wie ein komischer Hut. Mit schönen Flügeln. Grün, blau, gelb und rosa war dieser Vogel, mit Augen und Krallen und Schnabel aus einem anderen Material, das musste doch Gold sein.

Im scharfen Wind des Winters

Ansgar stand vor dem undichten kleinen Holzhaus und betrachtete den Schnee, der sich über Amerika gelegt hatte. An einigen Stellen lag er dünn auf dem Boden, so dass die dunkle Erde hindurchschien. Das sah aus wie Asche. An anderen Stellen lag mehr, in Schichten oder Schneewehen, die der Wind aufgetürmt hatte. Der Wind kam vom See her. Er wirbelte alles auf, was locker und leicht war, wie Schnee, wie Laub, und es war schön draußen.

Ansgar hob die Axt. Er hackte Holz. Bald legte er wieder eine Pause ein und bewunderte die Schönheit. Tannennadeln und nackte Zweige waren mit einer dicken Frostschicht bedeckt. Der Junge dachte an seine Schwester. Er hoffte, dass sie nicht fror.

Aus dem Wald kam ein Mann, dem der Frostrauch wie eine Wolke den Kopf umstob.

Ansgar arbeitete weiter, ohne sich aufzurichten, ohne mit mehr zu grüßen als nur einer Hand. Er dachte, es sei Cleng, der Mann, der kam und ging, weil diese Gestalt Ähnlichkeit mit ihm hatte. So viele andere waren bisher nicht des Weges gekommen, zwischen den Bäumen hervor und auf das Haus zu. Nur einmal ein fast erfrorenes Paar, in Decken gewickelt und mit um die Schuhe gebundenen Lumpen. Sie hatten gebeten, ja, um irgendetwas gefleht, aber niemand hatte begreifen können, was sie meinten. Die Freunde hatten sie eingelassen und ihnen warmes Wasser zu trinken gegeben, etwas anderes hatten sie an diesem Tag selbst nicht gehabt.

Aber es war nicht Cleng, der sich mit Reif in Haaren und Bart näherte. Es war Lars Larsen aus Jeilane, dem ein Paar Schlittschuhe vom Rucksack baumelte. Darauf war er auf dem gefrorenen Kanal von Albany nach Holley gelaufen. Denn der Kanal

enthielt jetzt Eis, kein Wasser, und deshalb konnte kein Boot von einem Ort zum anderen gezogen werden. Man musste reiten. Oder gehen. Oder Schlittschuh laufen.
Mit einem Beutel voll Geld vor der Brust, unter seiner Kleidung, hatte Lars sich über die blanke Fläche vorwärts geschoben, von einem Schleusentor zum anderen. Bei einem Krämer in Rochester war ihm der weitere Weg erklärt worden, und jetzt war er hier.
Ansgar schrie.
Marta!, brüllte er.
Lars!, schrie die junge Frau aus dem Haus, als könne sie durch die Wand sehen.
Etwas brach durch Martas Ruf wie ein Damm vor unterdrückten Gefühlen und Wörtern. Jetzt strömten die Menschen aus dem Haus und auf den Mann mit den Schlittschuhen zu, und sie berührten ihn, Frauen und Männer, sie schlugen ihm auf den Rücken, streichelten seine erfrorene Wange und umarmten ihn. Seine taubstumme Schwester weinte lautlos. Und alle redeten wild durcheinander: Was war mit der Schaluppe? Mit dem Eisen? Können wir die erste Rate für die Grundstücke zahlen? Und es fehlt uns an so vielem! Und bei einem Kaufmann in Rochester …
Das Boot war freigegeben worden, und die Ladung auch. Bis zum Präsidenten war der Fall gegangen, und auf einem Papier gab es die Unterschrift des Präsidenten. John Quincy Adams.
Aber der Erlös war nicht hoch, sagte Lars. Nur vierhundert Dollar für alles.
Warum denn?
Wie viel ist das?
Das Eisen konnte ich nur mit Mühe loswerden, obwohl die Freunde mir geholfen haben. Sie haben mir die ganze Zeit geholfen, aber es war schwer, auch das mit dem Boot.
Aber dennoch?

Aber dennoch sei das besser als nichts.
Die Frauen machten sich an die Vorbereitungen zu einem Festmahl. Zwei Hasen, die draußen gehangen hatten, wurden zum Auftauen hereingeholt, um dann gebraten zu werden, während Lars erfuhr, wo die restliche Reisegesellschaft steckte.
Wollt ihr nicht mit zum anderen Haus kommen?, fragte er.
Morgen, lautete die Antwort.
Warum nicht heute? Dann können sie mit zurückkommen, und wir können zusammen essen.
Hast du denn etwas mitgebracht?, fragte seine Frau.
Das schien er nicht zu verstehen.
Wir haben nur die zwei Hasen, erklärte sie. Was sind schon zwei kleine Hasen? Das ist wenig für uns, die hier wohnen. Man kann keine Gäste einladen, wenn man nichts anzubieten hat. Wir hatten ein Schaf, aber das haben wir geschlachtet und gegessen.
Dann sah er sie wohl, dieser Mann, der gewartet und sich gesehnt und der sich auf eine so seltsame Reise gemacht hatte, er sah die mageren Wangen seiner Frau. Die Ringe unter den Augen. Und nun ging ihm auf, dass sie Not gelitten hatten.

Es war schon lange her, dass der Wind das Boot umgeworfen hatte, so dass zwei Männer fast im See ertrunken waren, schon lange schätzten sie die Windstöße im Dickicht am Ufer ein und die Größe und Kraft der Wellen draußen, um Für und Wider abzuwägen. In den letzten Wochen hatten sie sich an jedem Tag für das Wider entschieden. Und sie hatten sich auf die Suche nach Wild gemacht, aber es ließ sich keins sehen. Und nur selten fanden sie etwas in den Fallen und Schlingen, als seien die Tiere klug genug, um einen Bogen darum zu machen, oder als ob die Menschen, die von anderswo kamen, nicht wussten, wo sie die Fallen auslegen sollten.
Das Wild hat doch seine vertrauten Wege, wurde gemurmelt.

Wir wissen doch nicht, wo ihre Pfade verlaufen, wurde geseufzt. Und wir können niemanden fragen, weil wir niemanden kennen.

Hier in der Nähe gibt es ja auch keine anderen Menschen.

Und wenn doch welche vorbeikommen, dann begreifen sie nicht, was wir wissen wollen.

Aber wir sind auf einen Hirsch gestoßen, wurde nun zugegeben.

Wann denn?, fragten die Frauen heiser und begierig.

Weder Endre noch ich haben schießen gelernt, brummte der junge Niels.

Also habt ihr ihn verfehlt, sagte Alida Ruths Mutter tonlos.

Und habt das Tier verscheucht, fügte eine andere hinzu.

Und eigene Schuhe haben wir auch nicht, fügte Aanen Brastad vorwurfsvoll hinzu.

Kannst du denn mit einer Langbüchse umgehen?, fragte Lars.

Das konnte Aanen bestimmt. Aber er hatte mit Magenschmerzen im Bett gelegen; er hatte schon seit Wochen alles in beiden Richtungen von sich gegeben und konnte erst jetzt aufrecht stehen, ohne dass alles aus ihm herausfloss.

Die Kinder auch, sagte Berta. Wir alle, als es am schlimmsten war. Wenn dieser Gast erst in einem Haus ist, zeichnet er jeden Leib, das weißt du ja sicher.

Alle Kleinen waren krank, erzählte Marta Sveinsdatter, abgesehen vom Säugling.

Gott sei Lob und Dank, murmelte Marta Georgiana. Und dafür, dass wir jetzt alle auf dem Weg der Besserung sind.

Aber warum habt ihr euch keine festen Stiefel zugelegt, wollte Lars Larsen wissen.

Sie hatten keine bekommen. Als sie zuletzt auf Pump hatten einkaufen wollen, hatte es geheißen, die alten Schulden müssten beglichen werden, ehe sie Neues bekommen könnten.

Und wie hoch diese Schulden seien?

Zwei Tage darauf wanderten Lars und Cleng nach Rochester. Sie kehrten zurück mit Mehl, Getreide und Salz sowie einem Paar Schneetellern und einigen Lederschnüren. Sie wollten sich die Schneeteller genau ansehen und versuchen, mit Hilfe von in Wasser eingeweichten Zweigen weitere herzustellen.
Die Schulden waren bezahlt. Das restliche Geld mussten sie verständig anlegen, denn es musste reichen, bis sie irgendwann im Herbst ihre erste Ernte einholen könnten.
Und vielleicht muss es noch länger reichen, mahnte Lars, denn niemand kann ja ahnen, wie groß die erste Ernte ausfallen wird.
Dann verließ er sie.
Es war von Anfang an geplant gewesen, dass Lars Larsen aus Jeilane in der Neuen Welt kein Bauer werden sollte. Er war Zimmermann und Schreiner, nicht Sämann und Viehzüchter. Er hatte sich schon in Rochester nach Arbeit erkundigt. Jetzt packten sie den Säugling gut ein und stapften los. Marta mit dem Bündel an der Brust, der Mann zog ihre Reisetruhe über den glatten Schnee und trug den Sack, aus dem noch immer die Schlittschuhe baumelten, auf dem Rücken.
Wir werden nach euch sehen, versprachen sie zum Abschied.
Und ihr seht nach uns, fügten sie hinzu.
Die anderen blieben verlassen zurück.

Ansgar hackte Holz. Den ganzen Tag hatte er im schwarzen Wald Bäume gefällt, zusammen mit den anderen, die nicht zum Dreschen ausgezogen oder krank waren. Jetzt hackte er Holz. Weihnachten war gekommen und gegangen, aber seine Schwester hatte sich nicht sehen lassen. Und dann hatte sie doch ein Gruß von ihr erreicht, mit dem Mann, der die Station betrieb. Er hatte einen Pudding gebracht. Sie wollten Elise noch einen

Monat behalten, hatte er erklärt. Und dann vielleicht noch ein paar Wochen, während sie ihre Nachfolgerin anlernte. Sie sollten eine aussuchen, die zum nächsten Monatswechsel anfangen könnte, hatte der Mann zu Cleng gesagt.

Ansgar hackte Holz.

Entweder sollten Alida Ruth oder Sara Tabithe Elises Stelle übernehmen, das wusste er. Er hoffte, es werde die eine werden, nicht die andere. Alida Ruth machte seine Tage schöner. Nicht, dass sie mit ihm gesprochen hätte, aber sie wusste, dass es ihn gab, das entnahm er den forschenden Blicken, die sie ihm von Zeit zu Zeit zuwarf. Das allein ließ ihn schon zittern und weich werden, und er musste den Ort oder das Zimmer verlassen und sich an irgendeine Arbeit machen.

Er hätte sie so gern gefragt, wonach sie bei ihm Ausschau hielt, aber das wagte er nicht.

Und dann tat er es doch.

Er stand am Hackklotz, mit einem Filzhandschuh an der einen Hand. Sie kam zurück, nachdem sie auf dem Balken unter dem Vordach ihr Geschäft verrichtet hatte, und der Wind hatte einen langen Grashalm an ihren Rock geklebt.

Warum siehst du mich so an?, fragte er, obwohl sie ihn nicht ansah, in diesem Moment nicht, sondern einfach nur vorbeischlüpfen wollte.

Sie blieb stehen und zögerte. Dann öffnete sie den Mund und antwortete.

Trägst du einen Zipfel des Teufels in dir?

Es waren nur die beiden jungen Menschen da, dazu der Wind, der Hackklotz, die Holzscheite und die Axt. Seine Knöchel, die die Axt hielten, wurden weiß, als er darauf schaute. Seine Stimme verschwand irgendwo tief in seinem Körper, es kam kein Laut, und schon fragte er sich voll Furcht, welche Geräusche es sein würden, wenn sie wieder über seine Stimme kröchen.

Ich bete für dich, sagte sie, als er keine Antwort gab. Ich bete für dich, seit wir auf dem Meer waren. Hilft das?
Ansgar war zu einem Fisch geworden. Seine Augen schienen aus seinem Kopf zu quellen, und er schnappte nach Luft.
Wir können zusammen beten, sagte Alida Ruth. Wenn du willst.
Sie fiel in dem kalten Schnee auf die Knie. Sie zog an seiner Hose, damit er ihrem Beispiel folgte. Ansgar kniete nieder, während plötzlich sein Schweiß strömte. Und nun war er doch kein Lachs oder Schellfisch, sondern ein Junge, der vor Angst schwitzte. Denn sie war so nah. Und noch immer hielt er die Axt, mit der Hand ohne Handschuh. Und sie duftete so süß, obwohl sie nichts Süßes gegessen hatte, denn das hatten sie alle nicht, aber war sie ihm wohlgesinnt? Oder machte sie sich lustig über ihn?
Jetzt rauschte es in seinen Ohren, es rauschte in seinem Kopf, und mit dem Rauschen kam die Gewissheit, dass sie über ihn sprachen, dass alle das taten, in der Hütte, in dem anderen Haus, dass sie sich hinter seinem Rücken trafen, im Wald, in der Dämmerung, und erklärten: In Ansgar wohnt ein anderer. Nämlich der Teufel. Und da müssen wir ihn doch wohl totschlagen?
Aber niemand kann den Teufel totschlagen, antwortete es in ihm. Und deshalb bist du sicher, sicher, hahaha; in ihm stieg ein Lachen auf, es war wie dicker gelber Qualm, es wollte die anderen in die Knie lachen, sie erwürgen, sie zum Verstummen bringen, nein! Nicht lachen! Nicht erwürgen! Nicht, nicht. Nichts! Nur schweigen! Atmen. Danken. Bitten.
Er hatte die Axt losgelassen. Er lag auf den Knien und presste die Finger in Sägespäne und Schnee. Er spürte die Kälte durch den Hosenstoff. Er schloss die Augen, um nicht gesehen zu werden. Von Alida Ruth. Die betete.
Lieber Gott im Himmel. Bitte, hilf Ansgar hier am Ontariosee. Bitte, schneide mit einem heiligen Messer des Herrn das Böse aus ihm heraus. Denn Ansgar will nichts Böses.

Das willst du doch nicht? Jetzt änderte sich der Klang ihrer Stimme.
Der Junge schüttelte den Kopf, noch immer mit geschlossenen Augen.
Er will nur das Gute, sagte jetzt Alida Ruth. Amen und danke.

Nichts war geschehen. Aber es hätte geschehen können. Denn das andere in ihm hatte fast die Macht an sich gerissen, das, was ihn mit Wut und Angst füllte. Also hatte sie vielleicht recht, Alida Ruth, dachte es spöttisch in ihm. Und es siedete in dem jungen Mann von etwas Bösem; er war böse auf den Pastor, der einmal eine geräucherte Keule angenommen und etwas anderes gesagt hatte, als er sonst vielleicht gesagt hätte, und auf das Fieber im Gesicht der Menschen in seiner Nähe, als sei das Ganze umsonst gewesen, und in solchen Momenten konnte er denken, dass der Teufel das Wahre sei, denn wo war wohl Gott in der Armut der Heiligen?
Das wahre was?
In solchen Momenten krümmte er sich zusammen.
Die wahre Wahrheit, antwortete es in ihm, wenn nicht sofort, dann später, ein andermal, wenn es wie ein Hauch aus seiner Tiefe kam.
Wie düstere Fürze war es, dieses Aufstoßen. Wie stotternde Fürze. Pfuit! Pfui-pfuit!
Die Wahrheit?
Die Heiligen, die reden alles schön. Der Teufel sieht es so, wie es ist. Kalt. Hässlich. Ärmlich.
Ist das so?
Siehst du das nicht! Wie die Menschen in deiner Nähe alles vertuschen, vertuschen. Sie erwähnen den Hunger nicht. Sie lächeln, lächeln, als wären sie satt. Ist das denn keine Lüge?
Gespräche mit dem Bösen, die führte er hier. Und sie ließen es

in ihm wogen vor Angst. Aber in der Angst lag auch ein schluchzendes Lachen.
Hilf mir, Gott, betete er an solchen Abenden. Erlöse mich von dem Übel.
Hilf mir, auszuhalten. Bis ich erlöst und geleert werde.
Wie durch ein Riesengebrüll, dachte er. Wie eine Läuterung durch Gebrüll.
Aber er durfte nicht überlaufen, während er darauf wartete. Er durfte es nicht, wenn Alida Ruth bei ihm war. Und deshalb wünschte er, sie würde geschickt, um Elise an der Kutschstation abzulösen, und nicht Sara Tabithe. So hatte er sich in Gedanken anders entschieden, nachdem das draußen auf dem Hof passiert war. Andererseits blieb er doch ihretwegen, denn es kam vor, dass sie ihn zu dieser Zeit anlächelte, eine Art mildes Lächeln, das an den Wasserspiegel an einem ruhigen, dunstigen Tag erinnerte, wenn sie mit dem Boot hinausfahren konnten. Außerdem wollte sie ihm wieder die Haare schneiden, denn wieder ragten sie in die Luft. Aber am liebsten wäre er davongelaufen. Durch den Wald gerannt, fort von den vielen Menschen, an einen Ort, wo niemand war und niemand ihn hören konnte.
Er könnte zu Håvards Landkästchen gehen, wo es Lichtungen und einen Bach gab. Aber der Bach war jetzt gefroren.
Also blieb er. Wegen Alida Ruths Händen, die seinen Schopf berühren wollten. Und natürlich wegen seiner Schwester.

Sie fällten Bäume für weitere Häuser, und jetzt sollte es auf die richtige Weise geschehen, jetzt sollte das Holz im Frühling und Sommer trocknen können. Abends stellten sie Schneeteller her und machten noch andere Dinge, um die die Frauen sie baten. Zuerst waren Eimer an die Reihe gekommen. Und dann Holzteller und Mangelbretter.
Und Ansgar konnte mit widerspenstigen Holzstücken schimp-

fen, wie Cleng ihn das gelehrt hatte, wenn er doch eigentlich etwas ganz anderes sagen wollte. Satansspan. Satansscheit. Aber er sagte es nicht laut, er sagte es in Gedanken. Und er dachte an den Mann, der ihn diesen Trick gelehrt hatte. Ansgar wusste schon längst, dass Cleng Peerson kein Quäker war.
Die sind viel zu gut für mich, hatte Cleng ihm anvertraut. Du hast es ja selbst gesehen. Wie gut sie sind.
Doch, Ansgar hatte es gesehen. Gesehen, dass niemand vor Enttäuschung über Cleng hergefallen war, als sie geglaubt hatten, dass nichts bereitstand. Sie hatten ihm nicht einmal Vorwürfe gemacht, jedenfalls nicht mit Worten. Stattdessen hatten sie gepriesen, was zu preisen war. Die Aussicht auf den See. Und dass es Süßwasser war, dass sie es trinken konnten. Und dass sie einen kurzen Weg zum Wäschewaschen hatten.
Ich werde niemals so heilig sein können wie sie, hatte Cleng Ansgar anvertraut.
Aber wenn ihm nach der Ankunft hier sonst niemand Vorwürfe gemacht hatte, so hatte der Mann das selbst erledigt, er war gewissermaßen in sich zusammengekrochen und hatte versucht, alles wiedergutzumachen, indem er andere um Hilfe bat. Einige Male war er einfach verschwunden, ohne dass sie gewusst hätten, was er vorhatte, als halte er das Zusammensein mit den Menschen, die er so sehr enttäuscht hatte, nicht aus. Dann hatte er sich langsam wieder aufgerichtet und war der Alte geworden, der Wanderer, der anderen Freude machen konnte, wenn er über seine Erlebnisse erzählte. Dann saßen sie im Haus, im Kreis um die Feuerstelle. Im Licht der Flammen strickten sie, Cleng und einige Frauen. Sie strickten Handschuhe und Mützen, Socken und Schals und Halstücher. Sie hatten in Rochester gefärbte Wolle gekauft, und sie trugen den Rocken zwischen den Häusern hin und her, je nachdem, wer ihn gerade brauchte. Und Cleng sprach mit einer Stimme, die wieder fröhlich geworden war.

Zuerst dachte ich, Pennsylvania könnte etwas für euch sein, sagte er zum Beispiel.
Warum das?, fragten die Kinder.
Der Lehrer war nicht mehr bei ihnen, jetzt betrachteten sie Cleng als eine Art Nachfolger, wegen der Art, wie er zu allen sprach, wenn seine Stimme floss.
Pennsylvania ist einer der Staaten in Amerika, sagte der Mann.
Gibt es viele Staaten in Amerika?
Viele.
Wohnen wir in so einem Staat?
Natürlich.
Wie heißt der denn?
New York.
Aber das ist doch die Stadt. In der wir waren!
Die Stadt liegt im Staat. Und beide heißen gleich.
Aber warum wolltest du mit uns nach Pennsylvania gehen?
Weil dieser Staat ein Geschenk an die Quäker war.
Die Erwachsenen sahen Cleng skeptisch an.
Hat Lars euch das nicht erzählt?, fragte er.
Die Erwachsenen schüttelten zweifelnd den Kopf.
Aber so ist es. Der englische König Charles hat einmal einem Mann namens Penn ein riesiges Landgebiet geschenkt. Und William Penn war Quäker.
Warum hätte der König das tun sollen?, fragte Alida Ruth.
Weil es dem König von England nur recht war, dass die Quäker nach Amerika verschwanden. Dann machten sie ihm keinen Ärger mehr.
Pfui, Cleng!
Der Erzähler lachte, und die anderen stimmten ein.
Außerdem wollte König Charles die neue Welt füllen, sagte Cleng dann.
Füllen?

Mit Menschen. Anfangs wollte niemand herkommen. Und dann gab es Streit zwischen Holländern und Franzmännern und den Englischen, wer hier bestimmen sollte. Und schließlich brauchten sie doch Leute, über die sie bestimmen konnten.

Und da hat er angefangen, Land zu verschenken, dieser König?

Er hat Soldaten hergeschickt, die Forts bauen sollten. Er hat Bauern aufgefordert, freiwillig herüberzukommen und den Boden zu bestellen. Er hat Verbrechern angeboten, ihnen die Gefängnisstrafe zu erlassen, wenn sie nach Amerika gingen.

Ist das wahr?

So wahr, wie ich Cleng Peerson heiße.

Du heißt Kleng Hesthammer Pedersen.

Trotzdem ist es wahr, sagte Cleng.

Ist es im Staat Pennsylvania im Winter genauso kalt?, fragte jemand.

So ungefähr. Aber leider war dort alles voll. Deshalb bin ich weitergezogen.

Und warum hast du mit Stricken angefangen?, fragte Aanen Brastad.

Niemand schießt mit einem Pfeil auf einen strickenden Mann, antwortete Cleng.

Einem Pfeil?

Einer, der strickt, führt nichts Böses im Schilde, das können doch alle sehen, oder?

Das schon.

Aber wer schießt mit einem Pfeil?

Vielleicht ein Indianer, sagte Cleng.

Mir sind unterwegs schon viele begegnet, fügte er hinzu.

Sind sie sehr gefährlich?

Wir haben das Essen miteinander geteilt. Wir haben am selben Feuer gesessen. Und wisst ihr was! Einmal wollte ein Häuptling mir Land bei einem Außenposten verkaufen.

War es schön?
Ich kann mich an Vögel erinnern. Eines Morgens. Sie hingen über dem Fort. Ein schwarzer Schwarm, der seine Forderungen schrie, vielleicht stand ein Soldatenkoch da unter ihnen.
Hättest du das Land für uns kaufen können?
Cleng nickte. Mit Kneipe und Schuppen und allem. Aber es war schlechtes Land. Und vielleicht hätten wir Ärger mit dem Mann bekommen, der den Saloon betrieb.
Können ein Indianer und König Charles dasselbe Land besitzen?, fragte Jacob Andersen Slogvig.
Jetzt ist nicht mehr Charles König von England, erklärte Cleng. Und England hat hier nichts mehr zu sagen.
Das verstehe ich nicht ganz, sagte der Schiffskoch Endre.
Die, die aus Europa gekommen sind, haben Land von den Indianern gekauft, erklärte Cleng. Und jetzt kauft der amerikanische Staat in großem Stil den Indianern Land ab. Aber wenn wir nach Westen gehen, wo die Indianer leben, können wir direkt ein Angebot bekommen.
Aber wir haben nicht vom Staat gekauft, oder?
Wir haben von einer Firma gekauft, sagte Cleng Peerson. Einer Firma, die von Quäkern geleitet wird.
Gekauft ist gut, murmelte Aanen. Gepachtet wäre vielleicht ein besseres Wort.
Und mehr wurde an diesem Abend nicht gesagt, denn die Schuldenlast war wie eine Beule, die plötzlich jeder auf dem Rücken spürte und die unerträglich groß und schmerzhaft war.

In der nächsten Woche fiel dichter Schnee. Die Schneewehen wuchsen. Die Flocken rieselten und rieselten, schön und weich. Die Kinder freuten sich. Aber es wurde schwer, durch den Wald zu gehen, mit Axt oder Gewehr. Obwohl die Wildspuren deutlich waren, sie brauchten ihnen nur zu folgen. Aber das konnte seine Zeit dauern. Aanen und Jacob waren sechs Tage hinter einem Bock her. Dann hatten sie den See wieder erreicht, aber viel weiter im Westen, als sie wohnten; das schöne Tier stand an der Grenze zwischen Schnee und Wasser und nahm irgendeine Witterung auf. Der Schuss zerfetzte den Morgen, und der Rehbock stürzte seitlich ins Nasse. Dann erscholl eine Art Echo, ziemlich spät und nicht ganz wie ein Schuss, sondern eher wie ein Händeklatschen.

In diesem Moment sprang ein Fremder aus einem Gebüsch und pflanzte sich vor ihnen auf.

My shot!, sagte er.

Sie verstanden nicht.

Er hielt ein unsichtbares Gewehr vor sich hin und schien einen Schuss auf das tote Tier abzugeben, dann zeigte er auf seine eigene Brust.

Aanen lachte. Er wusste, dass der andere log. Er wusste, dass der andere kein Gewehr besaß, dass er nur in die Hände geklatscht hatte. Er sah, dass der Fremde ebenso hungrig und arm war sie sie selbst, aber vielleicht ging es ihm noch schlechter, da er ja offenbar keine Waffe und jedenfalls keine Munition hatte.

You're standing on my property, fauchte der andere.

Sie verstanden die Wörter nicht. Aanen lachte noch immer, und die magere, zerlumpte Gestalt ging mit den Fäusten auf ihn los. Jacob musste sich einschalten. Also waren sie zwei gegen einen, und bald saßen sie auf ihm, dort im Schnee, und der Mann fing an zu weinen.

Dann schnitten sie für ihn eine Keule ab.

Auf diese Weise hatten sie dort im Wald vielleicht einen Freund oder Feind gefunden, dachte Jacob, als sie später auf dem Pfad am Ufer nach Hause stapften.

Ackerland

Es war schon viel Schnee geschmolzen, als Elise voll Bedacht von der Kutschstation zu dem kleinen Holzhaus am Ufer des Ontario wanderte. Die Schwangere stützte sich auf einen Stock, um auf dem noch vorhandenen Eis nicht auszurutschen und ihren Körper zu entlasten, denn sie trug eine Last in sich und auch eine auf dem Rücken. Sie hatte einen Tornister leihen und mit Resten füllen dürfen, die zu alt waren, um zahlenden Gästen vorgesetzt zu werden, über die hungrige Menschen sich aber freuen würden. Sara Tabithe hatte mit der Antwort gezögert, als Elise sich nach den anderen erkundigt hatte, deshalb war Elise froh darüber, dass sie etwas mitbringen konnte. Außerdem enthielt der Tornister die wenigen zusätzlichen Kleidungsstücke, die sie besaß, und das Geld, das sie verdient hatte, sowie ein Schmuckstück, das ein Mann ihr in die Hand gedrückt hatte, ehe er verschwunden war.

Ihr grauste vor dem, was kommen würde. Der elenden Unterkunft. Dem Kind. Elise wollte sich an nichts binden, das immer neue Forderungen stellte, sie wollte auf der Kutschstation arbeiten. Sie wollte zwischen den Gästen hin und her laufen, lächeln, antworten, Geld für schöne Stoffe zu neuen Kleidern verdienen …

Sie schleppte sich weiter. Es war schönes Wetter. Es taute.

Marta Georgiana war nicht mehr da, hatte Sara Tabithe erzählt. Das hatte Elise doch traurig gemacht. Sie hätte die andere jetzt brauchen können, eine, mit der sie das Schicksal teilte, in diesem kümmerlichen Dasein ein kleines Kind zu haben.

Was machten Marta und Lars in Rochester?

Er baute Boote, konnte Sara Tabithe berichten. Er arbeitete für einen anderen. Sie stellten Kanalboote her. Und die kleine Familie hatte ein Haus gefunden. In einer Straße.

Das gab Elise zu denken, als sie durch den Schneematsch wanderte. Amerika war mehr als eine Blockhütte. Es war mehr als eine Kutschstation.
Was ist mit Ansgar?, hatte sie Sara Tabithe ebenfalls gefragt, ehe sie aufgebrochen war.
Der hackt Holz, hatte die andere geantwortet. Steht im Schnee und ruft in den Wind. Hackt und hackt.
Was ruft er?
Das weiß niemand. Der Wind trägt die Wörter weg. Wir hören nur das Jammern.
Wie gut, dachte Elise im Weitergehen. Dass sie nur das Jammern hören. Dann hatte er offenbar eine Lösung gefunden, auch wenn sie ihn nicht fesselte und knebelte. Und Holz musste ja das ganze Jahr lang gehackt werden. Auf diese Weise hatte er eine Lösung gefunden, bei der er bleiben konnte.
Ansonsten war Thomas Madland gestorben. Die Seuche hatte ihn geholt. Eines Morgens war er einfach liegengeblieben. Er hatte weder besser noch schlechter ausgesehen als am Vorabend. Kalt war er trotzdem gewesen.
Ohne ein Wort, hatte Sara Tabithe gesagt, als hätte sie erwartet, er werde ihnen vorher mitteilen, dass seine Stunde näher rückte.
Elise schaudert es, als sie weiterging. Sie dachte an den Tod in einem zugigen Holzhaus. Aber der Frühling war ein Wort, das Verheißungen in sich trug, sagte ihr eine innere Stimme. Das hatte sie vom Mann der Tante gehört. Er hatte es einmal gesagt, als er im Sonnenaufgang seinen Ackerfetzen betrachtet hatte.
Aber Versprechen werden nicht immer eingehalten, hörte sie auch. Das war die spitze Stimme der Tante.

Wie soll das Kind heißen?
Brenda.

Soll sie nicht nach Håvards seliger Mutter heißen?
Sie soll Brenda heißen.
Aber wer heißt denn so?
Wir sind in Amerika. Hier heißen Leute Brenda.
Die Frauen sahen zum Lager der Mutter und des Neugeborenen hinüber und wechselten einen Blick. Hier war eine andere zurückgekommen. Eine andere als Håvards schüchterne Frau, die die Männer auf dem Kanal vielleicht vor einem unaussprechlichen Schicksal gerettet hatten. Eine andere als die stumme Frau, die Cleng zur Arbeit bei den Fremden gebracht hatte. Diese Neue war ein Mensch, der laute Forderungen stellte, auch wenn sich die nur an ihren eigenen Bruder richteten. Es sollte in der Hütte, wo sie mit der Kleinen lag oder saß, rund um die Uhr warm sein. Außerdem hatte sie sich einen neuen Namen zugelegt, sie wollte Alice heißen.

Die Mutter saß mit dem Kind auf dem Schoß auf einer Felskuppe. Drei Monate war die Kleine jetzt, sie konnte ihren Blick festhalten und lächeln.
Die Jungfrau mit dem Kind, dachte der Junggeselle Jacob Slogvig. Er konnte sich diesen Vergleich nicht aus dem Kopf schlagen. Immer wenn er zu den beiden hinüberblickte, sie einfach nur dort saßen und die Mutter nichts sagte, dann musste er daran denken: Es müsse doch genauso sein, wie die Muttergottes mit dem Kind anzusehen. Und es schmerzte ihn auf eine Weise, die er nicht erklären konnte.
Er schaute weg und auf seine Arbeit. Er jätete Unkraut.
Sie hatten ein Stück Ackerland gerodet und eingesät. Und sie hatten ein kleines Gemüsefeld angelegt. Jetzt jätete Jacob zwischen den Keimen. Am nächsten Morgen würde er etwas anderes tun, so wechselten sie bei der Arbeit ab. Alice hätte an

diesem Tag ebenfalls jäten sollen. Sie hätte das Kind weglegen und den Rücken krümmen müssen. Aber das tat sie nicht. Und Jacob brachte es nicht über sich, sie zu tadeln.
Ein Stück entfernt waren andere damit beschäftigt, weiteres Ackerland freizuräumen. Das war die schwerste Arbeit. Frauen und Männer bückten sich, gruben Steine aus und schleppten sie weg, sie zogen an zähen unterirdischen Wurzeln, teilten sie mit Axt und Säge, zogen zu mehreren an einer Wurzel, bis sie sich lockerte und die Menschen umkippten.

Sie hatten sich für den Anfang das dem Haus nächstgelegene Feld am Bach ausgesucht. Weil es am Wasser lag. Das ging bisher gut, aber noch war die Schneeschmelze nicht vorbei und brachte arge Nässe. Nach und nach wurde sie deutlicher, die sumpfige Beschaffenheit des Bodens. Das Morastige und Schlammige des Erdreichs. Das Gras, das am Bachufer wuchs, war gar kein Gras, sondern eine Schilfart. Und sie wurden von vielerlei Insekten gestochen.
Trotzdem hatten sie gesät, das Saatgut, das die Drescher mit nach Hause gebracht hatten. Es musste doch Keime treiben, auch wenn der Boden besser hätte sein können. Und während es keimte, machten sie im Wald mit der mühsamen Arbeit weiter, zuerst wurden Bäume gefällt, dann wurden Wurzeln und Steine entfernt. Aber der Untergrund war nicht so, wie sie es gewöhnt waren, sie fanden keine fette Ackerkrume.
Darüber sprachen sie nicht. Sie ließen sich abends auf die Schlafbänke fallen, aßen das wenige, was sie hatten, tranken Wasser und betrachteten die Frau mit dem Kind. Sie saß am Feuer. Sie hatte für die anderen Grütze oder Fisch gekocht. So hatte sie sich eingerichtet, und niemand hatte protestiert. Alice kochte und tat sonst nicht viel. Nach dem Essen saß sie mit dem Kind im Arm da, und da hatten die anderen immerhin einen schönen Anblick.

Niemand sagte viel. Die meisten hatten keine Kraft. Der Rücken tat ihnen weh. Und die Arme. Und sie wurden niemals richtig satt.

Die Ernte in diesem ersten Jahr war nicht einmal groß genug, um ihnen für das nächste Jahr Saatkorn zu liefern.
Dann fischen wir eben, rief Alice, um die Stimmung zu bessern. Dann pflücken wir Beeren.
Sie ging vor den Kindern her in den Wald, wo sie sich den Weg zu Blaubeersträuchern suchten. Dann kochte sie ein, wie sie es auf der Kutschstation gelernt hatte, nachdem sie aus Rochester Krüge mit festschließendem Deckel bestellt hatte.
Auf die Dauer wird sich das lohnen, hatte sie gesagt.
Und sie behielt recht. Mit Hilfe von zwei großen gefüllten Krügen hatten sie später einen Teil ihrer Schulden abtragen und Stoff für dicke Winterkleidung kaufen können. Von einer benachbarten Farm hatten sie außerdem auf Pump eine nicht sehr alte Milchkuh übernommen. Die erste Kuh war ihnen verhungert. Alice sammelte Pilze, sie hatte gesehen, wie Brenda die getrocknet hatte. Und sie lehrte die anderen, dass in ausgehöhlten Kürbissen gebackener Fisch gut schmeckt.
Wir brauchen einen *stove*, sagte sie auch. Dann kann ich *pie* für euch backen. Blaubeer*pie*.
Vielleicht nächstes Jahr, murmelten die Männer.
In Jacob Slogvig und einigen anderen entstand die Sehnsucht, diese Blaubeersache, die sie noch nie zuvor gesehen hatten, zu kosten. Und die anderen Frauen lobten Alice, weil sie so viel wusste; sie fanden es schöner, einander zu loben, als zu tadeln. Und sie versuchten ihr Elend schöner zu machen, indem sie aufmunternd lächelten.

Einige der Männer begannen, an Ruhetagen nach Rochester zu wandern, wo die Freunde sich bei Lars Larsen versammelten.

In der kleinen Stadt wohnte eine ganze Quäkergemeinde. Lars und Marta kannten jetzt alle, und sie trafen sich regelmäßig. Die Sprache war kein Hindernis, wenn man nur schweigen und in sich hineinblicken sollte. Aber danach saßen sie doch gern im Gespräch zusammen. Dann musste Lars für Simon und die anderen, die nichts verstanden, übersetzen, was gesagt worden war, und immer wieder kam es zu Unklarheiten, auch bei denen, die für einige Monate auf einer Farm gearbeitet hatten.
Geht's gut?, mochte Marta fragen, ehe sie sich auf den Heimweg machten.
Ja, danke, wir haben immerhin Fische im See, antworteten sie darauf.
Und die Ernte?
Die haben wir unter Dach.
Bringt nächstes Mal eure Frauen mit, forderte sie die verheirateten Männer auf.
Und die Frauen kamen, zuerst eine, dann noch zwei, obwohl es ein so weiter Weg war, denn eine stille Andacht konnte sie doch mit Trost füllen. Ansonsten wollten sie gern die Stadt sehen und in Erfahrung bringen, wie das Ehepaar Larsen wohl wohnte.
Sie wohnten in beengten Verhältnissen. Ihr Haus war gemietet. Aber sie hatten sich neue Kleider angeschafft und sahen jetzt eher aus wie ihre amerikanischen Nachbarn. Außerdem erwarteten sie noch ein Kind, und ihr kleines Zuhause strahlte vor Wärme und Liebe.

Am Ufer des Ontariosees hatten sie Ställe und Scheunen errichtet. Dort war Platz für Getreide und Werkzeug und Gemüse, für Krüge und Tonnen, und es gab eine Abteilung für die Tiere. Am einen Ende des Stalles war eine Stelle, an der die Menschen ihre Verrichtungen erledigen konnten. Sie hatten jetzt Schweine, bei Cleng und bei den anderen, sie hatten für

das Versprechen, wieder beim Dreschen zu helfen, Ferkel bekommen.
Und sie gingen einem neuen und kälteren Winter entgegen, und abermals kauften sie auf Pump, sie kauften Korn und Salz, Stiefel und Blei. Ehe der Wind es unmöglich machte, fischten sie, so viel sie konnten, dörrten und salzten und räucherten und hängten alles in die Scheune. Dann wanderten sie mit der Büchse los, immer zu zweit, die besten Schützen, wenn sie nicht krank waren. Denn Jagen war eine Kunst.
Ansgar wollte diese Kunst gern erlernen. Deshalb beobachtete er am Vorabend, wenn die Waffe bereitgemacht wurde, alles genau. Zuerst mussten Kugeln gegossen werden. Daniel oder Jacob saßen am Kamin und hielten die Gusskelle in die Glut. Wenn das Blei geschmolzen war, gossen sie es in das kleine Loch in der Kugelform. Dann ließen sie ein wenig Zeit verstreichen, bis sie die Form öffneten, um die Kugel über die Steinplatte kullern zu lassen. Während sie darauf warteten, dass die Kugel abkühlte, gossen sie die nächste. Dann nahmen sie das Messer und schrappten an der ersten herum, bis sie ganz glatt und ebenmäßig geworden war. Die Bleispäne sammelten sie auf und bewahrten sie für das nächste Mal.
Sie hatten einen kleinen Lederbeutel für die Kugeln.
Ansgar hätte diesen Beutel gern getragen. Er hätte gern die Büchse über der Schulter gehabt und wäre losgewandert, lautlos, das wusste er, ohne Laut würde er sich einer Beute nähern können. Aber niemand forderte ihn zum Mitkommen auf. Und die, die losgingen, erbeuteten nur wenig.
Die Frauen molken, aber das Euter war um diese Zeit schlaff. Bei Kari und Kornelius gab es jetzt ein Kalb, aber es fehlte an Futter, und das Kalb erfror in einer eiskalten Winternacht. Zum Glück hatten sie noch den Käse, den sie im Sommer hergestellt hatten.

Wie geht es?, fragten Marta und Lars im nächsten Frühling.
Es keimt, lautete die Antwort.
Und im Sommer: Wir jäten Unkraut. Auf frisch gerodetem Boden gibt es viel Unkraut.
Sie rissen es aus dem Boden, dünne Stengel von Walnussbäumen, Nadelbäumen, Laubbäumen und Büschen. Und sie rodeten mehr, immer mehr und weiter von den Häusern entfernt, die Männer hackten und hackten, schufen Lichtungen auf ihren eigenen Landkästchen, machten die Lichtungen größer, denn so hatten sie gedacht und geträumt, von Äckern, so weit das Auge reichte.
Angas!, schrie Brenda, wenn er im Unkraut stand oder sich über die zähen Wurzeln bückte.
Sie konnte jetzt laufen. Sie kam in winzigen Holzschuhen, die der Onkel für sie geschnitzt hatte. Sie hängte sich um seinen Hals, wenn er dort gebückt stand, und er ließ sie hängen. Dann rutschte sie auf seinen Rücken und saß bald rittlings dort, mit jeweils einem baumelnden Fuß vor den Schultern des jungen Mannes. Sie hielt sich an seinen struppigen Haaren oder seinen Ohren fest und jauchzte dabei glücklich.
Ist Onkel Pferd?, fragte Niels.
Angas lieb, antwortete das Kind.

Inzwischen hatten noch andere die beiden Gemeinschaften verlassen und sich eigene Häuser zugelegt. Und die Familien machten Land für ihre eigenen Felder urbar, auch wenn alle einander weiterhin halfen. Aber die Häuser in diesem Land standen weit auseinander. Sie mussten früher aufstehen, als sie es aus der alten Heimat gewöhnt waren, denn der Weg war weit zur Rodung eines anderen. Auf diese Weise schliefen sie auch weniger, wenn sie nicht bei dem Nachbarn übernachteten.
Aber sie hatten ihr Ziel deutlich vor Augen. Und die Fische waren fett, und sie hatten einen guten Vorrat eingepökelt und

gedörrt, als in diesem Herbst der Schnee kam, und das war gut, denn Hagelschauer hatten ihr Korn verdorben.
Niemand klagte. Sie dankten dem Herrn für die Fische und für die neue Kuh bei Kari und Kornelius; die Kuh hieß Islin. Niemand klagte über den Wind, der durch die Grassoden drang, mit denen sie die Spalten in den Hauswänden abgedichtet hatten. Niemand sagte etwas darüber, dass sie noch immer kein Pferd besaßen. Stattdessen arbeiteten sie. Und in ihren Augen lag jetzt ein eigener Glanz.

Willst du morgen mitkommen?, fragte Jacob Ansgar. Daniel war krank.
Sie gossen neue Kugeln. Dann nahm der Ältere die Büchse von der Wand, um sie zu reinigen und bereitzumachen.
Ansgars Füße wippten am nächsten Morgen, ehe sie aufbrachen, vor Ungeduld. Endlich waren sie draußen, mit Provianttornister und Schneetellern, der Waffe und allem, was dazugehörte.
Sie gingen abwechselnd voran. Sie hielten Ausschau nach Spuren. Zuerst sahen sie im Schnee nur die Klöppelspitzen des Schneefinken, dann folgten sie einem Hasen. Als sie den Weg verließen, banden sie sich die Schneeteller an die Füße, und der Jüngere konnte dem anderen zeigen, wie er bei jedem Schritt mit dem Körper nachgeben musste, um nicht so leicht durch die Schneekruste zu brechen. Aber der Hase war weit und schnell gelaufen. Am Ende fanden sie ihn dennoch, wenn auch nur als Aasrest. Dort, wo ein grünes Grasbüschel aus dem Weiß ragte, hatte kürzlich ein größeres Tier seine Mahlzeit abgehalten. Ein Wolf.
Die beiden Männer erstarrten und horchten. Dann entspannte Ansgar sich. Er hätte den Blick des Wolfs gespürt, daran war er gewöhnt; hier spürte er nichts. Sollten sie denn nun dem Wolf folgen? Dann würden sie das Fell bekommen, malte Jacob sich

eifrig aus. Aber trat so ein Isegrimm nicht meistens im Rudel auf?
Das hier muss doch ein einsamer Streuner sein, meinte Jacob, wenn er allein jagt?
Ansgar wusste nicht genug über Isegrimms Gewohnheiten, um widersprechen zu können.
Also folgten sie der Spur. Etwas daran rührte den Jungen. Er begriff nicht sofort, was das sein konnte. Jacob sagte es dann, erregt, aber leise: Der Wolf zieht den einen Fuß nach. Er ist verletzt.
Deshalb war er allein unterwegs, nahmen sie an, die anderen, die schneller waren, hatten ihn verlassen. Und sie folgten ihm. Und sie schauten aus zusammengekniffenen Augen zwischen bereiften Bäumen vor sich hin, zwischen schneeschweren Zweigen, sie schlichen, so leise und schnell sie konnten, weiter. Und sie sahen, dass die Spuren sich änderten. Die Schneeschicht schien dünner zu werden, oder das Tier schwerer. Jedenfalls waren die Spuren jetzt tiefer, aber es gab nur noch drei, das eine Hinterbein schien in der Luft zu hängen. Und der Schnee war nicht tiefer, wenn Jacob und Ansgar richtig sahen.
Dann hatten sie das Tier eingeholt. Abermals hatte es auf einer Lichtung Rast gemacht, an einer Stelle, wo die Spitze einer bräunlichen Felskuppe zu sehen war, wo der Wind den Schnee gepackt und ihn von dem dunklen Untergrund weggebblasen hatte. Dort stand es und sah sie im trüben Nachmittagslicht an. Es war eine Wölfin.
Dann weiß sie es also, dachte Ansgar, dass ihr letztes Stündlein geschlagen hat. Aber wird sie sich wehren?
Jacob nahm die Waffe von der Schulter. Er hatte sie am Vorabend geladen. Er hob die Büchse zum Schuss.
Aber müssen wir nicht näher heran?, flüsterte Ansgar.
Jacob zögerte. Er machte einen vorsichtigen Schritt nach vorn. Und dann noch einen.

Die Wölfin heulte.
Sie knurrte nicht und bleckte nicht die Zähne, sie stieß einen dünnen Ruf aus, der zu den Männern hinjagte und dann weiter, weit durch den Wald, vielleicht in der Hoffnung, dass jemand ihr zu Hilfe kommen würde, ein Gatte oder ein Junges, dachte Ansgar.
Jacob schoss. Es dröhnte. Die Kugel streifte einen Zweig und ließ den Schnee hinunterrieseln. Aber traf sie?
Die Wölfin heulte wieder, diesmal noch jämmerlicher, ihr Ruf war lang und weh. Noch stand sie aufrecht da, aber sie schwankte, als werde sie bald zu Boden sinken.
Sie mussten wieder laden.
Ansgar zog Pulverhorn und Kugelbeutel aus dem Tornister, dazu das Kästchen mit den Lappen. Er nahm den Deckel vom Horn und füllte ihn mit Pulver, dann kippte er den Inhalt in den Lauf der Büchse, die der andere bereithielt. Jacob schüttelte die Büchse, damit das Pulver sich unten sammeln konnte. Ansgar fischte ein eingefettetes kleines Stück Stoff aus dem Holzkästchen. Jacob hielt das Stoffstück über die Mündung, während der Jüngere eine Kugel auf den Stoff legte. Dann wurde sie mit dem Ladestock in den Lauf geschoben. Danach spannte Jacob den Hahn und ließ ein kleines Zündhütchen in den hohlen Zapfen auf der Unterseite gleiten.
Das verletzte Tier war verstummt. Es hatte die nackte Felskuppe verlassen, hatte sich unter eine Kiefer geschleppt. Ansgar gefiel es überhaupt nicht, ein armseliges Wesen zu töten, das sich hingelegt hatte. Andererseits wollte er die Leiden des Tieres beenden.
Jacob reichte ihm die Büchse.
Sollte Ansgar?
In ihm wurde etwas groß und schwer. Er blinzelte jetzt nicht. Seine Schulter ruckte nicht. Er war ein Mann mit einem Gewehr, einer, der Kraft sammelt.

Zugleich war da diese Beute, die auf dem Boden lag und sich nicht wehrte.
Der Junge ging näher. Und näher. Er wollte die Wölfin deutlich sehen. Er wollte den Raubtierblick erwidern. Er wollte so nahe wie möglich sein, um ganz sicher zu treffen und sie nicht ein weiteres Mal zu verletzen.
Er war nur noch einige Schritt von ihr entfernt, als er die Büchse hob. Dann hob er auch den Fuß, um noch einen Schritt zu machen, einen letzten.
Halt!, rief Jacob. Du darfst niemals …
Die Wölfin sprang auf ihn zu. Vielleicht wegen des Rufes. Und wegen des Rufes verschwamm alles vor dem Jungen, das Raubtier, und er konnte nicht schießen, denn die Entfernung war zu klein, und das Ziel bewegte sich, aber er hatte das Messer, sein eigenes frisch gewetztes Messer, und während der Wolfsrachen näher kam und scharfe Zähne sein eines Hosenbein zerfetzten, presste er blitzschnell die scharfe Klinge gegen den Hals des Tieres.

Das rote Blut im weißen Schnee. Der Geruch des Todes.
Ansgar saß auf der Felskuppe und sah es und roch es, und das noch geladene Gewehr lag neben ihm. Er verband seine Wunde mit Friesfetzen, während Jacob Slogvig der Wölfin ihren prachtvollen Pelz nahm.
Auf dem Heimweg erlegten sie einen Hasen und ein Reh.
Aber es bildete sich Eiter im Wolfsbiss, obwohl er nicht tief war, sondern Ansgar nur gestreift hatte.
Nicht, dass er sich beklagt hätte. Er versuchte, den Eiter zu entfernen, und reinigte die Wunde mit eiskaltem Schnee. Und niemand fragte ihn, wie es ihm ging, nicht einmal seine Schwester. Nicht einmal Jacob, denn der lag fieberkrank darnieder. Er registrierte auch nicht die ungewohnten Freudenrufe, die für einen Moment den Raum um ihn herum füllten. Ein Neuling

war gekommen, einer, der von einem ausländischen Hafen aus das Meer überquert hatte. Es war Jacobs Bruder Knud. Und bald glänzten die Augen des Neuankömmlings sowie die seines Bruders.

Lars und Marta sahen es in den Blicken derer, die zur Andacht kamen. Sie sahen die ewige Müdigkeit. Und sie sahen das Fieber. Sie sahen es schon lange, und sie sahen, dass der Glanz abnahm. Und als das Eis auf dem Kanal geschmolzen war, machte der Mann einen Abstecher in der Gegenrichtung, von Rochester nach Holley und weiter zum See. Das Geräusch von Axthieben kam ihm entgegen. Er sah die Lichtung im Wald. Er roch Harz und Beeren. Er sah die Haufen von entrindeten Ästen. Die Männerhände, die offenbar gewachsen waren, sie kamen dem Bootsbauer und Städter unnatürlich grob und breit vor. Die anderen grüßten höflich, wenn auch nicht überschwenglich.
Stimmt was nicht?, fragte einer.
Nein, wieso das, musste etwas nicht stimmen, nur weil er kam?
Dann arbeiteten sie weiter, wie durch einen Drang oder einen Befehl in ihren Körpern. Und Lars ging allein zu der Hütte weiter, die jetzt Clengs Haus genannt wurde.
Offenbar hauste das Fieber in ihnen allen, sah er, als er hineinkam.
Es kommt in Wellen, erfuhr er. Und dann konnte man nicht aufrecht stehen. Dann musste man sich übergeben.
Wo ist Cleng?, fragte der Gast.
Der ist nicht hier.
Ist er bei seiner Schwester und ihrer Familie?
Nein. Er ist gegangen.

Sie überstanden einen weiteren Winter ohne Tod.
Aber einzelne Junggesellen brachen auf. Auch in diesem Jahr hatten viele von ihnen für andere gedroschen und waren mit

jedem elften Bushel zurückgekommen, aber dann waren die Jüngsten und die Alleinstehenden weitergewandert. Sie hatten von einer Grube gehört. Einige gingen zu dem Farmer zurück, für den sie gedroschen hatten und der ihnen feste Arbeit bot. Das wollten sie, an einem Ort arbeiten, wo es eine feste Ordnung und Essen gab, bis sie irgendwann zu der schönen Aussicht am Wasser zurückkehren und den ihnen zugemessenen Teil übernehmen könnten.

So waren sie bei der Ernte und im Wald weniger. So waren sie beim Essen weniger.

Aber Olaves hatte ein Wäldchen mit Zuckerahorn.

Das lag auf seinem eigenen Grundstück. Früher hatte einer der Farmer, die näher bei der Kutschstation wohnten, den Sirup geholt, und er hatte heimlich weitergemacht, bis der, dem der Boden offiziell gehörte, seine eigenen kleinen Häuser gebaut hatte. Dann war der Mann weggeblieben, ohne zu verraten, was es dort gab, wie aus Ärger darüber, dass es jetzt nicht mehr ihm zugutekam. Aber er war eine christliche Seele, deshalb erleichterte er schließlich sein Gewissen, indem er dem Unwissenden klarmachte, welchen Schatz dieser doch besaß. Er erklärte sich bereit, den anderen die Arbeit am Zuckerahorn beizubringen, wenn sie im ersten Jahr den Ertrag teilten.

Olaves witterte ein gutes Geschäft.

Und er stellte nun Rinnen und Bütten aus heller Esche her, wie der irische Farmer es ihm gezeigt hatte, denn es musste Esche sein und nicht Zeder, wenn man den Geschmack des Sirups nicht verderben wollte. Und die Rinnen wurden an den Ahorn gelehnt, in den ein Loch gebohrt wurde, damit der süße Saft sickern konnte. Und unter der Rinne stand die Bütte und füllte sich.

Wollt ihr das nicht sehen?, fragte Olaves die Freunde.

Die wenigsten brachten das über sich. Sie waren krank. Sie waren wie die Rinde der Ahornbäume, es floss durch sie hindurch, und das zehrte an ihren Kräften.

Aber Ansgar nahm Brenda Huckepack, und sie sahen sich das flüssige Süße an. In ihm gab es keinen Willen mehr, böse Dinge über das zu rufen, was Olaves unter seiner Kleidung hatte. Er hatte es vergessen. Er dachte an das Kind und die märchenhaften Bäume. Und Brenda durfte ihrer Mutter ein Stück harten braunen Ahornsirup mit nach Hause nehmen.
Auf dem Heimweg zeigte der Onkel ihr einige Gänse, die sich in einem Moorgelände an einem See niedergelassen hatten. Und er machte den Umweg über eine große Wiese, damit sie in die kleinen Hände klatschen und ihren Freudenruf ausstoßen konnte: Oh, wie schön und great!
Wie ein Schmuckstück lag die Wiese in der plötzlich offenen Landschaft, eine leuchtende Fläche aus Weiß, Weiß durchsetzt mit Tiefrosa und Gelb, Lila und Blau. Sie war wie das geblähte Segel eines riesigen Boots aus Farbe und Duft unter den summenden Insekten, und Brenda rief und klatschte.
Dann standen sie nur da, ernst und Hand in Hand, und bewunderten die Pracht. Sie standen auf Håvards Land. Aber Håvard war nicht dort, um es in Gebrauch zu nehmen. Elise hatte es sich nicht einmal angesehen. Es war weit von Clengs Haus entfernt, und niemand hatte Ansgar Hilfe angeboten, um das Gelände zu roden und zu bebauen.
Danach hielten sie Ausschau nach Insekten. Und Ansgar erzählte, dass manche Wespen in Amerika viel länger und dünner waren als zu Hause.
Zu Hause?
In Norwegen, meine ich.
Brenda kannte Norwegen nicht. Das wusste er ja. Aber jedes Mal, wenn das deutlich wurde, erfüllte diese Erkenntnis ihn mit prickelndem Staunen.

Noch ein Jahr verging im Zeichen von Mühsal und Krankheit. Niemandem schien etwas zu gelingen, abgesehen von dem

Mann, der das Ahornwäldchen besaß. Eines Morgens ging eine Familie einfach ihrer Wege, ohne sich von den anderen zu verabschieden.

Dann war Cleng wieder da und trat vor Ansgar hin. Du bist jetzt erwachsen. Kommst du mit?

Wohin denn?, fragte der junge Mann hingerissen.

Nach Westen.

Nach Westen, wiederholte Ansgar, mit einem kleinen Glitzern in der Stimme.

Nach Chicago, sagte Cleng Peerson. Um nach besserem Boden zu suchen. Besserem als diesem hier, für uns alle.

Chicago?

Das ist ein Ort mit einem Fort und einer Kneipe.

Es war die Frage, auf die Ansgar gewartet hatte. Im ersten Frühling. Im zweiten Herbst. Dass der Wanderer ihn zum Mitkommen auffordern würde.

Aber jetzt nicht mehr.

Er konnte Brenda nicht verlassen.

Bei der Schwester wäre es vielleicht gegangen, jedenfalls für eine gewisse Zeit. Aber das Kind war etwas anderes. Es hing jetzt so sehr an ihm. Er hing so sehr an dem Kind. Brenda kam zu Ansgar, wenn die Mutter mürrisch und gleichgültig war. Ohne Angst kroch sie auf seinen Schoß. Ohne Angst konnte sie mit dem Kopf an seiner Brust schlafen.

Er liebte sie.

Als Cleng seine Frage stellte, stand sie neben ihm. Sie hörte es, und sie verstand, und sie packte die Hand des Onkels, als habe sie erfasst, welcher Kampf in ihm wogte. Es war kein harter Kampf. Er drückte die kleine Faust.

Aber er sehnte sich danach. Zu wandern. Nach Chicago zu kommen. Einem Ort mit Häusern und einer Kneipe.

Und das Fieber wütete.
Die Familienväter gingen für Fremde Holz fällen, um ihre Schulden abbezahlen zu können. Es waren nur noch wenige in der Siedlung, als wieder ein Weihnachtsfest näher rückte, und sie beschlossen, zusammenzuziehen, die, die noch da waren, wegen der Geselligkeit und wegen der Wärme.
Aber die Kranken konnten nicht verlegt werden. Um diese Zeit gab es davon vier in Clengs Haus. Ansgar und Brenda wanden sich im Fieberwahn. Dazu kamen Alida Ruths Mutter und eine Schwester. Alice und Alida Ruth blieben, um sich um die zu kümmern, die es brauchten, auch wenn die eine nur ihre Tochter sah. Sie jammerte und streichelte immerzu die Haare der Kleinen. Also musste Alida Ruth die anderen drei pflegen. Sie holte Schnee herein, füllte einen Trog damit, dann füllte sie Lappen mit dem schmelzenden Schnee und legte sie den Kranken auf die Stirn. Und sie murmelte und betete.
Schönkind, klagte Alice. Mein Schönkind.
Ansgar schrie wie besessen.
Pst, schimpfte die Schwester.
Richtig so, murmelte Alida Ruth. Schrei das Übel aus dir heraus. Wenn du wieder gesund bist, schneide ich dir die Haare.
Mörder, murmelte Ansgar. Da wohnt ein Mörder …
Was hast du für böse Träume, flüsterte die junge Frau mit dem schneekalten Lappen ängstlich.
Nabal, stöhnte Ansgar. Nabal musste weg …
Abigails Gatte, antwortete Alida Ruth. Ja, der war böse. So steht es geschrieben.
Vom Geschlecht Kalebs, seufzte Ansgar.
So steht es im Buch Samuel, sagte Alida Ruth freundlich und langsam. Samuel starb, und alle weinten, und Samuel wurde in Rama begraben. Dann brach David auf und begab sich in die Wüste Paran. Und in Maon lebte ein Mann, der seine Herde auf dem Berg Karmel stehen hatte. Das war Nabal.

Der Böse, seufzte Ansgar.
Er war sehr reich. Er besaß dreitausend Schafe und tausend Ziegen. Und David sandte zehn seiner Männer zu dem Reichen und ließ sie um Essen bitten. Wenn ihr zum Karmel kommt, dann grüßt ihn von mir, hatte David gesagt. Doch Nabal …
Der böse Nabal.
Er schickte sie mit leeren Händen weg.
Aber seine Gattin war gütig, sagte Alida Ruth jetzt. Hinter dem Rücken ihres Mannes schickte sie David und seinen Leuten zweihundert Brote und zwei Schläuche voll Wein und dazu hundert Rosinenkuchen.
Und der Herr strafte Nabal, flüsterte sie weiter. Nach zehn Tagen schlug er ihn, und er starb. Und als David das erfuhr, rief er: Gepriesen sei der Herr, der Nabals Bosheit auf sein eigenes Haupt zurückgeworfen hat.
Haupt, wiederholte Ansgar und wand sich, als ob er von starken Schmerzen gequält würde. Und es zuckte heftig um seine Augen.
Dann entspannte er sich, unter den Händen der jungen Frau, unter der lindernden Kühle des Lappens, und er glitt in einen langen Dämmerschlaf.
Und sie genasen, drei von den vieren. Aber einen Tag, nachdem sie wieder auf die Beine gekommen waren und Alida Ruths jüngste Schwester zu einem Grab nördlich des Ackers bei Clengs Haus gebracht hatten, wo man stehen und gedenken und zugleich auf das Wasser hinausschauen konnte, sanken die, die gepflegt und getröstet hatten, nun selbst in die Knie.
Kari kümmerte sich an den ersten Tagen um sie. Aber als Ansgar dann etwas zu Kräften gekommen war, wollte er das übernehmen. Und mit dem Mann ging das Kind, das noch vor kurzem so aschgrau und ohne einen Laut dagelegen hatte. Aber alle wussten, dass die, die eine solche Krankheit überwunden hatten, danach lange Zeit gesund blieben.

Es war eine halbdüstere Welt voller Klagen und Forderungen. Die eine stellte Forderungen, Alida Ruth lag still und mit glasigen Augen da, während ihre Haut trocken und hart wurde und bald um ihre Lippen herum platzte. Im Schein der Feuerstätte sah Ansgar, wie die Schatten in ihren Augenhöhlen langsam grünlich wurden.

Mehr Wärme, bat Alice mit klappernden Zähnen. Ansgar! Holz!

Hier ist es warm genug, Mütterchen, tröstete Brenda.

Iss jetzt, lockte Ansgar.

Er hatte Schnee geschmolzen. Er hatte Grütze gekocht. Er versuchte, die beiden Frauen zu füttern, und sie rissen vor dem Löffel den Mund auf wie zwei zahme Vögel, aber oft blieb das Essen in ihrer Mundhöhle liegen, als hätten sie vergessen, was sie damit anfangen sollten.

Und Ansgar wusste, dass diese drei, die hier bei ihm waren, die drei waren, die er in seinem Leben am meisten geliebt hatte. Seine Schwester hatte er von Anfang an geliebt, denn sie war wie eine Mutter für ihn gewesen. Aber ihre kleine Tochter liebte er noch auf eine andere Weise. Und was er für Alida Ruth empfand, war eine dritte Art von Liebe.

Dass es so viele Arten geben konnte, wunderte er sich. Und er streichelte ihnen über das Haar, allen dreien, einer nach der anderen. Er fuhr über das feuchte, blonde der Schwester, die Forderungen in ihr waren jetzt verstummt, sie lag nur da mit glasigem Blick und sah aus wie ein Engel. Er ließ seine Hand zitternd über den braunen Schopf von Alida Ruth gleiten. Und er betrachtete ihr Gesicht in dem spärlichen Licht, wie fein es war, wie weich, trotz der Schrunden.

Nicht weinen, Onkel, sagte Brenda.

Ich muss Holz holen, sagte der Mann. Willst du mitkommen und Pipi machen?

Nein danke.

Also ging er allein. Holz holen, um die Wärme zu erhalten. Schnee holen, um die Kranken zu erquicken, um einen Lappen hineinzulegen und die brennendheiße Haut anzufeuchten. Er hatte jetzt nichts Hässliches in sich, kein Wort, das hinauswollte. Er war ganz ruhig, wenn er zwischen den beiden im Bett und der Kleinen, die ihm half, hin und her ging.

Dann geschah es, dass die eine der Kranken inständig zu ihm sprach. Und es war sie, die er als Mann liebte. Die ihn gefragt hatte, ob er einen Zipfel des Teufels in sich trage. Das war lange her, und es war lange her, dass sie in seinem Beisein für ihn gebetet hatte.

Wir sterben, sagte Alida Ruth. Deine Schwester und ich. Hörst du das nicht an ihrem Atem? Es ist der beengte, keuchende Atem des Todes.

Ansgar war zu ihr hingestürzt und hatte ihre Hand gepackt. Die Augen der jungen Frau sahen aus wie zwei leuchtende Münzen.

Nimm das Kind und geh, mahnte sie ihn. Bald hat sie nur noch dich. Das hier ist die Herdstätte des Todes. Erspare Brenda den Anblick, wie ihre Mutter ihr Leben aushaucht. Geh jetzt. Ehe es zu spät ist. Geh! Lauf!

Hatte sie so viel gesagt?

So viel hatte sie gesagt. Die Worte hallten in seinem Kopf wider. Sie kamen immer wieder, in derselben Reihenfolge. Die Worte, die endeten mit: Geh! Lauf!

Das hatte er getan.

Er hatte die Reisetruhe gepackt. Er hatte sein Messer hineingeworfen, und eine Axt, die er als seine eigene erkannte, und eine Falle, um Wild zu erbeuten. Er hatte der Kleinen beim Anziehen geholfen. Er hatte sich selbst angezogen.

Er hatte es nicht über sich gebracht, Alida Ruth noch einmal anzusehen. Sie hatte gesprochen und war verstummt. Sie hatte sich auf ihrem Lager zurücksinken lassen, mit plötzlich verschleiertem Blick. Er brachte es auch nicht über sich, seine Schwester anzusehen, aber er hörte ihren Atem. Den Todesatem.

Dann waren sie in die erste Dämmerung eines Frühsommermorgens hinausgegangen. Ein kleines Mädchen und ein junger Mann. Er mit einem Riemen um eine Truhe, einer Truhe, die er hinter sich herzog, und einer aufgerollten Decke unter dem Arm. Sie mit ihrer kleinen Hand in seiner. Sie folgten dem Pfad am See nach Westen. Diesen war auch Cleng gegangen, glaubte Ansgar.

Wohin jetzt?, fragte Brenda.

Nach Chicago.

Teil II

Fäden, die gesponnen werden,
Fäden, die zerreißen

4. Kapitel

Anziehung über große Entfernungen

Eine Strafe in einer späteren Generation?

Håvard sass im Loch, wie schon einmal, aber damals war es ein Gefängnisschiff gewesen, und jetzt befand er sich auf festem Land. Und Wörter strömten durch seinen Kopf: *Ein unglücklicher Sturz und keine Untat.*

Plötzlich war das Ereignis ihm ganz nah, als er da im Halbdunkel saß und die Ratten hinter ihm in den Ecken rascheln hörte. Unglücklicher Sturz? Doch, doch. Wenn auch, nein. Durchaus nicht. Es war ein Wurf gewesen, kein Sturz. Ein unglücklicher Wurf. Aber handelte es sich dabei nun um eine Untat?

Es war Elias Tastad, der ihm einen Brief geschrieben hatte. Håvard hatte ihn auseinandergefaltet und sich die Buchstaben angesehen. Dann hatte er ihn wieder zusammengefaltet und an seine Brust gedrückt. Jahrelang hatte er dieses Dokument in seinem Besitz gehabt, ohne Kenntnis über den Inhalt des Geschriebenen zu erlangen. Das geschah erst, als ein Mitgefangener hinausgetragen und ein Wanderer zu ihm hereingeworfen wurde. Dieser andere konnte lesen. Und so erfuhr Håvard, dass sein guter Freund unter den Freunden in Stavanger die Behörden gebeten hatte, die Strafe umzuwandeln. Auf diese Weise erfuhr er, dass Elias das Geschehene für einen unglücklichen Sturz hielt und nicht für eine Untat.

Aber stimmte das?

Håvard schaute durch die Zeit zurück auf einen Hofplatz. Er sah das helle Sommergras auf dem Hof, er sah die Umrisse der umstehenden Gebäude, er sah seine Truhe, die jemand aus dem Haus gezerrt hatte, während er selbst noch schlief. Und er nahm den Nachgeschmack der Wut wahr. Nie im Leben war er so wütend gewesen wie damals. Er hatte den Bauern, dem er gedient hatte, hochgehoben, hatte ihn in die Luft gehoben und zu Boden geschleudert.

Eine Untat.

Aber du wolltest doch wohl nicht den Tod des Bauern?, fragte der lesekundige Mitgefangene.

Ich wollte ihn aus dem Weg schaffen. Aus meinem Weg.

Wie ein Stier, sagte der Lesekundige. Wie ein Stier, der mit den Hörnern auf ein Hindernis anstürmen will. Du lockst das Tier weg. Du brauchst es nicht umzubringen.

Nein, gab Håvard zu.

Also wolltest du den Bauern nicht unter sechs Fuß Erde sehen?

Ich wollte nur fort von ihm. Und er wollte mich zurückhalten. Er war wie ein Netz.

Also bist du kein Mörder.

Aber ich bin zum Mörder geworden, durch den Wurf.

Du bist sicher viel zu stark.

Jetzt wohl kaum noch.

Nun erhielt er also die Möglichkeit, Elias Tastad zu antworten und seine Dankbarkeit zu erweisen, während der andere die Feder führte. Und er konnte nach denen in Amerika fragen. Daran hatte er kaum denken können: Elise und Ansgar und die anderen im Land Kanaan. Die Sehnsucht war fast nicht zu ertragen gewesen. Also hatte er sich geweigert, sie sich vorzustellen. Er hatte die Finsternis des Gefängnislochs gesehen. Die vagen Gestalten, die ihn umgaben. Den elenden Fraß. Langsam war es zu der Fortsetzung einer früheren Erfahrung

geworden. Håvard war *gefangen.* Das war er. Er war nicht dazu geboren, unter der Sonne zu leben. Es war wie eine Strafe. In einer späteren Generation, konnte er denken, für Sünden, die seine Ahnen begangen hatten. Welche nur? Wer? Und glaubte er eine solche Deutung der Bibelworte?
Also suchte er in sich nach dem Licht.
Er hatte es nicht verloren. Und manchmal konnte es ihn trösten. Aber es gab so viele andere Momente, wo die Finsternis zu finster war, wo die Geräusche der Ratten zu abscheulich wurden. Dann sah er sie doch. Elise. Den schönsten Menschen auf der Erde. Für ihn war sie das. Und er verfluchte seinen Zorn, dass er an jenem Tag den Kopf verloren, dass er einen anderen hochgehoben hatte, welches Recht hatte er wohl besessen, jemanden hochzuheben, der über ihm stand? Noch dazu vor Augen des Dorfschulzen!

Dann kam die Antwort von Elias: Der Petition war nicht stattgegeben worden, das war schon eine Weile her, aber der gütige und hart geprüfte Quäker versprach, eine weitere einzureichen. Über die Leute in Amerika schrieb er nichts.

Verantwortung für ein Kind

Sie liessen den Tod hinter sich zurück, Ansgar und Brenda, flohen vor der Seuche, bis sie erschöpft waren und gehen mussten, statt zu rennen. Bald taten die Füßchen der Fünfjährigen weh, aber sie klagte nicht, sie war das Klagen nicht gewöhnt, sie war gewohnt zu tun, wie ihr geheißen wurde. Jetzt hieß ihr Onkel sie, er hieß sie laufen.
Sie folgten einem schmalen Pfad. Auf der einen Seite lag der See, einige Male sehr dicht, andere Male ein Stück entfernt, aber dennoch sahen sie sein Glitzern. Dann riss er sich zusam-

men, der neunzehn Jahre alte Onkel. Er begriff, dass das Kind sich ausruhen musste. Und er ließ sich auf den Boden fallen und schloss die Augen, während er an den Grashalmen riss, die seine Hände fanden. Vor sich sah er Alida Ruth, als sie noch gesund war.

Brenda legte ihm den Kopf auf die Brust. Sie schaute auf die glänzende Fläche hinter dem Schilf. Sie sah einen springenden Fisch. Sie roch faulige Gewächse auf dem Ebbestreifen. Der Gestank mischte sich mit dem Dunst der Krankheit, der noch in ihren Kleidern hing. Und sie hörte die Ermahnungen der Mutter. Vor Weihnachten und im Frühjahr gehörten die Menschen in die Waschbütte. Im Frühling mussten außerdem Kleider und Felle gewaschen und in den Wind gehängt werden, um den Winterschmutz auszutreiben.

In diesem Frühling war das nicht geschehen. Aber die Ermahnungen hatten sich in dem Kind festgesetzt, und jetzt wusste sie, dass etwas nicht geschehen war.

Wir können baden, sagte sie.

Ansgar hörte nicht. Er hatte noch immer die Augen geschlossen und sah Alida Ruth, als sie jung und schön war.

Wir müssen etwas zu essen finden, sagte das Kind.

Auch das hörte der Onkel nicht. Aber bald setzte er sich auf und sah die Kleine aus blanken Augen an.

Jetzt gibt es nur noch uns, sagte er mit einer Mischung aus Staunen und Angst und presste sein Gesicht in den Krankheitsgeruch.

Dann gingen sie weiter, nicht mehr so schnell. Und die Kopfhaut des jungen Mannes prickelte.

Zeit für die Heimkehr

Sechs Jahre, dachte Francis de Lilac. Reichte das nicht? Sechs Jahre war es her, dass seine Mutter ihn fortgeschickt hatte. Zweimal hatte er ihr geschrieben und mitgeteilt, wo ihn eine Antwort erreichen könnte, aber es war keine gekommen. Also war es noch zu früh gewesen. Aber nach sechs langen Jahren!
Die hatte er teilweise in Albany und teilweise in Buffalo verbracht, mit einigen Abstechern nach New York und Boston. Er hatte mit Fellen gehandelt. Er hatte sich mit Menschen zusammengetan, die schießen und in der Wildnis fliehende Tiere treffen konnten. Nicht, dass er selbst kein guter Schütze gewesen wäre. Nicht, dass er selbst kein bewegliches Ziel getroffen hätte. Aber er mochte die Wildnis nicht. Die war ihm zu unberechenbar. Er mochte die Straßen. Vor allem die von Savannah, Georgia. Und jetzt würde er sie wiedersehen.
Mit Reichtum würde er kommen. So hatte er sich das vorgestellt. Nichts hatte er gehabt, als er losgezogen war. Denn der Zorn seiner Mutter hatte ihm keine Zeit und keine Möglichkeit gelassen, um etwas anderes zu tun, als davonzulaufen. Doch schon auf dem Schiff nach New York hatte die Lage sich gebessert. Es war ein Schiff mit Spieltischen gewesen. Auf diese Weise hatte er in New York City angenehm wohnen können, ehe er dann mit dem Hudsondampfer weitergereist war.
Reich und schön wollte er sich zeigen, wenn er nach Hause käme. So hatte er es sich vorgestellt – dass er in einer Kutsche, gezogen von nicht weniger als vier Pferden, eintreffen würde. Die Kutsche würde ihn von Savannah zur Plantage bringen, durch die Allee, und vor der Flügeltür mit den bunten Glasscheiben in Gesichtshöhe anhalten. Dann würde die Mutter herauskommen und zwischen den Säulen stehen und ihn mit offenen Armen empfangen.

So.
Und außerdem würde er eine Frau neben sich haben.
Er wusste, wo sie sich aufhielt. Er brauchte sie nur zu holen.
So hatte er sich das vorgestellt. Dass sie wartete. Dass sie das Schmuckstück trug, das er ihr geschenkt hatte. Dass sie sich sehnte.

Das Gebrüll

Alida Ruth lächelte nicht mehr in Ansgar. Mit der Dämmerung war ihr Lächeln verwelkt, jetzt sah sie ihn mit dem inständigen Blick des Tages an, an dem sie mit ihm hatte beten wollen, und er wand sich, wie um zu entkommen. Aber die junge Frau stand nicht wie ein Mensch vor ihm, von dem er sich abwenden konnte, sie und ihre Stimme existierten in seinen Gedanken, seinem Kopf, und es half nichts, vor ihrer Frage die Ohren zu verschließen, der Frage, ob er etwas vom Teufel in sich trage.
Denk an etwas anderes!, forderte in ihm eine zweite Stimme. Schau dich um. Sieh dir den Baum mit dem riesigen Stamm an! Sieh dir die Wurzeln an, die aussehen wie miteinander verflochtene Glieder!
Doch, doch, auch das sah er, den dunklen Stamm und die helleren Wurzeln, aber sie verlangten nichts von ihm, und bald war er vorübergegangen, und sie lagen hinter ihm.
In seinem Kopf erklangen Forderungen und Gegenforderungen.
Bete mit mir!, hörte er Alida Ruth, er spürte ihre Hand, die damals vor langer Zeit über sein Knie gekratzt hatte.
Nimm sie, befahl eine andere. Das willst du doch, du Bock, das wolltest du, als sie vor dir auf die Knie gefallen ist.
Nein!

Du bist wie Olaves, mit etwas Schiefem, Zeigendem.
Hilf mir, Herr Jesus, sang es in ihm.
Den kennst du nicht, du kennst nur mich!, wurde in ihm geantwortet.
Alida Ruth, seufzte es in ihm, hör mich!
Ich bin auf dem Weg zu Gott, sagte Alida Ruth in ihm.
Hör nichts, was du nicht hörst!, tadelte der andere. Ich nehme dich mit zur Wüste Paran.
Schweig!, flehte Ansgar.
Ich habe doch nichts gesagt, antwortete ängstlich das Kind, das Kind, das er an der Hand hielt.
Der Onkel riss sich zusammen. Es war an der Zeit, um für den Abend haltzumachen, Zeit, um ein Feuer anzuzünden und eine Stelle für das Nachtlager zu finden. Aber die Stimmen waren noch immer da, die Stimmen, die nur er hörte, und er wollte antworten, tadeln und der antworten, die nicht Alida Ruth gehörte, vor allem der, um sie zum Schweigen zu bringen.
Ha!, höhnte es in ihm. Wer jagt denn den weg, von dem er selbst einen Zipfel besitzt? Ha! Verstehst du nicht, dass ich in dir wohne?
Auch nicht mehr als Alida Ruth, wollte er antworten.
Dann machen wir es eben beide, war die Antwort. Sie ist doch tot. Sie ist da, wo sie sein will. In dir und zugleich in ihrer Mutter, so ist das mit den Toten.
Nein!
Der Ruf kam nicht heraus, auch wenn er in seinem Schädel widerhallte.
Ansgar suchte Reisig für ein Feuer. Er legte die Decke um das Kind. Er kramte in der Truhe. Er zog die Falle heraus.
Und er hielt sie der Kleinen hin, damit sie begriff, dass er fortmusste, fort, um einen besseren Ort zu finden.
Schlaf jetzt, rief er über seine Schulter zurück. Wenn du aufwachst, gibt es etwas zu essen!

Brenda sah hinter ihm her. Der Onkel hatte Angst, das hatte sie verstanden. Fürchtete er sich wohl vor wilden Menschen? Plötzlich hatte sie Angst, dass auch er sterben würde.
Dann vergaß sie diese Angst über dem Feuer. Das tanzte. Und in der Ferne heulte ein Tier. Ein Kojote, hatte die Mutter über solches Geheul gesagt. Der ruft einen Gefährten. Und manchmal hört man auch zwei. Dann sind sie jedenfalls nicht gefährlich.
Das Kind lauschte auf eine Antwort auf den ersten Ruf, und die kam, fern, fern, sie konnte es kaum hören. Etwas anderes raschelte gleich in der Nähe, vielleicht ein hungriger Fuchs. Aber sie hatten nichts zu essen. Sie hatten an diesem Tag nur vom Boden aufgelesene Nüsse aus dem vergangenen Jahr gegessen. Brenda rückte näher an das Feuer heran. Bald war sie eingeschlafen.

Und Ansgar lief mit der Falle in der einen Hand. Er hörte den Kojoten nicht. Er hörte weder Fuchs noch Hase oder Maus. Nicht einmal seine eigenen keuchenden Atemzüge hörte er durch die Stimmen hindurch. Aber jetzt sollte damit Schluss sein. Jetzt sollten sie ausgetrieben werden, die Dämonen.
Er machte lange Schritte, über Grasbüschel und Senken, über Felskuppen und Steine. Jetzt sollte es endlich geschehen, in dieser Nacht, endlich würde er sich so leeren, wie Håvard das gesagt hatte. Ein für alle Mal musste es geschehen, wenn er nicht innerlich in Stücke gerissen werden wollte. Und dann konnte er gut werden. Einfach nur gut. Mit einem einzigen gütigen Gedanken im Kopf und keinen streitenden Stimmen.
Über ihm leuchtete der Mond. Deshalb stolperte er nicht. Und er fand eine kleine Lichtung. Ein niedriges Plateau. Dort konnte es geschehen.
Der Schrei. Das Gebrüll.
Er nahm Anlauf. Aber es kam nur ein gepresster Ton heraus.

Er holte abermals Luft. Er öffnete sich für den Kolk, die brodelnde Masse.
Nein.
Stattdessen kamen die Tränen. Ansgar heulte und weinte. Er fiel auf die Knie. Er krümmte sich zusammen und wälzte sich auf dem Boden, einmal, zweimal, und die Tränen quollen aus ihm heraus. Hinter seinen Augen wuchsen Bilder, und er ließ sie kommen, ohne sich dagegen zu wehren. Er sah den Tantenmann und die Tante zu Hause. Er sah Hässliches, das in ihm haften geblieben war, Auswüchse in einem Gesicht, verzerrte Glieder, unschöne Augen und Münder. Er sah Menschen mit Stimmen, die logen. Er sah falsches Lächeln.
Er blieb mit offenem Mund auf dem Bauch liegen, als ob das den Strom vielleicht zum Fließen bringen könnte. Aber nicht einmal ein Speichelfaden sickerte aus seinem Mund. Nur Atem.
Hol es heraus!, bettelte er flüsternd. Befrei mich!
Und offenbar geschah etwas, auch wenn er eigentlich nichts spürte oder sah. Aber er wurde ruhig. Nichts kam ihm noch gefährlich vor.
Und er war fast frohen Sinnes, als er das schlafende Kind am Feuer fand.

Ein Begräbnis

Alles wirkte erschreckend öde, als der Mann aus Savannah sich dem Holzhaus in Murray näherte. Die Ecken des kleinen Bauwerks hatten unterschiedliche Winkel, sah er. Als seien die einfach dem Zufall überlassen worden, dachte er. Aber vor dem Haus war kein Mensch zu sehen. Es war ein heißer Tag, und die Luft zitterte über dem See. Die Zweige hingen bewegungslos an Büschen und Bäumen. Alles wirkte leblos oder als warte es auf etwas, das kommen würde. Und

über allem nahm der Reiter einen schwachen Dunst von etwas Schlimmem wahr.
Francis de Lilac sprang aus dem Sattel und band das Pferd an. Zögernd näherte er sich der Tür und öffnete sie einen Spaltbreit. Der Gestank wurde stärker. Er fuhr zurück. Waren sie alle tot?
Er blieb vor der Tür stehen und schaute aus zusammengekniffenen Augen in das Dunkel. Eine starke Kraft in ihm wollte fort. Rasch, sofort, wollte sie diesen Ort verlassen, ohne in das Schweigen zu schauen, um Gewissheit zu finden. Trotzdem blieb der Mann stehen. Denn er konnte es nicht fassen, dass die Frau nicht da war, gesund und leichtfüßig, und ihn in Empfang nahm. Es konnte nicht möglich sein, dass er so tief enttäuscht werden sollte.
Es gibt tausend schöne Frauen, sagte diese Kraft in ihm, die fortwollte, denn der Tod war ein treuloser Geliebter, er begnügte sich nur selten mit einer, er wollte alle haben, die in der Nähe waren, wenn er eine schwarze Krankheit brachte, und deshalb sollte man keinen Fuß in ein Totenhaus setzen.
Aber gab es denn keine Christenpflicht?
Man durfte sich an einem solchen Ort nicht zeigen, ohne seine Christenpflicht zu erfüllen!
Er sollte sofort auf sein Pferd springen! Vor dem Tod fliehen, ohne Zeugen und Vorwürfe.
Trotzdem blieb er stehen. Er rang mit einem Bild. Dem Bild von Alice, der Schönen, und er zitterte vor Angst davor, wie sie in diesem Augenblick wohl aussah.
Nein!, entfuhr es ihm, in schmerzlichem Protest.
Und seine Füße bewegten sich ins Haus, voll Hoffnung oder Angst vor den Vorwürfen eines Gottes, den er doch hatte und vor dem er sich auch beugte, wenn niemand es sah.
Zwei Gestalten entdeckte er, beide bewegungslos auf ihrem Lager. Er hielt den Atem an und trug sie ins Freie. Beide lagen

schlaff in seinen Armen. Beide waren mager und grau, leicht wie Kinder, mit verfilzten, verkommenen Haaren. Und der Mann in der eleganten Kleidung fiel auf die Knie und weinte. Dann richtete er sich wieder auf und machte sich auf die Suche nach einem Spaten.

Ein Wald voller Farben und Licht

Brenda hing auf dem Rücken des Onkels und schaute über seine Schulter. Ansgar sah zu Boden, um nicht zu stolpern, als er zwischen den Bäumen weitereilte, mit der einen Hand hielt er die Hände des Kindes, mit der anderen den Riemen, den er um ihr ganzes Hab und Gut gebunden hatte. Brenda saß sorglos und geborgen da, die Arme um seinen Hals gelegt, den Blick auf das gerichtet, was sich vor ihnen und neben ihnen bewegte. Sie meinte einen Mann zu sehen, er stand ganz still, aber er schlief nicht, er beobachtete sie mit einem zugekniffenen und einem weit offenen Auge. Dann waren sie an ihm vorbei, und jetzt fingen Vögel, die zwitschernd und singend aus dem Blattwerk hochstoben, ihre Blicke ein.

Alida Ruth hatte sie die Liebe zu den Vögeln gelehrt. Sie sah, wie diese Tiere sich im Laub ausruhten. Sie begegnete schwarzen, funkelnden Blicken. Die Vögel schienen ihnen zuzuzwinkern und sie willkommen zu heißen. Und die breiten Baumkronen schienen die Menschen unter sich zu beschützen, das spürte das Kind. Einige Male waren sie so dicht, dass die Sonnenstrahlen nicht hindurchdrangen. Dann war es, wie durch eine dunkle Grotte voller Grün zu wandern, und es war kühl und angenehm, wenn man es eilig hatte.

Ansgar war das Pferd. Schwer-leicht-schwer-leicht, so kamen ihr seine Schritte vor, durch die Verletzung, die er einmal an der Hüfte erlitten hatte, oder vielleicht auch am Oberschenkel, die seine Beine ein wenig ungleich machte; die Mutter hatte erwähnt, dass etwas passiert war, woran man lieber nicht dachte. Schwer-leicht-schwer-leicht, aber das war nicht zu hören, es war das Geräusch der Truhe, das sie hörte, die über Wurzeln und Tannennadeln, Grasbüschel und Halme schrappte und rutschte, nicht Ansgars Schritte. Die gaben ihr das Gefühl zu wippen.

Etwas Böses war einmal passiert, das wusste Brenda. In der Alten Welt. Die Mutter hatte es angedeutet und dann geschwiegen. So war sie gewesen, eine, die andeutete und dann schwieg, die manchmal scharfe Worte fand, über Dinge, die nicht erwähnt werden durften.

Aber jetzt war sie tot, hatte Ansgar gesagt. So war das eben. Man lebte und starb.

Das Ziel des Lebens sei der Himmel, hatte Alida Ruth ihr erzählte.

The sky.

Die Mutter hatte ihr ihre Wörter gegeben, die amerikanischen. The blue sky. The green leaves. A pan. A fire. Die Wörter hatten ein Ende genommen. Irgendwann hatte Brenda verstanden, dass die Mutter ihr alles gegeben hatte, was sie an amerikanischen Wörtern besaß. Und dann hatte sie von vorn angefangen. Hot. Cold. Water. Pickles.

Ich hab Hunger, sagte Brenda.

Der Onkel blieb stehen.

Kein Mensch zu sehen, sagte er, als sie zum Ausruhen auf dem Boden lagen.

Wirklich nicht?, dachte Brenda. Dann war er vielleicht eine Art Baum gewesen, der Mann mit den hängenden Vogelfedern. Dann wuchsen seine Füße vielleicht in den Boden hinein, wo er so still stand.

Sie lauschte auf das Rauschen. Sie ging ein wenig weiter in den Wald. Sie fand einen kleinen Bach, bückte sich und trank.

Hier können wir wohnen, sagte sie danach.
Hier?
Mit Bach und grünem Dach. Und wir können im See baden. Möchtest du baden?
Sie nickte. Sie dachte wieder daran, was die Mutter gesagt hatte, dachte, der Onkel sollte doch auch wissen, dass gebadet werden musste, dass die Kleider gewaschen werden und im Wind flattern mussten.
Er machte am Ufer ein Feuer.
Brenda ging vollständig angezogen ins Wasser. Ihre Kleider starrten vor Schmutz. Jetzt würden sie weich werden.
Ansgar häutete den Hasen ab, den er morgens in der Falle gefunden hatte, und nahm ihn aus. Danach bohrte er einen Stock durch den Rumpf und ließ das Tier in einigem Abstand zum Feuer baumeln. Dann ging auch er vollständig bekleidet ins Wasser. Dort zogen sie sich aus. Sie tauchten unter und warfen die nassen Köpfe in den Nacken. Danach standen sie nackt in der warmen Sonne und schlugen ihre Kleidungsstücke gegen Steine. Sie platschten und sie lachten und spielten im seichten Wasser Fangen und bespritzten sich gegenseitig. Dann lief das Kind an Land, um die Decke und schließlich die Winterkleidung aus der Truhe zu holen. Alles schlugen sie wieder und wieder auf die Wasseroberfläche, wieder und wieder, sie legten es auf den Boden und sprangen darauf, dann wuschen sie Schlamm und Sand aus und spritzten alles wieder nass, das war lustig.
Nachher saß Ansgar wie einst Adam mit einem Ahornblatt vor dem Leib an Land. Die gewaschene Kleidung war am Feuer zum Trocknen aufgehängt. Brenda bückte sich über die Reisetruhe. Sie nahm die Axt heraus. Sie nahm die löchrigen Winterstiefel des Onkels heraus. Dann war die Truhe fast leer. Was nun noch auf dem Boden lag, war ein Schultertuch. Sie hatte dieses Tuch noch nie gesehen. Sie griff nach dem roten Stoff

und drückte ihn an ihr Gesicht. Er war weich. Stank er? Nicht wie die Kleidungsstücke, die sie getragen hatten. Aber dennoch. Es gab da einen Geruch.
Sie sah zum See hinüber.
Vielleicht reicht es, wenn wir es ein wenig in den Wind hängen, sagte der Onkel.
Das taten sie. Ließen das Tuch an einem Ast hängen.
Du kannst so lange in der Truhe sitzen, sagte Ansgar.
Weil sie nackt war, das verstand Brenda. Sie wollte schon in die Truhe klettern, als sie sah, dass dort noch etwas lag. Ein silbernes Schmuckstück und eine Brosche.
Danach saß sie unbekleidet in der Holztruhe und aß Hasenbraten. Ansgar aß ebenfalls Hasenfleisch und sah sich die Schmuckstücke an. Woher das eine stammte, wusste er. Beim anderen wusste er das nicht. Und ihn erfüllten Staunen und Kummer.

Als sie am nächsten Tag weiterwanderten, schien die Schwester sie auf irgendeine Weise zu begleiten. Und seine Schritte waren langsamer, denn eigentlich eilte doch gar nichts. Sie waren sauber an Leib und Kleidung. Ihre Kleidungsstücke waren trocken. Die Sonne schien und wärmte, wer brauchte schon ein Dach über dem Kopf? Nicht Ansgar und Brenda, jetzt nicht. Sie lagen behaglich auf dem trockenen Boden, zusammen unter der Decke, die nicht mehr stank, sondern nach Nadelwald und Feuer duftete.
Abends stellten sie die Falle auf, wenn das nötig war. Am nächsten Morgen fanden sie dort fast immer etwas. Einen Hasen. Ein gestreiftes Eichhörnchen. Eine Bisamratte, einen Otter. Denn Ansgar hatte jetzt gelernt, nach Zeichen Ausschau zu halten, wie den Resten einer Mahlzeit, einigen Federn mit geronnenem Blut, Exkrementen. Und er trennte Fleisch und Fell. Das Fleisch wurde sofort gebraten, ehe das Blut Fliegen-

schwärme anlockte. Was sie nicht verzehrten, wurde in ein Winterwams gepackt und für später in der Truhe verstaut. Das Fell wurde in Wasser gelegt, in den See oder einen Bach, wurde mit Steinen beschwert, damit es nicht wegtreiben konnte. Später wurde es am Feuer getrocknet.
Besser konnten sie es nicht machen, ohne Salz, ohne Butter, ohne Räucherkammer.
Ansonsten hatten sie keine Pflichten. Das Ziel war fern. Chicago? Was sollten sie dort? Cleng treffen. Und noch etwas anderes, das wusste Ansgar, auch wenn es ihm nicht wichtig vorkam, wenn er dort auf einer Lichtung im schwarzen Wald liegen und zum Himmel hochschauen konnte.
Und bald würden die Beeren reif sein.
Aber dann kam der Regen. Und sie eilten weiter, nach Westen, nach Westen.

Wie heißt Arbeit?, fragte der junge Mann.
Employ, antwortete die Kleine. Mutter hatte vor meiner Geburt Employ auf der Kutschstation.
Die beiden gingen schweigend weiter, Hand in Hand. In den Sommermonaten hatten sie zwischen den Bäumen vereinzelte Höfe und Häuser sehen können. Sie hatten in der Ferne Menschen und Kühe geahnt und waren eilig weitergegangen. Aber jetzt war der Herbst gekommen. Und Ansgar dachte daran, dass er in all diesen Jahren niemals mit den anderen nach Rochester gewandert war. Sie hatten ihn nicht dazu aufgefordert, nie hatte er in dem schweigenden Kreis gesessen. Außerdem hatte er nie Lust dazu gehabt, Fremde zu treffen, die ihn vielleicht aus der Fassung bringen könnten.
Er hatte auch nicht in fremden Diensten Bäume gefällt oder gedroschen. Du musst zu Hause bleiben und den Frauen helfen, Ansgar, hatten sie zu ihm gesagt. Deshalb hatte er die Sprache nicht gelernt. Deshalb konnte sogar das Kind mehr als

er. Und er dachte, dass er zum Holzfällen unter Fremde hätte gehen sollen, denn das konnte er, und es verschlang seine Kräfte, so dass er zu nichts anderem in der Lage war.

Bald kamen sie an einen Hof. Der war nicht groß. Aber das Haupthaus war größer als das, aus dem sie gekommen waren, und es hatte mehrere Räume, das konnten sie erkennen, als befinde der Stall sich unter demselben Dach.
Sie sahen niemanden, gingen aber zur Tür und klopften an.
Eine Frau mit einem Gewehr in den Händen kam heraus. Als sie den Mann mit dem kleinen Mädchen an der Hand erblickte, ließ sie das Gewehr sinken.
Good morning and God bless you, sagte Ansgar.
Guten Tag, war die Antwort, und diese Sprache verstand er nicht.
Die Bäuerin hatte blaue Augen in einem blassen Gesicht. Sie trug einen knöchellangen schwarzen Rock mit einer blau-weißen Schürze. Bald tauchten hinter ihr in der Türöffnung zwei oder drei Kinder auf.
Deine Schwester?, fragte die Frau, noch immer auf Deutsch, und zeigte auf Brenda.
Diese Wörter klangen vertraut, es klang fast wie Norwegisch, und Ansgar strahlte, denn es stimmte doch, Brenda stammte von seiner Schwester.
Yes, antwortete er glücklich.
Willkommen, sagte die Frau.
Ansgar lächelte strahlend, denn das hier war noch leichter, Amerikanisch war offenbar leichter zu verstehen, als er gewusst hatte.
Thanks, sagte er und verbeugte sich.
Ihnen wurde ein Platz am Tisch angeboten, und sie durften im Haus in frischem Stroh schlafen. Auf dem Hof gab es nur diese eine Erwachsene mit den drei Kindern. Sie musste doch einen

Mann haben? Der ließ sich nicht sehen. Ansgar versuchte zu fragen und erhielt lange Antworten, die er nicht verstand. Dann fragte er nicht mehr. Er arbeitete. Er dichtete Wände und Dach ab. Er legte Schlingen und häutete das Wild ab. Er hackte Holz. Bald fällte er Bäume und zog Wurzeln aus dem Boden, um für den nächsten Frühling das Ackerland zu vergrößern. Brenda spielte mit den Kindern aus dem Haus, und die Monate vergingen.

Die Segnungen der Schreibkunst

»An die Meine!«
Håvards Hand zitterte, und die Buchstaben fielen eckig und seltsam aus. Das spielte keine große Rolle, denn noch übte er nur. Er besaß keine Feder, keine Tinte und kein Stück Papier. Er formte die Wörter mit den Fingern. Das tat er im Dunkeln, auf der kühlen Unterlage, auf der er saß, und niemand sah ihm zu, aber dennoch zitterte er wegen dem, was er schrieb. »An meine Gattin«, »An meine Geliebte in einem fernen Land«, »Du, meine Liebste unter den Schätzen der Welt«.
Der Mitgefangene lag unter einer schmutzigen Decke und schlief. Von ihm hatte Håvard diese Kunst gelernt. Håvard konnte es jetzt, schreiben, was er wollte. Er konnte die Vorzüge seiner Ehefrau preisen. Er konnte die weltlichen Mächte tadeln, die sich nicht um Elias Tastads Bitten geschert hatten. Er konnte sich an andere wenden als Elias, denn er wusste sehr wohl, dass eine Petition des bekanntesten Quäkers in Stavanger in jedem Fall abgewiesen werden würde.
Aber konnte er denn sonst jemanden bitten?
Verwandtschaft hatte er nicht. Er hatte nur die Freunde, die alle von derselben Art waren. Aber hatte seine Frau keine Leute, die ihr nahestanden? Er sah es vor sich, das Paar auf dem

Hof der Tante, das Frauenzimmer mit dem röchelnden Atem und dem breiten Hintern und den mageren Mann mit dem stechenden Blick. Bier hatte der Mann ihm angeboten, als er damals zum Freien gekommen war.

Nein, gefreit hatte er ja wohl schon früher, bei ihr, um die es ging; die Verwandtschaft hatte er nur über das informieren wollen, was geschehen würde. Und das Männlein war Bier holen gegangen, mit seinen dünnen Beinen und seinem Schmerbauch. Wie ein Hahn.

Konnte er den Hahn um Hilfe bitten?

Der konnte sicher nicht lesen.

Aber er konnte dann doch jemand anderen um Hilfe bitten.

Den Pastor. Und der Pastor würde die Menschen verdammen, die ausgewandert waren, wie alle, die von ihrer Art waren oder mit ihnen zu tun hatten.

»Meine schöne Elise«, schrieb er mit einem zersplitterten Fingernagel.

Eine Ratte lief im Halbdunkel an ihm vorbei. Er ließ sie laufen. Der Mitgefangene hätte sie getreten, hätte sie am liebsten totgetreten, so, wie er zwischen den Fingern Spinnen und Läuse zerquetschte. Håvard tat das alles nicht. Er hatte versucht, die Ratten zu zähmen, als er allein hier gesessen hatte. Es war ihm gelungen, er hatte sie in den Händen halten und das graubraune Fell streicheln können. Zwei Stück waren es gewesen, und er hatte sie nach zwei guten Menschen benannt, die er an der Mündung des englischen Kanals kennengelernt hatte. Anders und Carl. Carl Olvig aus Grimstad und Anders aus Rennesøy. Und er hatte sein Essen mit den kleinen Tieren geteilt, wie der Junge aus Grimstad es damals mit ihm gemacht hatte, als er fast gestorben wäre.

Dann waren sie weggelaufen, eines Tages, als der Wärter sich nicht damit begnügt hatte, das Essen durch die Luke zu schieben, sondern die schwere Eisentür geöffnet hatte.

»Meine einzigartige Gattin. Wie steht das Korn? Meine Sehnsucht ist wie ...«

Lieber Gott, hilf mir, betete er. Mach, dass ich nicht verrückt werde. Denn seine Gedanken liefen in die Irre.

Sie drehten sich um eine Hochzeit und eine Abreise. Er saß nackt mit einer Frau auf einem Felsen. Sie lehnte den Kopf an seine Brust. Sie duftete nach Sonne. Die Frau mit dem schönen Haar. Aber ihr Gesicht war undeutlich. Dann trat doch ein Gesicht hervor, ein anderes als Elises, aber doch von dem Tag seiner Hochzeit her: Er sah die Gasse, die Kneipe, wo er gewartet hatte. Und der Blick dieser Frau leuchtete vor innerer Klugheit. Er gehörte einer Frau mit einem Mann, der schlug. Aber der Mann war in Håvard wie ausgewischt. Stattdessen sah er den Bauern, den er erschlagen hatte. In diesem Moment hatte er das Gefühl, den bösen Menschen getötet zu haben.

Nein, Herr, nein! Niemals wollte ich töten, das nicht! Aber lass mich Elise sehen!

Hatte er geschrien?

Er hatte gerufen, und der andere war aufgewacht und hatte ihn getreten, als wäre Håvard selbst eine Ratte.

Am nächsten Tag erwuchs ein weiteres Bild in Håvard. Es zeigte ihm Madame Seliger auf Finnøy. Die Frau, mit der er einmal eine Kanne Apfelwein geteilt hatte. Kleng Pedersen Hesthammers Frau. Er sah sie vor sich in ihrer Stube, wo sie gesessen hatten, und draußen auf dem schmalen Gehweg zwischen Haus und Fels, diesem steilen Hang mit den klammernden knorrigen Obstbäumen, die die Äpfel zu dem säuerlichen und frischen Wein gegeben hatten.

Ob sie ihm vielleicht helfen würde?

Ob sie vielleicht die Antworten besaß, nach denen er sich sehnte, darüber, wie es ihnen dort in der Fremde ergangen war?

Der Anblick eines unbekannten Reiters

Erst im späten Herbst konnten Lars und Marta Georgiana den Weg zu den Trauernden am großen See antreten. Sie brachten zwei Körbe voller Lebensmittel mit. Sie hatten sich schon vorher angekündigt bei denen, die nicht lange zuvor mit ihnen im Kreis gesessen hatten, und sie hatten sie gebeten, alle anderen im Haus von Kari und Kornelius zu versammeln.

Und so saßen sie an einem wackligen langen Tisch, auf Bänken und Hockern, auf dem Boden und dem ins Haus gezogenen Hackklotz. Sie aßen schweigend. Danach trösteten sie einander.

Noch viel zu jung, sagten sie über Alida Ruth.

Was für eine schöne Seele, sagten sie.

Nun ist er von seiner Last befreit, sagten sie über Ansgar. Wir haben doch gesehen, wie er sich abmühen musste.

Jetzt kämpft er nicht mehr, sagten sie.

Und die Schwester, sagten sie. Mit dem schönen Haar.

Und das kleine Kind.

Sie seufzten. Sie seufzten und wechselten Blicke voller Unsicherheit und Verzweiflung. Ihre schlimmsten Befürchtungen konnten doch einfach nicht zutreffen. Sie konnten nicht alle vier tot sein. Denn jemand hatte ein Grab gegraben. Jemand hatte die Toten beerdigt. Und die Truhe, die das Geschwisterpaar mit über den Atlantik gebracht hatte, war verschwunden. Das hatten sie erst kürzlich entdeckt.

Sie können sehr wohl alle tot sein, seufzte Siri Madland. Denn um diese Zeit war ein Fremder hier.

Ein Fremder?, wiederholte Marta.

Ein Fremder zu Pferd. Und wenn jemand in einem Haus, an dem er anklopft, Tote vorfindet, greift er ja wohl zum Spaten?

Das tun nicht alle, meinte Aanen Brastad.

Aber jeder Christenmensch doch.
Wir werden so gemartert, seufzte Maren Katrine, die Frau von Simon Lima. Wir werden durch unsre Unkenntnis gemartert!

Alle Erwachsenen nahmen an diesem Nachmittag an einer stillen Andacht nach Quäkerart teil. Sie schlossen die Augen und hielten Einkehr in sich. Einige hielten Ausschau nach dem Licht und der Freude, die das Licht schuf. Andere wünschten sich Befreiung von ihren Zweifeln. Noch andere ließen die Bilder derjenigen, die nicht mehr bei ihnen waren, durch sich strömen, in einer Art Vorstellung davon, dass die Bilder zeigen könnten, ob noch jemand am Leben sei.
Wir beten für sie alle, sagte danach Lars Larsen. Die, die leben, wenn also noch jemand lebt, brauchen unser Gebet vielleicht am meisten.
Sie fühlten sich jetzt ruhiger. Aber als die beiden Gäste aus Rochester sie verlassen wollten, säten die Frauen neue Unsicherheit.
Wer hat denn diesen Reiter gesehen?, wollte Lars' Marta wissen.
Eine Schwester von Alida Ruth. Sie hatte nach der Kranken schauen wollen. Und als sie gerade über den Bach gesprungen war und sich dem Gebüsch am Wasser näherte, hatte sie den Mann im Sattel gesehen. Und er hatte auf dem Pferderücken etwas an sich gepresst.
Was denn?
Es war von Stoff verhüllt, vielleicht seinem Umhang.
Aber war es ein Mensch?
Vielleicht ein magerer Mensch.
Du meinst das Kind!, rief Marta bestürzt.
Aber könnte der Reiter auch die Truhe unter seinem Umhang gehabt haben?, fragte Lars.
Alles war so schnell geschehen. Und als die, die es gesehen hatte, eine Weile darauf ins Haus schaute und es leer vorfand, war

sie dermaßen erschüttert, dass sie nicht mehr genau wusste, was sie vorher gesehen hatte.
Die, die bei Kari und ihrem Mann auf dem Hofplatz standen, drehten sich zu dem Gebüsch am Bach um, das die Flurgrenze ausmachte. Es war ein ziemliches Stück bis dorthin. Und auf der anderen Seite war es ebenso weit. Nein, das Kind hatte wohl kaum die Möglichkeit gehabt, beim Cleng-Haus das Gesicht des Reiters genau zu sehen.
Sicher gibt es für alles eine Erklärung, sagte Lars zu seiner Frau.
Sie folgten dem Pfad in Richtung Holley. Die Laubbäume leuchteten gelb. Die Luft war kühl und frisch.
Es wird schon irgendwann ans Licht kommen, fügte er hinzu.

Eine Menge Ungeziefer

Ansgar und Brenda knackten Läuse. Es war keine schwere Arbeit, da die Läuse langsam über sie hinwegwanderten und einfach gepflückt werden konnten. Sie konnten sich hinter einem Ohr oder auf der Kopfhaut verstecken. Beide hatten sie viel Haar. Das von Ansgar war wie ein hellbrauner struppiger Strohwisch. Brendas war vor langer Zeit einmal geflochten worden, aber um das, was zu zwei straffen Zöpfen gebändigt war, stob eine Welle aus dünnem, lockigem Flaum. Die Läuse kletterten aus den Zöpfen heraus, als hätten sie dort weich gelegen und geschlafen.
Fünf, sagte Ansgar.
Er las sie ihr ab, sie las seine.
Sechs, sagte Brenda. Aber wir haben noch viel mehr.
Wir könnten einen Kamm brauchen, sagte Ansgar.
Warum hast du den Mann angeschrien?, fragte Brenda.
Darauf gab der Onkel keine Antwort.

Auf jeden Fall sollten wir wohl deine Zöpfe aufbinden, sagte er stattdessen.
Er zog an den Bändern. Er teilte ihr blondes Haar mit den Fingern, und auf den einzelnen Strähnen wimmelte es nur so. Er schüttelte sie, und die Läuse rieselten über das Kind. Beide versuchten, sie wegzuwischen.
Besser, wir nehmen uns eine nach der anderen vor, sagte die Kleine.
Wir haben Zeit genug, sagte Ansgar zufrieden.
Brenda schob eine Faust in seine struppige Mähne und fing eine weitere Laus. Eine Weile blieb sie dann sitzen und sah ihre Beute an.
Eine, sagte Ansgar.
Zwei, sagte er, als er die nächste knackte.
Du zählst nur bis fünf, du, stellte die Kleine fest.
Es gibt eine Zehn, antwortete der Onkel. Es gibt elf und zwölf und fünfzehn. Aber fünf und fünf sind praktische Sammlungen.
Es gibt auch achtzehn und zwanzig, antwortete das Kind.
Ich habe noch nie so viele Läuse gesehen, sagte der junge Mann.
Eins, zwei, drei, vier, fing Brenda auf Deutsch an und hörte erst auf, als sie bei zwanzig angekommen war.
Ansgar zählte nicht mehr laut. Er zählte in Gedanken, wieder und wieder, bis fünf. Das war die Menge der Finger. Jede Hand ergab fünf, wie auch jeder Fuß. Er knackte Läuse in Fünfergruppen. Und er wusste, wie viele Gruppen es inzwischen waren. Bisher an diesem hellen Frühsommermorgen waren es vier mal fünf Gruppen. Und es machte ihm nichts aus, dass Brenda den Fang auf andere Weise zählte. Das hatte sie von der Frau auf der Farm gelernt, bei der sie den Winter verbracht hatten. Es war während der Arbeit geschehen, wenn sie im Feuerhaus gekocht hatten, oder am Wasser, wenn sie Kleider wuschen; die

ganze Zeit hatte die Frau erklärt und ihre eigenen Kleinen unterrichtet, und außerdem Brenda, da die nun einmal dabei war. Es waren keine amerikanischen Zahlen, die sie die Kinder gelehrt hatte, das hatten sie dann endlich verstanden, dass es deutsche waren. Und Ansgar hatte keinen Bedarf an deutschen Zahlen, jetzt nicht mehr, nicht, nachdem er das Haus mit der Frau und den Kindern verlassen hatte, wo er den Platz eines Mannes an Arbeit und Verantwortung gefüllt hatte und sich groß und tüchtig vorgekommen war, bis der Mann, der zu dem Hof gehörte, mit einem Ofen auf einem von einem lahmen, mageren Ochsen gezogenen Schlitten aufgetaucht war. Aber nicht ihn hatte Ansgar angeschrien, das war erst später passiert, im Frühling, als ein weiterer Bursche aufgetaucht war.

Ich wetze das Messer, sagte er jetzt. Es sind einfach zu viele.

Er wetzte das Messer an einem Stein. Dann schnitt er der Tochter seiner Schwester das Haar, nachdem er es zuerst wieder geflochten hatte, auf seine unbeholfene Art. Er schnitt die Zöpfe ab. Danach schnitt er noch mehr ab, und sie schrie, weil es ziepte.

Du auch, verlangte sie danach schluchzend.

Und er schnitt sich selbst die Haare ab, so dicht an der Kopfhaut, wie er es schaffte. Zwischendurch fing es an zu bluten. Danach zogen sie sich aus und badeten, wie sie das schon einmal getan hatten, zusammen und allein im Wald. Sie hielten, so lange sie konnten, den Kopf unter Wasser, um das Ungeziefer zu ertränken, und sie schrubbten sich mit den Händen, um die Eier zu entfernen. Danach spülten sie ihre Kleider aus.

Auf diesem Hof waren mehr Läuse als auf der ganzen »Restauration«, sagte Ansgar.

Aber sie war lieb, sagte Brenda.

Die Frau. Die hatte sie gut behandelt, das war es nicht. Sie hatten sich jeden einzelnen Tag satt gegessen, und nur selten hatten sie gefroren.

Magst du den Wald nicht?, fragte Ansgar.
Doch, murmelte Brenda. Im Sommer ist es schön da.
Der Sommer hat gerade erst angefangen, antwortete der Onkel zufrieden.
Und als die Kleidung getrocknet war, wanderten sie weiter, die beiden, barfuß, um ihre ohnehin schon abgenutzten Schuhe nicht zu verschleißen. Mit Chicago als Ziel gingen sie weiter, auch wenn die Richtung ein wenig unklar war und ihre Vorstellung davon, was sie dort finden würden, ebenso vage.

Lebenszeichen hinter Gittern

Und Håvard wurde in sein Gefängnis ein Brief geworfen. Mit aus Mangel an vernünftigem Gebrauch steifen Fingern öffnete er das Schreiben und las den Gruß, der nicht von Madame Seliger stammte, sondern von Knud Slogvig. Knud war in die alte Heimat zurückgekehrt, um sich eine Frau zu holen, stand dort, denn drüben sei es ohne so einsam. Er habe lange Zeit für die Rückreise gebraucht, hieß es dort außerdem, denn die Entfernungen seien groß, und alles sei teuer.
Håvard hielt sich den Brief dicht unter die Augen, um im trüben Licht die verschlungenen Buchstaben sehen zu können, und in ihm prickelte es vor Spannung, es plätscherte vor erregter Freude; das hier waren Nachrichten aus dem heiligen Land, der Stätte der Freiheit auf dieser Erde, und sein Blick wanderte die Seite hinunter, ein Name, ein Name, aber der stand dort nicht.
Also fing er wieder von vorne an.
Knud hatte durch Elias' Frau, die nicht mehr trank, von Håvards Schicksal gehört, und weder die anderen noch er selbst hatten irgendwelche Zweifel daran, was wirklich auf dem Hofplatz des Bauern geschehen war, damals an dem Morgen, als

die Schaluppe vorübergesegelt war. Und Knud wusste von jemandem, der einen kannte, der sich einschalten und die ganze Sache aufklären könnte.
Aber was war mit Elise!
Amerika sei groß und schön, stand in dem Brief. Vor allem im Frühling sei es schön, vor allem durch die hellroten Blumen, die aussahen wie wippende Holzschuhe auf einem Stengel.
Sie hätten viele Häuser erbaut und Land gerodet, hieß es weiter, aber der Boden weiter im Westen sei angeblich besser, vielleicht würden sie also weiterziehen. Ansonsten sei es auch möglich, dass er selbst sich Arbeit in Rochester suchen würde, vertraute Knud ihm an, denn dort lebte Lars aus Jeilane mit seiner wachsenden Familie. In der Atkinson Street lebten sie, erzählte er, und man könne auf einem Kanal hinreisen, denn Rochester liege an einem solchen.
Wenn du also freikommst, fährst du dorthin, schrieb Knud Slogvig, und dann würden Lars und Marta ihm den weiteren Weg zeigen.
Deine Frau kann übrigens Blaubeerpie backen, stand ganz unten, vor dem »Lebewohl« des Freundes.
Håvard fand keine Worte, in seinem Mund gab es jetzt nur Freudenlaute, und sie spritzten aus ihm heraus und über den Mitgefangenen, der immer schlief, wenn er nicht aß oder nach den Ratten trat oder jemand anderen das Schreiben lehrte.
Ein Gruß von meiner Frau!, brachte er endlich heraus.
Er schwenkte den Briefbogen: Sie bäckt Blaubeerpie!
Und was ist das?
Irgendwas, was sie in England essen, das weiß ich. Mit Teig drum herum und etwas in der Mitte. Meine Frau hat Blaubeeren.
Er sank wieder zu Boden, plötzlich zitternd, und er sah sie jetzt vor sich. Elise mit dem schönen Haar, vielleicht in einem blauen Rock, vielleicht blau mit helleren Streifen, vielleicht in

einer Bluse mit einer Schleife am Hals. Und mit dem Schultertuch, wenn sie sich feinmachen wollte. Und er sah dieses schöne Gesicht.
Wann machten sie sich in Amerika wohl fein?
Wenn sie feierten, dass sie die Ernte eingebracht hatten, nahm er an. Dann setzten sie sich sicher auf den Hofplatz, wie sie es hierzulande nach gemeinschaftlichen Arbeiten auch taten, sie aßen und machten es sich mit freundlichen Gesprächen gemütlich. Und dann trug sie das Schultertuch, dachte er. Und Daniel spielte vielleicht auf der Fiedel.

Eine Kirche aus stehenden Brettern

Sieh mal, Ansgar!
Brenda zeigte auf etwas, das ein Stück vor ihnen aufragte. Sie blieben stehen und kniffen die Augen zusammen. Es war ein Turm, ein Leuchtturm, dachte der Mann, denn Leuchttürme hatte er schon gesehen. Und als sie näher kamen, entdeckten sie Boote und Häuser.
Den ganzen Tag waren sie an einem See entlanggegangen. Er sah aus wie der, von dem sie gekommen waren, war aber dennoch ein anderer. Und sie wussten, dass sie auf dem richtigen Weg waren, denn wenn sie nur am Ufer entlanggingen, würden sie ans Ziel gelangen, das war ihnen erzählt worden. Deshalb ging Ansgar schneller, ohne an die Füßchen der Kleinen unter kurzen, dünnen Beinen zu denken.
In den Monaten vor dem letzten Marsch hatte er für einige Iren gearbeitet. Vorher hatten sie bei einem kummervollen Ehepaar von unklarer Herkunft gewohnt, dem offenbar im Leben ein Unglück nach dem anderen widerfahren war; zuletzt hatte sich der Mann auf der Jagd selbst in den Fuß geschossen. Aber alle hatten gleich viele Läuse im Stroh gehabt.

Deshalb trugen Ansgar und Brenda Kopfbedeckungen, als sie sich jetzt dem Ort näherten, der angeblich Chicago hieß, denn abermals hatten sie gebadet und sich die Haare geschnitten. Der junge Mann trug eine Mütze, die die Irin ihm geschenkt hatte, nachdem die alte ins Feuer gefallen und verbrannt war. Diese neue war zu dünn, um an einem windigen Wintertag Wärme zu schenken, sie konnte aber seinen schändlich geschorenen Kopf verbergen. Sie war braun und schloss sich eng um den Schädel. Brenda hatte eine Haube von einem Mädchen geerbt, das dem Ehepaar mit den vielen Schicksalsschlägen weggestorben war.

So näherten sie sich dem Turm, der an einem See oder einer Flussmündung stand, mit bedeckten Köpfen näherten sie sich, obwohl in der Sonne die Kleidung an ihrer Haut klebte. Und mit nackten Füßen und dicken, hornigen Fußsohlen verringerten sie die Entfernung zwischen sich und dem Leuchtturm und dem, was ihn umgab, den Resten eines Forts.

Ansgar blieb stehen. Er schluckte trocken. Er spürte seinen keuchenden Atem.

Er hielt das Kind nicht mehr an der Hand und trug es nicht auf dem Rücken. Brenda ging in ihrem eigenen Tempo, meistens ein Stück hinter dem Onkel. Und es kam vor, dass sie sang. Sie war jetzt sieben Jahre alt und konnte sich außer auf Norwegisch auch auf Deutsch und Englisch verständlich machen. Sie sprach ein wenig Französisch, denn auch bei Franzosen hatten sie eine Zeit lang gewohnt. Die Kleine hatte jetzt etwas Wachsames, entwickelt im Zusammensein mit Fremden, auf den Höfen, auf denen Ansgar während der Ernte oder zu anderen Zeiten Arbeit gefunden hatte. Wenn sie allein im Wald waren, war das Wachsame wie verflogen. Dann atmete sie tiefer und ohne ängstliche Pausen.

Wie der junge Mann, dem sie folgte. Er hatte sie gelehrt, sich zu ängstigen. Sie fürchteten sich vor seinen Anfällen, alle bei-

de. Ein Anfall konnte einfach durch ein Wort ausgelöst werden. Aber auch durch andere Dinge, durch mehr. Er hatte ihr erklärt, was in ihm geschah, wie es dazu kam, dass er einfach schreien musste.
Es geschah nie zwischen den Bäumen an ihrem Weg.
Können wir nicht die ganze Zeit im Wald wohnen?, hatte Brenda gefragt.
Aber doch nicht im Winter.
Können wir uns kein Haus bauen?
Uns gehört hier kein Land.
Aber da, wo keine Leute sind, können wir doch bauen?
Es kann trotzdem jemand anderem gehören, das Land, auf dem wir bauen.
Und dann können wir weggejagt werden?
Ja.
Von einem Mann mit erhobenem Gewehr?
Ja.
So hatten sie Zuflucht bei Menschen gesucht, wenn es kühl wurde. Und immer waren sie freundlich aufgenommen worden. Aber Ansgar verkroch sich trotzdem gewissermaßen zwischen seinen Schultern, wenn sie bei Fremden waren. Meistens ging alles gut, bis dann etwas Unerwartetes passierte. Brenda hatte gelernt, die Zeichen zu deuten. Das Zucken in seiner Schulter, das Zwinkern seiner Augen, den gequälten Blick. Und dann hielt sie Ausschau nach dem Grund für seine Erregung. Inzwischen konnte sie die Quelle dieser Zeichen entdecken. Und dann konnte sie ihn wegziehen: Lauf, Ansgar, lauf! Ein starker Schluck, das war das Einzige, was seine Schultern sinken ließ. Den bekam er zu Weihnachten. Nur wenige Tropfen reichten aus, um ihn mit Seligkeit zu erfüllen. Und Brenda wusste jetzt, warum sie die ganze Zeit hierher gewollt hatten. Und sie freute sich für Ansgar: Chicago galt als Herdstätte der Seligkeit.

Sie waren immerzu gegangen, in die richtige Richtung und in die falsche. Nur einmal war ihnen ein Norweger über den Weg gelaufen, und das war ein freudiges Wiedersehen gewesen. Sie waren einander begegnet, weil der andere sich verirrt hatte, die Begegnung hatte nicht länger gedauert als einige Tage, um die Füße auszuruhen.
Jetzt gingen sie an graugelbem Schilf vorbei. Sie gingen durch Lehm und Staub. Sie gingen vorbei an Holzhäusern, die aussahen wie die, von denen sie am Ufer des Ontario gekommen waren, und wie die, in denen sie unterwegs gewohnt hatten. Einige waren größer, andere kleiner. Es gab einige wenige in der flachen Landschaft verteilte Farmen. Viehherden weideten in aller Ruhe, und sie hörten Schafe blöken. Sie spürten den Wind im Gesicht und am Leib, er machte die Hitze erträglich. Sie sogen den Geruch von Modder und morschem Holz in sich auf, und bald nahmen sie den würzigen Geruch gebratenen Specks wahr. Ansgars freie Hand jagte wie von selbst zu seiner Brust, wo er unter seiner Kleidung einen Stoffbeutel trug; darin lagen die Münzen von Monaten harter Arbeit auf Hof um Hof.

Und dann war er da, Ansgar. In der Seligkeit. Denn der Leuchtturm war der Turm von Chicago, und der Moddergeruch war Chicagos Geruch, die Viehherden waren das Vieh von Chicago, und die Kneipe an der Flussmündung war sein Ziel. Chicago war der gewundene Fluss mit den Resten des Forts und einer Handvoll von Menschen und Häusern.
Die beiden hatten braune Bohnen und gesalzenen Speck gegessen. Sie waren dem Geruch gefolgt. Sie hatten draußen gestanden, unsicher, ob es ein Ort auch für andere war als die, die in dem kleinen Holzhaus wohnten. Aber über der Tür hing ein Schild mit einer Aufschrift. Und die Tür stand offen. Von drinnen war lautes Gerede zu hören, wie aus den Kneipen, die Ansgar in Stavanger aus der Ferne gesehen hatte. Dann hatten sie

sich näher gewagt, und eine Frau mit großem Busen hatte sie hereingewinkt.
Bohnen und Speck in flüssigem Fett und ein Krug voller Bier. Brenda hatte einen Schluck trinken dürfen, und ihr schauderte.
Der Geschmack spielt keine Rolle, hatte Ansgar zu erklären versucht.
Jetzt saß er vor dem leeren Krug und spürte die Wärme. Sie glitt wie sanftes Wasser durch seinen Körper. Es gab nichts mehr, wovor er sich fürchten musste. Und er lächelte versonnen vor sich hin.
Sie saßen nebeneinander auf der Bank an einem Tisch, der sich durch den ganzen Raum zog, ein seliger junge Mann mit braunem, kurzgeschorenem Haar und ein Kind, auf das das Selige übergriff, denn sie brauchte nicht mehr im Gesicht und am Körper des Onkels nach Zeichen Ausschau zu halten. Das Essen hatte sie schläfrig und zufrieden gemacht. Sie schaute sich die anderen in der Schankstube an, in ihrer Nähe saß ein Mann mit Hosenhintern und Hosenknien aus Leder. Ihm gegenüber saß ein schlaksiger junger Mann in zerlumpter Hose und mit nackten, schmutzigen Füßen, Brenda war dieses Elend schon beim Hereinkommen aufgefallen. Vielleicht waren die beiden Vater und Sohn. Vielleicht war der Junge der Knecht des Älteren, denn es kam vor, dass der Ältere die Faust ballte und sie gegen den Kopf des Jungen presste, den umdrehte und dem Jungen durch das Haar fuhr. Dann lachte der Mann mit dem Lederhintern, und der andere lachte noch lauter, wie schrilles Vogelgeschrei. Hinter diesen beiden saßen drei Männer, die sich lautstark auf Deutsch unterhielten. Bald gingen sie, und kurz darauf tauchten zwei neue auf, mit hafergelbem Haar und schweißnassen, verdreckten Gesichtern.
Die Frau mit dem großen Busen lief hin und her, mit Krügen und Bechern, mit Gläsern und Schüsseln. In der Ecke bei der

Tür hielt sie das Feuer am Brennen, über der Feuerstätte hing eine an zwei Böcken befestigte Eisenstange, und unter der Stange hingen ein Kochtopf und eine Pfanne, beide mit Henkeln, an denen Haken befestigt werden konnten. Die Frau zwinkerte Brenda zu. Die Kleine sah sie fragend an, und die Frau lächelte. Kurz darauf kam sie, um den Tisch abzuräumen, und nun erzählte sie, wie sie hieß.
I'm Annie.
I'm Brenda, sagte Brenda. Und das hier ist Ansgar.
More beer?, fragte Annie.
Thank you, nickte Ansgar.
Zweimal hatte er um mehr gebeten und es bekommen, gegen klingende Münze, als das Kind neben ihm in sich zusammensank, bis es halb saß und halb mit dem Kopf auf seinen Knien dalag. Sie war eingeschlafen. Ansgar legte den Arm um sie, damit sie nicht zu Boden fiel. Er lehnte sich an die Wand hinter ihm. Ihm ging es gut.
War auch er eingeschlafen?
Zwei Fremde standen vor ihm und winkten mit einem Kartenspiel. Sie wollten offenbar mit ihm spielen. Aber das konnte Ansgar nicht. Auf den Karten wimmelte es nur so von geschriebenen Zahlen.
Und dann war Annie da, die Frau mit den großen Brüsten. Sie wollte offenbar keine schlafenden Kinder auf ihrer Bank haben, und Ansgar wollte Brenda hochheben und gehen. Aber so war es dann doch nicht gemeint, sie könnten auf dem Dachboden schlafen, wenn sie einen Schlafplatz brauchten. Und Annie nahm die Kleine auf die Arme und trug sie nach oben, während Ansgar verwirrt und froh über diese Freundlichkeit lächelte.

So fing das an, was zu einer seltsamen Beziehung zwischen einer Frau, einem jungen Mann und einem Kind werden sollte, die alle drei Verluste erlitten hatten und vielleicht Trost brauchten. Ansgar hatte zwar das Bier, und Brenda hatte Ansgar, aber die Frau, die kochte und briet und Fremde bediente, hatte ein lebendiges Kind bei einem Brand verloren. Das war in Troy geschehen. Seither hatte sie das Leben in Troy nicht mehr ertragen und war mit einem Kanalboot nach Westen gereist, ihr geringes Vermögen hatte sie in eine Kleiderfalte eingenäht. Sie hatte nach Buffalo gewollt, aber da gab es schon genug von ihrer Sorte. Und so war sie nach Chicago gelangt, diesen Ort, der bis vor kurzem nur ein Außenposten bei Fort Dearborn gewesen war.

Mit dem kleinen Vermögen, das ihr in Troy und Albany die Gelüste und Sehnsüchte von Männern eingebracht hatten, hatte sie das schlichte Holzhaus mit dem Schornstein und zwei getrennten Schlafplätzen oben bauen können. Und sie hatte bei den Farmern in der Nähe Lieferungen von Fleisch und Speck und Kartoffeln und Bier und anderen Dingen abgemacht. »Annie's Inn« stand in weißen, ein wenig schrägen Buchstaben über ihrer Tür. Sie hätte gern ein baumelndes Schild gehabt, wie ihre Großmutter in Dublin es besessen hatte. Aber das musste noch warten, bis sie Geld genug hätte und bis sich am Ort ein Feinschmied niederließ.

Annie's Inn. Ein Ort für Speis und Trank. Wenn nach Ladenschluss noch mit anderem gehandelt wurde, dann ging das nur die an, die kauften und verkauften. Aber sie spürte ja die Blicke der Männer, diese Annie, und sie wusste, welche der Männer ohne religiöse Anfechtungen waren und welche sich im Kampf zwischen der Not ihrer Lüste und dem schmalen Pfad der Enthaltsamkeit befanden. Sie verführte niemanden. Aber die, die bereit waren, nahm sie zu sich, wenn sie keine zu groben Reden führten oder zu betrunken oder zu verdreckt waren.

Es kam vor, dass ihr ein Beschützer fehlte.

Manchmal dachte sie auch, dass sie sich mit anderen Frauen zusammentun könnte, dass die Gemeinschaft sie beschützen

würde. Außerdem träumte sie von einem größeren und schöneren Haus, das mit schöneren Dingen gefüllt wäre.
Aber als Brenda und Ansgar aufgetaucht waren und die Kleine auf der Bank einschlief, wurde sie an ihr eigenes verlorenes Kind erinnert, und ihre Sehnsucht erwachte, und es war ihr wichtig, die beiden in der Nähe zu behalten, wenigstens für einige Stunden. Und sie hatte verstohlen einen sanften Kuss auf die Stirn des Mädchens gedrückt, ehe sie sie oben zur Ruhe gelegt hatte. Aber die beiden wollten sicher weiter, glaubte sie, wie die meisten, zu Verwandten, die schon vorausgereist waren.
Das wollten sie nicht. Sie hatten ihr Ziel erreicht. Ansgar hatte hierher gewollt, zu Chicagos Bier. So kam es, dass sie auf dem Dachboden der Frau wohnen blieben. So kam es, dass Brenda tagsüber ein wenig in der Kneipe aushalf, während Ansgar, als der Beutel mit den Münzen sich leerte, sich einer Arbeitskolonne anschloss, die eine Kirche errichten sollte. St. Mary's Church sollte es heißen, das Gotteshaus, und es sollte ganz anders aussehen als die Gebäude, die es am Ort bereits gab. An Stelle von Baumstämmen, die längs übereinanderlagen, wurde die Kirche aus zurechtgesägten Brettern erbaut, die nebeneinander in die Höhe ragten. Die Schreiner arbeiteten nicht mit der Axt, sie hauten die Bretter am Ende nicht zurecht, um sie ineinanderzuschieben, sie griffen zu Hammer und Nägeln.
Hammer and nails.
Blanke Nägel, keine Holzpfropfen.
Und Ansgar hatte im Schatten des Bretterstapels einen Krug Bier stehen.

Sterne aus Holz

Eine ganze Tonne, schnaubte Francis de Lilac. Das ist zu viel!
Wir machen es so, wie ich sage, erklärte seine Mutter. Sie bekommen eine Tonne Bier. Sie bekommen zwei Schweine und ein Lamm. Es ist doch Weihnachten!
In Georgia wurde für die Sklaven Weihnachten gefeiert. Alice konnte sich nicht daran gewöhnen, dass Weihnachten für die Sklaven da war, sonst für niemanden. Aber sie sagte nichts, weder darüber noch über die anderen Sitten am Ort und auf der Plantage. Ihr kam es nicht zu, überhaupt etwas zu sagen. Sie sollte einfach nur da sein und schön sein. Sie sollte morgens langsam die breite Treppe hinunterschreiten, damit der Mann diesen Anblick genießen könnte, wenn er mit offener Tür zur Halle am Frühstückstisch saß. Francis hatte in der ersten Zeit für seine Gattin einen Tanzlehrer engagiert, einen, der ihr nicht nur die Reihenfolge der Tanzschritte beibrachte, sondern der mit ihr auch einen würdevollen Gang und elegante Arten übte, sich zu setzen.
My precious one, so nannte der Mann sie.
Vom ersten Moment an hatte er das in ihr Ohr geflüstert, my precious, my precious one, während er sie auf einem Pferd an sich gedrückt hatte, während er so schnell geritten war, wie das Pferd überhaupt nur laufen konnte; er hatte ihn mehrfach wiederholt, den Bericht über diesen Ritt, den wilden Ritt von Ontario nach Buffalo, als er der Retter mit einer Todgeweihten in den Armen gewesen war. Ein rettender Engel war er gewesen, einer, der den Willen eines bösen Schicksals bezwungen hatte. Alice hätte in einem Holzhaus mit schiefen Winkeln in den Ecken sterben sollen, am Ufer eines Sees, der so groß war wie ein Meer. Aber so war es dann doch nicht gekommen. Statt-

dessen sollte sie auf einer ein Stück außerhalb Savannahs gelegenen Plantage leben. Wochenlang hatte Francis dafür gesorgt, dass sie in Buffalo von einer tüchtigen Frau gewaschen und gepflegt wurde, dass sie weich und sauber lag, dass sie die beste Pflege erhielt, die in einem abgelegenen Außenposten am Ende eines Kanals überhaupt für Geld zu haben war. Langsam war sie wieder zu sich gekommen. Langsam hatte sie begriffen. Sie lebte, andere waren gestorben. Francis hatte bei Cleng Peersons Hütte getan, was zu tun war. Er hatte einen Spaten geholt und den Boden geöffnet. Er hatte das Grab gefüllt und es wieder geschlossen. Er hatte ein Gebet gesprochen.
So hatte er es erzählt. Und Alice war zu schwach gewesen, um weinen zu können. So hatte sie Zeit gehabt, sich an das Entsetzliche zu gewöhnen: Sie war die einzige Überlebende. Ihre Tochter war tot. Ihr Bruder war tot. Und die junge Frau, die zusammen mit ihnen dort gewesen war, Alida Ruth, auch sie lebte nicht mehr.
Nicht daran denken, hatte Francis gesagt. Denk daran, dass du gesund werden wirst. Denk daran, dass wir in den Süden reisen werden.
Sie waren auf dem Kanal zurück nach Albany gefahren. Noch hatte sie kaum Kräfte gehabt. Der Retter mit dem roten Umhang und dem starken Blick war bei ihr gewesen, hatte sie gefüttert, hatte ihr Haar gestreichelt. Sie hatten nicht an Bord geschlafen, sondern in kleinen Logierhäusern unterwegs, wo der Engel mit dem schönen Halstuch ihr Gesicht mit Küssen bedeckt hatte.
Wir heiraten, wenn wir in New York City angekommen sind, hatte er gesagt.
Aber sie war doch schon verheiratet?
Sie hatte nicht die Kraft gehabt, dem Mann zu widersprechen. Und dieser andere war so weit weg. Sie konnte sich kaum daran erinnern, wie er ausgesehen hatte. Und war er denn nicht

ein Dieb? War er nicht zur Strafe ins Gefängnis gesperrt worden?

In der alten Welt saß er und büßte für seine Dummheit. Darüber konnte sie nicht sprechen. Und außerdem ... und außerdem ...

In ihr keimte ein Gedanke wie ein kleines hartes Samenkorn. Im Laufe der Reise wuchs der Keim, wuchs zu etwas Deutlichem heran, zu einem klaren Zweifel: Verheiratet? Was hatte er ihr denn für eine Trauung zugemutet, ohne Kirche, ohne Geistlichen!

Werden wir in einer Kirche heiraten?, hatte sie Francis de Lilac gefragt, als sie an Deck eines Raddampfers auf dem Hudson saßen.

Natürlich. Wo denn sonst?

Nicht in einem nackten Raum, gefüllt von stummen Männern, die sich schwarze Hüte auf den Bauch drückten, dachte sie.

Und sie fühlte sich frei. Das andere war offenbar nicht einmal gesetzlich gewesen, so, wie der Pastor über die Gemeinschaft der Freunde geschimpft hatte.

Auf diese Weise war sie nach Magnolia gekommen, als verheiratete Frau in einem schwarzen, von vier grauen Pferden gezogenen Wagen, wie im Traum. In gelber Seide war sie gekommen, mit einem weinroten Hut und leichten Lederstiefeln.

Ach was, hatte Francis' Mutter aus dem Schatten zwischen zwei weißen Säulen gefragt. Du meinst wohl, es sei jetzt so weit? Alles sei vergessen?

Hastig hatte der Mann seiner jungen Frau aus dem Wagen geholfen, und die Mutter hatte geschwiegen. Ihre strenge Miene hatte einer Andeutung von Fürsorge Platz gemacht.

My wife, hatte Francis sie einander vorgestellt und abwechselnd wie zu einer Umarmung den Arm zuerst in Richtung der einen und dann der anderen der beiden Frauen ausgestreckt: My angry but forgiving mother.

Sie wird uns doch ohnmächtig, hatte die Mutter gerufen und Alice aufgefangen.
Es war so heiß. Die Luft zitterte an diesem Tag ohne den leisesten Windhauch. Der jungen Frau war schwindlig geworden, das Korsett hatte sie am Atmen gehindert, solch feste Schnürung war sie nicht gewohnt gewesen. Elise vom Tantenhof.
Deshalb hatte die Schwiegermutter Zuneigung zu ihr gefasst, wegen ihrer Schwäche.
Aber zwischen der älteren Frau und ihrem Sohn hatte es irgendetwas gegeben, es hatte in den Blicken gelegen, die sie einander zusandten, etwas Böses.
Es war Alice nicht zugekommen, darin zu graben. Also hatte sie es auch nicht getan. Nicht in der ersten Zeit. Nicht in der Zeit, die darauf folgte. Sie arbeitete daran, eine andere zu werden. Eine, die vorsichtig in eleganten Schuhen dahintrippelte. Eine, der von einer anderen, die nur da war, um ihr zu helfen, in die schönsten Kleider geholfen wurde. Von einer Schwarzen.
Es hatte sie geradezu erschüttert, als sie zum ersten Mal einen schwarzen Menschen gesehen und begriffen hatte, dass die Farbe nicht vom Ruß stammte. Das war in New York gewesen, nach der Reise über das Meer. Aber erst zusammen mit Francis sah sie diese Menschen aus der Nähe.
Der Herr hat ihn schwarz gemacht, am ganzen Leib, hatte der Mann gelacht. Wenn auch nicht in den Händen. Nicht unter den Fußsohlen.
Sie hießen Niggers.
Bald bekommst du auch einen Nigger, hatte Francis versprochen.
Sie war erschrocken, denn was hätte sie mit einem solchen Niggermann wohl anfangen sollen?
Sie bekam ein Mädchen, keine Mannsperson. Dieses Mädchen sollte ihr die Haare kämmen und den Topf ausleeren. Sie brach-

te Wasser und Handtücher, wenn Alice sich waschen wollte. Sie suchte Kleider heraus, die Alice am nächsten Tag tragen wollte, sie bügelte sie, wenn das nötig war, mit einem flachbödigen hohlen Gegenstand aus Eisen, gefüllt mit glühenden Kohlen und einem Handgriff, mit dem er auf dem zu plättenden Stoff hin und her geschoben werden konnte.
Das Mädchen hieß Sam, und ihr fehlte ein Ohrläppchen. Sie trug zu dem Werk bei, das Francis de Lilac begonnen hatte, nämlich, aus Alice eine Prinzessin zu machen. Francis' Mutter war die Königin von Magnolia. Sie war groß und hielt den Kopf immer hoch erhoben. Sie hatte einen schwellenden Busen, der über ihr Mieder hinausquoll. Sie besaß eine Stimme, die brüllen, die aber auch an einem Gartentisch mit süßem Wein und Kuchen leise und gebildet plaudern konnte. Und sie wusste, wer Alice unter Seide und Korsett war, denn sie war ihre Beraterin. Ihre Ratschläge erfolgten ruhig und entschieden, ohne große Gesten. Du kannst einfach stillsitzen und schweigen, sagte Francis' Mutter etwa, wenn Gäste erwartet wurden. Dann verrätst du deine Unwissenheit und deine ungehobelte Sprache nicht.
Du solltest dich den aparten Gelüsten meines Sohnes auf keinen Fall fügen, sagte sie ebenfalls. Aber die beziehen sich vielleicht nicht auf dich …
Sie hatte Alice forschend ins Gesicht geblickt.
Alice hatte diesen Blick verwirrt erwidert.
Bleib im Bett kalt, hatte die Ältere hinzugefügt. Dann lebst du länger.
Wieso sollte sie nicht leben?
Alice begriff nicht, was die andere meinte.
Aber sie hörte und sah. Sie saugte Wörter und Bilder in sich auf. Und sie schwieg gern zusammen mit anderen, wie die Herrin von Magnolia das verlangte, denn was hätte sie diesen Gästen schon sagen können, diesen lachenden und lärmenden

Bekannten von Francis und seiner Mutter, die angemeldet oder unangemeldet kamen, aus der Stadt oder von den benachbarten Plantagen, mit Wünschen oder munteren Geschichten, allesamt schöner und eleganter gekleidet, als Alice es für möglich gehalten hatte, ehe sie mit dem Schiff von New York City nach Savannah gereist war.

Vergiss alles, was früher war, hatte Francis gesagt. Jetzt bist du hier. Bei mir.

Es war ein seltsames Leben. Sie hatte ein eigenes großes Zimmer im ersten Stock des riesigen gelbbraunen Herrenhauses. Dort stand ein großes Bett mit weicher Bettwäsche. Das Bett war aus dunklem Holz und mit Schnitzereien verziert, mit einer Borte am Fußende, die sich in einem länglichen Schrank an der einen Wand wiederholte. Es gab außerdem einen kleinen Tisch, auf dem ein Spiegel befestigt war, und einen weiteren Tisch vor einem Sessel, in dem sie sitzen und sich ausruhen konnte, wenn ihr danach war. Und die Wände waren von hellgrünem Papier mit tiefroten Lilien bedeckt, immer wieder die gleiche Lilie. Das heiße wall paper, hatte Sam erklärt.

Nebenan schlief Francis in seinem eigenen Zimmer. Der Mann konnte sie durch eine Tür in der Trennwand besuchen, vom langen Gang draußen ungesehen. Er klopfte immer, ehe er den Kopf hereinstreckte. Er schloss ab, wenn er sich später in sein eigenes Zimmer zurückzog. Auf der anderen Seite lag eine winzige Kammer, in der Sam zusammengekrümmt auf einigen Säcken auf dem Boden schlief. Auf diese Weise war sie zu jeder Tageszeit verfügbar.

Wie bei der Tante, dachte Alice. Da war sie selbst Nigger gewesen.

Bei diesem Gedanken wurde ihr schlecht. Sie musste tun, was Francis gesagt hatte, die Vergangenheit aus ihrer Erinnerung tilgen und sich mit dem füllen, was sie um sich sah. Wie Sam mit den seltsamen Haaren.

War es möglich, die anzufassen?
Nach einigen Monaten hatte sie die Gewissheit in sich aufgenommen: Es war Alices Recht, Sams Haar anzufassen, wenn sie Lust dazu hatte, wie sie ihr auch das Ohr umdrehen konnte, das, welches noch das Ohrläppchen hatte. Es war Alices Recht, Sam eine Ohrfeige zu verpassen oder sie auszuschimpfen. Und das brachte ihr ein gurgelndes Lachen in die Kehle, das früher nicht da gewesen war.
Wenn Sam nur einen Fehler beginge, dann würde sie sie an den Haaren ziehen, hatte Alice gedacht, dann würde sie die Kräusel unter ihrer Hand spüren. Aber Sam machte keine Fehler.
Noch ein Monat verging, ehe Alice ihr den Befehl erteilte: Setz dich dahin! Ich will dich anfassen.
Und dann fasste sie sie an. Sie legte die Hand auf das Kräuselhaar und presste es auf die Kopfhaut. Dieses Haar war steifer als ihr eigenes. Wie eine Art Pelz, dachte sie. Niggerpelz.
Ansonsten hatte Sam große Augen mit Braun und sehr viel Weiß. Und sie sprach leise, es war fast ein Flüstern.
Du musst sie lehren, laut und deutlich zu sprechen, hatte die Schwiegermutter gesagt.
Louder, please, hatte Alice verlangt und überlegt, ob sie Sam schlagen sollte, wenn das nichts half.
Sam schien vor ihren Augen kleiner zu werden.
Ich bin Lauras Schwester, hatte sie geflüstert, und ihr Blick hatte ängstlich geflackert.
Laura?
Yes ma'am. I'm her sister.
Du brauchst nicht please zu einer Sklavin zu sagen, hatte Francis sie nach einigen Tagen belehrt.
Noch immer nannte er seine Frau »my precious one«. Noch immer strahlte sein Blick, wenn er plötzlich auf sie fiel. Aber als sie schwanger wurde, verreiste er für einige Monate.
Wo ist er denn?, fragte Alice. Was macht er?

Jagd auf irgendetwas, nehme ich an, antwortete die Frau, die bald Großmutter sein würde.

Alice dankte Gott dafür, dass sie während dieser Schwangerschaft nicht zu arbeiten brauchte. Auch früher hatte sie dem Herrn dafür gedankt, dass er sie erhört und befreit hatte. Sie war dem Reißen des Hungers in ihrem Gedärm entkommen, dem Biss des Frosts in Zehen und Fingern, der sie blauweiß und gefühllos machte, dem Kratzen des Eises und des Wassers an den Händen, die dadurch blutige Risse bekamen, den Schmerzen im Rücken, wenn sie zu schwer gehoben hatte, dem Irrsinn des Bruders, der Bosheit und dem hochmütigen Geiz der Tante und des Tantenmannes.

Solche Qualen und Belastungen gehörten in ein anderes Leben. Sie konnte sich nicht daran erinnern, als sie hier auf der Schaukel hinter den Säulen saß und kleine Pies voller Beeren verzehrte. Während sie langsam hin und her schaukelte, während sie das Leben um sich herum beobachtete; die schwarzen Landarbeiter auf den Baumwollfeldern, den Schweinehirten, die ältere schwarze Frau, die mit einer Handarbeit vor den Sklavenhütten am Rand der Allee saß, die Frau mit dem breiten Hintern, die im Küchenhaus das Essen vorbereitete. Das lag ein Stück vom Haupthaus entfernt, für den Fall, dass Feuer ausbrach. Ein Stück dahinter lag Wand an Wand mit dem Schweinestall die Scheune.

Die Felder erstreckten sich weithin, und Alice dachte, dass sie sich jetzt in dem Bild befand, das ihr versprochen worden war. Es sah aus wie das Amerika, mit dem sie vor der Überfahrt gelockt worden war, auch wenn hier keine goldenen Ähren im Wind wogten, sondern Baumwollpflanzen, und mit Ausnahme der Sklaven; die waren in den Visionen der Freunde in Stavanger nicht aufgetreten.

Francis hatte sich um seinen Pelzhandel gekümmert, das erfuhr sie nach seiner Rückkehr. Und er brachte ihr eine Jacke mit, aus Zobelfell, das er eingetauscht hatte. Und als das Kind zur Welt gekommen war, schenkte er ihr einen Goldring mit einem großen Topas.

Für das Kind schien er sich nicht so recht zu interessieren, es dauerte ein halbes Jahr, ehe er den Kleinen auf den Schoß nahm. Die Großmutter jedoch schmolz bei dessen Anblick dahin. Und Alice genoss die Erleichterung, den kleinen Leonard einem Kindermädchen überlassen zu können.

Kannst du singen?, fragte Francis sie eines Tages, als er ihr Zimmer betreten hatte.

Singen? Nein. Müsste ich das können?

Gesang sei doch schön, hatte der Mann gemurmelt.

Die Schwarzen singen, hatte er hinzugefügt, später. Manches können sie besser als wir.

Jetzt sangen sie, die Schwarzen.

Es war Alices drittes Weihnachtsfest in Georgia. Sie stand zwischen den Säulen auf der Veranda, ein Tuch um die Schultern gelegt, und lauschte den Chorälen. Zugleich nahm sie den Duft guten Essens wahr, das hinter den Hütten über offenem Feuer zubereitet wurde. Die Sklaven sangen von Jesus. Es war schön. Im ersten Jahr hatte Alice darüber gestaunt, dass diese Menschen, die so ganz anders waren als sie selbst, von Jesus wussten.

Dann zog jemand sie am Rock.

Komm!, sagte Leonard, der jetzt zwei Jahre alt war.

Alice nahm den Sohn an die Hand und ging ins Haus. Sie wollten die Geschenke herunterholen, die Weihnachtsgeschenke für die Sklaven. Es gab Sterne aus Holz, eingewickelt in buntes Papier, rot, gelb, blau, grün, gold und silber, kleine Sterne, geschnitzt von Henry, einem der ältesten Schwarzen. Der Alte hatte nicht gewusst, wozu diese Sterne dienen sollten, und er hatte nicht gesehen, wie sie eingepackt worden waren; Sam hatte sie in Farben gehüllt. Jetzt lagen die fünfzackigen fröhlichen Figuren in zwei großen Körben, die die Königin von Magnolia und ihre Schwiegertochter unter den Singenden verteilen würden.

Mit dem Kanu über den Fluss

Arme Kleine, muss es denn wieder sein?
Brenda stellte sich taub gegenüber denen, denen sie leidtat, ihr reichte der fast leblose Körper zu ihren Füßen.
Nach allem, was wir für ihn getan haben!, ging das Gemurmel in der Dämmerung ein Stück entfernt weiter. Ein guter Arbeitsplatz. Und dann noch einer …
Und ein Haus …
Vielleicht hätten wir die Geschwister doch trennen sollen. Viele von uns hätten die Kleine gern zu sich genommen …
Brenda biss die Zähne zusammen. Ihr Blick hing an Ansgars Augen. Die standen offen, ohne zu sehen. Das Weiße seiner Augäpfel sah grau aus. Noch berührte sie ihn nicht, nicht, solange die Frauen noch da waren und sie sehen konnten.
Hätten wir nicht helfen sollen, ihn ins Haus zu bringen?, wurde da hinten nun gefragt.
Die Stimme war plötzlich leiser geworden, Brenda konnte nur noch erraten, was gesagt wurde. Sie hatte den anderen den Rücken gekehrt. Sie spitzte die Ohren. Sie zitterte. Kamen sie näher? Nein, noch schienen sie zu zögern. Dann hörte sie, wie die beiden Gestalten sich umdrehten, entschieden und im selben Moment. Sie hörte das Rascheln der Umhänge im windtrockenen Gras, wie eine Welle klang das, eine Welle, die sie umwerfen wollte, und sie schrie.
Wir schaffen das allein!
Dann schlug sie sich auf den Mund, denn sie hatte durchaus

nichts rufen wollen, jedenfalls nichts, was für die beiden Frauen in den langen dunklen Umhängen bestimmt war, und sie sank auf die Knie und presste die Stirn gegen das liegende Menschenbündel.

Ansgar, jammerte sie. Steh auf! Zeig ihnen, dass du das kannst!

Er konnte es nicht. Er blieb einfach liegen. Die Frauen jedoch waren verschwunden.

Erst jetzt packte sie die Achselhöhlen des Onkels und versuchte, ihn über das Gras zu ziehen. Aber er war nicht zu bewegen.

Du musst mithelfen, schimpfte sie.

Der Onkel gab keine Antwort. Es war Samstagabend. Er war um diese Zeit nie ansprechbar. Und Brenda wusste, dass sie warten musste. Sie wusste, dass es einer der Abende war, an denen sie eine Decke holen und ihn damit zudecken musste, dass sie ihn schlafen lassen musste, bis die Sonne aufging. Dann musste sie nach draußen eilen und ihm Wasser ins Gesicht spritzen, damit er ins Haus kam, ehe Leute vorbeigingen. Denn der nächste Tag war Sonntag, und da wollten alle in die Kirche. Ansgar wollte das auch immer, und deshalb durfte die Zeit nicht zu kurz sein zwischen dem Moment, in dem er wie ein Sack auf dem Boden lag, und dem, in dem er als wacher Mann in der St. Mary's Church zu sehen war.

Sie wollte schon die Decke holen gehen, als sie Ruderschläge hörte. Sie ahnte die Silhouette eines Mannes in einem näher kommenden Kanu. Dann sprang der Mann an Land. Seine Kleidung war aus Leder und hing locker um seine Glieder, so weich, wie das nur Indianer schafften. Er bückte sich und hob Ansgar hoch. Er trug ihn ins Haus und legte ihn auf den Boden. Wortlos verschwand er dann wieder, mit leichten, lautlosen Schritten, mit dem Boot, auf dem Fluss.

Thanks, murmelte Brenda.

Sie blieb gleich hinter der Tür sitzen, ohne sie zu schließen, die Hand auf Ansgars lebenden Arm gelegt, und sie fühlte sich sicher. Sie lauschte auf die sich entfernenden Ruderschläge. Sie lauschte auf das leise gluckernde Wasser. Sie hörte den seltsamen Gesang der Grillen. Dann legte sie dem Betrunkenen eine aufgerollte Decke unter den Kopf, schloss die Tür und stieg auf ihr Hochbett. Bald schlief sie tief. Bald träumte sie, wie so oft, von einer Frau, die immer da war und auf sie aufpasste. Diese Frau hatte Ähnlichkeit mit Brendas Mutter. Aber jeden Morgen wusste Brenda, dass sie von Annie geträumt hatte.

Sie wohnten nicht mehr bei der Frau, die ein Haus hatte für Menschen, die Karten spielten, aßen und tranken und vielleicht übernachteten. Die Frauen der Gemeinde hatten ihnen etwas gegeben, das sie für besser gehalten hatten. Sie hatten ihnen ein Stück Land geschenkt, ein Grundstück am Flussufer, auf dem ein Haus errichtet werden konnte. Brenda hatte dabei geholfen, sie hatte Bretter getragen und massenproduzierte Nägel beim Händler geholt, wenn sie keine mehr hatten. Ansgar hatte die Bretter in die Höhe ragen lassen, wie die der Kirche, die mehrere der Neuankömmlinge jetzt bauten. Und immer wieder tauchten neue Menschen an diesem Ort auf, wo der Fluss auf den See stieß und die Prärie verlockend und weit ausgestreckt vor ihnen lag. Dorthin wollten sie, die meisten, um im Flachland Getreide anzubauen. In Chicago blieben vor allem Junggesellen und solche, die kein Geld hatten. Aber es gab auch Menschen, die sich schon vorher ein Vermögen zugelegt hatten und jetzt gekommen waren, um es zu vergrößern, da dieser Ort aus Schlamm und Staub und Wind eine Zukunft zu haben schien. Einige brachten Gerüchte über eine Eisenbahn mit sich, die vielleicht kommen würde, andere zeichneten mit den Fingern einen Kanal in die Luft, einen Kanal, der weiter nach Westen führen würde, und wenn man sich dann für ein kleines Almosen Grundstücke zugelegt hatte, würde man diesen Einsatz bald vervielfältigen können.

Sie brachten Leben und Stimmen, diese Neuen, sie brachten alte Trauer und locker sitzendes Lachen, und viele brachten einen Hunger, der im Rückenmark steckte und nicht nur mit Essen zu tun hatte. Noch gab es am Ort kein Gefängnis, und die Kugeln saßen locker nach einem Abend über den Karten, und die Männer und vor allem die Frauen der Gemeinde suchten Kneipen und Baustellen auf und bedrängten die Leute mit Gebeten und Gedichten. Sie hatten den jungen Mann mit der ewig festklebenden Wollmütze auf dem Kopf unter ihre Fittiche genommen, und vor allem die Kleine, die sie für seine Schwester hielten. Nicht nur hatten sie den beiden zu dem Boden unter dem verholfen, was jetzt ein ziemlich dichtes Haus mit einem viereckigen Raum unter einem Hängeboden war, sie hatten ihnen auch einen *stove* mit zwei Platten und einem Backofen besorgt.

Das war durch die heilige Kraft der Vorsehung möglich gewesen.

Der Ofen hatte es ziemlich allein bis zu ihnen geschafft, versteckt unter der Leinwand eines Planwagens. Das Fahrzeug hatte bei der Kirche gehalten, wo zwei Frauen der Gemeinde gerade den Boden fegten. Die Damen hatten die sechs bleichen Ochsen verwundert angesehen, und die Ochsen hatten schwermütig zurückgeblickt. Niemand hielt die Zügel, die waren einem der hintersten Tiere um ein Bein gewickelt gewesen. Deshalb war den Damen klar, dass dieser Zustand schon eine ganze Weile anhielt, dass die Tiere sehr weit gelaufen sein konnten. Ob unter der Plane wohl Kranke lagen? Die Frauen hatten ängstlich hineingeblickt und das geknickte Rohr eines eisernen *stoves* entdeckt.

Bald hatten sie in einer Schar aus Freunden und Bekannten und Unbekannten und Neugierigen und vielleicht auch Habgierigen dagestanden, und alle, die sich nicht um die bekümmerten, denen das gehörte, was sie hier sahen, wurden gebeten, sich zu entfernen. Die anderen sammelten eine Gruppe von Männern, die sich auf ihre Pferde schwang und den Spuren nach Osten folgte. Am späten Abend kamen sie zurück. Sie hatten die Leiche eines Mannes mit einem Schlangenbiss in der Wade neben einem erloschenen Feuer mit einer Pfanne voll schwarz verkohltem Speck gefunden.

Niemand bestritt, dass die sechs Ochsen samt Wagen und Inhalt jetzt der Gemeinde der St. Mary's Church zufielen. In dem Wagen gab es Kleidungsstücke und eine Bibel, einige Lebensmittel und ein halbes Fass voll Bier. Es gab Spaten und Hacken, Messer und anderes Werkzeug und seltsamerweise eine Holzpuppe mit rotgemalten Wangen. Es wurde beschlossen, die Gegenstände an Bedürftige zu verteilen, mit Ausnahme von Wagen und Tieren; die sollten zugunsten der Kirche verkauft werden. Und man einigte sich leicht darüber, welche Armen mit einem Spaten oder einer Hose erfreut werden könnten, die Herausforderung aber war der eiserne Ofen.

Bei weitem nicht alle Gemeindemitglieder besaßen einen solchen. Aber es wäre doch ungerecht gewesen, jetzt eine Familie der anderen vorzuziehen. Sie mussten jemanden finden, der nicht so eng zu ihnen gehörte. Und die Wahl fiel auf die, die sie schon ins Herz geschlossen hatten, die jungen elternlosen Geschwister, den jungen Mann mit der klobigen, nervösen Gestalt und seine Schwester, die sie an die Engel des Himmels denken ließ. Und unter schönem, beschwingtem Choralgesang waren sie mit der Gabe angezogen gekommen.

Aber es war die sündige Annie aus der Kneipe mit den oberen Gemächern, die Brenda den Umgang mit dem Ofen gelehrt hatte. Und die Kleine buk nach Annies Rezept Pies, Gebäck, das sie nachmittags dann auf großen Brettern, die die Erwachsene angeschafft hatte, zu Annie hinüberbrachte, denn die besaß keinen Ofen. Auf diese Weise hatten die Frauen der Gemeinde gewonnen und zugleich verloren. Und ihnen fehlten die Worte, um Brenda zu erklären, warum sie Annie verabscheuen sollte. Bei einem Kind, das einem Engel ähnelte, reichten keine Seufzer und keine verzogenen Lippen, reichten keine schiefen Blicke und Andeutungen. Sie war zu klein.

Und sie jammerten gemeinsam, diese Mägde des Herrn, und baten um Hilfe bei ihren Taten und Worten, um Weisung für jeden Schritt. Sie hatten auch die Männer der Gemeinde um Hilfe gebeten, aber die hatten sich abgewandt und vage in ihren Bart gemurmelt.

Dann ergab sich die Antwort wie von selbst. Brenda musste einen Platz in Eliza Chappels neuer Schule bekommen. Bald saß sie dort zusammen mit anderen Kleinen auf einer Bank, in einem Holzhaus mit schrägem Dach gleich am Wasser. Und sie lernte, schriftlich den Herrn zu preisen, mit der rechten wie mit der linken Hand, während Ansgar Brücken baute.

Er war jetzt Brückenbauer. Vorher war er Kirchenbauer gewesen. Und davor hatte er Blockhäuser gebaut. So wurden sie genannt, diese grobgezimmerten Holzhäuser. Blockhaus. Und er fühlte sich wohl unter den anderen, denn obwohl die Arbeit oft hart war, konnte sie durch Wissen um Schwerpunkt und Gleichgewicht erleichtert werden. Er war auch nicht der Einzige, der kleine Trinkpausen einlegte, die meisten Männer brachten einen Krug oder eine Flasche mit, die sie hinter einem Bretterstapel im Schatten stehenließen. Auf diese Weise behielten sie an den langen Tagen ihre gute Laune bei. Und so war für Ansgar nichts gefährlich. Die bösen Wörter in ihm schmolzen schon, noch ehe sie seine Zunge erreichten. Es gab sie in seinen Gedanken, beim Anblick all des Seltsamen und Unschönen, das in seinem Blickfeld auftauchen konnte, und es kam vor, dass er die Kralle spürte, die Angst, wie einen packenden Schmerz im Schulterblatt und den Muskeln der Augenlider. Aber sein Krug stand dort, und wenn er nur nicht vergaß, immer wieder einen Schluck nachzufüllen, blieb er für die anderen einer, der hämmerte und schleppte und immer mehr von der Kunst des Gleichgewichts und des Augenmaßes der Zimmerleute meisterte.

Sie arbeiteten an Chicagos allererster Brücke. Auf beiden Flussufern schossen immer neue Häusergruppen aus dem Boden, und bisher hatten sie nur mit dem Boot von einem Ufer aufs andere gelangen können. Von nun an aber sollte man spazieren können, man sollte Baumaterial und Möbel und Lebensmittel auf Karren und Wagen transportieren können. Es sollte eine Pontonbrücke werden, eine, die aus zwei Teilen bestand, die beide auf einem Holzfloß mitten im Fluss ruhen konnten. Und wegen dieser Teilung konnte das Bauwerk mit Hilfe eines sinnreichen Systems in die Luft gehoben werden, wann immer ein größeres Boot vorbeiwollte.

Ansgar arbeitete mit an der Planung dieses sinnreichen Systems, und er dachte an den Kanal mit den vielen Schleusen. Damals, als Passagier auf dem Kanalboot, hatte er sich fremd gefühlt. Jetzt gehörte er zu denen, die etwas schufen, und er war stolz. Er konnte inzwischen genug Amerikanisch, um seinen Arbeitskameraden gegenüber die Ingenieurskunst zwischen Albany und Buffalo zu erwähnen. Und die anderen nickten andächtig, vielleicht mit demselben Gefühl in der Brust wie damals, etwas Großartiges zu bewundern, bei dem sie nur Zuschauer waren, während sie jetzt an der Arbeit an etwas Neuem und Schönem teilhatten. Und vielleicht erinnerte sie der Gedanke an die Reise über die Wasserstraße an alles, was sie noch vor Albany verlassen hatten, noch vor New York – wie eine Mutter in Irland oder Hamburg, in Småland oder in Manchester.

Ansonsten rissen sie mit ihren oft zahnlosen Mäulern Witze, diese Kerle an den Brückenköpfen, und sie phantasierten und prahlten. Aber ihr Arbeitseifer war groß, denn viele träumten davon, mit dem Geld für eigenen Boden weiterziehen zu können.

Ansgar waren solche Gedanken fremd. Er war jetzt dort, wo er sein wollte, schöner als hier hätte er es nicht haben können. Und es kam vor, dass er an Alida Ruth dachte, denn er glaubte, dass er ihr jetzt besser gefallen würde, es würde ihr gefallen, dass er sich nicht mehr so sehr fürchtete und dass sein wilder Schopf jetzt immer unter seiner Mütze versteckt war. Was es hätte bedeuten können, wenn sie hier gewesen wäre und am Leben, daran wagte er nicht zu denken, aber hätte er ihr denn nicht ein eigenes Haus bieten können? Bald würde er draußen eine Veranda mit Säulendach anbauen, das hatte er vor, da konnten sie dann an warmen Nachmittagen und Abenden sitzen und auf das Wasser hinausschauen. Außerdem hatten sie davon gesprochen, das Haus weiß anzustreichen, er und Brenda.

So strömten an Wochentagen, wenn er an der Brücke arbeitete, Pläne und Träume und Erinnerungen durch Ansgar. Zwölfstündige Schichten hatten sie, von sechs bis sechs, und abends ging er nach einer schweren Mahlzeit früh zu Bett. Auf diese Weise reichte während der Arbeit ein Krug Dünnbier. Aber am Samstagabend setzte dann das Prickeln in seinem Körper ein, denn an diesem Tag machten sie früher Feierabend, ehe er richtig müde gearbeitet war, und dann brauchte er mehr zu trinken. Das bekam er bei Annie.

Er bekam noch mehr bei ihr. Er durfte in ihrer Bütte baden. Sie schnitt ihm das Haar; was noch übrig war, fand Platz unter der Mütze. Sie hatte in der Zeit, in der sie bei ihr gewohnt hatten, die Räume einiger anderer Menschen in ihm gefüllt. Den Raum seiner Schwester Elise, den Raum Alida Ruths. Der Unterschied war, dass Annie weniger streng und viel berechenbarer war. Deshalb wagte er bei ihr mehr, er wagte es, ihr die Sache mit dem Haar anzuvertrauen, und später, dass die Frauen aus der Gemeinde ihn vom Trinken abhalten wollten. Sie schnaubte, wenn er die Damen erwähnte. Sie lachte über ihre gespitzten Münder. Und sie schnitt und schor. Sie wusch die Mütze, damit

die am nächsten Morgen sauber und trocken war. Und sie konnte seine Narben streicheln, wenn er da in der Bütte saß, und ihre Hände hatten eine Zärtlichkeit, die er bei Elise nur selten bemerkt hatte.
Du hast ganz besondere Augen, hatte Annie gesagt.
Er hatte sich gefragt, ob das ein Lob oder ein Tadel sein sollte.
Wie ein Tier, hatte sie gesagt.
A f-f-fox, hatte er plötzlich gestammelt, denn er war noch nüchtern in die Bütte gestiegen, und ihre Worte hatten ihn in eine Zeit voll großer Angst zurückversetzt.
Ein Fuchs? Nein. Eher ein Kamel.
K-kamel?
Das ist schön. Ich hab einmal eins aus braunem Stoff gesehen. Das hatte schiefe Augen mit schönen Wimpern. Genau wie du.
Ansgar hatte in der Bütte zitternd aufgeatmet.

Hast du sie schon mal gehabt?, hatten die Arbeitskameraden mit fettiger Stimme gefragt.
Er hatte diese Frage verstanden und doch nicht verstanden. Und es machte ihn größer, während alles um ihn herum wuchs, denn sie fragten wieder, mehrmals, da er niemals antwortete. Sie hielten ihn für einen, der schon einmal eine Frau gehabt haben konnte. Eine Frau, ganz nah bei ihm, wie die Tante den Tantenmann gehabt hatte, wie die Tiere einander besteigen konnten, alles Hässliche, was er gerufen hatte, ob er das nun gewollt hatte oder nicht. Das glaubten sie von ihm, dass er die nackte Haut einer gespürt hatte, die schön war, auch wenn sie früher, in jüngeren Jahren, noch schöner gewesen war.
Es war, als ob er über eine Mauer geklettert wäre. Früher hatte er auf der anderen Seite gestanden und gehöhnt und geheult und über das Hässliche gestammelt. Jetzt befand er sich mitten in dem Hässlichen, aber es war zu etwas anderem geworden, zu

etwas Anziehendem, fast Schönem, so kam es ihm vor, wenn er für einen Moment vergessen konnte, dass Alida Ruth nicht mehr lebte, und wenn er Annies lächelnde Fürsorge sah.
Erst nachdem er etwas mehr begriffen hatte, hatte er angefangen, sich ab und zu sternhagelvoll zu saufen. Es fing damit an, dass er von anderen hörte, die die Frau von Annie's Inn gehabt hatten. Troch und Ax hatten sie gehabt, Heinz Uhrmann und Herr Dutze. Sogar der kleine Walder mit dem ewigen Nasenbluten war nach Kneipenschluss als einziger Mann dort gewesen.
Auf dem Diwan, hieß es.
Auf dem Boden. Ehe es den Diwan gab, fügte jemand hinzu.
Damals war sie billiger, erklärte Herr Dutze.
Und Ansgar hatte sich an dem neuen langen Tresen im Schankraum festhalten müssen, um niemanden zu schlagen. Er hatte sich in die Wange beißen müssen, um nicht wie ein wütender Stier loszugehen. Nein!, hatte er schreien wollen. Das ist nicht wahr. Nicht alle. Nicht Walder. Nicht für Geld!
Dann hatte er sich trotzdem nicht beherrschen können, er hatte Ax, der ihm am nächsten stand, die Faust ins Gesicht gepflanzt und geschrien. Du Sch-sch-schimmelschwanz!
Ihm war Blut aus dem Mund geströmt, weil er sich gebissen hatte, und die letzten Worte hatte er auf Norwegisch gerufen, und deshalb glaubten alle, das Blut stamme von einem früheren Schlag von Ax, einem Schlag, den die anderen nicht gesehen hatten, der aber trotzdem gesessen haben musste, und dort in der Kneipe ergriffen sie Partei, und bald waren zehn, fünfzehn Mann in die Schlägerei verwickelt. Schläge und Tritte wogten durch das Lokal, man hörte Schmerzensschreie und zersplitterndes Holz und dumpfes Dröhnen, wenn jemand eine Wand traf oder zu Boden ging.
Get out!, heulte Annie.

Niemand hatte zugeschlagen, um zu töten. Sie hatten in verbissener Freude aufeinander eingeprügelt. Die innere Explosion des einen hatte die eines anderen ausgelöst, ihre Körper hatten verlangt, von aufgestauten Sehnsüchten und Unsicherheiten befreit zu werden. Danach halfen sie einander auf die Beine und lachten. Und sammelten für die Reparatur der Kneipe.

Danach jedoch trank Ansgar mehr. Das lag nicht nur an dem, was die anderen ihm erzählt hatten, es lag auch am Anblick des Diwans. Der war gebracht worden, als er und Brenda noch immer auf dem Dachboden über dem Schankraum gewohnt hatten, er war aus Troy gekommen. Er war nicht neu, aber dennoch unbeschreiblich schön mit seinem hellgrünen Bezug und den runden Troddeln. Er stand zur Zier an der hinteren Wand, quer zu Tisch und Bänken. Mitten auf dem Diwan lehnte an der Wand ein tiefrotes Kissen. Er war zum Ansehen da, nicht um mit von Zimmermannsarbeit und anderen Dingen verdrecktem Hintern darauf zu sitzen. Er war für würdige Übernachtungsgäste vorgesehen, hatte Annie damals gesagt.

Jetzt wusste Ansgar, was sich auf dem grünen Bezug abspielte, wenn Annie die Tür geschlossen und den Riegel vorgeschoben hatte. Und in ihm entstand der krankhafte Drang, in Erfahrung zu bringen, welcher von den Gästen als Letzter zurückblieb. Deshalb trank er, um diesen krankhaften Drang zu bezwingen, um seinen Blick vom Diwan wegzuzwingen, weg von möglichen Blicken zwischen Annie und den Gästen, Blicken, die Verabredungen über gewisse Dinge enthalten mochten.

Darüber wurde bei den Gemeindefrauen gesprochen. Es war schlimmer als das mit der Mütze, dass er samstags dermaßen soff. Und es führte dazu, dass Ansgar jeden Sonntag noch immer leicht berauscht in der Kirche erschien, denn er wollte denen zu Gefallen sein, die ihnen so schöne Geschenke gemacht hatten, er wollte ihnen freundlich ins Gesicht schauen, er wollte sich nicht klein in seiner Schande fühlen unter ihren Blicken, so

dass er vielleicht stammelte und vielleicht Lust bekam, zu brüllen und um sich zu schlagen. Die Vorschrift, dass er in der Kirche die Mütze abnehmen sollte, konnte er immerhin umgehen, er trug über der Wollmütze einen Hut. Dann nahm er den Hut ab wie alle anderen. Das Gerede aber darüber, was er an Flüssigem in sich hineinschüttete, nahm er in mildem Rausch entgegen. Denn immer wieder zogen sie ihn beiseite, diese Frauen, weil sie glaubten, Trunksucht könne zur Sünde führen. Und Ansgar nickte höflich und mit freundlichem Lächeln.
Denn der Teufel sitzt in den starken Getränken, sagte eine dickliche Frau mit zusammengewachsenen Augenbrauen unter einer braunen Haube.
Ansgar zuckte ein wenig, das hatte er noch nie gehört, das mit dem Teufel.
Du hast doch getrunken!, wurde plötzlich erklärt. Sogar heute. Sogar in der Kirche!
Getrunken? Hatte er getrunken?
Ihr müsst doch den Gestank des Teufels riechen?
Ja, ganz recht.

Julian

Malt Whiskey ist ein Getränk für vulgäre Iren, sagte Francis de Lilac zu seiner Frau. Aber das bist du ja vielleicht!
Das konnte er auch zu seiner Mutter sagen, es dämpfte den Stachel in seinen Worten. Alices Schwiegermutter war stolz auf ihre Ahnen, die sie als keltisch bezeichnete. Die Hugenotten gab es auf Francis' väterlicher Seite, sie waren nach Aufhebung des Edikts von Nantes im Jahre 1685 übers Meer gekommen, lutherische Dissidenten auf der Flucht vor Frankreichs katholischem König. Sie waren über die Häfen von Savannah und Charleston gekommen und weiter ins Landesinnere gegangen,

andere waren in Küstennähe geblieben. Die Schwiegermutter hatte Alice die Familiengeschichte beider Seiten erzählt, und sie hatte sie gelehrt, Maltwhiskey zu benutzen.
Diesmal gegen Wespenstiche. Sie hatte die Stiche mit der goldenen Flüssigkeit beträufelt. Jetzt trank sie zum Trost nach diesem Erlebnis und wegen der Schwellungen; ihre Beine sahen aus wie Baumstämme. Francis musterte sie angeekelt. Und er dachte daran, dass manche nicht wissen, von wem sie abstammen. Denn nichts hatte Alice erzählen können, außer von einigen Inseln in der Nähe des Ortes, wo sie geboren worden war. Die Namen ihrer Großeltern konnte sie nicht nennen.
Disgusting, fand Francis. Nicht zu wissen, wer man ist.
Niemand, dachte er. Er hatte tief in eine Grube voll Niemand gegriffen und seine Beute nach Hause getragen. Die stinkende Holzhütte war die Grube auf seinem Bild. Eine Grube voller Ekel. Und wie hatte sie gelebt, dort, woher sie kam, am Rande der Alten Welt? In einer Lehmhütte? Er hatte nicht gefragt. Er wollte es nicht wissen. Aber die anderen auf dem Kanalboot, diese Menschen in dunklem Fries, diese Männer mit den schmutzigen Hosenhintern ... Daran war die lange Reise schuld gewesen, so hatte er sie damals entschuldigt. Die hässlichen Lumpen waren die Reisekleider auf einer strapaziösen Wanderung, hatte er gedacht. Aber jetzt sah er das anders, bestimmt hatten sie nichts anderes gehabt.
Vor diesem Hintergrund hatte er Alice entdeckt, denn sie hatte ein rotes Schultertuch getragen. In dem Schwarz und Dunkelblau, Grau oder Braun der anderen, hätte er sie da gesehen?
Ja, schrie es noch immer in ihm, ja! Noch immer begehrte er sie. Und immer wieder wurde er enttäuscht, wenn er sie nachts besuchte.
Äußerlich war sein Vorhaben gelungen, er hatte aus der Frau, die ihn auf dem Dampfer bezaubert hatte, einen Diamanten aus Schönheit geschliffen. Sie bewegte sich voller Würde, sie

kleidete sich so, wie es sich für seine Gattin gehörte. Das Korsett gab ihr eine schmale Taille und schob ihre Brüste zu üppiger Fülle unter dem langen Spitzenkragen hoch. Ihr Haar war so schön wie in seinen lebhaftesten Träumen. Die braunen Augen konnten trübe sein oder scharf und aufmerksam, je nachdem, was sie gerade machte. Sie hatte die Sprache gelernt, wie sie im Staate Georgia gesprochen wurde, nur selten verwechselte sie die Silben oder betonte ein Wort falsch.

Aber sie war kalt.

In New York, auf der Reise nach Süden, war sie das nicht gewesen. In der Hochzeitsnacht war sie heiß gewesen, entgegenkommend. Später war sie kalt geworden. Und Francis hatte sich den Kopf darüber zerbrochen, woran das liegen mochte. Konnte die Veränderung auf Magnolia daher rühren, dass die Mutter sie vor ihm gewarnt hatte?

Die beiden Frauen saßen immer wieder bei dem vulgären Maltwhiskey zusammen.

Während der Tanzlehrer sie die feinen Formen des gesellschaftlichen Lebens gelehrt hatte, hatte die Mutter Alice von der Größe der Sippe erzählt und ihr den Umgang mit den Sklaven erklärt.

Aber sie war kalt. Sie empfing ihn höflich, wenn er an ihre Tür klopfte, sie machte Platz für ihn und ließ ihn zu sich. Aber sie war trocken, ohne Freude, als langweile der Akt sie.

Und bei anständigen Frauen sollte es ja auch so sein, sie sollten keine Freude zeigen. Aber Francis kannte die Lust einer Frau. Er hatte sie zudem zusammen mit seiner Gattin erlebt. Aber dann war sie erloschen.

Es sei eine Willensfrage, glaubte er. Und deshalb hatte er doch in die Grube gegriffen, in das Grab, um eine andere zu finden als diese wohlerzogenen Mädchen, die er von Kind auf gekannt hatte. Er wollte so eine, er wollte eine, die undressiert war, die die Lust kannte!

Geilheit gab es in ihnen allen, sie steckte unter der Glasur, das wusste er! Diese Gewissheit würde ihn noch zum Wahnsinn treiben. Also amüsierte er sich mit anderen und stellte sich dabei Alice vor.
Zugleich war sie die Mutter seines Kindes, und sein Vater hatte ihm seinerzeit den Respekt vor der eingeprägt, die die Nachkommenschaft eines Mannes gebiert. Und Francis gewann den kleinen Jungen, der nicht stillsitzen konnte, immer lieber. Mit acht Monaten hatte er die Tischkante losgelassen und war durch die Zimmer gelaufen. Bald meisterte er die Treppenstufen und war draußen. Schnell und o-beinig, als sei er als ausgelernter Kutscher aus dem Mutterleib gekommen, war er, gefolgt vom Kindermädchen, durch die Allee gelaufen. Einige Monate darauf saß er oben in den grünen Baumkronen.
Er darf nicht geschlagen werden!, befahl Alice.
Ansonsten überließ sie ihn dem Kindermädchen. Aber darüber, was er brauchte, um in der Welt zurechtzukommen, wollte sie selbst entscheiden. Und Francis sah neugierig zu, wenn Mutter und Sohn zu Erziehungszwecken in der Ecke saßen. Die Mutter redete, und der Junge nickte, oft mit ernster Miene. Der Mann verstand nicht, was sie sagte, sie sprach zu leise, und es dauerte auch nie lange, denn dem Jungen steckte dieses Kribbeln im Blut.
Der Vater war fasziniert. Der Junge war ein Eichhörnchen. Und er hatte ein perlendes kleines Lachen, in das alle Anwesenden einfach einstimmen mussten. Die Sklaven lachten. Die Gäste, die sich eingefunden hatten, lachten. Und Francis hätte ihn gern berührt, ihn in die Luft geworfen, wie manche Sklaven das mit Kindern machten, aber er riss sich zusammen. Sein eigener Vater hatte ihn nur mit Händedruck und Hundepeitsche berührt, und so musste es wohl sein. Bei dem Mädchen würde das sicher anders werden. Noch war sie so klein, dass sie nur gurgeln und seinen Finger umklammern konnte. Bald

würde er sie auf den Schoß nehmen können, und darauf freute er sich.
Und Francis de Lilac wusste, dass er die Mutter dieser Kinder niemals wirklich verletzen könnte, auch wenn er zutiefst von ihr enttäuscht war. Sie hätten über alles miteinander reden können, das hatte er sich erträumt. Er hatte ihr seine geheimsten Gedanken anvertrauen wollen, seine Ansichten über dieses und jenes, über diesen und jenen, über welche Menschen er insgeheim lachte, dass seine Mutter eher einem Mann als einer Frau ähnelte, wenn sie auf Jagd war oder wenn sie ihre Umgebung tyrannisierte. Alles. Aber auch seine Mutter hatte Alice in einen Kreis aus Vertraulichkeit ziehen wollen.
Ein Kojote, hatte er über die Frau gedacht, die er mehr tot als lebendig auf dem Pferderücken fortgetragen hatte. Er hatte gedacht, sie werde seiner Leidenschaft wie ein wildes Tier begegnen, mit in der Dunkelheit grün lodernden Augen. Mit Krallen, die seine Haut zerfetzten. Mit gurgelndem Knurren. Mit dem Schluchzen des Schmerzes und der Freude, wenn er sie besiegte, wenn er ihren Nacken zu Boden presste.
Er begriff nicht mehr, wie er sie sich so hatte erträumen können.
Doch, er begriff es. Es hatte an dem Gierigen gelegen, dessen er sich schämte, wenn er es sah, nicht, weil es vorhanden war, sondern, weil es ihr nicht immer gelang, es zu verbergen. Aber Alices Gier wurzelte nicht in ihr und ihren weiblichen Trieben, sondern in etwas, das außerhalb ihrer selbst lag, das wusste er jetzt. Sie stammte aus dem Kampf gegen die Armut. Und es beschämte ihn, wie das Begehren in ihren Augen sich über alles gelegt hatte, was er besaß, wie eine klebrige Feuchtigkeit, nachdem sie erst verstanden hatte, dass es nun auch ihr gehörte.
Nur einmal hatte er sie geschlagen, brutal und hart, um sie zu entzünden, sie aufzureizen, zu ihr durchzudringen. Es war auf

einem Ausritt gewesen. Diese Kunst hatte er sie gelehrt, und nun hatten sie die Pferde an zwei Bäume gebunden und saßen an einem Fluss auf einer Wiese. Er hatte sie gepackt, und sie hatte versucht, ihn zu sittsamer Ruhe zu mahnen. Da war es geschehen, dass er sie geschlagen hatte. Aber es hatte nicht geholfen. Sie hatte den Arm schützend über ihren Kopf gehalten. Und dann war der Arm gesunken. Und sie war zu einem Sack geworden, einem leeren Sack, auf den leblos graue Augäpfel gemalt waren.

Schrei!, hatte er verlangt. Lauf! Versuch, mich umzubringen! Sie war wie taub und blind gewesen, wie die unterdrückteste und hilfloseste Sklavin.

Disgusting.

Er hatte versucht, diesen Zwischenfall zu vergessen. Die Szene auf der Wiese war in seiner Erinnerung nur hässlich und unbegreiflich. Die zerrissenen Kleider aus schönem Stoff mit den prachtvollen Mustern hatten ihm trotzdem gezeigt, was er getan hatte: Er hatte eine weiße Frau geschändet.

Seither hatte er sie so behandelt, wie er die Gattinnen oder Schwestern seiner Freunde behandelte, als habe er um eine von diesen geworben und sie bekommen, mit freundlicher Höflichkeit und würdevoller Distanz. Und sie konnte ihn ansehen, als habe sie auf irgendeine Weise die Oberhand gewonnen.

So kam es ihr vor. Es war der Anfang einer kleinen Gleichgewichtsverschiebung zwischen ihnen. Wie damals auf dem Markt, als Ansgar etwas über einen Schellfisch gebrüllt und der Mann der Tante den gierigen Widder verloren hatte, ohne es zu merken. Der Mann der Tante hatte ihr eine Münze gegeben, als sie den Widder eingefangen hatte. Statt einer kleinen Münze hatte Francis ihr einen Goldring geschenkt.

Den nahm sie niemals ab. Zusammen mit dem, den sie bei der Trauung bekommen hatte, trug sie ihn immer. Und im tiefsten

Herzen wusste sie, warum: Sollte etwas geschehen, dann hätte sie ein kleines Vermögen an den Fingern.

Und sie hörte aufmerksam ihrer Schwiegermutter zu, sammelte Wörter und Informationen.

Über den Creek War, die Creeks waren Indianer. Vor fast zwanzig Jahren war es in Georgia zwischen ihnen und den Weißen zum Krieg gekommen. Francis' ältere Brüder waren beide gefallen. Die Weißen hatten gesiegt, und die Indianer hatten sich in Oklahoma niederlassen sollen, aber viele waren geblieben.

Dann gab es noch die Cherokee.

Aber die sind dennoch nicht die Schlimmsten, flüsterte Francis' Mutter.

Wer denn die Schlimmsten seien, wollte Alice wissen.

Pst!

Sie saßen unter dem Sonnendach auf der Porch, mit gesalzenen Nüssen und jede mit ihrem Glas. Beide troffen vor Schweiß. Ihre Finger waren feucht und schienen in der Hitze angeschwollen zu sein. Es war ein später Nachmittag auf Magnolia, der Säugling schlief, der ältere Bruder stand vor dem Zaun und sah zusammen mit einem schwarzen Jungen einigen Schweinen zu.

Die Schwiegermutter schaute sich um, ehe sie antwortete.

Der Schlimmste. Das sei Nat Turner.

Wer ist das?

Ein aufrührerischer Nigger.

Not here?

Er hatte andere mit aufgewiegelt. Sie wehrten sich gegen die Sklaverei.

Aber auch zu Abrahams Zeit gab es Sklaven, sagte die Schwiegermutter erbost.

Alice sah sie verwundert an. Daran hatte sie noch nie gedacht. Aber jetzt fiel es ihr wieder ein. In der Bibel kam die Sklavin Hagar vor. Aber hatte Abraham nicht gerade mit ihr ein Kind gehabt?

Es war nach dem Missouri Compromise von 1820, sagte Francis' Mutter.
Eine Art Grenze, das begriff Alice, die Staaten südlich dieser Grenze hatten Sklaven, die im Norden hatten keine.
Entlang des siebenunddreißigsten Breitengrades, erklärte die andere.
Damit war es entschieden, fügte sie hinzu. Aber Nat Turner wollte sich nicht beugen. Und andere schlossen sich ihm an. Und es griff nach hier über. Und gerade damals hatte Francis ...
Die Frau verstummte abrupt und sah Alice forschend an.
Ja?, fragte die Schwiegertochter.
Nichts, sagte die andere.
Sie trank einen Schluck aus ihrem Glas. Der Inhalt war warm geworden, und sie kippte ihn über das Geländer.
Nur, dass die Nigger hier in der Gegend unverschämt wurden, sagte sie dann. Einige sahen uns mit neuem Blick, als ob sie uns überwachten, als ob sie uns überwältigen wollten, uns überwältigen wollten, wenn wir ... wenn wir ihnen eine Gelegenheit gäben.

Damals war Francis fortgegangen. So musste er lauten, der Abschluss des unvollendeten Satzes der Schwiegermutter. Er war sicher aus irgendeinem Grund fortgegangen. Er hatte ihnen eine Gelegenheit gegeben.
Wegen des Pelzhandels, hatte Francis geantwortet, als Alice ihn nach seiner langen Abwesenheit gefragt hatte.
Aber das war nicht alles gewesen, das wusste sie jetzt.

Sie fühlte sich wohl auf der Plantage, trotz der Hitze und der Insekten. Sie genoss die Weichheit des Diwans unter sich, wenn vormittags Gäste kamen. Sie liebte süßen Kuchen, gezuckerten Kaffee und Tee. Sie hatte die Kunst gelernt, über nichts zu sprechen.

Die Dienstboten erledigten die praktische Arbeit. Die Schwiegermutter leitete zusammen mit ihrem Sohn die Plantage. Alice stickte nicht und musizierte auch nicht. Sie wanderte durch die Räume und sah sich um. Sie saß auf der Schaukel auf der Veranda und bewunderte die Aussicht. Sie machte lange Spaziergänge durch die Umgebung. Nach zwei Jahren hatte sie den von Francis' Vater und Großvater hinterlassenen Bücherschrank geöffnet. Ihr Ehemann ahnte nicht, was in den Büchern stand, das hatte ihn niemals interessiert. Aber er sah, dass seine Frau alles vergessen konnte, wenn sie sich über eine Seite beugte, dass ihr Rücken sich krümmte, dass ihre Hand vergessen konnte, zu Kuchen oder Pralinen zu greifen, dass ihr Mund eine Weile offen stehen konnte, als staune sie über den Inhalt eines Abschnittes.

Und der Mann seinerseits konnte staunen, wenn er lautlos dastand und sie betrachtete, bis ihm die Episode im Gras einfiel, bis der Schleier des Vergessens riss und er sich erinnerte, wie die Sonne plötzlich gestochen und wie der Fluss nach Schlamm gestunken hatte.

Er wusste jetzt, warum sie ihn von Anfang an so bezaubert hatte. Sie ähnelte einer anderen. Es war nicht zu fassen, dass das möglich war und dass er es nicht vorher begriffen, dass er sich nicht gleich durchschaut hatte, dort auf dem Hudson, aber so war es. Es waren die braunen Augen, die Verlegenheit darin, die sie unerwartet feucht werden ließ. Und zugleich die grobe Stärke, die sich unter der Oberfläche verbarg.

Die Verlegenheit war geschwunden. Die Stärke war deutlicher geworden, und als Francis' Mutter zu Boden gestürzt und liegengeblieben war, entdeckte der Sohn, dass seine Frau sich den ehemals festen Schritt der Kranken und ihre Fähigkeit angeeignet hatte, scharfe Befehle zu erteilen.

Man muss die Augen aufhalten, murmelte sie ihrem Sohn zu. Der kleine Leonard nickte ernsthaft, wie das seine Art war.
Du musst dir alles merken, was du siehst. Du musst später über alles nachdenken, bis du verstehst, was du gesehen hast. Und dann müssen wir uns bewegen, als ob wir darin zu Hause wären.
Yes, Mami.
Seine Füße glitten auseinander und schlugen zusammen, glitten und schlugen, als er dort mit baumelnden Beinen auf dem weichen Diwan saß.
Kann ich jetzt gehen?
Du kannst gehen, aber denk daran, was Granny über das Spielen mit den schwarzen Kindern gesagt hat.
Yes, Mami. Das weiß ich. Ich kann spielen, so viel ich will, wenn nur keiner vergisst, wer der Boss ist.
Und wer ist der Boss?
Vater.
Und wer ist der kleine Boss?
Leonard.
Er rannte zur Tür hinaus.
Alice spürte ein Kribbeln in der Brust. Sie war jetzt diejenige, die im Haus Befehle erteilte. Sie atmete zitternd und setzte sich an den Sekretär aus Nussbaumholz ihrer Schwiegermutter, um das Menü für die Tauffeier zusammenzustellen.
Das Kind sollte Brenda heißen, hatte sie sich gewünscht.
Francis hatte nicht einmal nach dem Grund gefragt, er hatte nur erklärt: Die Kleine soll Julian heißen.
Julian? Aber das ist doch ein Männername?
Es gibt so viel, was du nicht weißt, meine Liebe, hatte die Schwiegermutter getröstet, ehe sie krank geworden war.
So war es eben im Staate Georgia, dass die feinsten Familien ihre frischgeborenen Mädchen mit einem Männernamen beehrten.

Im Alltag können wir sie Julie nennen, hatte die ältere Frau vorgeschlagen, oder vielleicht Juliana?
Jetzt lag sie teilweise gelähmt zu Bett, Francis' Mutter. Bedeutete das, es wäre möglich, alles zu verändern?
Alice notierte, so schön sie konnte: Krebssuppe. Gebratene Austern. Putenbraten.
Der Mann war in Savannah. Dort war er oft.
Später an diesem Nachmittag spazierte sie über das Grundstück. Sie sog die würzigen Blumendüfte in sich ein. Sie ließ sich von Farben füllen, von Orange und Rot, von Weiß und Grün. Wieder zitterte sie leise, denn sie schien ihre Umgebung zum ersten Mal zu sehen. Als sie hergekommen war, waren die Bilder erstarrt, weil alles viel zu großartig gewesen war. Die Magnolienbäume, die die Allee einrahmten, die Zweige mit den großen weißen und duftenden Blüten, sie waren damals vor ihren Blicken gefroren. Jetzt hatte etwas sich gelöst, durch die Lähmung und die fehlende Sprechfähigkeit der Schwiegermutter. Und durch das, was sie erfahren hatte, Francis' entsetzliches Geheimnis. Er hatte einen Menschen getötet. Eine Frau, eine Schwarze. Aber nicht einmal schwarze Menschen durften so einfach getötet werden, auch sie besaßen eine Art Lebensrecht. Allerdings durften sie zu Tode gepeitscht werden, wenn sie etwas Schlimmes angestellt hatten. Diese junge Frau hatte nichts verbrochen, aber trotzdem hatte Francis ihr das Leben genommen. Und irgendwo draußen rief Nat Turner zum Aufruhr gegen die Weißen auf.
Sie hatte Laura geheißen. Und sie war die Schwester von Samantha gewesen, von Alices Zofe. Und Sam hatte alles gesehen, ohne von Francis bemerkt zu werden. Sam hatte unter einer Decke in der Ecke des Schuppens gelegen, während Francis mit Laura sein Spiel getrieben hatte.
Ein grausames Spiel. Ein fast lautloser Kampf. Denn es durfte nicht gerufen werden, nur geschwiegen. Deshalb war Sam

nicht sofort aufgewacht. Aber dann wurde doch ein Jammern und Stöhnen hörbar, laut genug, um die Träume zu zerreißen.

So hatte Sam es Alice erklärt, als Alice schließlich verstand, dass die andere etwas zu erzählen hatte. Über einen Körper, der am Ende leblos liegengeblieben war. Über Francis, der gejammert hatte. Später hatte er die Mutter geholt. Zusammen hatten sie den Leichnam in einen Sack gesteckt. Zusammen hatten sie ihn nach draußen getragen und in einen Wagen gelegt, und Francis war damit davongefahren.

Sam war zu klein gewesen, um ganz zu begreifen, was sie gesehen hatte. Später hieß es, Laura sei nach Norden geflohen. Und Sam hatte es fast vergessen, bis Francis nach vielen Jahren heimgekehrt war. Erst da war ihr aufgegangen, wessen sie Zeugin geworden war.

Jetzt gab es zwei, die es wussten, neben den beiden, die es früher schon gewusst hatten. Und Alice hatte Sam bei ihrem Leben schwören lassen, dass sie es nicht weitererzählen würde, solange Alice es ihr nicht befahl.

Warum Julian?, fragte sie ihren Mann, als er nach Hause kam.

Nach meinem ältesten Bruder, antwortete der Mann.

Der von einem Pfeil getötet worden war, fiel es Alice ein.

Den habe ich heiß verehrt, fügte der Mann hinzu.

Sie saßen am Frühstückstisch. Francis war sichtlich müde.

Aber darf ich das Kind nicht trotzdem nach Brenda nennen?

Der Mann sah sie mit trauriger Miene an.

Wer ist Brenda?

Die du begraben hast. Am Ontariosee.

Das war doch nur irgendeine junge Frau? Nicht einmal deine Schwester?

Ich meine die Kleine! Mein eigenes Kind!

Ein Hauch von Verwirrung glitt über Francis' Gesicht. Dieser

Blick traf Alice hart. Es überkam sie eine grauenhafte Erkenntnis.
Sie hatte wenig an die Tochter gedacht, die sie mit Håvard gehabt hatte, seit sie dieses neue Leben lebte. Die Trauer um den Verlust war von ihrer eigenen Krankheit gedämpft worden. Die Zeit hatte den Schmerz gelindert. Der Sohn, den sie mit Francis bekommen hatte, hatte einige Erinnerungen geweckt, aber die hatten sie nicht wirklich getroffen, da die Umgebung so anders und das Kind ein Knabe war. Bei der Kleinen war alles anders gewesen. Nun stieg die Erinnerung an Brenda in ihr auf. Ihr eigenes kleines Kind, das sie hatte formen können. Das unendliche Vertrauen in den Augen.
Und die Erkenntnis wuchs in Alice zu einem jämmerlichen Schrei: Sie … sie …
Ihre Stimme war viel leiser geworden, als sie das wiederholte und hinzufügte: Sie ist nicht tot! Du hast sie nicht begraben. Nicht Brenda! Und Ansgar auch nicht? Nur Alida Ruth. Das ist die Wahrheit!
Sie sah, wie der Mann schluckte, wie er ihre Worte verarbeitete, dass er nichts von dem Kind gewusst hatte, das sie dort oben im Norden geboren hatte.
Dann muss es jemand anderes gemacht haben, sagte Francis mit brüchiger Stimme.
Wieso?
Es war doch schon geschehen. Sonst war niemand in der Hütte. Nur die, die dort verweste. Und du!
Alice rang um Atem.
Du sollst deinen Willen haben, sagte der Mann. Wir werden die Neugeborene nach deiner toten Tochter nennen.
Alice schüttelte den Kopf. Nein. Sie soll Julian heißen.

Teil III

Die Stärke des Freimuts. Die Kraft der Sehnsucht

5. Kapitel

Neue Rätsel kündigen sich an

Die Landraffer von Skien

Es war ein Wintertag gewesen, an dem die Sonne auf die Hänge von Tinn schien, mit Strahlen, die Giebel zum Tropfen brachten und das Eis auf dem Tinnsjø, das von den Schlittenkufen vom Schnee freigekratzt worden war, funkeln ließen. Gunhild war draußen gewesen und hatte es einige Male gesehen, hatte das blaue Eis und die leere Fläche betrachtet, denn noch waren sie nicht auf dem Rückweg, die, auf die sie wartete. Ihr Mann und ihr Sohn. Und ihr Herz zitterte, wie es das immer tat, wenn der Mann unterwegs war, und vor allem, wenn er den Kleinen mitgenommen hatte.

Dann war sie wieder auf den Dachboden gegangen und hatte sich an den Webstuhl gesetzt. Sie wollte eine Jacke für den Jungen herstellen. Die sollte gelb und rot werden. Und sie dachte an das kleine Gesicht, wie sie es zuletzt gesehen hatte, als sie über das Eis gefahren waren, das Kind nach dem wilden Ritt des Mannes von Frost und Wind vereist. Und der Mann, das Haar wie eine Fahne, die Mütze irgendwo vom Kopf geweht, stand mit den Zügeln in der Hand da und schrie die Pferde an.

Sie hätte mitfahren sollen. Aber dann hätte sich niemand um den Alten kümmern können. Und auch die Tiere mussten doch versorgt werden.

Sie hätte trotzdem mitfahren sollen. Jemand anders hätte das Notwendige erledigen können. Sie hatte es früher auch ge-

schafft, damals, als sie mit dem Mann nach Stavanger gereist war, um Pferde und Schafe zu kaufen. Er hatte sie nicht mitnehmen wollen, aber sie hatte sich damals nicht beirren lassen. Und am Ende hatte er nachgegeben, da er ein Jahr zuvor nach in Kneipen verbrachten Wochen mit leeren Händen und pferdelos zurückgekommen war. Aber damals hatten sie sich gestritten, und immer wieder hatte er die Reise verschoben, in der Hoffnung, dass sie die Sache sattbekommen oder dass die Arbeit sie zu Hause halten würde. Und es war auch kein Vergnügen gewesen, als sie dann endlich aufgebrochen waren. Er hatte überhaupt nicht mit ihr gesprochen. Einmal hatte er sie geschlagen. Das war vor einer Kneipe gewesen. Ein hochgewachsener Fremder hatte es gesehen. Er hatte sich einschalten wollen, aber Gunhild hatte ihn mit einem Blick daran gehindert. Er war also einer, der *sah,* dieser Fremde. Dann hatte er ihnen den Rücken gekehrt und sie nicht mehr angesehen. Und der Große Hølje war in die Kneipe gegangen, gefolgt von Gunhild. Er hatte einen Krug Bier getrunken, und sie hatte ihm bei jedem Schluck ins Gesicht geschaut.
Sie erinnerte sich an das perlende Lachen der Tante, als sie ihr diese Geschichte erzählt hatte.
Du bist von meiner Art, du, hatte sie gelobt.
Gunhild war sich da nicht so sicher. Sie besaß nicht den bissigen Spott der anderen. Sie machte niemandem Vorwürfe, weil sie so viel im Auge behalten musste, weil jemand anderes sich weder um Arbeit noch um Essen kümmerte, obwohl dieser andere der Erbe war. Es gab für alles einen Grund, glaubte sie, und es war nicht ihre Aufgabe zu urteilen. Und alles und alle hatten ihr Gutes, wenn man nur genauer hinsah. Und sei es auch nur als Lehre, als Prüfung, die der Herr den Menschen auferlegte, damit sie zu größerer Kraft gelangten.
Auf diese Weise kann man so gut wie alles entschuldigen, hatte die Tante mit ihrer furchtlosen Stimme gespottet, als sie sich

beide Beine gebrochen hatte und nie wieder gesund geworden war. Drei Jahre lang hatte sie in Gunhilds Webstube gelegen und die Nichte jeden Tag mit saftigen Bemerkungen überschüttet, bis sie dann plötzlich erloschen war.

Dass du dem Trottel nicht den Kopf abschlägst, hatte sie einmal gesagt. Von seinem Vater, dieser Wasserleitung, mal ganz zu schweigen.

Gunhild musste lächeln. Sie hatte es genossen, die gesalzenen Worte der anderen zu hören, während sie das Weberschiffchen bewegte. Es war schon peinlich gewesen, damals, als Vater in der Kirche sein Wasser hatte fließen lassen. Das war sein letzter Kirchgang gewesen, obwohl er an jedem Feiertag quengelte: Geht es nicht bald los? Wo ist mein Stock, du dumme Kuh?

Fast blind war er noch dazu. Und schwerhörig.

Es wurde an die Tür geklopft.

Der Alte unten hörte nichts. Gunhild eilte die Treppe hinunter. Draußen stand der kleine Jon, ein Junge aus einer Kätnerfamilie.

Der Große Hølje ist auf den Kleinen gefallen, rief er ängstlich.

Was sagst du da, Junge!

Der Große Hølje. Der begräbt den Kleinen im Schnee. Du musst kommen und ziehen.

Gunhild sah es vor sich. Der erwachsene Hølje mit dem Schmerbauch unter dem Pelzmantel, daneben der Junge, schmal wie ein Grashalm.

Sie stürzte ins Haus, um ihren Umhang zu holen.

Wo willst du hin?, fragte der Alte.

Deinen Sohn holen. Jetzt hat er sich offenbar um Sinn und Verstand gesoffen.

Was hast du gesagt?

Ich bin gleich wieder da. Und pass auf das Feuer auf, Vater. Und geh zum Pissen nach draußen.

Dann stand sie wieder in Kälte und Wind. Bald hatte sie die Skier unter den Füßen und konnte den Spuren des Spielkameraden ihres Sohnes folgen. Und die Bilder durchströmten sie, als sie die Hänge hinunterjagte: der Mann im Schlitten, mit rotem Gesicht und feuchten Augen, sabbernd und mit schlaffen Lippen am Krug. Er hatte mehr getrunken als beim letzten Mal, das wusste sie, damals hatte er sich auf den Beinen halten können. Jetzt war er auf dem Eis offenbar eingeschlafen. Und sie sah ihn zurückgelehnt unter den Fellen sitzen, während der sechs Jahre alte Sohn die Zügel hielt.

Sie hatte Einwände erhoben, ehe die beiden aufgebrochen waren, hatte gesagt, der Junge sei noch ein Kind und die Fahrt zu weit.

Wenn er zum Mann werden soll, muss er sich an lange Fahrten gewöhnen!

Nicht wahr, Knabe!, hatte der Vater vor dem Aufbruch Zustimmung verlangt.

Ja, Vater.

Und hast du keine Lust, Knabe, die kleine Stina und die anderen zu sehen?

Doch, Vater.

Sie hatten auf dem anderen Seeufer auf Skiern weiterfahren wollen, während der Schlitten und die Gäule bei Bekannten in Tinnoset untergestellt wurden. Sie waren zu einer Beerdigung in Heddal unterwegs gewesen, bei der Pflegeschwester des Mannes.

Im letzten Moment riss Gunhild sich zusammen und wich einer Felskuppe aus, über der Jon ein Stück weit in der Luft geschwebt und dabei laut geschrien hatte. Der Skihüpfer, wurde er genannt, der kleine Wicht, wegen seiner kühnen Sprünge. Dann konnte sie zwischen zwei Häusern hindurchsehen, und ihr Blick fing das ein, was sie nach Hause holen sollte. Einen liegenden Pelzmantel mit einem Haarbüschel am einen Ende und zwei zu den Seiten ausgestreckten Armen. Den Schlitten, der auf einem Felsen oder eine Baumwurzel wippte. Die Tiere, die dort mit geblähten Nüstern standen und schnaubten, ängstlich wegen des Aufenthaltes, ungeduldig auf die Wärme zu Hause wartend.

Hølje!, rief Gunhild ängstlich.

Sie meinte das Kind. Sie zog am Mantel, an dem einen Ärmel, an einer schlaffen und willenlosen Hand. Der kleine Jon half ihr, und bald entdeckten sie den, der darunter lag. Er kam auf die Beine. Er rang um Atem. Sein Gesicht war rot und nass, sein Haar war nass, sein Blick war wütend.

Weil er sich schämte, das wusste die Mutter. Als sei der Sohn daran schuld, dass der Vater kein Maß kannte. Gunhild versagte es sich, ihn an sich zu ziehen und ihn zu trösten, denn Jon war ja dabei und hätte es beobachtet. Stattdessen drehte sie den Männerkörper so um, dass sie sein Gesicht sehen konnte, und versetzte ihm eine Maulschelle, nicht aus Wut, sondern aus Notwendigkeit.

Hoch!, verlangte sie. Steh auf!

Hör auf, Weib, schimpfte im Schnee eine gepresste Stimme.

Gunhild brach einen Kieferzweig ab.

Sie brauchte nicht oft zuzuschlagen, ehe er auf den Beinen und schwankend vor ihr stand.

Cappelen!, fauchte er und zeigte mit einem langen Finger auf sie.

Das weiß ich, sagte sie umgänglich. Stütz dich jetzt auf mich.

Er starrte sie wütend aus blutunterlaufenen Augen an und lehnte sich schwer auf ihre Schulter.

Der Kleine Hølje und sein Kamerad hatten inzwischen den Schlitten umgedreht. Jetzt warteten sie. Der Betrunkene musste sich hineinsetzen, wenn sie ihn nach Hause schaffen wollten. Das begriffen die Jungen immerhin, aber beide schauten in eine andere Richtung, als schäme der Freund sich nun genauso. Und

Gunhild schleppte ihren Mann zu dem Wagen mit den Kufen und ließ ihn hineinfallen. Dann bewegten sie sich langsam durch Austbygde nach oben, zwei Stuten, die sich an den steilsten Hängen vor dem Schlitten fast aufbäumten, und ein plötzlich schnarchender Mann, eine Frau und zwei kleine Jungen mit Skiern unter den Füßen. Gunhild nahm die Zügel. Ein Stück weiter oben überlegte Jon sich die Sache anders und ging nach Hause zu seiner Mutter.

Es war schon lange so, dass die reichen Männer aus Skien die Wälder der Bauern von nah und fern an sich gerissen hatten. Alle aus Tinn und der weiteren Umgebung kannten die Geschichte des Bauern Rue, der 1811 seinen Wald verkauft hatte und um fast sechstausend Reichstaler reicher geworden war. Ein gewaltiger Haufen Geld war das, unvorstellbar viele Münzen. Dann kam zwei Jahre darauf der Staatsbankrott, und die Summe schrumpfte auf ein Hundertstel zusammen. Sechstausend waren zu sechzig geworden, und der Wald gehörte einem anderen.

Er gehörte einem, der die Zukunft vorhersagen konnte, hatten die Leute aus Tinndal in den folgenden Jahren immer wieder zueinander gesagt. Die reichen Männer in Skien, die wussten, wann das Geld schrumpfen würde, vermuteten sie. Auf diese Weise wurden sie reich und noch reicher, indem sie spekulierten und unwissende arme Teufel an der Nase herumführten.

So wurde in den Dörfern von Telemark über Cappelen und Adeler und andere reiche Leute gesprochen. Und es war noch schlimmer geworden. Viele der alten Höfe waren geteilt worden, damit mehr als nur einer aus einer Geschwisterschar sein Leben fristen könnte, aber die Steuern wurden nicht kleiner, auch wenn die Grundstücke das wurden. Also fällten sie Bäume und brachten sie zur Sägemühle und zum Verkauf, um den Forderungen des Königs nachzukommen, aber das brachte so wenig ein, dass immer mehr sich dazu gezwungen sahen, ihren Boden zu veräußern und Pächter zu werden, wie der unglückliche Torstein, der Vater des kleinen Jon, der auf Skiern so schnell war.

Der Große Hølje wollte selber Besitz haben.

Und er konnte kaum über etwas anderes sprechen als darüber und über die Schulden und die Drohungen der Zukunft, denen er sich nicht beugen wollte. Er sprach zu seinem Vater darüber, wenn er im Haus war, denn Gunhild zog den Jungen fort. Dann war nämlich nur der Alte dabei, wenn der Mann schimpfte und trank. Und der Alte tröstete den Sohn und redete ihm nach dem Mund, auch wenn er nichts hören konnte. So war es seit der Hochzeit, als er Geld hatte leihen müssen, um den jüngsten Bruder auszuzahlen, damit der einen verlassenen Hof in einem anderen Dorf übernehmen konnte. Der mittlere der drei, aus denen die Geschwisterschar bestand, hatte bereits den halben Ackerboden des väterlichen Hofes und einen Baugrund für ein Haus erhalten. Høljes Mutter hatte diese Entscheidungen durchgesetzt. Jetzt war sie für immer eingeschlafen, und das war ihr sicher nur recht, hatte Gunhild gedacht, denn auf diese Weise hatte sie sich seinen Klagen entzogen.

Und sie hatte diese Klagen auch selbst satt, denn es brachte doch nichts, so unzufrieden zu sein. Schließlich hatten sie Milch und Käse. Sie hatten Vieh im Stall und ein gefülltes Vorratshaus. Sie hatten alles, was sie an Werkzeug und anderen Gegenständen brauchten. Trotzdem war das Mannsbild unmöglich. Nichts schien ihm noch recht zu sein.

Anfangs hatte sie geweint.

Darauf hatte er nicht geachtet.

Jetzt lebte sie ihr eigenes Leben, kümmerte sich um Haus und Vieh, kochte und wusch, spann und webte. Der Mann arbeitete auf dem Feld und tat sonst nicht viel, außer Bier zu brauen. Wenn sie ihn bat, undichte Wände oder Dächer zu reparieren,

Schuhe zu flicken oder bei schweren Tiergeburten zu helfen, stellte er sich taub. Bald gehört es ja doch nicht mehr uns, konnte er sagen, warum sich für andere abmühen?
Also legte sie die Schuhe vor den Alten hin, der machte das gern. Und sie überließ die notwendigen Arbeiten im Freien dem Knecht, oft zusammen mit dem Kleinen, damit er das lernte und sich nützlich machen konnte.
Keine dürfte mit einem solchen Ehemann geschlagen werden, hatte die Tante gemeint. Einem Schwächling ohne Vernunft.
Es zog sie alle nach unten, das spürte Gunhild. Und sie fühlte sich so einsam, vor allem, seit der Gast in der Webstube nicht mehr war, denn mit wem hätte sie jetzt darüber sprechen sollen?
Komm zur Andacht, hatte Gro vorgeschlagen, die Mutter des kleinen Jon.
Zur Zeit des seligen Pfarrers Møglestue war Hans Nilsen Hauge durch das Dorf gewandert. Gunhild war damals noch nicht geboren gewesen, aber Mutter und Schwester erinnerten sich daran, an die Andachten und die Bewegung. Immer wieder hatten sie davon erzählt, während die kleine Gunhild zuhörte und größer wurde, aber ein Mal war ihr deutlicher in Erinnerung als die anderen, und zwar der Tag, an dem sie die Bedeutung des Wortes Freimut verstanden hatte.
Sie waren auf dem Weg zur Stabkirche in Atrå gewesen, zwei erwachsene Frauen und ein Mädchen.
Was für eine Vorstellung, dass Madame Møglestue Hauge eingeladen hatte, im Pfarrhaus zu sprechen, hatte die Tante gekichert. Der war wohl jedes Mittel recht, um ihren Mann zu ärgern.
Aber er ist ja nicht hingegangen, hatte die Schwägerin eingewandt.
Das Gundhildkind hatte gelauscht und Beeren gegessen und ängstlich nach Kreuzottern Ausschau gehalten. Aber dann war etwas geschehen.

Ein Vogel. Ein Wort. Ein Berg.
Ein Auerhahn war plötzlich im Heidekraut aufgetaucht, gleich vor ihnen, fast hätten sie ihn anfassen können. Ohne Angst hatte er dort gestanden und Gunhild aus schwarzen Augen angesehen. Wie um sie zu sich zu locken. Und als der Vogel aufflog, schien das Mädchen ihm zu folgen, schien an seinen Federn zu hängen. Und sie reckte sich und streckte ihren Körper, im Traum oder im Staunen, und in diesem Moment! In diesem Moment sah sie den Berg Gaustatoppen, hinter dem Hügel und hinter dem großen Vogel, und der Anblick war so gewaltig gewesen, dass sie aufgekeucht hatte, denn für einen Moment hatte sie geglaubt, wirklich unterwegs durch die Luft zu sein, auf dem Rücken des Auerhahns, zu dem Berg mit dem weißen Gipfel und der scharfen Felskante. Und im selben Moment hatte ihre unverheiratete Tante das Wort gesagt, das an dem Bild haftengeblieben war: Freimut.
Er hat mir Freimut gegeben, hatte sie gesagt. Über Hans Nilsen Hauge. Und die beiden erwachsenen und die kleine Frau hatten einander an den Händen genommen und im Kreis getanzt, dort oben auf dem Hügel, denn alle hatten den Vogel und dahinter den Berggipfel gesehen, und wenn auch nicht alle drei das Gefühl verspürt hatten zu fliegen, so war es doch jedenfalls ein schönes und ungewöhnliches Erlebnis gewesen.
Zum Freimut gehörte der Mut, bei solchen Andachten das Wort zu ergreifen. Das galt nicht nur für Männer, es galt auch für Frauen. Vor allem für Frauen, war gesagt worden, von Seiten Hauges, sie sollten sich inmitten der Gemeinde erheben und beglückende Bibelverse mit klarer Stimme vortragen, und sie sollten Gedanken aussprechen können, die in diesem Moment wichtig waren.
Es war der Freimut, der die Schwester dazu gebracht hatte, den einzigen Freier abzulehnen, der sich ihr genähert hatte, und vielleicht hatte sie diese Entscheidung später verwünscht,

denn ein anderer hatte sich nicht sehen lassen, aber darüber redete sie nicht.
Und Gunhild wäre gern zur Andacht gegangen, wegen der Geselligkeit und um ihre Gedanken in der Gemeinschaft an etwas Größerem ausruhen zu können. Aber sie brachte es nicht über sich, so, wie ihr Leben jetzt aussah. Sie würde sich ja doch nur ängstigen, ob der Alte auch seine Wege über den Hofplatz machte, ob dem Sohn in der Obhut des streitsüchtigen Vaters auch nichts geschähe.

Dann wurde die Last leichter. Es war zwei Jahre später. Inzwischen war der kränkliche Alte am Feuer von ihnen gegangen. Inzwischen war sie zur Witwe geworden und hatte die Zahlen gesehen, die, über die der Große Hølje geseufzt und geflucht hatte, und sie hatte gesehen, dass sie noch schlimmer waren, als er gejammert hatte, denn es gab Schulden um Schulden. Schulden um Schulden um Schulden gab es.
Jetzt waren sie getilgt. Und Gunhild hatte keinen Mann mehr, der in einer Schneewehe oder einer Strohschütte umfallen und liegenbleiben konnte. Also konnte sie ohne Angst mit vielen anderen zusammen im Kreis sitzen und auf das Wort des Herrn und auf Dinge hören, die dem Diesseitigen zugehörten. Die Rede war von Sägemühlen und dem Fällen von Bäumen, so dass der Harzgeruch nur so aus den an der Wand hängenden Männerjacken quoll, und Gunhild begriff, was sie im Grunde schon wusste: Die Landraffer hatten es auf sie alle abgesehen.
Die Bauern hatten sich bei der letzten Parlamentswahl deutlicher hervorgetan, die Anzahl von Bauern in der Versammlung hatte sich mehr als verdoppelt. Aber die Landraffer blieben Landraffer. Da half es wohl wenig, mit welcher Kraft er reden konnte, Ole Gabriel Ueland, der Mann, der sich im Parlament an die Spitze der Bauern gestellt hatte.
Alles, was Gunhild an Wald und Hof gehörte, hatte er haben

wollen, der reiche Mann aus Skien, alles oder nichts. Nur auf diese Weise konnte ihre Rechnung sich ändern und nicht mehr unter dem Strich stehen, sondern darüber. Und sie dürfe bis auf weiteres dort wohnen bleiben, oh doch, oh doch, das müsse sie ihm glauben, denn der reiche Mann brauchte die Häuser nicht, im Moment nicht. Er besaß in der Nähe ein Jagdschloss, und das reichte ihm erst einmal.
Also war alles scheinbar beim Alten, denn sie regierte zwischen den vertrauten Wänden, und der Wald um sie herum sah so aus wie im vergangenen Jahr. Aber sie kam sich vor wie eine Armenhäuslerin. Sie wohnte hier auf Gnade, denn der reiche Kerl konnte den Hof verkaufen, wenn er Lust dazu hatte, und er würde es tun. Und sie und der Junge würden dann in einer Kate enden wie Gro und ihr Sohn.
In der ersten Zeit nach dem Verkauf hatte sie diese Gedanken verdrängen können. Aber seither brannte es in ihr, dass dieses Leben ein Wartezustand war. Sie hatte sich deutlich vor Augen rufen müssen, was passieren würde, und sie hatte mit ihrem Sohn darüber gesprochen. Danach war sie ein wenig ruhiger geworden. Aber die Gewissheit war doch immer vorhanden, dass ihr jederzeit der Ausblick vom Hofplatz verwehrt werden könnte. Und darum wurde der Bericht der Brüder Nattestad über eine andere Welt zu Erleichterung und Hoffnung.

Die Leute aus Tinndal und Numedal zogen immer über die Berge, um Vieh zu kaufen. Es konnten Kühe sein. Es konnten Pferde sein, denn sie züchteten nicht selber, jedenfalls nicht am Tinnsjø. Die Brüder Anstein und Ole Nattestad aus Veggli hatten in Stavanger Schafe kaufen wollen, kamen aber mit leeren Händen zurück. Weder Widder noch Mutterschafe oder Lämmer hatten sie bei sich, nur Geschichten – aus einem Brief, den sie hatten lesen dürfen, und von Menschen, die einen Mann hatten erzählen hören, einen Mann, der nach Hause gekommen

war, um sich eine Frau zu suchen, und der dann wieder gegangen war.
Nach Amerika.
Die Brüder Nattestad wollten auf dieser Seite des Meeres keine Schafe mehr besitzen.
Wieder war es der kleine Jon gewesen, der Gunhild die Nachricht gebracht hatte: Sie müsse kommen und sich diese unglaubliche Neuigkeit anhören!
Über Amerika.
Saftigeres Gras als dort gab es nirgendwo. Ein Mann konnte an zwei Nachmittagen Heu machen, um eine Milchkuh über den Winter zu bringen. In Amerika brauchte man das Futter nicht mit Laub zu strecken. Die Erde gab mehr als genug. Und man konnte kreuz und quer reisen, sich niederlassen, wo immer man wollte, ganz ohne Papiere. Und im Vergleich zu hier waren die Steuern ein Nichts! Und es war leicht, Arbeit zu finden, wenn man gerade Geld brauchte. Alle brauchten dort Helfer auf ihren riesigen Äckern. Zu einem Tagelohn von fünfzig Cents.
Stellt euch vor, fünfzig Cents!, sagten die Brüder Nattestad.
Wie viel ist das?
Und nicht weniger als fünfundsiebzig beim Heuen, erinnerten die Brüder sich. Und einen ganzen Dollar, wenn man bei der Ernte die Sense schwingt.
Das alles hatte auf den fettigen Briefbögen gestanden, die sie hatten lesen dürfen. In der Umgebung von Stavanger ging der Brief von Haus zu Haus, wurde abgeschrieben und weitergereicht.
Die Brüder Nattestad konnten die Füße nicht stillhalten, sie wollten nur kurz nach Hause, um zu packen, und losziehen.
Losziehen, wohin denn?
Sie erzählten, was sie wussten. Über die erste Auswanderergruppe, 1825. Über einen, der später nach drüben gegangen war, ein Slogvig, der zurückgekommen war, um sich das zu

holen, was er haben wollte, und der dann sofort wieder dorthin gefahren war; über eine Handvoll anderer, die später gereist waren, jeder für sich, nicht aus norwegischen Häfen, sondern aus Göteborg. Und jetzt sollte ein neues Schiff aus Stavanger abgehen, nicht weniger als zwei Schiffe sollten ausgerüstet werden, und Anstein und Ole wollten dabei sein.

Einen schöneren Ort gibt es nicht auf der Welt, sagte Gunhild.
Nein, murmelte Gro. Das wird behauptet.
Das ist immer behauptet worden, antwortete die andere.
Ja, antwortete Gro.
Glitzernder Mond, sagte Gunhild und meinte den in der Nähe verlaufenden Fluss, nicht den Himmelskörper.
Rivsfjell, sagte die andere.
Weißt du, warum es Gaustatoppen heißt?, fragte Gunhild.
Der heißt doch so nach einem weiter unten gelegenen Hof, sagte Gro.
Aber der Name an sich?
Der bedeutet Landestelle, ein Platz, zu dem man hinüberschwimmen kann, auch das wusste Gro.
Von alters her, sagte Gunhild. In alten Wörtern, die nicht mehr dasselbe bedeuten.
Und kein See ist schöner als der Tinnsjø, sagten sie dann. Blaublank in klarem Sommerwetter, weißblank und wogend unter leichten Wolken.
Sie saßen bei der einen an der Sonnenwand und priesen ihre Heimat.

Trotzdem war es entschieden. Sie würden fortgehen. Und sie waren nicht die Einzigen. Die Worte der Brüder Nattestad hatten in vielen ein trotziges Feuer entfacht, den Mut, den

Drohungen vom Vogt und anderen, die Ansprüche erhoben, den Rücken zuzukehren. Sogar Erbbauern von den größten Höfen im Kirchspiel wollten fort, statt ein langes Leben hindurch unter den Schulden zu ächzen. Über Höfe und Betriebe wurde verhandelt. Vieh und Hausgerät wurde verkauft.

Am 17. Mai 1837 versammelte sich in Sandven in Atrå ein gutes halbes Hundert Menschen, angeführt von der Familie Rue von den Luraashöfen. Bei all denen, die sich zum Abschiednehmen eingefunden hatten, war auch der Propst Søren Schive. Anfangs hatte er von der Reise abgeraten. Jetzt hielt er den Scheidenden eine bewegende Abschiedsrede.

Dann stiegen sie in die Boote. Die, die auf den mittleren Bänken gelandet waren, griffen zu den Rudern, sechs an der Zahl. An jedes der Boote waren Flöße gebunden, die hinterherglitten, Flöße aus Baumstämmen mit einem Rahmen aus Brettern, damit nichts herunterfiel. In diesem Rahmen standen Proviantkästen und Truhen mit Rosenmalerei, Rocken und Tornister, Kessel und Werkzeug, dazwischen waren Taschen und Kleiderbündel gepresst.

Gunhild ließ den Streifen im Wasser hinter ihnen nicht aus den Augen, folgte ihm bis ans Land, zu dem flachen Ufer, wo die standen, die nicht auswandern wollten und die jetzt aussahen wie eine Trauergemeinde. Sie legte eine Hand auf die von Gro, und Gro winkte mit der anderen Hand, winkte denen, die zurückblieben, eine Tochter und einen Sohn hatte sie in dieser Menschenschar, dazu einen erwachsenen Stiefsohn, den sie an Kindes statt angenommen hatte. Ihr Gesicht war zu einem Lächeln erstarrt, einem Lächeln, das sie sehen sollten, die auf dem Trockenen standen; sie sollten sich daran erinnern, dass die Mutter gelächelt hatte, dass die Mutter an eine Zukunft voll Glück und Reichtum in Amerika glaubte, damit die anderen eines Tages nachkommen könnten.

Gunhild hatte keine engen Verwandten, denen sie zuwinken

konnte, außer einem Onkel, der dort stand und unter ihren Blicken klein wurde. Sie legte den freien Arm um die Schultern ihres Sohnes. Der Junge schaute weg, schaute ins Wasser und tunkte einen Finger in das Nass, als sei er mit seinen eigenen Dingen beschäftigt.

Schreibt!, wurde gerufen.

Natürlich schreiben wir!

Die Stimmen klangen nackt in der klaren Luft. Und ein Vogel ahmte sie nach: Krill! Krivill-kvirrevittvill!

Dann senkte sich eine andächtige Stimmung über die beiden Boote. Die Menschen saßen dort schwarz gekleidet und stumm, mit weißen Kragen am Hals, die Frauen oft mit einem Schultertuch, die Männer mit Hüten auf dem Kopf oder auf den Knien. Bald warfen die Ruderer ihre Jacken ab. Bald saßen sie dort in Trachtenhemden, mit oder ohne Westen, mit Westen mit oder ohne schöne Stickereien auf der Brust. Es wurde rhythmisch und bedächtig gerudert. Sie beteiligten sich hier nicht an einem Wettrennen, kein Schweiß sollte in ihre Reisekleidung strömen. Sie ruderten mit Würde. Und sie blickten auf das, was sie verließen, die Laubbäume mit den hellen Frühjahrsschösslingen, den sanften Hang oberhalb von Sandven, und je weiter sie sich von zu Hause entfernten, umso mehr sahen sie von der weißen Hochebene, aus der die Flüsse kamen, die Flüsse, die in den Tinnsjø mündeten.

Von Tinnoset ging es auf schlechten Straßen weiter nach Skien, dazwischen gab es Bootsüberfahrten über das Heddalsvann, den Sauarelv und den Norsjø. Sie waren Bauern und Kätner, Handwerker und Instleute, einige alleinstehend, Frauen wie Männer, die meisten mit Familien. Der Segler »Paketten« aus Brevig brachte sie weiter nach Göteborg. Dort schifften sie sich auf der Brigg »Niord« ein, die unter dem Kommando des norwegischen Kapitäns Hans Brinck stand.

Am 4. August kamen sie in New York an, nach einer dramatischen Überfahrt, die zwei Kinder das Leben gekostet hatte.

Der Schweigsame mit den grossen Händen

An Bord war ein Mann gewesen, den Gunhild immer wieder verstohlen angesehen hatte. Er war ihr schon in Göteborg aufgefallen, als er allein an einem Lagerhaus gelehnt hatte, außerhalb des Schattens, den das große Schiff warf, als sauge er das Sonnenlicht in sich auf. Einer, der gern mitkommen würde, hatte sie gedacht. Aber er hatte nicht nur gewollt und geträumt; als die Zeit gekommen war, war er mit den anderen an Bord gegangen. Ohne anderes Gepäck als ein schlaffes Bündel, das hatte sie gesehen; sicher war es wohl dieses Bündel zu seinen Füßen vor dem Lagerhaus gewesen, das sie auf die Idee gebracht hatte, dass er einer war, der nur zusah. Denn wer fuhr schon mit fast leeren Händen in eine neue Welt?

Der Schweigsame mit den großen Fäusten. Eine Lammkeule hatte er. Keine Winterstiefel. Keine dickere Jacke. Nicht einmal einen Stapel Fladenbrot. Nur die geräucherte Keule und ein Messer, mit dem er dünne Scheiben abschnitt.

Gunhild hatte ihren Sohn gebeten, dem Mann Brot anzubieten.

Was hat er gesagt?, fragte sie Hølje danach.

Gesagt?

Ja, hat er sich nicht bedankt?

Doch, das bestimmt, meinte der Junge. Jedenfalls hat er gelächelt, dass es gestrahlt hat.

Was denn?

Seine Augen. Die haben geleuchtet.

Während der ersten Zeit hatte er sich auf der Überfahrt für sich gehalten, hatte an seinem Schlafplatz gelegen oder gesessen, ohne ein Wort zu den anderen in seiner Nähe. Bei gutem Wetter war er an Deck, stand an der Reling und schaute zum Horizont hinüber.

Ob er wohl stumm war?

Das glaubte sie nicht.

Ob er ein Schwede war?

Er will sicher nur seine Ruhe, tadelte Gro. Glotz nicht so.

Sie war bei weitem die Ältere der beiden Frauen. Sie hatte Gunhilds Tante sehr nahegestanden, und als die im Kindbett verstorben war, hatte Gro sich wie zum Trost der Jüngeren zugewandt, vielleicht, weil sie Ähnlichkeit mit der Toten hatte. Sie hatten auf Weihnachtsfesten und bei anderen gastlichen Anlässen in Austbygde oft nebeneinandergesessen. Und als nur wenige Wochen nach Gros Jüngstem der kleine Hølje zur Welt gekommen war, hatten sie noch einen Grund, um nacheinander zu sehen, wenn sie Zeit hatten.

Wenn du dir einen neuen Mann zulegen willst, dann nimm auf jeden Fall einen mit größeren Mitteln, als der da hat, meinte Gro.

Aber etwas hatte dieser große, stille Mann an sich, das Gunhilds Blicke anzog, ob sie das nun wollte oder nicht.

Ich hatte ja gedacht, du seist froh, diesen Ärger endlich los zu sein, neckte Gro.

Männer. Männer, die machten, was sie wollten, die auf die Idee kommen konnten, Haus und Hof zu verkaufen, ohne sich mit ihrer Ehefrau zu beraten. Die saufen und quengeln konnten, rülpsen und furzen, die schreien und sich prügeln konnten. Männer, die einfach starben und die Frau allein mit allem sitzenließen.

Die gibt es doch sicher in vielen Sorten, so wie uns, antwortete Gunhild.

Das schon. Aber keiner an Bord ist ein ärmerer Teufel als der Schweigsame.

An die vierzig Jahre, tippte Gunhild. Hochgewachsen und mager. Mit grauen Einsprengseln in Bart und Haaren. Und mit zu weiten Kleidern, die um seinen Brustkasten schlotterten.
Aber er hatte etwas. Etwas hinter Aussehen und den Anzeichen des Alterns. Etwas, das in ihr eine Ehrerbietigkeit schuf, für die sie keine Worte hatte. Und noch hatte sie sich nicht nahe genug an ihn herangewagt, um dieses Licht zu sehen, das ihr Sohn erwähnt hatte.
Dann hatte sie ihn vergessen, weil sie seekrank wurde. Die Seekrankheit stülpte sie um, wieder und wieder. Am Ende hatte sie in einem Dämmerzustand dagelegen, ohne einen anderen Wunsch, als an Land zu gelangen, aber diese Vorstellung war ihr unerreichbar erschienen, als werde das Land immer zurückweichen, sowie sie ein Bein ausstreckte, um es zu erreichen.
Als die Wogen sanfter wurden und das Unwohlsein schwand, entdeckte Gunhild, dass der Mann nicht mehr die ganze Zeit allein war. Er hatte angefangen, mit zweien der Männer aus Tinn zu sprechen. Und er konnte eine Hand auf eine Kinderschulter oder ein Köpfchen legen, zum Trost vielleicht, für den Verlust der beiden Kleinen, die nicht mehr lebten, die auf dem weiten Meer zur letzten Ruhe gebettet worden waren. Und die Männer, mit denen er sprach, waren nicht irgendwer, sie waren zwei Prediger.
Er ist Quäker, erfuhr Gundhild von jemandem, der den Predigern näher stand als sie selbst. Und er kommt aus der Gegend von Stavanger.

In New York war er plötzlich zu einer Art Anführer geworden, der Große, denn er sprach Englisch. Außerdem kannte er den einzigen Menschen, von dem die Tinndaler wussten, dass sie ihn aufsuchen konnten, ehe sie weiterzogen. Es war ein Mann namens Lars. Diesen Namen hatten sie von den Brüdern Nattestad erfahren, und dieser Lars Larsen würde ihnen sicher helfen.

Plötzlich steckte etwas Rastloses in seinen Gliedern, fand Gunhild, als sie den Mann aus Stavanger ansah, das war so, seit sie an Land gegangen waren. Er lief hierhin, er lief dorthin, er buchte die Weiterfahrt auf dem Dampfer, er kam an Bord mit einer dunkelblauen Decke, die er sich zugelegt hatte. Außerdem war sein Bündel dicker geworden, als habe er jetzt mehr Lebensmittel und andere Dinge als bei der Fahrt über das Meer.
Hølje zog seine Mutter am Arm. Sieh mal, ein schwarzer Junge. Hat der sich verbrannt?
So viel Unbekanntes und Fremdes. So viel lautes und unverständliches Gerede. Und danach die Stille der Natur, die das Flussboot umschloss. Wieder sah Gunhild den Mann an, der ihr so wichtig geworden war, und jetzt wusste sie, dass sie ihn schon einmal gesehen hatte.
Sie hatte ihn in der Stadt gesehen, aus der er kam, das einzige Mal, als sie selbst fort gewesen war, damals, als sie mit ihrem Mann zum Pferdekaufen gereist war, im Frühling, nachdem der Älteste ertrunken war. Er war es, der dort in der Gasse gestanden hatte, als warte er auf jemanden, der vor einer Kneipe gestanden hatte und sonntäglich gekleidet gewesen war.
Sie empfand bei dieser Erinnerung einen Sog, als stehe sie plötzlich wieder in dem engen Durchgang zwischen zwei Häuserzeilen, im Bratenduft, der aus der Kneipe strömte, denn sie hatten einander angesehen; über der Schulter ihres Mannes hatte sie den Blick des Fremden aufgefangen, als sie gestürzt war, im Schmerz nach dem Schlag, und sie hatte gesehen, dass er verstand. Die Ohrfeige war nicht wichtig. Sie ging sie nichts an, dort an der Kneipenwand, die sie auffing, so dass sie nicht zu Boden stürzte, wie auch die Hand, die eben getroffen hatte, sie nichts anging, so wie der Mann selbst sich schon längst aus den Räumen in ihr ausgesperrt hatte, in denen das Wichtigste, das Geheimste ihrer Gedanken und ihres Lebens aufbewahrt wurde.

Der Fremde hatte es gesehen. Das hatte sie an etwas tief in seinem hellen Blick erkannt, er hatte verstanden.
Und in ihrem Freimut nahm sie es als Zeichen, dass sie ihn wiedergefunden hatte.
Was spielte es schon für eine Rolle, dass er arm war? Sie hatte Geld genug. Über siebenhundert Reichstaler hatte der Verkauf ihr eingebracht. Dafür würde sie Boden kaufen können, sie würde in der ersten Zeit Arbeitskraft mieten können, sie würde Vieh kaufen können. Aber sie würde nicht wissen, wo die besten Färsen und die besten Schafe zu finden wären, da sie die Sprache nicht beherrschte und sich nicht erkundigen konnte. Sie hatte noch nicht darüber nachgedacht, dass die Menschen auf der anderen Seite des Meeres kein Norwegisch sprachen.
Der Große beherrschte das Englische.
Sie betrachtete ihn, wenn sie sich unbeobachtet wähnte. Er war durchaus nicht hässlich. Er war fast schön, auf seine schattige Weise. Wo er wohl Ausländisch gelernt hatte?
Sicher ein Seemann, tippte Gro.
Natürlich, dachte Gunhild. Dass sie nicht selbst darauf gekommen war. Ein Seemann, bestimmt war er das, und er war auf einem englischen Schiff gefahren und hatte dort alles gelernt.

Du siehst mich so an.
Seine Worte waren freundlich, ruhig.
Sie stand an Deck und hatte das Kanalufer betrachtet. Das Flussboot war durch einen von Pferden gezogenen Kahn ersetzt worden, es war am frühen Morgen, und die anderen schliefen noch.
Gunhild fuhr zusammen.
Der Mann mit der blauen Decke trat neben sie. Das Wasser war still. Einige Blätter trieben langsam darauf.

Als wären wir alte Bekannte, fügte er hinzu.
Sie streckte die Hand aus. Sie nannte ihren Namen.
Witwe, sagte sie. Von Hølje Tellefsen.
Er nahm ihre Hand, hielt sie fest, ehe er sie losließ, erwiderte für einen Moment der Nähe und des Interesses ihren Blick, dann glitt ein Film über seine Augen, als sehe er plötzlich in sich hinein.
Ich heiße Håvard, murmelte er. Wie mein Vater. An den kann ich mich kaum erinnern. Aber meine Frau … sie ist vor einigen Jahren herübergekommen.
Seine Stimme war voller Bewegung.
Gunhild lauschte, ohne mehr als das Wichtigste zu hören. Eine Frau. Er nannte ihren Namen, und das tat ihr weh.

Die guten Menschen von Rochester

Håvard zitterte entsetzlich, als er am letzten Morgen auf dem Kanalkahn aufwachte. Jetzt war der Tag gekommen, an dem er Elise wiedersehen würde. Das hatte auf der ganzen langen Reise als Gewissheit in ihm gewohnt, ja, seit die Reise möglich geworden und geplant worden war. Rochester war das Ziel. Sie mussten ganz in der Nähe sein, die Felder und die Höfe, auf denen die anderen lebten. Seine Hände zitterten noch immer, als er sein Bündel und die aufgerollte Decke packte und an Land sprang. Er atmete kürzer als sonst, seine Stimme klang tonlos, wie wenn jemand versucht, seine Erregung zu verbergen, als er den ersten Menschen fragte, den er entdecken konnte.
Atkinson Street?
Atkinson Street.
Er ging mit kürzeren Schritten als sonst, um nicht loszustürzen, um nicht zu rennen. Er ging an der Spitze einer ganzen

Menschenschar, er musste sich selbst am Riemen reißen. Aber in ihm sang es: Elise! Elise!
Es war ein Holzhaus.
Mehrere Male auf dem Weg durch die Stadt hatte er gefragt. To the right. To the left.
Ein Haus mit nicht weniger als drei Etagen. Er nahm den Hut ab. Er presste ihn gegen seine Brust. Er klopfte an.
Dann standen sie in der Tür, die guten Menschen, Lars und Marta Georgiana, älter, das schon, vor allem sie hatte sich verändert, und der Mann war grau geworden, aber sie waren doch dieselben, mit demselben Lächeln: Kommt herein, kommt herein.
Und Marta umarmte ihn und murmelte: Wir haben es doch gewusst, dass du doch noch kommen würdest, denn ein Dieb bist du nie gewesen.
Der Esstisch wurde mit Brettern und Böcken verlängert, sie holten Stühle und Hocker aus dem Nachbarhaus, bald duftete es nach Fleisch und Zwiebeln, es sollte einen Eintopf geben, dazu Fladenbrot, und sie redeten, über die Reise, über das Leben zu Hause, darüber, wer die Neuankömmlinge waren, und über das Leben in Rochester. Lars Larsen erzählte vom Glaubensleben, vor allem verbreitete er sich vor den beiden Predigern, die sich zu erkennen gegeben hatten. Hier gab es alle Arten von Gemeinden, und alle ließen sie sich gegenseitig in Ruhe. Wer ein Gotteshaus brauchte, baute seine eigene Kirche, und es gab viele Kirchen und viele Gemeinden.
Håvard hatte während des Essens immer wieder den Blick des Gastgebers gesucht. Aber der war offenbar für den alten Freund nicht da. Er fand größere Freude daran, mit denen zu sprechen, die er noch nie gesehen hatte. Als sei Håvard nicht gut genug. Als halte Lars ihn, anders als seine Frau, dessen für schuldig, was ihm vorgeworfen worden war. Er wandte sich also Marta zu. Sie lächelte ihn an, das schon, aber ihr Lächeln

hatte etwas, einen Schmerz, als lebten sie und Lars nicht richtig gut miteinander, fand Håvard. Dann verließ sie das Zimmer, die Kleinen mussten ins Bett.
Für alle gab es Schlafplätze, auf Matten oder gleich auf dem Boden, dicht an dicht, beim Ehepaar Larsen und im Nachbarhaus, wo die taubstumme Schwester wohnte. Als sie am nächsten Morgen aufstanden, war Lars schon zur Arbeit gegangen. Er war jetzt selbständig, hatte seine eigene Bootsbauerei. Er hatte andere unter sich, Leute, die er anleiten und antreiben musste, erklärte Marta.
Ihr seid nicht die Ersten, sagte sie noch dazu. Voriges Jahr sind gleich zwei Schiffe aus Stavanger gekommen.
Die Brüder Nattestad, wurde genickt.
Ja, die waren auch dabei.
Wo sind sie jetzt?
Im Westen.

Stimmt etwas nicht?, fragte Håvard.
Die anderen saßen draußen in der Herbstsonne, wie schwarze Vögel nebeneinander auf der Bank vor der Wand des Nachbarhauses. Wie ein Arbeitstrupp, der auf das Essen wartet, dachte er, als er im Haus stand und aus dem Fenster sah.
Ob etwas nicht stimmt?, wiederholte Marta.
Einige standen draußen in kleinen Gruppen zusammen und unterhielten sich miteinander, wie an einem Kirchsonntag nach der Predigt, dachte Håvard.
Elise, wollte er rufen, warum sagt ihr nichts über Elise?
Aber er schwieg und wartete darauf, dass die Frau vor ihm weitersprach.
Es hat einen Bruch gegeben, murmelte sie.
Håvard verstand nicht.
Bei den Quäkern hier in Rochester, fügte sie hinzu. Und Lars …
Mehr sagte sie nicht.

Håvard fasste ihre Schultern; sie litt.
Er ist mit den anderen gegangen, flüsterte sie mit zitterndem Atem.
Zwei Quäkerlager in einer kleinen Stadt.
So ist es wohl mit dieser Freiheit, meinte Marta.
Was soll das heißen?
Amerika, du weißt schon. Deshalb sind wir doch hergekommen, um Glaubensfreiheit zu haben. Aber diese Freiheit sorgt eben dafür, dass alle denken können, was sie wollen, und sie können laut denken und dazu stehen, während andere für etwas anderes stehen wollen. Und dann wird die Freiheit wichtiger als Zusammenhalt und Einheit.
Und du konntest ihm nicht folgen?, fragte Håvard.
Ich meine dasselbe wie vor der Überfahrt, das, was er mich gelehrt hat, das, was euch im Gefängnis erfüllt hat und ich angenommen habe, was in mir lebt. Er ist der Ausbrecher, nicht ich.
Dann wird er sicher umkehren, tröstete Håvard. Bestimmt wird er das, wenn er sich die Sache erst überlegt hat.
Die starke Frau weinte lautlos und lehnte sich an die Brust des großen Mannes. Er streichelte ihr behutsam den Rücken, streichelte sie immer weiter, bis sie sich aus seinem Zugriff befreite.

Aber was war mit Elise?

Als Lars nach Hause gekommen war und alle gegessen hatten, sprach der Gastgeber mit den anderen darüber, wie es weitergehen sollte. Sie mussten mit dem Kanalboot nach Buffalo fahren. Dort konnten sie sich Plätze auf einem Schiff kaufen, das sie über den Eriesee bringen würde. Auf dem anderen Ufer mussten sie sich Wagen und Ochsengespanne zulegen und nach Westen fahren, immer weiter nach Westen, nach Chicago. Das war noch ein ganzes Stück, und Lars nannte ihnen den

Namen eines Mannes, der ihnen auf der letzten Wegstrecke helfen könnte.
Es klang weit. Es klang anstrengend.
Deshalb hatten sie nichts gesagt, das ging Håvard auf. Es gab wohl nichts zu sagen, hier in Rochester, über Menschen, die ein ganzes Stück weit entfernt wohnten. Lars und Marta hatten Elise und die anderen vielleicht lange nicht gesehen.
Trotzdem mussten sie doch mehr über die Zeit seit ihrer Trennung erzählen können?
Es sei eine kleine Gruppe aus Böhmen gekommen, erklärte Lars.

Er hatte seine Frau und die ältesten Kinder einladen wollen, jetzt bat er alle Logiergäste dazu, ohne dass es sie etwas kosten würde, und als muntere Schar wanderten sie unter warmer Sonne zu einem Platz, wo Theater gespielt werden sollte. Hølje und Jon und die anderen Kinder durften vorne im Gras sitzen. Hinter ihnen standen viele Bankreihen, vor ihnen gab es ein Podium mit einem himmelblauen Vorhang, der vor einem großen Kasten hing. Der Kasten stand auf einem Tisch, und hinter dem Tisch konnte man den unteren Teil eines Rocks und einer Hose sehen, dazu zwei Beinpaare in verstaubten Stiefeln. Ein Stück daneben saß ein Mädchen und schaute das wartende Publikum an. Sie war barhäuptig und trug ein rosa Kleid, ihr Haar hing offen und wogte um ihre Schultern, und sie sah Jon und Hølje verärgert an. Die schauten neugierig zurück. Sie schnitt eine Grimasse und wandte sich ab.
In diesem Moment ließ jemand eine Mundharmonika erklingen. Es klang so traurig, dass viele tief seufzten, und Jon packte die Hand seines Freundes, denn er glaubte, das Spiel des Großen Hølje zu hören, wenn der allein dasaß und traurig war. Der Kleine Hølje spürte sie kaum, die Hand des anderen, er dachte nicht an seinen toten Vater, denn dort saß das Mädchen

und hatte das Gesicht verzogen, und sie sah einfach genauso aus wie die Gestalt, die sich jetzt im Kasten zeigte, nachdem der himmelblaue Vorhang entfernt worden war. Die im Kasten hatte ebenfalls ein rosa Kleid und offenes schönes Haar. Aber sie schnitt keine Grimasse. Und die Musik spielte jetzt etwas Leichteres, Lichteres, fast Witziges, und das Mädchen im Kasten tanzte, und Hølje hatte so etwas noch nie gesehen.
Hinter ihr gab es eine Wand mit grünem Wald und roten und blauen Blumen. Dann erklang ein wilder Trommelwirbel, und das Mädchen erstarrte mitten in einer Bewegung. Die Trommelschläge gingen weiter, düster und bedrohlich, und schon stand ein langer, dünner Mann vor dem Mädchen und schwenkte eine schwarze Mütze. Die war hässlich, fand Hølje, schlaff und viel zu groß. Er konnte gut verstehen, dass das Mädchen sich weigerte. Sie wollte ihr schönes Haar offen tragen, das begriff er, und sie zeigte zum Himmel. Sofort erschien über ihrem Kopf eine Sonne, und alle Zuschauer wussten, dass sie gar keine Mütze brauchte, da die Sonne sie wärmte. Aber der Mann wollte nicht nachgeben. Und es kam zu einer seltsamen Jagd, das Mädchen tanzte im Kreis und im Zickzack, und der Mann stolperte auf dünnen, komischen Beinen hinter ihr her und versuchte, sie mit seiner freien Hand einzufangen. War die Mütze vielleicht eine Art Sack, in den er sie stecken wollte?, überlegte Hølje ängstlich. Wollte er sie auffressen?

Dass wir das alles begriffen haben!, sagte ein Tinndaler, als die Vorstellung beendet war.
Sie haben doch nicht gesprochen, sagte ein anderer.
Das waren Puppen, erklärte ein Dritter.
Das haben wir doch alle gesehen!
Aber sie waren so schön!
Nicht der Vater, nur das Kind.
War das der Vater? Ich dachte, das war der Pastor.

Was für ein Pastor?
Einer, der anderen die einzige und richtige Lehre aufdrückt, sagte Lars und lächelte Håvard an.
Die Kinder können sicher nach hinten gehen und sich alles ansehen, meinte Marta und ging, gefolgt von den Kindern, davon.
Die mit der Trommel war das Mädchen, sagte Hølje zu Jon, als sie hinter den kleineren Kindern hertrotteten.
Die, die getanzt hat?
Nein. Die im Gras natürlich. Die mit der Grimasse.
Wo ist die Mundharmonika von deinem Vater?, fragte Jon.
Verkauft, antwortete Hølje. Wie so ungefähr alles.
Hinter dem Kasten, dessen Öffnung nun wieder von dem blauen Vorhang verborgen war, stand ein Mann und packte die Figuren vorsichtig in Holzkästen. Neben ihm krümmte sich eine Frau und spuckte rot ins Gras. In der einen Hand hielt sie den Hut, der groß und aus Samt war. In der anderen baumelte eine Mundharmonika. Sie hing an einer Stange. Zwei weitere Stangen waren daran befestigt, zwei dünne Stangen, von denen jede in einem Bogen endete.
Hølje wandte sich von der würgenden Person ab. Er suchte das Mädchen. Sie war nicht da. Dann entdeckte er sie doch, sie lief an den Erwachsenen bei den Bänken vorbei. Sie trug einen Korb, den sie vor sich hinhielt und in den viele der Erwachsenen etwas hineinlegten. Münzen, vermutete der Junge.
Aber wie schaffen sie es, dass die Puppen sich bewegen, fragte Jon.
Sicher mit Fäden, antwortete Marta.
Sie sagte etwas auf Englisch.
Das Mädchen antwortete, sie war jetzt zum Wagen zurückgekehrt.
Sie möchten in Ruhe gelassen werden, übersetzte Marta. Es geht ihrer Mutter nicht so gut.

Die Dame hat Mundharmonika spielen und die eine Puppe halten können, sagte Hølje auf dem Rückweg.
Plötzlich hatte er erkannt, wozu die gebogenen Stangen gut waren, ihre Enden hatten um die Ohren der Frau gelegen.
Und dann brauchte sie nur noch zu blasen, erklärte er. Während sie die Hände für das andere frei hatte.
Toll, sagte Jon.

Im Haus fanden sie einen gedeckten Tisch und gutes Essen vor, das Lars' Schwester und einige Nachbarinnen vorbereitet hatten.

Ein Kind?
Gunhild war im Häuschen auf dem Hinterhof gewesen. Die meisten anderen schliefen schon, aber sie hatte hinausgemusst. Als sie durch die Dunkelheit zurückging, hörte sie die zitternde Frage.
Ja, wurde geantwortet. Es hat ein Kind gegeben. Du bist Vater einer Tochter geworden, im ersten Frühling. Als sie noch hier in der Nähe waren.
Gunhild blieb an der Hauswand stehen. Sie sah die beiden Männergesichter im Licht einer Laterne, sie roch den Pfeifentabak.
Dass du das nicht gewusst hast!, sagte Lars Larsen verwundert.
Sie können nicht tot sein!, rief Håvard mit einem Zittern in seiner tiefen Stimme.
Nein, nicht beide, antwortete Lars.
Wie meinst du das?
Von Elise weiß man nur, dass sie im Sterben lag. Und dass es ein Grab gibt. Ansgar und das Kind dagegen …

Was ist mit ihnen?
Erinnerst du dich an Ole Hetletvedt?
Ole Olsen. Der Schulmeister. Natürlich kann ich mich an ihn erinnern!
Der ist ihnen angeblich begegnet. Bei den großen Wasserfällen. Den Niagara Falls.
Aber nicht Elise?
Nein. Ihr nicht.
Gunhild wollte hinlaufen und ihn in die Arme nehmen. Was in seiner Stimme lag, tat ihr weh, seine Trauer und Enttäuschung.
Aber dass du nichts gewusst hast!, sagte Lars noch einmal.
Habt ihr denn geschrieben? Habt ihr oft geschrieben?, fragte Håvard.
In den ersten Jahren nicht, gab der Bootsbauer zu. Da gab es kaum etwas, das wir nach Hause hätten berichten können, außer der Not.
Aber später?
Ich habe an Elias geschrieben. Und habe es erwähnt. Elises Krankheit. Und anderes. Später hat Marta geschrieben. Hast du das nie erfahren?
Gunhild konnte Håvards leises Gemurmel nicht verstehen. Die Männer hatten ihr den Rücken gekehrt. Sie gingen auf die Terrasse unter dem Sonnendach zu. Sie setzten sich, der eine auf die Schaukel, die mit Haken am Dach befestigt war, der andere auf einen Hocker. Die Laterne wurde an die Wand gehängt, und Gunhild sah das Leid in Håvards Gesicht.
Sie spürte den Schmerz, der von dem Mann ausströmte. Und sie begriff, dass sie die beiden jetzt nicht stören durfte. Aber gab es nicht eine Hintertür? Lautlos schlicht sie sich an der Wand entlang und betrat das Haus von der Rückseite. Sie tastete sich zur Treppe bei der Haupttür weiter. Die Terrassentür war angelehnt.

Ein Bekannter der Brüder Slogvig, hörte Gunhild.
Der hatte endlich die Obrigkeit umgestimmt, hörte sie.

Am nächsten Morgen war der große Mensch mit dem Vollbart und dem mageren, schattigen Gesicht verschwunden, ehe die anderen aufgestanden waren. Es gab kein Lebewohl an die Reisegenossen von der Fahrt über das Meer, abgesehen von einem Gruß, den das Ehepaar in der Atkinson Street ausrichten sollte. Marta war früh auf gewesen, um für die anderen Wegzehrung vorzubereiten. Sie gab ihnen Käse und Butter mit, Brot und Schinken, einige gekochte Hühner und Pickles in großen Krügen. Dann ging es wieder zum Kanal und an Bord eines neuen Bootes mit einem neuen Hoggee und zwei grauen Pferden.
Und Gunhild war erfüllt von tiefer Melancholie, als sie den guten Menschen zuwinkte, die sie beherbergt hatten und ihnen eine glückliche Weiterfahrt wünschten.

Verlassene Äcker

Håvard trug Gesang in sich, starken Gesang, eine Art mahnenden Ruf über die Frau, die er seit dem ersten Tag liebte, an dem er sie gesehen hatte. Elise lebt, sang es. Elise, Elise, Elise. Sie lebt, sie lebt!
Etwas anderes war unmöglich. Er hätte es gewusst, da war er sich sicher, hätte es in der Tiefe seines Herzens gefühlt wie einen Schmerz, wenn es anders wäre. Aber so etwas hatte er nicht verspürt. Im Gegenteil hatte er sie als lebendige Kraft gefühlt. Er hatte sie in sich gesehen, einmal hatte sie ihm in seiner Gefangenschaft zugelächelt, sie hatte versucht, ihn aufzumuntern.

Aber dass sie ihm in diesen Bildern nie das Kind gezeigt hatte? Eine kleine Tochter.
Elf Jahre musste sie jetzt sein, wenn sie noch lebte. Da war er sich weniger sicher. Er suchte in sich, fand aber kein elfjähriges Mädchen, fand keine Gesichter, die sich wie etwas von ihm selbst anfühlten. Aber der Schulmeister war ihnen begegnet, Ansgar und der Kleinen.
Vielleicht, hatte Lars gesagt. Denn er hatte Ole Olsen Hetletvedt nicht selber getroffen und ihn also nicht fragen können, irgendjemand hatte es von jemandem gehört, der offenbar diesem Mann begegnet war, der kein Lehrer mehr war, sondern etwas anderes. Ein verheirateter Mann an einem Wasserfall.
Håvard war froh darüber, dass er keine bemalte Truhe besaß, keinen Rocken oder Schleifstein mit sich herumschleppen musste, dass er nur sein Bündel und eine aufgerollte Decke zu tragen hatte. Er trabte eilig davon, ohne sich auf dem Weg, den der alte Freund ihm beschrieben hatte, aufhalten zu lassen. Er sah den Wald nur als Hintergrund des Pfades, dem er folgte. Er hörte nicht den Vogelsang, so, wie er in der Stadt New York kaum auf Häuser und auf Verhalten und Kleidung der Menschen geachtet hatte; er hatte ein Ziel. Alles unterwegs war ohne Bedeutung.
Dann fand er die Lichtung, die Stelle, wo der Wald gerodet worden war, um Platz für Felder und Häuser zu gewinnen. Er sah die Reste. Des Ackerlandes. Er sah das Unterholz, das als niedriges Gestrüpp dort herangewachsen war, wo die Menschen versucht hatten, Getreide zu säen. Bald sah er die Holzhütte. Clengs Haus. Das Zimmer, in dem Elise krank geworden war, wo sie gestorben oder von einem Fremden fortgebracht worden war.
Vom Leibhaftigen, hatte er für einen Moment gedacht, als Lars ihm davon erzählt hatte. In einen grauen Umhang gehüllt, hatte er seine Beute geholt. Aber dieses Bild stimmte nicht mit

dem überein, was er glaubte. Außerdem hatte der Reiter angeblich einen violetten Mantel getragen.

Das kleine Haus war leer und verlassen, so, wie die ganze Umgebung verödet war.

Håvard ging weiter zum Nachbarhof.

Dort fand er Norweger. Es waren nicht Kari und Kornelius, die waren mit Bruder und Schwager weiter nach Westen gezogen. Es waren einige von denen, die später gekommen waren, die glücklich gewesen waren, als sie ein fertiges Haus vorfanden, und ein gerodetes Stück Land.

In jedem Jahr bekommen wir etwas mehr, sagten sie zufrieden. Auf diese Weise wird alles wachsen und zu Wohlstand werden.

Elise und Ansgar hatten sie nicht gekannt, waren ihnen nie begegnet.

Aber es gab noch andere, die am Ontariosee geblieben waren, die nicht weitergezogen waren, Menschen, von denen er schon wusste. Doch auch diese konnten ihm nicht mehr erzählen als Lars.

Er kehrte zu Clengs Haus zurück und legte sich dort schlafen.

Hilf mir, Gott, betete er. Zeig mir den Weg!

Und er lag in der Dunkelheit und spürte, dass er sich dort befand, wo Elise gelebt hatte, wo sie geboren hatte und wo sie krank geworden war. Und er sah sie vor sich, sah das Gesicht mit den klaren Augen und das Haar wie ein helles, helles Brausen. Aber er sah sie ohne Kind. Dagegen sah er sie Blaubeerpie backen.

Am nächsten Morgen beschloss er, zu den Niagara Falls weiterzuwandern.

Die Wasserfälle

Er war wie Cleng. Er wanderte. Und doch war er anders, denn er sah den Weg kaum. Er sah nicht die schönen Häuser bei den Kutschstationen, die mühselig aus schönen und fast runden, aus dem Boden gegrabenen Steinen errichtet worden waren. Seine langen Beine fraßen die Entfernung. Sein ganzer Körper beteiligte sich an der Wanderung, mit einem Willen in sich, einem Drang, aber auch einer Lust, wie um den Stillstand der vielen Jahre gutzumachen. Noch war es warm, deshalb konnte er im Freien schlafen. In dem Mann gab es nur wenig Furcht, er hatte an anderen Orten größeren Grund zur Angst gehabt, und das innere Licht hatte die Angst verbrannt. Er sah seine Erinnerungen, wenn er weiterwanderte, an eine Insel vor langer Zeit, eine Hochzeitsnacht, sie zogen ihn weiter, nach Westen. Er folgte den Sternen. Er fragte die Menschen, die ihm begegneten. Wenige konnten antworten.

Der Sommer ging dahin, aber er hatte die Decke. Er lief weiter wie ein Pferd, mit der Decke auf dem Rücken, gegen Wind und Kälte. Bald kam der Regen. Dann rollte er die Decke wieder zusammen und legte die Jacke darum, um sie trocken zu halten. Er ging im bloßen Hemd weiter, während das Wasser durch sein Haar rann, über seine Wangen, durch den Bart und auf die Brust, bis er durch und durch nass war. Dann lief er schneller, um warm zu bleiben. Abends fand er eine geschützte Stelle unter einem Felsvorsprung, konnte Feuer machen und seine nassen Kleider zum Trocknen aufhängen. Dann wickelte er sich nackt in die Decke und schlief ein.

Er aß, was er an Wurzeln und Beeren finden konnte. Als seine Kräfte spürbar nachließen, bat er auf einer Farm um Arbeit. Einige Wochen darauf zog er weiter, satt und ausgeruht und mit frischverdienten Münzen im Bündel.

Im Spätherbst erreichte er sein Ziel.
Es war unheimlich. Er sah es von oben, vom Flussufer aus, die Welt, die plötzlich im Nichts verschwand. Ängstlich wagte er sich näher, auf die Felskante zu, denn er sah den Wasserfall nicht, er hörte nur das Dröhnen. Dann ging er am Rand entlang, entfernte sich von dem Lärm, um auf Distanz zu kommen und vielleicht nach unten zu steigen und alles vom Grund aus zu sehen. Es gab einen Weg. Der führte ihn hinab.
Und der Anblick verschlug dem Mann den Atem.
Die inneren Bilder mussten dem weichen, was er hier sah. Es war wie ein biblisches Tosen, wie damals, als das Meer sich durch göttliche Kraft geteilt hatte. Das Dröhnen einer ewig rollenden Riesenwoge. Das heftige Gebrüll, mit dem die Wassermassen den Felshang hinunterrutschten und auf den Boden auftrafen. Die Sonnenstrahlen in den zahllosen Tropfen, sie wurden zu einem Regenbogen, zu zweien, nein, zu dreien, denn es gab mehrere Wasserfälle und jeder hatte sein Brausen aus weißen Tropfen, weiß, ehe die Strahlen sie packten und sie funkelnd rot und gelb färbten, rosa und grün und blau. Håvard glotzte. Er nahm den Hut ab und presste ihn an seinen Leib. Der große Mann sank in die Knie. Und er weinte.
Später fragte er sich zum Haus von Ole Olsen Hetletvedt durch, dem Schulmeister aus Stavanger. Dort wohnten jetzt andere. Sie konnten erzählen, dass der Norweger weitergezogen war. Und sie konnten erzählen, dass Ole Olson, wie er sich jetzt nannte, in einer Fabrik gearbeitet und eine Amerikanerin geheiratet hatte.
Aber wussten sie, ob er Besuch von einem jungen Mann und einem kleinen Mädchen gehabt hatte?
Nein. Davon wussten sie nichts.
Håvard suchte andere auf, die in der Nähe wohnten, er fragte sie nach Ole Olsons Gästen aus, beschrieb Ansgar, kein Kind

mehr, aber mit demselben struppigen Haar, das von seinem Kopf abstand und regelmäßig geschnitten werden musste.
Aber sicher.
Ein älteres irisches Ehepaar hatte sie gesehen. Einen ein wenig schiefgewachsenen Mann und ein Mädchen, langbeinig und mager war sie, mit weißem Engelshaar im Wind. Bruder und Schwester, meinten sie.

Langbeinig und mager. Mit blonden Locken im Wind.
Aber wie hieß sie?
Håvard hatte vergessen zu fragen. Er war schon ein ziemliches Stück weitergegangen, als ihm einfiel, dass er wissen musste, wie sie hieß, seine Tochter, und er kehrte um. Einen halben Tagesmarsch machte er zu einem doppelten Minus, um Antwort zu bekommen. Aber das irische Ehepaar wusste es nicht. Sie konnten sich nicht erinnern. Sie versuchten, es zu erraten. Betty? Betsy? Nein. Sie hatte anders geheißen.
Es spielte aber doch keine so große Rolle. Das Wichtigste war, dass es sie gab. Und er hatte neue Bilder in sich, die ihn weiterzogen, zu einem Ort namens Fox River, denn diesen Namen hatte er bekommen, von Lars und von denen, die Ole Olsons Haus übernommen hatten. Dorthin war der Mann gezogen, zusammen mit seiner amerikanischen Frau, zu einer Gruppe von anderen Norwegern, die im Westen von Chicago wohnten. Was wäre natürlicher, als dass Ansgar mit zum Fuchsfluss gegangen war?

6. Kapitel

Neue Siedlungen

Ein Prediger gegen den anderen

Der kleine Jon aus Jordeskos in Tinn war zum Hilfsgeistlichen in Fox River geworden. Sein Freund Hølje half ihm, obwohl er nichts dafür bekam. Auch Jon bekam nicht viel, aber es war eine wichtige Arbeit, im Dienste des Herrn zu stehen. Sein Vorgesetzter war zwar kein Pastor wie die zu Hause in Atrå, die einen Talar getragen hatten, er war ein Prediger, der die Woche über seinen Lebensunterhalt auf andere Weise verdienen musste, er arbeitete in einer kleinen Sägemühle, die soeben am Fuchsfluss errichtet worden war.

Jon bekam als Lohn Kleider und Stiefel und außerdem Kost und Logis. Er half dem Prediger bei vielen praktischen Dingen. Aber das Wichtigste war, dass er reden lernte. Und sein Freund Hølje musste sich die Probepredigten anhören, ehe die Worte vor einem demütigen Haufen von Seelen in der Neuen Welt erschallen durften.

Lauter, forderte der Zuhörer auf. Klarer und mit stärkerem Zittern in der Stimme.

Hølje sprach zu dem Freund, wie er es immer getan hatte, als stünden sie auf gleichem Fuß. Aber das taten sie nicht, das wusste er insgeheim. Der andere war Gott und dem Heiligen nähergekommen. Heimlich war Hølje vor dem Freund fast auf die Knie gefallen, aber das zeigte er nicht, denn er glaubte, dass es diesem missfallen würde. Jon war ein Auserwählter. Hølje war das nicht. Jon ist der, der erhöht wird, weil er so brav ist, hatte der Freund gedacht. Denn niemand war braver und redlicher in allen Dingen, soviel Hølje wusste. Und es erfüllte ihn Wärme und Dankbarkeit, weil er den anderen kannte.

Er saß auf dem Brennholzkasten zu Hause bei dem Prediger, der in der Sägemühle war, und lauschte der dünnen Knabenstimme seines Freundes, der über die Gnade sprach. Das waren große Wörter. Wollte Jon Geistlicher werden? Hølje wollte der Bauernjunge seiner Mutter werden, wenn sie sich nur endlich entschließen konnte. Es dauerte. Er begriff nicht, worauf sie wartete. Konnte sie nicht sofort Land kaufen? Das tat sie nicht. Sie lebten im Haus von anderen. Gunhild verbrachte ihre Tage mit Handarbeit, sie nähte Kleidungsstücke, die sie dann gegen andere Dinge eintauschte, auf diese Weise kam es nicht zu Verlusten, während sie sich ihre Entscheidung überlegte, hatte sie ihrem Sohn gesagt.

Andere Bekannte von zu Hause hatten schon Land gekauft und mit dem Roden angefangen. Und die Nachbarn, die vor ihnen gekommen waren, hatten bereits gesät und geerntet und abermals gesät. Aber der Boden war karg. Er war offenbar nicht besser als der, den sie zu Hause gehabt hatten. Es war ganz anders, als die Brüder Nattestad ihnen versprochen hatten. Aber niemand klagte. Sie sagten nur wenig über die graugelben Ähren, die im Wind wogten, die wogten wie Grashalme, nicht wie Blumenstengel mit schweren Dolden. Die Erde sei es ja nicht gewohnt, murmelten sie bisweilen untereinander, wenn sie sich erst an die neue Saat gewöhnt hätte, würde es sicher anders werden. Und vielleicht war es so, denn der Boden, der hier im Tal als Erster in Gebrauch genommen worden war, war auch der, der den größten Ertrag brachte.

Oder der beste Boden war zuerst genommen worden, überlegten sie, und was blieb dann für die Menschen, die zu einem späteren Zeitpunkt eintrafen?

Verstehst du?, fragte Gunhild ihren Sohn. Vielleicht müssen wir weiter. Vielleicht müssen wir eine Gegend suchen, wo wir die Ersten sind und die Wahl haben.

Und warum brechen wir dann nicht auf?, hätte Hølje antworten können.

Aber das tat er nicht. Er wollte dort bleiben, wo sein Freund war.

Dann aber gerieten sie miteinander in Streit, die Neusiedler, es ging um religiöse Fragen. Ein Prediger wandte sich gegen den anderen, denn es gab in der Gegend mehrere von ihrer Sorte. Neben Gudmund Haugaas, der Jon in die Kunst der Rede einweihte, gab es noch einen, einen, der mit dem ersten Schiff von Stavanger gekommen war und der deshalb glaubte, mit größerem Gewicht predigen zu können. Es war Ole Olson, der ehemalige Schullehrer Hetletvedt. Außerdem gab es noch zwei Verkünder von Bord eines Schiffs aus Göteborg. Dann gab es noch die Quäker, die von diesen Geistlichen überhaupt nichts wissen wollten. Und dann kamen noch andere und baten um Quartier für den Winter, Leute, die eine weitere Lehre vertraten. Sie waren Mormonen und wurden sehr bald von einem deutschstämmigen Herrnhuter aufgesucht.

Die Herrnhuter beriefen sich allein auf die Bibel. Sie wollten nichts anderes leben oder glauben, nur dieses eine Heilige. Die Mormonen dagegen hatten ihr eigenes Buch, in dem die Bibel lediglich einen Teil ausmachte, es war ein großartiges Geschenk, das Buch Mormon, das sie erst vor kurzer Zeit erhalten hatten, im Jahre 1827, in Form einiger Tafeln. Joseph Smith hieß der Mann, dem diese Botschaft zuteilgeworden war, und danach hatte er lange gebraucht, um den Text aus einer alten und ihm unbekannten Sprache zu übersetzen. Mit Hilfe von zwei Steinen, die er ebenfalls erhalten und unter seinen Hut gelegt hatte, und mit dem Hut über dem Gesicht, damit er nichts sah, was ihn hätte stören können, hatte Joseph Smith

eine amerikanische Ausgabe der Zeichen auf den Tafeln diktiert, und seine Frau Emma hatte es aufgeschrieben.
Es war wie ein märchenhafter Schatz, das, was diktiert und aufgeschrieben worden war, denn es brachte die biblische Geschichte ganz nah heran und machte sie zugleich ganz neu, und dieses Neue und Wunderbare hing mit einem Volk zusammen, das von Josef abstammte, den Nephiten, so hießen sie, und sie waren schon im siebten Jahrhundert vor Jesu Geburt nach Amerika gekommen. Die Nephiten waren die Vorfahren der Indianer, und in dieser Gewissheit war die Prärie im Westen zum freundlich gesinnten Land geworden.
Wir werden ein Zion in Amerika schaffen, macht mit!, forderten die Mormonen glücklich auf.
Joseph Smith ist ein Schwindler, wurde in einer Ecke gemurmelt.
Die Leute aus Tinndal hörten mit großen Ohren zu. Sie brauchten einen Dolmetscher, um die neue Sprache zu begreifen, aber die, die vor ihnen gekommen waren, halfen ihnen, so gut sie konnten.
Jon und Hølje hatten schon in Norwegen von den Wilden gehört. Einer von Jons Verwandten, der nicht auswandern wollte, hatte sie als halb Mensch und halb Vogel beschrieben, als Wesen, die schnelle Reiter waren, die aber, wenn sie es wollten, vom Pferderücken abheben und durch die Luft fliegen konnten. Mit schrillem Geschrei konnten sie sich auf ihre Beute fallen lassen, gern einen Menschen, gern eine Frau, die sie dann verschleppten.
Was für ein Unsinn, hatte Gro widersprochen, die Indianer sind bestimmt Menschen wie du und ich.
Und jetzt wurde Gro durch die Lehre der Mormonen bestätigt.

Nach dem ersten waren noch mehrere Schiffe mit Norwegern über das Meer gesegelt. 1836 hatten die »Norden« und die

»Norske Klippe« Stavanger verlassen, voll von Auswanderern aus Hardanger und Voss und eben aus Stavanger. Im folgenden Jahr waren die »Enigheten« und die »Ægir« mit Menschen aus Bergen und Voss sowie Numedal und Umgebung aufgebrochen. Und die Einwanderer folgten den Fußspuren ihrer Landsleute nach Westen.

Im Winter 1837 lagen sie dicht an dicht in den zugigen Holzhütten von Fox River. Tagsüber wurde gearbeitet, Mormonen und andere beugten sich Seite an Seite in Frieden und Verträglichkeit über Schuhe, die geschustert werden sollten, Werkzeug, das repariert werden musste, die Frauen über die Kochtöpfe. Abends aber, im Licht der Feuerstätte, kamen die Worte.

Joseph Smith ist ein Taugenichts und Phantast. Nicht einmal sein Schwiegervater will etwas mit ihm zu tun haben.

Das ist nicht wahr!

Das wird aber erzählt. Dass er sogar den Vater seiner Frau betrogen hat!

Wie das denn?

Das ist gelogen!

Redet nicht so schlecht über die Frömmsten und Besten!

Gab es da nicht eine Geschichte mit irgendwelchen Steinen?

Joseph Smith ist ein wahrer Prophet, Friede sei dem wahren Propheten!

Magische Steine, ja. Smith hat behauptet, er könne mit Hilfe seiner Steine vergrabene Schätze finden. Und die Leute sind ihm auf den Leim gegangen.

Hör auf zu spotten!

Sie haben ihn teuer dafür bezahlt, dass er ihnen Stellen gezeigt hat, wo sie graben könnten. Und da schwitzten sie dann und hoben Gruben aus, ohne irgendeinen Erfolg.

Dann haben sie nicht tief genug gegraben.

Selbst schuld, wenn sie so leichtgläubig waren.
Er hat jedenfalls mit Hilfe des Propheten die Tafeln gefunden.
Aber die hat niemand gesehen!
Solche Dinge dürfen auch nicht von aller Welt beglotzt werden. Es sind schon Leute zu Tode gekommen, wenn ihnen das Heilige gezeigt wurde.

Als der Schnee schmolz, zogen die Mormonen weiter, und Gro sah lange hinter ihnen her. Einige begnügten sich nicht mit Sehen, sie packten und schlossen sich unter frohen Begrüßungsrufen an. Dann wurde Gunhild ziemlich überraschend ein Hof angeboten, wo das Land bereits gerodet war, von einem der Leute, die mit nach Zion wollten. Groß war das Haus nicht, Menschen und Tiere schliefen Wand an Wand und teilweise im selben Raum, aber es war doch ein Anfang, und es band sie an diesen Ort, an dem offenbar alle vorbeimussten, ehe sie weiterzogen.
Es wurde ruhiger, als die Eifrigsten sie verlassen hatten, aber die Streitigkeiten gingen trotzdem weiter. Denn zu wem sollten die Menschen an den Wochenenden gehen, wenn sie das Wort des Herrn hören wollten? Wenn sie sich für den einen Prediger entschieden, wurde es so gedeutet, dass sie den anderen missachteten, und so war es nicht gemeint.
Dann gab Prediger Haugaas auf.
Er war nicht der Einzige, der weiterzog. Der Koch Endre von der »Restauration« war ein anderer, wie auch Knut und Jacob Slogvig und ihre Familien. Von den Tinndalern schlossen sich der Predigerlehrling und seine Mutter Erik Midtbøen an. Und der Anführer der ganzen Bewegung weiter nach Westen war Cleng Peerson. Er hatte die Siedlung am Fuchsfluss gegründet, so, wie er früher den Boden für eine andere besorgt hatte.
Wir gehen mit, sagte Hølje flehend.
Aber wir haben doch Land gekauft, wandte seine Mutter ein.

Mit Schafen im Bettstroh, seufzte der Junge. Mit Kot in der Milch.
Wir bekommen ein besseres Haus, versprach die Mutter. Da wo wir jetzt schlafen, sind dann später nur die Tiere.
Was ist, wenn die Mormonen recht haben!, sagte Hølje.
Zu denen will Jon doch wohl nicht gehen, gab Gunhild zurück.
Jon nicht, nein, aber seine Mutter. Gro will nach Zion. Das weiß ich genau.
Unsinn, schimpfte Gunhild, aber überzeugt war sie nicht. Außerdem wusste sie, dass der Junge mit dem recht hatte, was er außerdem noch sagte, dass es im Westen jungfräuliche Prärie mit fetterem und besserem Boden gab, das hatte sie ihm ja selbst einmal erzählt. Aber sie konnte nicht weiterziehen. Sie wartete auf jemanden.
Sie gestand es sich kaum selbst ein. Aber sie wartete. Vielleicht hatte es keinen Sinn. Vielleicht hatte der Mann die Gesuchten gefunden, eine Frau und ein Kind. Aber es war ebenso gut möglich, dass er noch immer allein war und dass er niemanden finden würde. Jedenfalls würde er früher oder später auftauchen, und dann hätte sie Gewissheit, hatte sie gedacht. Wenn er dann allein wäre, würde er sicher sein Schicksal wie ein erwachsener Mann auf sich nehmen, seine Trauer in sich verschließen und nach vorn schauen.
Lieber Gott, betete sie, ehe sie im Geruch der Tiere einschlief. Danke, dass wir leben.
Der Rest ihres Gebetes wurde in ihren Gedanken so leise gesprochen, dass sie die Wörter selbst kaum wahrnahm, ehe sie das Gebet enden ließ. Amen.
So betete sie, wie sie es als Kind gelernt hatte, und sie glaubte, dass der Herr alle hörte, ob sie sich nun Herrnhuter oder Mormonen nannten, Quäker oder Haugianer. Und das tat der Herr wohl wirklich, denn er ließ Håvard kommen.

Er kam in einem neuen Winter voll Schnee und Wind. Es heulte und fauchte um die Hausecken. Alles, was lose herumlag, wurde erfasst und in die Luft geschleudert. Und dann war er da, eines Morgens, als in Ole Olsons Haus Andacht gehalten werden sollte. Die Haut in seinem Gesicht war von Wind und Frost und Sonne gegerbt worden, und er war noch magerer. Die Augen lagen tiefer in ihren Höhlen, und die Glut, die Gunhild gesehen hatte, als sie bei Lars Larsen und Marta in Rochester gewesen waren, war verblasst. Der hochgewachsene Mann war jetzt von Müdigkeit gezeichnet. Die Müdigkeit steckte in den Händen, die untätig über seine Oberschenkel hingen. Sie saß in seinem gekrümmten Rücken und den Schultern, die hochgezogen zu sein schienen, als habe er sich die Hosenträger über die Ohren gehängt.
Und sie, die ihn sah, wurde von Kummer durchjagt, einem warmen Schauer angesichts des Verlusts eines anderen, und sie erwiderte seinen Blick mit diesem inneren Weinen, und das ließ ihn stutzen. Sie sah, wie überrascht er war, dann kam er zu ihr, nahm ihre Hand und begrüßte sie.
Danach hörten sie gemeinsam mit vielen anderen die Worte des Predigers.
Am folgenden Tag aßen sie am selben Tisch, da Neuankömmlinge zu allen bereits Sesshaften geschickt wurden, damit Gespräche und Lasten geteilt werden könnten. Gunhild hatte Bescheid gesagt, er könne gern in ihr Haus kommen, wo es einen kleinen Hängeboden gab, auf dem er schlafen konnte.
Ansonsten übereilte sie nichts. Sie ließ Håvard von seiner monatelangen Wanderung zwischen Unbekannten ausruhen. Aber als sie in dem Mann eine wachsende Rastlosigkeit wahrnahm, brachte sie ihren Vorschlag an. Er könne bei ihr arbeiten. Er konnte ein besseres Wohnhaus bauen. Er konnte neues Land roden und pflügen und säen. Auf diese Weise würde er Geld verdienen und für sein eigenes Land sparen können. So

würde er sie auch nach der Ernte immer wieder verlassen können, um weiterzusuchen, wenn er das wollte.
Das alles konnte sie mit ruhiger, freundlicher Stimme sagen, und das sanfte Lächeln, das ihre Worte begleitete, machte das Bild dieses Ortes dem, der ihr zuhörte, lichter.

Auf Jagd nach ferneren Bildern

Er fand solchen Trost bei der Witwe aus Tinn. Håvard spürte im Raum bei den Mahlzeiten und abends, wenn sie mit ihren Handarbeiten dasaßen, der Junge, die Frau und er selbst, eine eigene Leichtigkeit. Noch wohnten sie im alten Haus, aber die Tiere hatten einen Frühling und einen Sommer im Freien verbracht, die Menschen hatten im Haus geputzt und unter die Laken frisches Stroh gelegt. Das Holz für das neue Haus war entrindet und von Zweigen befreit, es war getrocknet und lag bereit. Wenn erst die Ernte im Haus wäre, würde er anfangen. Er hatte zwei Männer zur Hilfe gemietet, und da würde das Haus rechtzeitig vor dem nächsten Winter fertig sein.
Danach wollte er wieder aufbrechen.
In ihm krampfte sich alles zusammen, wenn er den Namen in seiner Erinnerung neue hinzufügen konnte, die Namen von Orten, wo vielleicht Norweger lebten, die jemanden gesehen haben und etwas wissen konnten. Er war noch nicht in Milwaukee gewesen. Er hatte Madison nicht besucht. Außerdem gab es Beaver Creek, und er wusste ganz sicher, dass dort Norweger wohnten.
Aber zuerst kam die Ernte. Er arbeitete mit Hølje zusammen. Der Junge wuchs mit der Mühe und plapperte nicht mehr, als Håvard hinnehmen konnte. Erst kürzlich hatten sie einen Karren gebaut, wie sie in Fox River üblich waren, zwei einfache Bretter übereinandergelegt, mit Rädern, die in das Holz ge-

schoben wurden. Gunhild hatte kein Pferd, aber sie besaß zwei Ochsen. Die brachten jetzt vor dem Wagen die Ernte unter Dach. Die Scheune war wie eine Verlängerung des Hauses, in dem sie noch immer aßen und schliefen.
Du brauchst auch noch neue Wirtschaftsgebäude, meinte Håvard.
Gunhild nickte.
Alles zu seiner Zeit, sagte sie lächelnd.
Es gefiel ihm, ihr Lächeln. Es wärmte. Es füllte das Zimmer mit Güte. Allerdings ahnte er gelegentlich auch etwas Trauriges darin, als lächele sie trotz einer schweren Last, wie um sich damit aufrechtzuhalten. Sicher liegt das am Verlust ihres Mannes, hatte er gedacht. Sein Arm hatte sich ausstrecken wollen, um tröstend ihre Schulter zu streicheln. Aber er hatte es nicht getan.
Und er erzählte dem Jungen. Und zwar dann, wenn sie eine Ruhepause einlegten. Sie saßen auf ihrem Karren oder auf einem Baumstamm, oder jeder auf einem Baumstumpf, nachdem sie sich davon überzeugt hatten, dass darin keine Ameisen waren. Und Håvard erzählte von dem Kind, dessen Vater er war und das er nie gesehen hatte.
Angeblich ist sie schön, sagte er. Meine Tochter. Sie hat blondes Haar. Und Locken.
Ach, antwortete Hølje.
Wie alt bist du, Hølje?, fragte der Mann.
Zwölf, antwortete der Junge.
Sie ist wohl auch um die zwölf Jahre alt, sagte Håvard.
Ihr könntet befreundet sein, sagte er dann. Warst du schon einmal mit einem Mädchen befreundet?
Nein.
Das ist wohl so. Wenn man keine Schwester hat.
Dann konnten sie eine Weile schweigen, ehe sie mit der Arbeit weitermachten. Und Hølje dachte, dass er eigentlich doch

einmal auf irgendeine Weise mit einem Mädchen befreundet gewesen war. Stina hatte sie geheißen. Sie waren sich zuletzt bei einer Beerdigung begegnet. Damals, als er auf dem Rückweg über den Tinnsjø die Zügel hatte halten müssen, damit sein Vater in Ruhe saufen konnte.

Das Bild des Vaters schob sich vor Stinas, der blaue Blick, der sich änderte wie das Wetter bei starkem Wind, von dunkel zu hell, die Augen waren manchmal schmale Streifen aus Spott und konnten sich dann in kurzfristiger Freude weiten, wenn er die Mundharmonika an das Loch mitten im Bart hielt.

In Hølje wurde alles schwarz, wenn er an den Vater dachte, wegen der Schande. Deshalb wich er dem Mann in Gedanken meistens aus. Er dachte überhaupt wenig an das Leben in dem Land, aus dem sie gekommen waren. Die wichtigsten Menschen, die es für ihn gab, waren mit über das Meer gereist, die Mutter und Jon. Er sehnte sich nach seinem Freund. Er wünschte, Håvard hätte gefragt, ob er mit einem Jungen befreundet sei, nicht mit einem Mädchen, aber das hatte Håvard nicht getan. Und es kam Hølje nicht zu, den Erwachsenen anzusprechen, ohne gefragt worden zu sein.

Ein Nachbar hatte Håvard einmal im Gespräch mit Gunhild als »Knecht« bezeichnet, und der Junge hatte sofort gewusst, dass dieses Wort nicht zutraf. Håvard war kein Knecht. Diese Gewissheit wurzelte tief in ihm, auch wenn er nicht hätte sagen können, was der Mann stattdessen war.

Über Elise sagte Håvard nichts, weder zu Hølje noch zu dessen Mutter. Denn außer ihm glaubte niemand, dass sie noch lebte. Alle, die früher am Ontariosee gewohnt und die sie damals gekannt hatten, glaubten, dass sie dort begraben sei, am Rande von Clengs Farm, zusammen mit einer anderen jungen Frau.

Du musst dir Frieden geben, hatte Cleng gesagt.

Ungefähr ein Jahr nachdem Håvard nach Fox River gekommen war, war der Wanderer dort aufgetaucht. Cleng war vor Freude in die Luft gesprungen und hatte die Hacken aneinandergeschlagen. Später hatten sie eine Pfeife mit einem ganz besonders gewürzten Tabak geteilt.
Ich habe an Madame Seliger einen Brief geschrieben, hatte Håvard erzählt.
Meine Frau lebt nicht mehr, hatte der andere geantwortet. Vielleicht heirate ich demnächst eine Junge.
Sie waren zusammen am Fluss spazieren gegangen, aber ihr Gespräch war bald ins Stocken geraten.
So war es auch bei denen, die auf der Schaluppe gewesen waren, Freunde, von denen Håvard glaubte, dass sie sich früher einmal nahestanden. Sie waren beim Wiedersehen überströmend gewesen, schienen dann aber gewissermaßen in sich zu versinken. Als sei er ihnen gleichgültig, hatte Håvard gedacht. Aber es war etwas anderes, das ging ihm endlich auf. Eine Leere. Als versage nach und nach die Kraft in ihnen.
Die Witwe aus Tinn war anders. Sie besaß Stärke und Mut. Aus ihr strahlten Fürsorge und Interesse an anderen. Ein seltenes Mal konnte sie sogar vorsichtig seinen Arm streicheln, wenn er bei irgendeiner Flickarbeit in Gedanken versunken war. Irgendwann wirst du sie finden, tröstete sie ihn dann.
Meinte sie alle drei? Glaubte sie, dass Elise noch immer in der amerikanischen Luft atmete?
Er hatte ihr gegenüber erwähnt, dass Ole Olson Ansgar und Brenda begegnet war. Er wusste den Namen jetzt, nachdem er diejenigen getroffen hatte, die bei der Geburt des Kindes in der Nähe gewesen waren. Sie hatten außerdem angedeutet, dass Elise sich verändert hatte, nachdem sie Mutter geworden war.
Wie denn das?, hatte er gefragt.
Man darf nicht schlecht über die Toten sprechen, wurde getadelt.

Schlecht? Gab es einen Grund, schlecht über sie zu sprechen?
In gewisser Hinsicht war es wohl auch zum Besseren …
Worüber redet ihr hier?
Dass sie weniger scheu wurde, fast schon frech; Alice war die Erste, die die Sprache gelernt hat …
Alice?, fragte Håvard verwirrt.
So hat sie sich genannt, nach der Zeit in der Kutschstation. Die Leute da haben sie wohl umgetauft.
Nicht Elise. Das mit den Namen hatte das Herz in der breiten Brust des Mannes hämmern lassen, denn es bedeutete doch, dass er nicht nach der Richtigen gesucht hatte. Auf einem Hof nach dem anderen hatte er nach Elise gefragt. Also musste er den ganzen Weg noch einmal machen. Die lange Strecke mit den vielen Abstechern, vom Ontariosee nach Fox River.
Sie ist tot, meinten alle, die sie gekannt hatten.
Du wirst sie schon finden, sagte Gunhild, die ihn als Einzige tröstete.

Er wartete bis nach Weihnachten, ehe er aufbrach. Inzwischen wohnten sie in dem neuen Haus und hatten eine Scheune mit einem eigenen Raum für Werkzeug und Geräte gebaut.
Vor der Frühlingsbestellung bin ich wieder da, versprach er und gab Gunhild darauf die Hand.
Dann ging er, wie er gekommen war: im Wind.
Der Schnee türmte sich auf, zu spitzen Ketten aus weißen Bergen. Håvard suchte Schutz hinter den Schneewehen, dort war der Boden fast frei. Er wanderte ostwärts und fragte nach Alice. Aber niemand hatte eine Frau dieses Namens gesehen, die seiner Beschreibung entsprach. Er erreichte nicht mehr, als zwei Paar Stiefel zu verschleißen und Geld auszugeben. Und er grübelte während der Frühjahrsarbeit auf Gunhilds Farm. Er hatte seine Frau doch auf der ersten Wanderung beschrieben. Er hatte erzählt, dass sie Norwegerin war und aus Nord-

europa stammte. Er hatte gesagt, dass sie möglicherweise mit einem Mann zusammen gewesen war, möglicherweise mit einem Mann auf einem Pferd. Und er hatte Antworten erhalten, die über ein bloßes Nein hinausgegangen waren. Abgesehen davon, dass die Leute weder eine Frau allein noch eine Frau zu Pferd mit oder ohne Mann gesehen hatten, die an Elise erinnerte, hatte er erfahren, welche Fremden die Farmen besucht hatten. Männer. Eine deutsche Familie. Einige Iren und einige Waliser.

Und langsam kamen ihm Zweifel. Denn die Wahrscheinlichkeit war ja groß, dass die anderen recht hatten. Nur hatte er das eben nicht gespürt.

Und dass ausgerechnet sie sich als Erste in der Fremde einen neuen Namen gesucht hatte. Das konnte doch nicht stimmen. Aber das hatten die anderen gesagt, also musste es wohl doch wahr sein. Also musste sie ohne die Hilfe ihres Mannes Sicherheit gefunden haben. Vielleicht durch das Kind? Håvards Kind. Aber warum hatte sie sie Brenda genannt? Warum hatte sie die Kleine nicht nach seiner seligen Mutter getauft, um ihn zu ehren, wie das Sitte war?

Håvard grübelte. Er überlegte, während er säte und während er auf dem Land einer anderen Unkraut jätete. Er spürte blind den Unterschied zwischen den essbaren und den nicht essbaren Stengeln; ohne nachzudenken, riss er die richtigen heraus. Er dachte nicht an den kleinen Schmerz, wann immer er den Rücken beugte und wann immer er sich reckte. Er dachte nicht an den Regen, der in diesem Frühjahr immerzu fiel, nicht daran, dass der seinen Kopf und seine Schultern traf und ihn ewig nass bleiben ließ. Er dachte an die Frau, die ihren Namen geändert hatte. Würde er das selbst auch tun? In Gedanken hatte er es schon getan. Howard wollte er heißen, damit es einen Bezug hätte. Er war schon so genannt worden, einmal, als Junge.

Aber Elise hatte nicht auf einem Gefängnisschiff gesessen. Trotzdem hatte sie ihren Namen verformt, damit er in das neue Leben passte. Darin lag eine Kühnheit, die Håvard unbekannt war.
Vielleicht hatte er deshalb nicht gespürt, dass sie tot war, überlegte er, weil sie sich so verändert hatte?
Aber wenn sie nun doch noch lebte? Wer würden sie dann füreinander sein?
Er reckte den Rücken und dachte an die Saat unter dem viel zu langen Regen. Er sehnte sich ins Haus, zu der Frau, die eine Lammkeule so zubereiten konnte, dass sie besser schmeckte, als er es je erlebt hatte. Trotzdem bückte er sich wieder nach dem Unkraut.
Aber die Ackerkrume war karg.

Wohin willst du diesmal?, fragte Hølje gegen Ende November. Er war jetzt dreizehn und sah aus, als ob er gern mitgegangen wäre.
Nach Madison, antwortete Håvard.
Ein Name ohne Bilder. Ein Ort, wo vielleicht fünfzig Menschen lebten, vielleicht einige hundert, vielleicht nur dreißig.
Passt du gut auf deine Mutter auf, wenn ich weg bin?, fragte der Mann, der vor dem Aufbruch stand.
Der Junge nickte.
Gunhild hatte einen Sack mit köstlichem Proviant und außerdem zwei neuen warmen Beinlingen und einer Mütze gepackt.
Gottes Friede sei mit dir, sagte sie zum Abschied und fügte hinzu, während sie mit einem vagen Lächeln auf eine Stelle neben ihm blickte: Möge das Glück dich begleiten.
Håvard ging. Es hatte noch nicht geschneit. Er wanderte durch die Prärie, wo das Gras an manchen Stellen dem Mann bis an die Brust reichte. An anderen Stellen war es von weidenden

Tieren abgefressen. Noch gingen in dieser Gegend wohl auch Indianer auf Jagd, obwohl sie neue Papiere unterschrieben hatten, die das Land den Weißen überließen. Håvard wusste, dass Dane County offen und wartend vor ihm lag. Jetzt schritt er über Boden, der so fett war, dass er ihm das Gras über den Kopf wachsen ließ.

Mehr hatte er über diesen Bezirk nicht gewusst, ehe er einen alten Pfad fand und bald auf einen Mann stieß, der schlafend am Wegesrand lag. Als er die Schritte hörte, fuhr der Fremde hoch und griff nach seiner Waffe. Kurze Zeit später saßen sie einander gegenüber auf dem Boden und tauschten Neuigkeiten aus.

Bleigruben. Es gab in Dane County Bleigruben, wo man Arbeit gekommen konnte.

Hat ein Däne diesen Namen ausgesucht?, fragte Håvard.

Nie von gehört, sagte der Fremde.

Aber er konnte einige kleine Seen mit seltsamen Namen nennen, wie Menota, Monona, Waubesa und Kegonsa.

Namen, die von Indianern stammten, erfuhr Håvard. Noch vor sieben, acht Jahren waren sie dort allein gewesen. Am Ufer der Seen.

Sie haben Mais angebaut, sagte der Fremde.

Und jetzt?, fragte Håvard.

Einige streifen noch herum. Aber sie bauen keinen Mais mehr an. Dort jedenfalls nicht. Den bauen da jetzt die Weißen an.

Bei Madison?

Da wohnen Rosaline und Eben Peck.

Was sind das für Leute?

Die haben früher für Brigham gearbeitet. Das war der erste Weiße, der sich in Dane niedergelassen hat.

Håvard ging allein weiter. In Madison sollte es einen Kramladen und auch einen Schuster geben, wo er Stiefel für Hølje und für sich selbst kaufen könnte. Außerdem brauchte er Zucker und Salz und eine gute Axt, weil sie nur eine hatten. Er hatte also durchaus zu tun, als er die ersten verstreuten Häuser erreichte.

Er klopfte an eine Tür nach der anderen und erkundigte sich. Aber niemand hatte von Leuten gehört oder welche gesehen, die zu der Beschreibung der drei Gesuchten passten.

Und im nächsten Sommer und Herbst wurden die Bilder fern.

Das Leben in einem Grabhügel

Hølje wusste sehr gut, wie es um seine Mutter stand. Er hatte ihn seit kurzer Zeit, diesen Blick, der mehr sah als Nahrung und Arbeit, als Sonnenschein und Mond. Die Mutter hoffte, Håvard werde seine winterlichen Wanderungen einstellen. Sie hoffte, er werde bleiben.

Aber es war doch kein Wunder, dass er nach seiner Tochter suchte?

Trotzdem war es wohl so, dass der Mann eine andere erst sehen würde, wenn diese Suche ein Ende genommen hätte. Und eine andere – das war seine Mutter.

Um diese Zeit hatten sie Fremde im Haus, Leute aus Voss, die den Winter über bei ihnen wohnen würden, im Austausch für Dresch- und andere notwendige Arbeiten. Und plötzlich war in dem Jungen eine Sehnsucht entstanden, ein Drang nach Neuem.

Wohin willst du dieses Jahr?, fragte er Håvard mit zitternder Stimme.

Nach Muskego.

Wo ist das?

Das ist nicht sehr weit. Du kannst mitkommen.

Damit war es gesagt und gehört, wie ein wunderbares Versprechen, und bald spürte Hølje die Freiheit des Wanderns wie ein heftiges Brennen in seinem Körper. Sie gingen zwischen Morgengrauen und Abenddämmerung, so weit sie wollten. Sie baten um Unterkunft, wo es sich gerade ergab. Sie schliefen in Ställen zwischen Tieren oder im Haus bei den Menschen. Sie zogen sich Flöhe und Läuse zu und konnten darüber lachen. Håvard lachte laut am ersten Morgen, als sie mit kriechendem Ungeziefer auf der Haut erwachten.
Die werden nicht unsere Letzten sein, sagte der Mann grinsend.
Sie hatten Fladenbrot und einen Räucherschinken bei sich, von dem sie lange zehren konnten. Wenn sie bei Fremden übernachteten, bekamen sie dort immer zu essen, und um sich dafür zu bedanken, erledigten sie ein Stück Arbeit, ehe sie weiterzogen. Ihren mitgebrachten Proviant mussten sie für die hauslosen Wegstrecken aufbewahren, wo sie unter freiem Himmel schliefen. Dann suchten sie sich eine Felsspalte oder ein Wäldchen, das Schutz bot. Sie machten ein Feuer und lagerten sich so dicht an der Glut, wie sie es überhaupt nur wagten. Wenn sie Angst vor Feuer oder anderen Dingen hatten, hielten sie abwechselnd Wache. Ansonsten schmiegten sie sich dicht aneinander, um warm zu bleiben. Und der Jüngere konnte den Atem des Älteren in seinem Nacken spüren und sich fragen, ob Håvard wusste, dass er in den Gedanken der Mutter anwesend war.
Gefiel es ihm, dem, der dort fröstelnd unter den Sternen lag, gefiel ihm das Bild von Håvard an der Seite der Mutter? Sein Vater erschien ihm mit seinem schrägen, traurigen Lächeln. Dann wich das Lächeln dem bitteren Grinsen.
Selbst schuld, dachte der Sohn.
Trotzdem hatte die Traurigkeit des Vaters ihn erfasst, und er dachte an die Töne. Sie waren das Beste gewesen, das wusste er,

die Musik der Mundharmonika, das Beste am Vater. Das war doch immerhin etwas, dachte er ein wenig bedrückt. Als Håvard im Schlaf hustete, schwand die Wehmut, und ehe der Junge einschlief, erinnerte er sich an den Anblick der Sehnsucht der Mutter, die sie ein seltenes Mal nicht hatte verstecken können.
Der Vater war jedenfalls tot und hatte keinerlei Rechte mehr, das wusste er, als er am nächsten Morgen aufwachte.

Sie sprangen auf und ab, um wieder warm zu werden. Sie aßen, ohne etwas zu trinken, ehe sie die Reste in ihre Tornister packten und weitergingen. Und der Junge dachte an das, was er verstanden hatte: dass Håvard sein Stiefvater werden könnte. Diese Vorstellung gefiel ihm, er wusste, dass dieser Mann aus besserem Stoff war als mancher andere. Er trank nicht. Er fluchte nicht. Er schien niemals jemanden schlagen zu wollen. Er war Quäker, das wusste Hølje. Das bedeutete, dass er manchmal in sich gekehrt dasaß. Was sah er dann? Hølje hatte nie zu fragen gewagt. Aber es musste etwas Schönes sein, so, wie die Augen des Mannes leuchteten, wenn er dann wieder dem Blick anderer Menschen begegnete.
Als wollte der tote Vater sich bei der Sache ebenfalls zu Wort melden, schwebten plötzlich traurige Mundharmonikatöne durch die Luft. Bald darauf umrundeten sie eine kleine Anhöhe, und der Junge stieß einen leisen Ruf froher Überraschung aus. Die Töne wurden von einem Mädchen verursacht, und dieses Mädchen hatte er schon einmal gesehen. Sie saß vor einem Wagen im Gras, und auf dem Wagen standen einige Buchstaben, die er erkannte: PUPPENTHEATER.
Es war die böhmische Truppe, die Leute, die in Rochester die Puppenvorstellung gegeben hatten. Der Mann kehrte ihnen den Rücken zu und stocherte mit einem Stock im Feuer herum, als liege in der Glut etwas Essbares. Er ähnelte der Puppe, die er geführt hatte, hatte das gleiche schwarze, struppige Haar,

war mager und lang. Das Mädchen war seit ihrer letzten Begegnung gewachsen, auch das sah Hølje, aber er war das sicher ebenfalls. Die Mutter war nicht zu sehen.
Sie war verstorben, die Frau mit dem Samthut, und die Tochter hatte ihre Stelle übernommen, bei der Puppe und an der Mundharmonika. So erzählte das Mädchen, und Håvard übersetzte es für Hølje ins Norwegische, aber das wäre gar nicht nötig gewesen, so viel Amerikanisch hatte der inzwischen gelernt. Der schwarzhaarige Mann sagte nichts, als ob er stumm sei.
Sie hat mir eine Grimasse geschnitten, sagte Hølje.
Håvard sah ihn verwundert an.
Damals in Rochester, erklärte der Junge.
Er lachte, als er das sagte, und das Mädchen lächelte, als habe sie ihn verstanden und könne sich an die Grimasse erinnern.
Your father?, fragte das Mädchen, als Håvard hinter der Anhöhe verschwand.
Yes, antwortete er, ohne nachzudenken, und wurde rot, als ihm plötzlich aufging, was er da gesagt hatte.
What's your name?, wollte sie jetzt wissen.
Hølje.
Sie versuchte, das zu wiederholen, und sein Name wurde zu einem Witz, über den sie grinsen konnten.
I'm Mary, sagte sie dann.
Your father?, fragte der Junge und sah zu dem schweigsamen Mann am Feuer hinüber.
Sie nickte.
Das Puppentheater war unterwegs nach Milwaukee und dann weiter nach Chicago. Auf dem Weg wollten sie in allen kleinen Siedlungen auftreten.
Guten Weg, wünschten sie einander.

Der Mann und der Junge zogen weiter, jeder mit seinem Wanderstab in der Hand und mit seinem Tornister auf dem Rücken.

Der Jüngere musste oft laufen, um Schritt zu halten, denn Håvard konnte ausschreiten, als ob es eilte, eilte, vor allem, wenn sie lange Zeit wortlos gegangen waren.
Hølje dachte an die Trommel. Er bereute, nicht gefragt zu haben. Denn wer spielte jetzt während der Vorstellung die Trommel, wenn sie nur zu zweit waren? Jetzt hatte das Mädchen die Mundharmonika an den Ohren befestigt, das hatte er verstanden. Aber sie konnte doch wohl nicht trommeln und zugleich eine Puppe führen?
Vielleicht war der Mann doch nicht stumm, grübelte er weiter. Vielleicht fand er das amerikanische Gerede einfach zu schwierig und überließ den Umgang mit anderen Menschen seiner Tochter. Und dann konnte er sicher mit dem Mund Trommelgeräusche hervorbringen.
Hølje blieb stehen. Håvard vor ihm hatte angehalten und hob eine Hand mit gespreizten Fingern vor das Gesicht des Jungen. Ein Kronhirsch stand mitten auf dem Weg. Sein Kopf war so nah, dass sie den Augapfel zittern sehen konnten. Sie konnten den stockenden Atem des Tieres hören. Ein Zittern durchlief den braunen Körper, und der Hirsch sank in die Knie. Die beiden hielten während eines stillen Todeskampfes eine ehrerbietige Distanz ein. Erst als alles vorüber war, bewegten sie sich.
Der Hirsch hatte eine Wunde in der Seite. Sie war frisch, noch immer strömte das Blut heraus.
Kann das ein Bär gewesen sein?, fragte der Junge.
Sieht eher aus wie eine Axt, antwortete der Mann. Als ob das Tier jemandem zu nahe gekommen wäre, der gerade beim Holzhacken war, einem, der auf einen Impuls hin die Axt geworfen hat, mit bohrendem Hunger im Gedärm.
Sie schauten sich um, für den Fall, dass sich ein keuchender Jäger mit einer blutigen Axt in der Faust näherte, aber sie konnten niemanden entdecken.

So konnten sie den Norwegern in Muskego Wild mitbringen. Und als sich in der Siedlung die Nachricht des Gastmahls verbreitet hatte, stellten sich alte Bekannte von Hølje ein. Mehrere Familien aus Tindal hatten sich hier niedergelassen. Sie waren zwei Jahre nach Hølje und seiner Mutter herübergekommen, und jetzt fragten und fragten sie, nach der Mutter des Jungen, nach Jon und Gro und den anderen.
Sie waren auf einem Dampfer über die großen Seen gekommen, nach Milwaukee, diese Neusiedler. Von dort war es nur ein Tagesmarsch bis Muskego.
Der Name bedeutete Fisch, aber auch Moor und Preiselbeeren.
Hølje ging nach dem Essen zusammen mit einem gleichaltrigen Jungen an einem Feld entlang. Der andere erzählte. Er hieß Hans Christian Eg und kam aus Lier bei Drammen, wo sein Vater ein Wirtshaus betrieben hatte. Ein Schwanz von kleineren Kindern hatte sich an sie gehängt.
Kannst du das auf Amerikanisch?, fragte Hølje.
Noch nicht, antwortete Hans Christian. Abgesehen von *fish*. Das hab ich auf dem Schiff gelernt.
Die Sache mit den Namen hat mir ein Indianer beigebracht, fügte er hinzu. Der Indianer hat auf das Moor gezeigt, er hat auf die Preiselbeeren gezeigt, und er hat auf ein Bündel Fische gezeigt. Und immer hat er den Namen dieses Ortes gesagt. Muskego. Ich glaube, die Indianer denken anders als wir. Der Name scheint die ganze Umgebung zu umfassen. Das wichtigste Merkmal hier ist, dass sie fischen und Beeren pflücken können. Und da verhungern sie nicht.
Hølje war verdutzt. Was der andere alles wusste! Und dass er einen Indianer kannte!
Das da ist ein alter Grabhügel, erklärte der Junge, als sie ein Stück weitergegangen waren.
Hølje kniff die Augen zusammen.

Und zugleich ist es ein Kramladen, lachte Hans Christian. Den wollte ich dir zeigen.
Er war stehengeblieben. Also blieb auch Hølje stehen. Die ersten der kleineren Kinder stießen gegen sie, während die ganz hinten kicherten. Die Kleinen rappelten sich wieder auf und traten ein wenig zurück. Bald standen alle in dem ausgehöhlten Erdhügel. Dort gab es Krüge und Tonnen, Kisten und Gefäße, und zwei Männer. Der eine war ein Kunde. Der andere hieß Johannes Johansen und war Kaufmann. Sie grüßten, und Hølje wurde vorgestellt. Und Hans Christian kratzte vorsichtig an der Wand, bis ein grauweißer Knochen herausragte.
Hølje schauderte es. Die Kleinen lachten laut.
Was sagen denn die Indianer dazu?, fragte der Gast, als sie wieder draußen standen.
Nichts, antwortete der Gleichaltrige. Die Knochen sind uralt, sagt Vater. Die, die jetzt hier in der Gegend wohnen, gehören einem anderen Stamm an.
Aber trotzdem?
Man gewöhnt sich daran, meinte Hans Christian.

Es ist leichter, Land zu roden, wo nur wenige Bäume stehen, sagte Håvard zu den Eltern des Jungen und den anderen in dem Raum, in dem sie satt vom Hirschbraten saßen.
Das schon, war die Antwort. Aber uns gefällt es hier besser.
Hast du selbst in der Prärie einen Hof?, wurde er gefragt.
Nun konnte er sein Begehr vorbringen. Eine Frau. Ein junger Mann und ein Kind.
Die anderen hörten zu. Sie ließen ihm Zeit. Dann wollten sie Einzelheiten hören.
Warst du schon in Jefferson's Prairie?, fragte jemand.
Nein?
Geh dahin, lautete der Rat. Da wohnt Ole Nattestad. Ole Nattestad aus Veggli.

Dieser junge Mann, geht der ein wenig schief?, fragte jemand anderes.
Ja!, rief Håvard.
Wäre es möglich, dass die Leute ihn und das Kind für Geschwister halten?
Ja, ja!
Und diese Frau, ist sie so eine, die am liebsten die Augen niederschlägt, wenn sie angesprochen wird?
Genauso ist sie. Genau so! Und der junge Mann ist als Kind so geworden. Er hat zu viel Prügel bekommen.
Und die Frau, trägt sie vielleicht eine hellblaue Haube?
Ja!, rief Håvard eifrig, denn er konnte sich Elise sehr gut mit einer blauen Haube vorstellen, auch wenn er das in Wirklichkeit nie gesehen hatte.
Aber diese drei hielten sich nicht am selben Ort auf, hieß es jetzt. Wir haben den jungen Mann und das Mädchen in Chicago gesehen.
Und die Frau?, fragte Håvard mit heiserer Stimme.
Sie hat hier übernachtet, auf der Durchreise. Eine alleinstehende junge Frau, die mit anderen zusammen unterwegs war. Sie wollten wohl nach Beaver Creek.

Ansgar, sagte Håvard auf dem Rückweg. Das war Ansgar und kein anderer. Mit der schiefen Haltung.
Gehen wir jetzt nach Chicago?, fragte Hølje eifrig.
Die Zeit haben wir nicht. Wir müssen pflügen. Und ich muss vorher noch woandershin.
Hølje begriff. Und er seufzte, als er in Håvards Fußspuren ausschritt.

Håvard dachte an die Träume, als sie weitergingen. Er erinnerte sich an die Andachten bei den Freunden, wo sie in einem Kreis gesessen und im inneren Frieden und dem Gotteslicht geruht hatten. Er dachte an die Bilder, die am Ende einer Andacht gezeichnet worden waren, wenn einer nach dem anderen sich erhoben hatte, um seinen Beitrag zu einer gemeinsamen Vision zu leisten. Der Vision Amerika.

Der Wind pfiff um ihre Ohren. Ihre Stiefelsohlen schlugen gegen Grasbüschel, die aus dem Schnee ragten. War es hier wohl schön?

Der hochgewachsene Mann ging langsamer. Am Ende blieb er stehen und sah sich um. Das Gebüsch am Wegrand glitzerte vor Frost. Die Sonne stand blass am Himmel. Präriebrände sorgten dafür, dass die Vegetation nicht hoch wuchs. Wegen der Jagd, hatte er gehört. Weil die Indianer jagen wollten. Noch immer wurden Feuer angezündet, auch wenn die Eingeborenen das Land verkauft hatten. Noch immer streiften Einzelne durch die Gegend. Håvard hatte es nicht gesehen, andere wohl, und die hatten von diesem entsetzlichen Anblick erzählt: dem Flammengürtel, der den Rand des Blickfeldes einnahm, dem lebenden gierigen Rot und Gelb, das sich in die Luft warf, das sich näher und näher fraß, während der Rauch aufstieg und Blau in Grau verwandelte. Er hatte von einer abgebrannten Scheune gehört. Der Rest war gerettet worden, da der Wind sich gedreht hatte.

Jetzt lagen Winter und Frost wie dünnes Glas unter ihren Füßen. Es ging auf das Frühjahr zu. In der Tagesmitte schmolz das dünne Eis. Nachmittags gefror es dann wieder zu winzigen Zapfen an Büschen und Grashalmen.

Das war schön. Håvard sah jetzt, dass es schön war, dieses

Blinken und Glitzern. Und es war verheißungsvoll, dass das Land so offen und riesig dalag.
Noch hatte er die verheißenen Kornfelder mit den Ähren, die einem Mann bis zum Bart reichen sollten, nicht gesehen. Noch hatte er nur Armut gesehen. Denn die Bauern hatten sich Boden ausgesucht, der nicht der beste war. Am besten war der Prärieboden. Jahrhundertelang unter dem Feuer, ohne große Wurzeln, die Zeit gehabt hätten, im Boden zu knorrigen Riesenfäusten zu werden. Ohne Steine, die hochgestemmt und fortgeschleppt werden mussten. Wenn er Elise endlich gefunden hätte, das wusste er, dann würde er fetten Prärieboden umpflügen.

Es musste ein Ort mit Bibern sein, der Ort, wo er sie vielleicht finden konnte. Ein Flusslauf mit einer Biegung.
Sie fanden den Fluss. Sie entdeckten die Biegung und die Reste eines alten Biberdamms. Und sie sahen einige Häuser. Die waren so gebaut wie die frühesten Wohnstätten der Neusiedler, aus groben Stämmen.
Aber wie verlassen das alles aussah! Keine eingesperrten Tiere, die hinauswollten. Keine Menschen standen draußen und hackten Holz. Håvard erkannte das Gefühl von damals, als er sich Clengs Haus am Ontariosee genähert hatte. Es war die wiedergewonnene Stille der Natur.
Er klopfte an die Tür des ersten Hauses, das sie erreichten.
Niemand antwortete.
Håvard sah Hølje hilflos an.
Hallo?, rief der Junge. Ist jemand zu Hause?
Er fasste sich ein Herz und öffnete.
Drinnen war alles leer, es gab nur eine erloschene Feuerstätte, einen Kochtopf, einige Truhen und alte Strohbetten. Der Gestank schlug ihnen ins Gesicht: Hølje musste zurückweichen und frische Luft atmen, um sich nicht zu erbrechen.
Die Seuche, murmelte er.

In Fox River war sie auch, sagte Hølje. Im ersten Winter. Als du noch nicht bei uns warst.
Langsam gingen sie weiter. Und in einem Haus nach dem anderen fanden sie dasselbe. Leere und den unerträglichen Gestank verwesenden Fleischs. Einmal stießen sie auf eine Färse, die in ihrem Stall gestorben war. Erst im vorletzten Haus entdeckten sie einen lebenden Menschen. Es war ein junger Mann. Seine Haut war gelbgrau. Seine Augen waren tief eingesunken. Aber er hatte keine Schrunden oder Beulen und schien klar im Kopf zu sein.
Doch, das Fieber habe sie alle geholt. Außer ihm und zwei weiteren, die auf dem Höhepunkt der Seuche weggelaufen waren. Die anderen lagen unter der Erde. Er allein hatte die Letzten begraben und ein Gebet für sie gesprochen.
Ohne Sarg, fügte er erschöpft hinzu.
Ohne Sarg, wiederholte er. Denn das ging einfach nicht. Ich konnte die Axt nicht halten. Konnte gerade noch die Toten durch das Gras ziehen.
Meine Mutter, sagte er.
Mein Vater, sagte er dann. Und meine jüngeren Schwestern.
Und die Nachbarn von zu Hause, sagte er.
Elling und Eline, fügte er hinzu. Und ihre Tochter. Die mit den Sommersprossen.
Die sind erloschen, sagte er, als ob die Sommersprossen Lichter gewesen wären.
Seine Augen lagen nicht mehr so tief. Etwas in ihm schien sie herauszupressen, vielleicht die Trauer, die er jetzt endlich mit jemandem teilen konnte.
Jetzt gibt es nichts mehr, sagte er. Jetzt werde ich zusammenpacken und gehen.
Er sah sie mit grauem Blick an und verstummte. Im selben Moment schienen seine Augen wieder in ihre Höhlen zu gleiten. Und er saß da wie bei ihrem Eintreten, vor der Feuerstätte,

ohne Anzeichen, aufstehen zu wollen, die eine Hand willenlos über der Asche hängend.
Komm mit raus, forderte Håvard ihn heiser auf, dann werden wir unser Essen mit dir teilen.

Er hatte gespürt, dass es zu nichts führen würde. Je näher sie gekommen waren, desto sicherer war er geworden. Er würde die Frau, die er geliebt hatte, niemals finden können. Sie war tot. Diese Erkenntnis war langsam in ihn hineingekrochen. Die Wanderung war vergeblich gewesen. Elise war nicht in Beaver Creek gestorben. Sie war schon lange tot.
Sie setzten sich nach draußen und öffneten den einen Tornister, den, der noch mehr als einen halben Hammelschinken enthielt. Håvard schnitt dicke Scheiben herunter. Am Ende kam er aus dem Haus, der junge Mann, der den Boden geöffnet hatte, wieder und wieder, um ihn dann später zuzuschaufeln. Er machte sich mit unendlichem Hunger über die salzigen Scheiben her. Die Männergestalt war von Gestank umgeben. Bei jeder Bewegung wurde der Geruch zu den anderen hinübergeschleudert.
Du kannst den Rest behalten, sagte Håvard und reichte ihm den Schinken.
Wo willst du jetzt hin?, fragte Hølje.
Nach Chicago.
Die Silben kamen langsam, aber sie kamen. Dort werde ich arbeiten … bis ich genug habe … für die Überfahrt … nach Hause.

Bald waren sie auf den Beinen, die zwei, die nach Fox River wollten. Der Dritte wollte zuerst ausschlafen. Hølje sah überrascht Håvard an, der den Häusern den Rücken kehrte, nachdem sie Abschied genommen hatten, wollte er denn keine Frage stellen?
Also fragte Hølje für ihn. Eine der Frauen, die hier gelebt haben, hieß sie Elise?

Nein.
Auch nicht Alice?
Nein.

Sein Gemüt verdüsterte sich auf dem Heimweg, das des Jungen, da ihre Schritte keine Antwort erbracht hatten. Er sah die Verletzlichkeit im Gesicht seiner Mutter vor sich, hörte ihre Stimme beim Abschiedsgruß. Und er litt mit Håvard, der offenbar niemals Frieden finden würde.
Deshalb zuckte er zusammen, als der Mann anfing zu pfeifen. Es war eine muntere Melodie, die da von den Lippen des Mannes sprang. Und Håvard merkte nicht, dass der Jüngere zusammenzuckte, denn er war in seine eigenen Bilder vertieft. Die ähnelten allerdings denen des Jungen. Er sah Gunhild. Er sah das Gesicht mit den vielen Lächeln. Einige waren hell und leicht. Andere waren nachdenklich warm. Noch andere schienen aufgesetzt zu sein, mit dem Willen, der Welt etwas Freundliches zu zeigen, hatte er gedacht.
Wie tapfer sie ist, dachte er jetzt.
Und wie geduldig, ging ihm auf, aber sofort wurde dieser Gedanke von Unsicherheit und Verwirrung überdeckt, und er vergaß fast, was er gemeint hatte.
Er blieb stehen und zupfte sich an seinem lockigen Bart. Dann reckte er den Rücken und schritt aus, als ob es eile. Aber er pfiff nicht mehr.

Ein Bild aus einer anderen Zukunft

Ein neuer Sommer war gekommen. Gunhild und Håvard standen nebeneinander da und schauten auf die Felder hinaus. Aus zusammengekniffenen Augen betrachteten sie die graugelben Ähren. Die standen höher als im Vorjahr. Aber sie waren dennoch klein, jedenfalls im Verhältnis zum Traum. Auf jeden Fall war die Ernte zu gering, um ihnen ein gutes Leben zu ermöglichen. Hier würde es nicht viel geben, was sie gegen andere Dinge eintauschen konnten.

Das zehrte am Vermögen der Frau.

Sie seufzte.

Es war eine seltsame Zeit gewesen, als die beiden Männer von der letzten Wanderung zurückgekehrt waren. In der wichtigsten Frage hatte es keine Antwort gegeben, das wusste sie. Es gab noch andere Orte, und ihr grauste vor einem weiteren Winter voller Sehnsucht. Aber sie hatte den Mann pfeifen und singen gehört.

Und sie kam sich fast vor wie eine Diebin, als sie da so dicht neben einem anderen Menschen stand, dass sie seinen Atem hörte.

Wir verkaufen, sagte er.

Ein plötzliches Zittern durchlief ihren Körper. Zum ersten Mal hatte er etwas auf diese Weise gesagt, hatte das Wort »wir« für Dinge benutzt, die sie anpacken könnten. Und sie war nicht in der Lage zu fragen, was er meinte, weder mit dieser Ausdrucksweise noch mit dem Inhalt des Gesagten.

Käufer gibt es genug, fügte Håvard hinzu.

Die waren mit neuen Schiffen über das Meer gekommen, und alle schlugen denselben Weg ein, von einer Schar von Landsleuten zur anderen. Jetzt gerade hausten über zwanzig Neuankömmlinge in einer Scheune in Fox River und überlegten, und alle hatten Grüße von Lars Larsen und Marta in Rochester mitgebracht, wo sie ebenfalls einige Zeit verbracht hatten, um sich zu sammeln.

Denn jedes Mal, wenn ein Hof verkauft wird, hat der Käufer einen etwas besseren Ausgangspunkt, sagte die gelassene Männerstimme jetzt.

Das stimmte, Gunhild wusste es auch. Weil nämlich der, dem

die Stimme gehörte, die Felder vergrößert und ein besseres Haus gebaut hatte. Aber noch konnte sie ihm nicht mit Wörtern recht geben, die zu hören waren, eben wegen dieses »wir«.

Und dann gehen wir nach Koshkonong, sagte Håvard.

Ein Name wie aus einem Märchen, dachte die Frau. Koshkonong. Das könnte in China liegen. Das tat es nicht, es lag ein Stück von dem Ort entfernt, an dem sie sich jetzt aufhielten, das wusste sie ja. Zwei Männer aus Voss hatten sich den Ort angesehen. Sie hatten sich schon Grundstücke ausgesucht, für sich und einen Dritten, der sie nicht begleitet hatte.

Da gibt es viel Boden, sagte Håvard. Genug für uns alle hier, wenn wir das wollen.

Aber das wollten nicht alle, das wusste Gunhild.

Wir bekommen Land, so weit das Auge reicht, sagte Håvard. Fetten Boden.

Er legte ihr einen Arm um die Schultern.

Wenn du willst?

Wie meinst du das?, konnte sie flüstern.

Wenn du mich willst, jetzt hatte er den ganzen Satz gesagt.

Sie stand einfach da und spürte die Länge seines Armes an Rücken und Schulter. Sie spürte die Wärme dieses Männerkörpers. Sie schloss die Augen und öffnete sie wieder. Sie schaute über das Feld bis zum Horizont in der Ferne, durch einen feuchten Film.

Das wollte ich, seit ich dich zum ersten Mal gesehen habe, antwortete die Witwe aus Atrå mit leiser, aber klarer Stimme.

Aber bist du auch frei?, fragte sie später.

Er nickte. Er wusste es jetzt, er war ebenso Witwer, wie die Frau, die da vor ihm stand, Witwe war.

Und dann waren sie wohl verlobt, obwohl sie es anderen gegenüber nicht erwähnten und noch immer so schliefen, wie sie es gewohnt waren. Und Gunhild hütete sich davor, sich zu sehr zu freuen, denn sie glaubte, sein Antrag sei nur seiner Vernunft entsprungen. Trotzdem war sie bereit, sich mit dem zu begnügen, was er ihr geben konnte. Tiefe Treue, glaubte sie. Anstand in allen Dingen. Eine Wärme, die es gut machte, in seiner Nähe zu sein.

Dann verschwand er, um sich Koshkonong genauer anzusehen.

Die Jagd nach einem Kind

Alice liess den Blick von dem Mann zum Toilettentisch mit dem Spiegel zwischen den gedrechselten kleinen Speeren gleiten. Bald würde sie auf dem weichen Puff sitzen, während Sam ihr das Haar kämmte. Es war so leicht, einfach stillzuhalten, während eine andere ihr Haar ordnete.

Aber noch lag es vor ihr, dieses Leichte. Noch saß er da, der Mann, saß in ihrem Bett und musterte sie mit diesem Leid in den Augen. Er war doch fertig, warum ging er also nicht in sein Zimmer? Offenbar wollte er etwas von ihr, noch mehr.

Ist es noch da, in einer eigenen verschlossenen Kammer?, fragte er müde.

Was denn?

Die Lust in dir.

Ich verstehe nicht.

Er packte ihre Hand und zog sie zu sich. Sie erstarrte, aus Angst oder Verärgerung.

Er ließ los, erhob sich und ging zur Tür. Dort drehte er sich um und sah sie gleichgültig an. Du sollst deinen Willen haben.

In welcher Hinsicht?

Es ist jetzt möglich. Zu der Bretterbude zu reisen.

Mehrere Jahre lang hatte er versucht, ihr die Sache auszureden. Außerdem gab es so viel anderes, das sie zurückhielt. Das größte Hindernis war die lange Krankheit seiner Mutter gewesen. Die Lähmung hatte sie nie wieder verlassen, und sie hatte Tag und Nacht Pflege gebraucht. Die Wörter, die sich in ihr aufstauten; die Haussklaven wagten nicht, die alte Herrin zu korrigieren, sie wagten den Versuch nicht, ihre Wünsche zu erraten, und sie wurde verzweifelt und wütend und schrie nach ihrem Sohn. Francis war an das Krankenbett gefesselt gewesen. Stundenlang hatte er da gesessen, hatte die Hand seiner Mutter gehalten, tröstende Worte gemurmelt und die seltsamen Wortverdrehungen der alten Frau berichtigt. Dann hatte er alles sattbekommen und war für einige Tage verschwunden. In seiner Abwesenheit wurde sie unausstehlich. Sie riss mit ihrem beweglichen Arm alles herunter, was sie erreichen konnte, sie warf mit Tellern und Tassen. Sie schimpfte, so gut sie konnte, und schrie. Alice war als Ersatz für Francis nicht gut genug. Das Einzige, was gut genug war, war der Anblick der Enkelin, aber das Kind konnte das unklare Gerede und die sabbernden Mundwinkel der Alten nicht lange ertragen. Ihr Bruder war jetzt weniger wichtig.

Die Kleine würde wohl nach dem Bild ihrer Großmutter heranwachsen, was Aussehen und Temperament anging. Sie hatte den starken blauen Blick der alten Frau geerbt, das herzförmige Gesicht und die gerade, energische Nase, und sie hatte die Kindermädchen um den Finger gewickelt, sowie sie Gehen gelernt hatte. Die Großmutter hatte das gesehen und sie dafür geliebt. Und das Kindermädchen hatte die Kleine zur Großmutter geschoben, wenn das Geheul zu arg wurde. Worauf der Zorn im Gesicht der Alten sich gemildert hatte. Sie hatte die Kleine mit einer Art Miauen zu sich gelockt. Dann hatte sie unbeholfen über das Kleidchen und die weiche Hand gestreichelt und ihr fragend in die blauen Augen geschaut.

Jetzt war es vorüber.
Ruhe hatte sich über das Haus gesenkt, die Kinder brauchten nicht mehr auf Zehenspitzen zu schleichen, aus Angst, die endlich eingeschlafene alte Frau könne wieder aufwachen und entsetzlich losschreien. Die alte Frau lag unter der Erde, und sie konnten sich so an sie erinnern, wie sie eigentlich gewesen war: eine strenge, willensstarke Dame.
Alice hatte ihren Schmuck durchgesehen und trug die Stücke, die ihr am besten gefielen, jetzt selber. Ihre Tochter Julian hatte zur Erinnerung an die Großmutter eine kleine Brosche bekommen. Das Bettzeug der Kranken war verbrannt worden, als ob sie die Pest gehabt hätte. Der Sohn hatte sich über einen Stapel alter Briefe amüsiert.
Jetzt war Alice die Herrin auf Magnolia. Und das genoss sie. Sie war gern draußen, um die Arbeit zu inspizieren, sie kannte sich aus mit der Organisation der Arbeitsgänge, sie kannte die Namen sämtlicher Sklaven und konnte sie tadeln, wenn es dazu einen Grund gab. Sie wusste genau, was sich in den Vorratskammern befand. Niemand schlachtete ein Huhn oder ein Lamm, ohne dass Alice das gewusst hätte.
Sie leitete die Plantage, wie ihre Schwiegermutter es getan hatte, nur härter, gieriger. Und die Nachbarn flüsterten manchmal untereinander: Wir haben sie für dumm gehalten, aber das war ein Irrtum.
Alice war nicht dumm. Sie wusste, was geflüstert wurde. Und sie glaubte zu wissen, wie sie über sie dachten, die Schwarzen und die weißen Vorarbeiter auf der Plantage. Sie sahen sie, wie sie selbst die Tante und den Tantenmann gesehen hatte. Sie respektierten sie, aber sie mochten sie wohl kaum. Sie brauchten feste Regeln und Abläufe, glaubte sie, so wie sie selbst das Vertraute gemocht und sich mit dem Unangekündigten unsicher und unwohl gefühlt hatte. Die Strafe für Vergehen sollte feststehen, und niemand sollte mehr oder weniger Schläge bekommen

als andere. In dieser Hinsicht stimmte sie mit ihrem Ehemann nicht überein, der strafte nach Lust und Laune.

Aber dann fangen sie an, dich zu hassen, versuchte sie zu erklären.

Das tun sie sowieso, grinste Francis.

Samantha hasst mich nicht, sagte Alice.

Wir reden von den Feldsklaven.

Aber solche Unterschiede sind nicht richtig, beharrte Alice.

Sie würden in den Norden reisen, um Brenda zu suchen. Es war nicht zu fassen, dass es nun passieren sollte, dass sie ihr kleines blondgelocktes Kind endlich wiederfinden würde. Sie würden also reisen, und an die Reise an sich konnte sie immerhin denken. Denn jetzt kamen die Bilder, Bilder zum Schaudern. Die Bretterbude, wie er sie genannt hatte. Wie ärmlich. Wie gering in dem Streben nach etwas mehr. Und keinen Boden hatten sie gehabt, welche Vorstellung, ohne Fußboden zu leben. Und was sie gegessen hatten – es war nicht wert gewesen, es auf den Tisch zu stellen. Tisch? Sie hatten keinen Tisch gehabt, an dem sie in der Bretterbude hätten sitzen können.

Wie Tiere hatten sie gelebt. Mit den Fingern im Essen. Mit Händen, die überall über den Körper jagten und kratzten, wegen des Schmutzes, wegen der Flöhe und Läuse. Alice hatte eine Waschschüssel erst gesehen, als sie dort fortgekommen war. Sie hatte bei diesen Freunden niemals eine Kanne mit Wasser gesehen, um sich zu waschen. Sie hatten eine Tonne gehabt. Und die Bütte auf dem Hofplatz. Obwohl, in den ersten Jahren hatten sie nicht einmal eine Bütte gehabt, sie hatten sich und ihre Kleidung im See gewaschen, auch wenn sie das Waschwasser mit einem Feuer am Ufer angewärmt hatten.

Wie mochte es dort jetzt aussehen?, überlegte sie. Sicher hatten sie jetzt Tische, wenn auch kaum bessere als aus grobem Bretterwerk. Keine Stühle mit geschwungenen Beinen und gepolsterter Rückenlehne. Keine Spiegel. Keine Teppiche in schönen Farben, auf die sie die Füße setzen konnten, wenn sie morgens aufstanden. Und die Männer trugen sicher noch immer ihre hohen, unschönen Hüte.

Entsetzlich.

Sie stellte sich vor, wie sie und Francis vor dem kleinen Haus vorfahren würden, in einem schönen von zwei oder vielleicht vier schlanken Pferden gezogenen Wagen. Dieser Anblick erfüllte sie mit einer Art Unwillen. Fast hätte sie den Mann gebeten, allein zu fahren.

Aber das ging doch nicht, er war doch gegen die ganze Reise gewesen.

Also dachte sie lieber an Brenda. An ihr Engelshaar. An das Gesichtchen, das brav zu allem genickt hatte, was die Mutter ihr von dem Amerikanischen beigebracht hatte. Sie würde sich so freuen, sie wiederzusehen! Und sie würde so froh sein, wenn sie Armut und Hässlichkeit verlassen und gegen Schönheit eintauschen könnte.

Und auch die Erinnerungen an die Bootsreise tauchten in ihr auf, wie die Frauen heimlich zu dem Mann mit dem seidenen Halstuch hinübergeschaut hatten. Aber er hatte sie haben wollen. Stolz wogte in Alice auf. Francis war noch immer der eleganteste Mann, den sie kannte, mit seinem schwarzen Haar und dem scharfgezeichneten Gesicht, mit dem gutgebauten Körper, der so leicht auf einen Pferderücken sprang. Wie verzaubert war sie gewesen, bei der Begegnung auf der Kutschstation, auf der Fahrt nach New York, als sie wieder zu Kräften gekommen war. Wie ein Märchen war es gewesen, zusammen mit Francis de Lilac zu reisen und alles zu hören, was er ihr zuflüsterte, wenn er glaubte, sie schlafe. Verzaubert in seinen Armen. Verzaubert unter seinem Körper.

Bis seine Mutter sie gewarnt hatte.
Später hatte die Schwiegermutter noch mehr gesagt, auch über die Feinheiten des Zusammenlebens, und Alice hatte begriffen, dass das kühle Verhältnis, das sie ihrem Mann aufgezwungen hatte, unter den gebildeten Ehepaaren der Gegend ganz normal war. Also hatte sie sich weiterhin kalt gegeben, und bald war es zu einer Gewohnheit geworden.
Dass er einen Menschen umgebracht hatte, machte ihr keine Angst mehr, es war ja nur ein Niggermädel gewesen. Aber es gefiel ihr, davon zu wissen.

Am Vorabend der Reise war sie früh zu Bett gegangen. Alles war gepackt und bereit. Eine von Francis' Cousinen würde sich in ihrer Abwesenheit um Magnolia und die Kinder kümmern, sie war bereits eingetroffen, und die letzten Anweisungen waren erteilt. Alice schlief schon, als ihr Mann ins Zimmer kam. Er brachte eine brennende Kerze und zwei Gläser mit süßem Wein mit. Er wollte mit ihr trinken, wollte an ihrem kleinen Ecktisch sitzen. Sie könne ruhig liegen bleiben, sagte er.
Sie setzte sich trotzdem auf und nahm das Glas, das er ihr reichte.
Freust du dich?, fragte er.
Sie nickte: Ich bin sehr dankbar dafür, dass du zu dieser Reise bereit bist.
Es ist doch deine Tochter.
Ihr ging auf, dass sie nie über die Zeit danach gesprochen hatten, darüber, was geschehen sollte, wenn sie sie gefunden hätten. Und sie merkte, dass sie rot anlief. Und als sie jetzt etwas sagte, stotterte sie.
Aber du … du … willst … sollen wir …wirst du …
Ob ich sie zu mir nehmen will?

Ja. Ja?

Wir werden wohl eins nach dem anderen entscheiden, sagte Francis. Wir wissen doch nicht, wer sie heute ist.

Sie ist mein Kind!, rief die Frau im Bett.

Diese Wörter wurden von keinem schluchzenden Atem getrennt.

Er setzte sich auf die Bettkante.

Prost, sagte er.

Prost.

Auf Brenda. Wenn sie ihrer Mutter ähnelt, werde ich sie zu mir nehmen.

Er lachte ein wenig, und seine dunklen Augen glühten.

Sie ist schön, erklärte Alice.

Ist sie auch so tierisch?

Bin ich tierisch?

Du versteckst es gut, sagte Francis.

Ich verstecke nichts. Und du bist betrunken. Vergiss nicht, dass wir früh aufbrechen müssen.

Wir fahren, wann ich will, sagte der Mann. Und jetzt wirst du es mir zeigen!

Er packte sie und zwang sie unter sich. Das Weinglas fiel zu Boden und zerbrach.

Jetzt zeig mir, was du mir im Hotelzimmer in Manhattan gezeigt hast. Zeig mir, dass du glühen kannst!

Er küsste ihren Hals, presste den Mund auf ihre Kehle und biss zu, und sie schlug um sich, wollte sich befreien.

Lass mich los!

Er versetzte ihr eine Ohrfeige.

Zeig mir, was du kannst! Wer du bist!

Er schüttelte sie. Er schlug sie auf das Hinterteil, und sie schrie. Dann öffnete sich die Tür. Sam kam herein, mit einem schweren Leuchter in der Hand. Die kleine Samantha kam herein, und sie brüllte: Du bringst Alice nicht um! Nicht auch noch …!

Sie hob den Leuchter zum Schlag, aber Alice war rascher, sie traf die Waffe mit dem Fuß, mit einer Wucht, die die junge Frau zum Loslassen zwang. Jetzt lag sie auf dem Boden, stumm und blutend.

Francis kniff die Augen zusammen, um das hier zu begreifen. Und dann waren sie da, Erinnerungen, Erkenntnis. Dass er es geschafft hatte zu vergessen, dass Laura eine Schwester gehabt hatte! Damals ein stummes Bündel in einer Ecke. Eine, die herangewachsen war, während er nicht hier gewesen war, um es zu sehen; eine, die in Alices Nähe gesetzt worden war, damit Alice es erführe! Dann wussten sie es vielleicht alle, in den Sklavenhütten.

Nein, tröstete seine Frau.

Hatte er es laut gesagt?

Francis war betrunken. Er lag in seinem eigenen Bett. Alice saß bei ihm, das tat sie sonst nie …

Sonst weiß es niemand, flüsterte sie tröstend. Nur sie.

Und du!

Ja. Aber sie hat geschworen zu schweigen.

Deinetwegen?

Unseretwegen.

Wo ist mein Glas?

Hier.

Es war gefüllt mit feinem Cognac, der in Fässern über das Meer gebracht worden war. Das war etwas anderes als der Übelkeit erregende Whiskey. Der französische Branntwein besaß einen festen Charakter. Francis keuchte auf, als er den Duft einsog. Das hatte sein Vater ihm geben wollen, damals, vor langer Zeit, als alles angefangen hatte, einen festen Charakter. Eine junge Sklavin war entlaufen. Ihre große Schwester

war verkauft worden, und die Sklavin war nachts davongerannt, um sie zu suchen.
Es war unbegreiflich gewesen. Francis hatte gelernt, dass es zwischen Schwarzen keine solche Bindungen gab wie bei den Weißen, dass sie wie Hunde waren, denen man einen Welpen wegnehmen konnte, und weder Welpe noch Hündin trauerten, wenn sie einander nicht mehr sahen. Die Flucht des Mädchens wies auf etwas anderes hin. Aber das wurde nicht gesagt. Es wurde gesagt, sie sei weggelaufen, weil sie etwas verbrochen habe. Also verdiente sie doppelte Strafe, weil sie etwas verbrochen hatte, von dem niemand so recht wusste, was es war, und weil sie weggelaufen war. Francis war damals dreizehn gewesen, und das Mädchen war so groß wie er. Dem Jungen war die Bestrafung übertragen worden.
Der Vater hatte ihm die Peitsche gereicht.
Sein Arm hatte sich zu rhythmischen Schlägen erhoben.
Es war ein Hund, der gezüchtigt werden musste. Nein, es war ein Mädchen! Sie war hinter ihrer Schwester hergelaufen! Sie hatte über die Trennung geweint, das schwarze Mädchen war ein Mensch. Nein, sie war eine Sklavin. Und er hatte wieder und wieder zugeschlagen, trotz der Blicke, die sie ihm zuwarf, ungläubig, flehend, gequält. Und zuletzt hasserfüllt. Und der Hass hatte ihn immer weiterschlagen lassen, lange nachdem sein Vater ihn zum Aufhören gemahnt hatte; der Vater hatte ihm die Peitsche entreißen müssen und etwas in sein Ohr gefaucht.
Aber in seinem Kopf hatte es weiterhin gekocht. Er hatte sie nicht genügend gezüchtigt. Sie sollte den Blick senken. Den ganzen Tag wohnte es in ihm, dieses Gefühl, dass es zwischen ihnen beiden noch etwas nicht Abgeschlossenes gab. Und er sorgte für diesen Abschluss, als die Nacht hereinbrach, nicht mit der Peitsche, sondern mit seinem Geschlecht. Sie war seine erste Frau. Und sie spuckte ihm ins Gesicht, als es ihm kam.

Du musst jetzt schlafen, murmelte Alice.
Ja. Schlafen.
Dann setzte er sich im Bett auf.
Habe ich geschrien?
Ja.
Was denn?
Du hast mich gerufen.
Das glaube ich nicht. Ich glaube, ich habe Laura gerufen.
Wenn du meinst.
Jedenfalls hast du geschrien, fügte Alice hinzu. Und das darfst du nicht.
Nein, das darf ich nicht. Das Haus hat viele Ohren.
Niemand erinnert sich an Laura. Sie kann jede von den Frauen sein, mit denen du dich in Savannah triffst.
Aber ihre Schwester?
Die nehmen wir mit, morgen, wenn wir aufbrechen. Und wir brechen in aller Frühe auf.

Neue Puppen

Ist das dein Vater?, fragte Brenda.
Im Zimmer saßen nur drei Menschen, zwei gleichaltrige Mädchen und ein Mann. Brenda hatte den Boden gefegt, während die andere auf der Türschwelle gesessen und auf einer Mundharmonika gespielt hatte. Jetzt war sie aufgestanden und spielte nicht mehr, damit Brenda den Dreck aus der Tür fegen konnte.
Mein Vater?
Ja?
Sie wechselten einen Blick. Sie waren fast gleich groß. Die eine war blond, die andere fast schwarz. Die eine hatte braune Augen, die andere blaue.

Die Dunkle musterte die Blonde forschend, ehe sie langsam den Kopf schüttelte.
Aber wir sagen das immer so, erklärte sie. Der Einfachheit halber.
Wie wir, sagte Brenda lächelnd. Alle halten meinen Onkel für meinen Bruder. Du bist die Erste, die das jetzt weiß.
Du auch. Das über uns, sagte die andere.
Sie hieß Mary. Sie trug einen etwas zu großen blassroten Samthut. Sie war mager, aus zu kurzen Ärmeln lugten lange Arme, und sie schien zu frieren, auch wenn die Sonne schien. Sie trug Lederstiefel mit einer Schnürung, die an ihren Beinen unter dem Rocksaum verschwand. Die Stiefel waren offenbar zu groß, und die Spitzen wippten hin und her.
Ehe wir losgefahren sind, hatte ich einen anderen Namen, sagte sie. Aber der passte hier nicht her.
Aber wer ist er denn?, fragte Brenda und schaute zu dem Mann hinüber, der in einer Ecke saß, mit einem scharfen Messer und einem Stück Holz, das zu einer neuen Puppe werden sollte.
Ich weiß nicht. Darüber hat meine Mutter nichts gesagt. Erst als sie tot war, hat er gesagt, dass ich gar nicht seine Tochter bin. Eigentlich habe ich das wohl immer schon gewusst. Aber er möchte gern, dass ich mit den Märchen weitermache.
Brenda lächelte beim Gedanken an das Theater. Sie hatte zwei Vorstellungen gesehen, jede mit einer anderen Handlung. Die Geschichten stammten aus den böhmischen Wäldern, hatte Mary gesagt. Die Puppen waren aus Holz und hatten aufgemalte Gesichter. Die kleinste war so lang wie der Unterarm eines Kindes, die größte fast doppelt so lang. Körper und Kopf waren aus einem Stück, und daran waren mit Schnüren zweigliedrige Arme und Beine befestigt. Weitere Schnüre führten von den Puppen zu Stöckchen, die das Publikum nicht sehen sollte. Die Puppen wurden mit diesen Stöckchen gelenkt. Die Puppenspieler waren von der Wand hinter der kleinen Bühne

versteckt, die Wand zeigte einen grünen Wald und einige bunte Blumen. An der Vorderseite der Bühne war eine rechteckige Platte befestigt, und von dieser Platte hing ein Stück Stoff nach unten. Auf diese Weise verbargen Platte und Stoffbahn die Menschen, die die Figuren lenkten.

Wir müssten eigentlich mehr sein, sagte Mary. Jetzt ist es unmöglich, die Trommel zu schlagen.

Brenda machte in Annies Ofen Feuer. Annie hatte jetzt ihren eigenen *stove,* sie brauchte den, der zu Hause bei Brenda und Ansgar stand, nicht mehr zu benutzen. Auch vieles andere war im Laufe der Jahre im Haus dieser Frau neu und schöner geworden. Der grüne Diwan hatte nur den Anfang gemacht. Jetzt besaß Annie sogar einen schwarzlackierten Kasten, der ganz von selbst Musik machte, wenn jemand eine Kurbel drehte.

Die Hausherrin kam mit einem Korb am Arm hereingetrippelt. Sie grüßte fröhlich und stellte den Korb auf die Bank neben dem Ofen. Brenda fing an, ihn zu leeren. Er war mit toten Vögeln gefüllt.

Ich kann dir beim Rupfen helfen, bot Mary an.

Danke, sagte Brenda, als sei sie hier die Herrin.

Annie verschwand durch eine neue Tür, die in innere Gemächer in einem neuen Anbau führte.

Die beiden Mädchen gingen aus dem Haus und setzten sich mit den Vögeln hin. Sie strichen über Federn. Sie schauten in Augen, die noch immer lebendig und blank aussahen.

Macht es Spaß, die Trommel zu schlagen?, fragte Brenda.

Mary nickte.

Ich habe damit angefangen. Jetzt spiele ich Mundharmonika.

Das weiß ich, sagte Brenda.

Ich glaube, er hat auch mit der Trommel angefangen, sagte Mary jetzt über den Mann. Vielleicht als kleiner Junge.

Ich glaube, das wäre ihm viel lieber als das andere, fügte sie hinzu und warf einen Blick durch die Tür ins Haus. Denn

wenn wir allein auf der Straße sind, trommelt er oft ganz lange. Manchmal klingt es schrecklich wütend, manchmal munter. Wenn mir irgendwas wehtut, kann er mich trotzdem mit der Trommel zum Schlafen bringen.
So war es bei Mutter auch, fügte sie hinzu. Als sie gestorben ist.
Wie meinst du das?
Sie hat die ganze Zeit gehustet. Hat sich gekrümmt und geweint. Da hat er die Trommelstöcke hervorgeholt. Und getrommelt. Ganz ruhig und gleichmäßig. Wie ein Herz. Bis sie nicht mehr hustete.
Brenda streichelte vorsichtig ihren Arm.

Sie dachte an die Trommel, als sie abends nach Hause ging, sie wusste, dass sie froh darüber war, dass Mary und der Mann mit dem seltsamen Namen den Winter über bei Annie wohnen würden. Sie würden auf dem Dachboden wohnen, wo Ansgar und sie selbst in der ersten Zeit geschlafen hatten. Sie schliefen dort in getrennten Kammern, Mary und František, denn Annie war in die neuen und schöneren Zimmer übergesiedelt. Der Theaterwagen stand neben dem Haus im Windschatten.
Und Brenda dachte daran, wie es sein mochte, von Ort zu Ort zu ziehen und aufzutreten, immer neue Menschen zu sehen, neue Häuser und neue Landschaften.
Sie hatte die Puppen anfassen dürfen. Sie hatte die Gesichter berührt und darüber gestaunt, wie lebendig die wirkten. František wollte den Winter benutzen, um sich an weitere Geschichten zu erinnern, hatte Mary ihr anvertraut. Oder vielleicht, um sich selber welche auszudenken. Außerdem wollte er Amerikanisch sprechen lernen.
Warum hat er das noch nicht gelernt?, hatte Brenda gefragt.
Weil er es nicht für möglich gehalten hat. Ihm ist einmal gesagt worden, dass Menschen, die auf die vierzig zugehen, keine

neuen Sprachen mehr lernen können. Marys Mutter war fünfundzwanzig gewesen, als sie über das Meer gekommen waren, Mary erst vier. František war jetzt fünfzig, trotzdem hatte er sich die Sache anders überlegt.

Sonst ist es zu einsam, hatte Mary erklärt.

Brenda kannte viele, die kein Amerikanisch sprachen, oder nur wenig. Bei Annie konnte man die unterschiedlichsten Sprachen hören, vor allem, wenn die Leute betrunken waren und mehrere aus einem Land zusammenkamen. Und der alte Herr Stern, der jetzt ein Stück weiter wohnte, hatte beschlossen, niemals etwas anderes zu sprechen als Deutsch. Er hatte eine Tochter, die sich um den Rest kümmerte.

Außerdem war in letzter Zeit eine kleine norwegische Kolonie nach Chicago gekommen. Sie wohnten ein Stück den Fluss hoch, ganz für sich. Sie sprachen Norwegisch. Einer von ihnen war Schuhmacher, das wusste sie. Zwei andere waren Zimmerleute oder Schreiner.

Die Pontonbrücke an der Dearborn Street war schon seit mehreren Jahren fertig. Danach hatte Ansgar Häuser gebaut. Die meisten waren aus Holz, einige aber auch aus Stein. Dazu gehörte das Rathaus, das auch als Gericht diente. Es war ein stattlicher Bau mit einem Vordach über dem Haupteingang, das von vier hohen Säulen getragen wurde. Gleich dahinter stand jetzt ein Gefängnis aus Holz, auch an dieser Arbeit hatte Ansgar sich beteiligt.

Im Gefängnis saß Spätsommer-Joe. Daran war Ansgar schuld. Joe war Schwede und hieß eigentlich Johan. Er stammte aus Bullarebygden und war in Kopf und Gliedern schneller als die meisten anderen. Aber er brauchte einen Kumpel. Er brauchte einen, der die Sprache beherrschte und der schnell lief, einen, der die Aufmerksamkeit eines Mannes oder einer Gruppe fesseln konnte, während ein anderer hinter deren Rücken oder von einem Wagen verborgen lichtscheue Bewegungen unternahm. Und er hatte sich Ansgar als Gefährten in diesen lichtscheuen Unternehmungen gewünscht. Um ihn zu verlocken, hatte er ihm eine schöne Uhr mit goldenem Deckel gezeigt, und Ansgar hatte mit der Faust auf Annies Tresen geschlagen und losgeheult.

Mach, dass du wegkommst, du Dieb, hatte er gerufen.

Er hatte auf Norwegisch gerufen, aber es war noch ein anderer Norweger im Raum gewesen, und durch einen Zufall hatte neben diesem William Ogden gestanden.

Ogden war Chicagos erster Bürgermeister. Anfangs hatte er Grundstücke gekauft und verkauft. Es gab Zeichnungen, die zeigten, wie die Stadt erbaut werden könnte, nach demselben Prinzip wie New York, mit geraden Straßen, die einander in einem Netz aus Vierecken kreuzten. Immer kamen neue Leute in die Stadt, und Ogden hatte damit reich werden wollen, dass er teurer verkaufte, als er eingekauft hatte, und die höchsten Preise würde er sicher für die Grundstücke in den besten Lagen erzielen, die, die an den breiten Alleen auf dem Plan lagen, vielleicht an einer Ecke. Es war ein langfristiges Projekt. Bis es so weit war, würde Ogden die Stadt regieren.

Und durch einen Zufall stand er an Annies Tresen, als Ansgar brüllte.

Was ist denn los?, wollte er wissen.

Ein Dieb, übersetzte der neben ihm stehende Norweger.

Und Ogden lief rasch hinüber und sah die Golduhr. Sie war mit Initialen graviert und gehörte einem Freund von ihm.

Auf diese Weise wurde es entdeckt, Spätsommer-Joes Lager von fremdem Hab und Gut. Auf diese Weise landete er in dem neuen Gefängnis.

Es ist nicht deine Schuld, hatte Brenda zu ihrem Onkel gesagt. Schuld ist der andere, der verraten hat, was du gerufen hast.

Aber das mit den Sprachen war seltsam, fand sie, dass es so viele davon gab. Sie hatte gelernt, auf Griechisch zu grüßen

und zu danken. Deutsch konnte sie ohnehin schon. Sie konnte die eine Sprache von der anderen und die dritte von der vierten unterscheiden. Iren waren zum Beispiel leicht zu erkennen, und Deutsch klang durchaus anders als das, was Mary und František untereinander murmelten.
Wie eine umgekehrte Bewegung fort vom Turm zu Babel, hatten die Frauen aus der Gemeinde gesagt. Und sie hatten Brenda erklärt, was sie meinten. Sie meinten Amerika. Dass Amerika der Ort sein sollte, an dem die vielen verschiedenen Sprachen, mit denen der Herr die Menschen beim Turmbau erfüllt hatte, jetzt zu einer zusammengefasst werden sollten: der amerikanischen.
Hier is the Lord's heilige Land, sagte auch Miss Star. Sie und ihr Vater kamen aus Hamburg. Demoiselle Stern hatte sie geheißen, als Brenda sie zum ersten Mal in dem kleinen Laden ihrer Familie gesehen hatte. Bald war Stern zu Star geworden, in schwarzen Buchstaben über der Eingangstür, mit drei goldenen Sternen über dem S.
Und Annie hatte jetzt mehr Konkurrenz am Flussufer und in den neuen Straßen. Von einem Frühling zum anderen steigerte sich der Bedarf an Kost und Logis, und Einzelne betrieben auch versteckt oder offen dieses Zusatzgeschäft, das die Trauer oder Wut einsamer Männer linderte. Brenda wusste jetzt, was dieses Geschäft bedeutete. Das junge Mädchen hatte schon oft schmerzende Muskeln in Schultern und Nacken eines Mannes massiert. Selten einmal hatte sie einem fremden Mann den Rücken gewaschen, während er in einer Bütte saß.
Im nächsten Jahr bist du alt genug, hatte Annie erklärt.
Wir werden reich werden!, hatte sie geweissagt.
Und Brenda verglich das eine mit dem anderen, während sie zu Hause in ihrem Bett lag und dem Schnarchen des Onkels lauschte, ehe der Schlaf sie erfasste. Denn es hatte sich so schön angehört, alt genug zu werden. Dann würde sie neue Kleider

bekommen. Eine ganze Garderobe würde sie bekommen, das hatte Annie ihr versprochen, schöne Kleider mit seidenen Unterröcken und mit straffen Korsetts. Und die erwachsene Frau ließ jetzt kleine Andeutungen fallen, über eine beginnende Einführung in die Finessen des zukünftigen Wissens.
Im Grunde gebe es zwei Sorten Männer, hatte sie erklärt. Die gerissenen und die schüchternen.
Auch unter den gerissenen gebe es zwei Arten, die groben und die ritterlichen. Und den Schüchternen stecke ab und zu etwas anderes, Derberes im Körper, und alle seien gleichermaßen hungrig.

Ansgar presste einen Nagel gegen das Holzstück, das zum Oberarm einer Puppe werden sollte. Er durfte den Nagel nicht hindurchschlagen, dann konnte der Arm bersten. Er musste eine kleine Senke bohren und den Nagel biegen, bewegen, rotieren lassen, bis er darin festsaß. Es kostete ihn mehr als kräftige Schläge gegen ein Brett draußen im Freien. In dieser Puselarbeit lag eine Art Wahnsinn, die gefährlich für ihn war.
Trotzdem tat er es, statt zwischen den Männern zu stehen und zu trinken. Er hatte es mit Pokern versucht, aber dieses Spiel war nichts für Leute wie ihn.
Es war gut für ihn gewesen, dass Brenda zur Schule gegangen war. Sie hatte ihn die Zahlen gelehrt. Sie hatte ihn lesen und schreiben gelehrt. Und deshalb konnte er Nägel in mehr als nur in Fünfergruppen zählen. Er hatte den Text an Františeks Wagen gelesen und begriffen, dass diese Leute Theater spielten. Etwas in ihm hatte brüllen wollen: Titten, Möpse, Säue und strotzende Euter!, aber dann hatte er begriffen, dass »Puppen« auf Deutsch etwas anderes bedeutete als auf Norwegisch, eben nicht »Titten«. Und er hatte Kartenspielen gelernt.

Aber die Spannung war zu groß für ihn gewesen. Wieder und wieder war ihn die Lust überkommen, auszurufen, was er hatte oder nicht hatte, und mehrmals hatte er es auch getan: Drei Asse!

Die anderen hatten ihn mit dem Kopf voran aus der Tür geworfen.

Beim Kartenspielen musste er mehr trinken, als gut für ihn war, wenn er sein klares Urteilsvermögen behalten wollte. Deshalb hatte er sich unter die Reihe von Unbekannten und Bekannten am Tresen gemischt, bis Brenda ihn nach Hause geführt hatte.

Er konnte es nicht lassen. Es gab keinen Grund, zu Hause zu sitzen, wenn der Arbeitstag zu Ende war. Früher hatte er das geschafft. Vor allem, nachdem die Säulenveranda fertig geworden war; da hatte er mit Brenda dort sitzen und sich die Boote und die Menschen auf dem anderen Flussufer ansehen können. Aber die Rastlosigkeit hatte ihn erfasst. Er musste sich auf den Weg machen. Er musste *dorthin.*

Und er war so müde.

Deshalb schnitzte er eine Puppe.

Das hatte mehrere Gründe.

Es war das Paradies gewesen, nach Chicago zu kommen. An einen Ort mit einem Krug. Und hatte er nicht für Brenda gesorgt?

Doch, er hatte sie vor dem Übel geschützt. Er hatte das Haus mit seinem Schnarchen bewacht, so hatte er gedacht.

Aber es waren die Frauen aus der Gemeinde gewesen, die ihr den Platz in der Schule besorgt hatten, so, wie sie für das Stück Land gesorgt hatten, auf das er das Haus hatte stellen können, und den Eisenofen zum Kochen und Backen. Und es war Annie gewesen, die dem Mädchen nach der Schulzeit Arbeit gegeben hatte, damit sie das Essen verdienen konnte, das Annie ihr vorsetzte, da Ansgar das meiste von seinem Lohn vertrank.

Die Frauen aus der Gemeinde hatten hart und deutlich mit ihm gesprochen: Er dürfe nicht saufen und müsse das Kind von der Hure fernhalten. Aber Annie war keine Hure. Ansgar hatte sie angeschrien, Annie, Annie sei fein und gut! Denn Ansgar hatte es immer gewusst, dass das Leben ein einziger bitterer Kampf ums Überleben war. Er mischte sich nicht in Annies Kampf ein, er hatte mit seinem eigenen genug zu tun.
Er musste zum Beispiel zwischen falschen und echten Beschützern unterscheiden. Håvard aus dem Leichenzug war ein echter Beschützer gewesen. Ansgar hatte über Håvards Schulter ausruhen können, damals, als der Mann ihn weggetragen hatte. Håvard hatte sogar die Schwester des Jungen geheiratet, um ihn zu beschützen. So konnte er es an feuchten Abenden erzählen, bei Menschen, die ihm freundlich erschienen. Aber später waren andere gekommen, die ihm ihren Schutz angeboten hatten. Wie ein Norweger, der sich plötzlich unter seinem gebrochenen Gebabbel zu erkennen gegeben hatte, doch, er sei Norweger, sei Ansgar denn keiner, und müssten sie da nicht zusammenhalten? Er hatte ihm den Schmutz aus dem Gesicht gewischt und Staub von den Kleidern geschüttelt, als Ansgar einmal von einem Spieltisch vertrieben worden war. Er hatte Ansgar zu trinken gekauft und ihn sinnlos betrunken gemacht. Dann hatte er sein Lager in einem windigen Schuppen mit ihm geteilt, als habe Ansgar kein eigenes. Ein falscher Hahn hatte ihn am nächsten Morgen in aller Frühe geweckt, ein Hahn mit einem anderen Krähen, als sonst durch Ansgars Schlaf drang, und er war nach Hause gestürzt, um sich unter Brendas scharfem Blick und ihren kleinen feinen Händen wiederherstellen zu lassen, damit er zur Arbeit gehen konnte, ohne sich durch sein Aussehen zu verraten.
Brenda hatte in dieser Nacht Angst um ihn gehabt, sie hatte ihn gesucht, ohne ihn zu finden.
Ein schlechter Freund, dieser Norweger. Ein Lügner war er noch dazu, denn am nächsten Nachmittag hatte er behauptet, er

und Ansgar hätten eine Verabredung. Sie würden nach New York City reisen, denn jetzt kamen immer neue Schiffe mit Menschen aus Norwegen, und die brauchten Hilfe in der Fremde. Ansgar und der andere könnten ihnen diese Hilfe anbieten.

Ansgar konnte sich durchaus nicht erinnern, sich zu einem solchen Unternehmen bereit erklärt zu haben. Er wusste auch gar nicht, wie man Neuankömmlingen helfen sollte, drüben an der Ostküste. Es spielte keine Rolle, wurde er beruhigt, denn sie würden keiner Menschenseele helfen, sie würden nur das Geld für die versprochenen Dienste einsacken und sich davonmachen.

So war Ansgar nicht. Er war kein Betrüger, er war Zimmermann.

Aber ich werde auf dich aufpassen!, hatte der andere gesagt. Damit niemand dich aus einem Saloon wirft, wenn du etwas Dummes gesagt hast.

Niemals! Niemals er!

Es gab einen Mann in der Gemeinde, an den er sich eine Zeit lang hatte anlehnen können, einen, der ihn gegen die Frauen verteidigt, der gesagt hatte, ein wenig zu trinken sei nicht so schlimm und ein Mann müsse das in Ruhe tun dürfen. Und dann war da noch Annie. Sie hatte ihn getröstet, wenn er zusammengeschlagen worden war, denn es kam noch immer vor, dass er sich versprach. Sie wusch ihm das Blut aus dem Gesicht. Sie flickte seine Kleider. Sie streichelte seine Stirn, bis er eingeschlafen war.

Noch immer schnitt sie ihm die Haare, wie sie es schon ganz zu Anfang in Chicago gemacht hatte. Und einmal hatte sie ihn in ihrem Bett den Himmel erleben lassen!

Er liebte sie.

Aber alles änderte sich. Der gute Mann aus der Gemeinde weilte nicht mehr unter den Lebenden. Und ein schlagkräftiger Ire war bei Annie eingezogen.

Deshalb saß der Zimmermann mit der braunen Mütze in einer Ecke und schnitzte eine neue Puppe für das böhmische Theater. Wegen des Iren. Wegen Annie, die den Iren an Stelle eines anderen hatte einziehen lassen. Der andere hätte Ansgar sein können, denn das hatte Annie gesagt. Wenn Brenda mit der Schule fertig wäre, hatte sie gesagt, könnten sie beide bei ihr wohnen. Dann würde Ansgar nicht mehr auf dem Bau arbeiten müssen. Stattdessen würde er darauf aufpassen, dass die Gäste sich nicht allzu viel prügelten und dass die wildesten vor die Tür gesetzt würden. Und er könnte schwere Dinge für sie heben und hinter dem Tresen stehen.
Auf diese Weise hatte Annie ihm eine Zukunft gezeigt. Aber sie hatte sich die Sache anders überlegt, weil er so viel trank.
Außerdem hatte er langsam erfasst, welche Art von Zukunft sie sich für die Kleine vorstellte.
Deshalb schnitzte er eine Puppe. Es sollte eine böhmische Puppe werden.

Auf einem Hocker neben ihm saß der struppige Mann und betrachtete ihn. Dann verschwand er. Bald kam er zurück, mit einigen dünnen Pinseln und kleinen Farbtöpfen.
Am nächsten Abend sagte Mary, dass František sich einen in einem Kanu sitzenden Indianer von ihm wünschte. Am folgenden Sonntag lehrte František Ansgar die Trommel zu schlagen.

Die letzte Vorstellung vor dem Winter in Chicago

In diesem Jahr gab es einen milden Herbst. Die Sonne schien gelb und warm. Håvard hätte am liebsten seine Jacke ausgezogen, als sie auf die Straße traten, nachdem sie Ordnung in die Papiere gebracht hatten.

Alles war auf Gunhilds Namen eingetragen. Sie hatte den Claim abgesteckt, nicht er. Sie war jetzt die Besitzerin von dreihundert Acres Prärieboden an einem Ort, an dem sie noch nie gewesen war. Er hatte das so entschieden, der Mann, der für sie beide eine Zukunft entworfen hatte, dass alles auf Connel eingetragen werden sollte, wie sie es im Büro geschrieben hatten.
Es bewegte sie, wie redlich er war. So war er, durch und durch, das glaubte sie. Sie hatte ihn nach den Andachten gefragt. Und er hatte ihr von den Quäkern erzählt, die auf die Gefängnisschiffe im englischen Kanal gekommen waren, er hatte ihr vom Trost des inneren Lichtes erzählt. Und er hatte darüber gesprochen, wie die Mitglieder der Freundesgemeinden in Stavanger und den umliegenden Gegenden gequält worden waren, von den Geistlichen und vom Pöbel.
Alles erzählte er ihr, so, wie sie selbst ihr unglückliches Leben mit dem Trinker geschildert hatte. Er hatte von Lars Larsen aus Jeilane erzählt, der zuerst auf die Idee gekommen war, dass sie ins Land der Freiheit reisen könnten, und der die Reise über das Meer in die Wege geleitet hatte. Und er hatte den Bauern erwähnt, für den er auf Finnøy gearbeitet hatte, und den Grund, aus dem er selbst erst so viele Jahre später herübergekommen war als die anderen. Und er hatte Elise beschrieben, wie er sie zum ersten Mal gesehen hatte, und ihren Bruder auf dem Baum.
Sie hatte den mageren, breiten Handrücken des hochgewachsenen Mannes gestreichelt. Er hatte sie behutsam in seinen Armen gehalten.
Aber noch waren sie nicht verheiratet. Noch hatten sie beide kein Datum vorgeschlagen. Noch waren sie einander nicht nähergekommen als durch diese leichte Berührung. Und Gunhild hatte gewusst, dass er zuerst nach Chicago musste, wo er vielleicht eine Tochter hatte.

Es war September, als Francis und Alice endlich den Ontariosee erreichten. Sie hatten den Schleppkahn in Holley verlassen. Sie hatten unten am Kanal Pferd und Wagen mieten können. Sie hatten die Kutschstation passiert, in der Alice einmal gearbeitet hatte, aber sie hatte nicht hineingeschaut, dazu hatte sie keine Lust gehabt. Stattdessen hatten sie die schönen Häuser am Straßenrand bewundert, die aus den seltsam runden Steinen erbaut waren. Eins war eine Kirche.
Aber in dem Haus, das sie Clengs Haus genannt hatten, wohnten Leute, die nichts wussten. Auf dem Nachbarhof dagegen konnte ein Mann erzählen, dass die früheren Bewohner nach Westen gezogen waren, in Richtung Chicago.
Die Luft duftete nach Hickorynüssen und geronnenem Harz.

∞

Es war Oktober geworden, als das Paar aus Savannah eines Sonntagvormittags in einem kleinen Wirtshaus mit Blick auf das Rathaus in der brodelnden Stadt am Michigansee eintraf. Am selben Tag waren Gunhild, Håvard und Hølje in die Stadt gekommen. Und alle fünf spazierten nun aus verschiedenen Richtungen auf den kleinen Platz zu, wo der Böhme in diesem milden Herbst, der einfach kein Ende zu nehmen schien, eine letzte Vorstellung abhalten wollte.
Es war ein neues Stück, und František hatte es »Ein Böhme in Amerika« nennen wollen. Mary hatte protestiert. Ein Wort hatte eine Viertelstunde lang das andere gegeben, dann hatten sie sich darauf geeinigt, es so zu machen wie immer und dem Stück gar keinen Namen zu geben.
Nicht nur das Stück war neu, sondern auch die Besetzung. Denn jetzt mussten auf der Bank hinter dem Bühnenkasten drei Menschen Platz finden, und der dritte hatte noch nie einem Publikum gegenübergestanden.

Seht mal!, rief Hølje glücklich. Da sind sie!
Ja, wie wahr, sagte die Mutter, denn jetzt hatte sie den Wagen von Rochester her erkannt.
Dass wir hier in der Wildnis so etwas finden!, sagte Alice zu ihrem Mann.
In diesem Moment vergaßen sie das, was sie suchten, der eine ein Kind, die andere ein Kind und einen Bruder, zwei Menschen, von deren Aussehen sie nach so vielen Jahren nur mehr oder weniger vage Vorstellungen hatten.
Stattdessen lauschten sie erwartungsvoll den Klängen einer Mundharmonika. Bald hob sich der Vorhang, und sie sahen eine neugierige kleine Knabenfigur, die sich über die Bühne bewegte, während der Kopf immer wieder von links nach rechts wackelte. Dann verschwand er, und eine andere Gestalt trat auf. Es war eine Dame, und ihr Rock ähnelte dem Stoff, aus dem die griechischen Schwestern, die neben Annie wohnten, ihre Blusen genäht hatten. Und die Mundharmonikaklänge erinnerten an die Melodien, die manchmal aus dem Haus der Griechinnen strömten. Diese Figur lief ebenfalls neugierig über die Bühne und hielt Ausschau vom einen Ende zum anderen. Schwupp, schon stand der Junge vor ihr, und beide zuckten zurück, wie voller Angst.
Dann machten sie wieder einen kleinen Schritt aufeinander zu. In diesem Moment erklang ein scharfer Knall, und beide verschwanden. Statt ihrer tauchte ein Pelzjäger mit einem Gewehr auf, und vom Himmel fiel ein toter Vogel.
Das Publikum applaudierte.
Bald applaudierten sie wieder, als ein Kanu und ein Indianer auftauchten. In diesem Moment fiel ein weiterer Vogel vom Himmel, und dieser war von einem Pfeil durchbohrt. Der Pelzjäger sprang auf und ab und zeigte auf die Vögel, wie um sie für sich zu beanspruchen. Sofort stand ein Soldat dabei und sah sie an, und es wurde gegen ein Trommelfell geschlagen.

Aber die Schläge klangen nicht richtig zackig. Sie hätten sich wie der Trommelwirbel vor einem Regiment anhören müssen, das begriff das Publikum, aber das taten sie nicht. Sie waren zu leise. Die Schläge fielen wie zufällig. Zu solchen Schlägen konnten Soldaten nun wirklich nicht vorrücken, das würde nur zu Stolpern und Stürzen führen.

Damit war die Illusion des Publikums zerstört. Ihre Blicke irrten umher. Die Gestalten auf der kleinen Bühne wurden zu Holzpuppen, und alle spürten, wie der Wind ihnen Staub in die Augen wirbelte. Und nun sahen sie den Trommler, der ein Stück abseits von den anderen auf der Bühne saß.

Er hatte einen bösen Tag gehabt. Er hatte Angst vor der Vorstellung gehabt, schon vom frühen Morgen an. Er hatte getrunken. Die Stöcke wollten seinen Fäusten nicht gehorchen.

Du Abschaum!, ertönte es plötzlich gebieterisch laut und bestimmt. Kannst du denn überhaupt nichts? Pack jetzt deine Trommel!

Ansgar glotzte. Diese Stimme kannte er. Aber den Menschen, der sich in der hintersten Bankreihe erhoben hatte, kannte er nicht.

Es war eine Tote, die ihn anpöbelte, in wunderschöner Kleidung. Seide und Brokat, er kannte die Namen der vielen schönen Stoffe nicht. Und was für ein Hut!

Spiel jetzt, du besoffener Trottel!

Das geschmückte Wesen kam mit rauschenden Röcken auf ihn zu.

In diesem Moment wurde laut und wütend von der Bühne gerufen, wie von der kleinen Knabenpuppe her: Kann dir ja wohl egal sein, ob er trinkt oder nicht! Fass ihn ja nicht an, du Nutte!

Wie ein Riss der Erkenntnis, sollte Hølje viel später zu seinem Freund Jon sagen, und zu Brenda. Ein Traum mit einem Riss von etwas Scharfem oder Bitterem, wie Blutgeruch, der in ein

schmutziges Stoffstück eingesickert ist und zwischen zwei Nähten aus Seide sitzt.
Er meinte Alice.
Sie war ihm schon vor der Vorstellung aufgefallen. Allen musste Alice doch aufgefallen sein; mit ihrer eleganten Kleidung und dem schönen Gesicht war sie ja wohl nicht zu übersehen. Sie war für Hølje zu Amerika geworden, dort in Chicago, ehe Mary die Mundharmonika an die Lippen gehoben hatte: die leuchtenden Farben vor dem trostlosen Grau und Schwarz, dem Verschossenen und Verschlissenen auf den anderen Bänken. Alice war die Verkörperung eines Ziels für den Haufen von armseligen Träumern, die kürzlich über das Meer gekommen waren, die gerade erst eine Art Halt in dem neuen Land gefunden hatten und die ihr Heimweh noch immer in den Kneipen am Flussufer ertränkten.
Hinter ihr stand der Mann, wie eine Bestätigung.
Der Ruf der Frau ließ den Riss platzen. Die plötzliche Hässlichkeit ihres Gesichts bei ihren giftigen Worten.

Hølje hatte voller Erschütterung erfasst, dass das hier Håvards Alice war.
Gunhild erfasste es voller Angst.
Ihr war dieses strahlende Paar sofort aufgefallen. Håvard hatte nicht in die Richtung der beiden geschaut, er hatte zu dem Wagen mit dem Schild geblickt, hatte vielleicht nach dem Mann gesucht, den er an einem alten Pfad getroffen hatte, dann hatte er den blauen Vorhang betrachtet, der zur Seite gezogen wurde, um etwas dahinter zu zeigen. Erst als die Frau aufgesprungen war und gerufen hatte, hatte er gesehen, dass sie dort war, gesehen, wer sie war.
Elise!
Er hatte diesen Namen gehaucht, als könne der nicht laut gesagt werden, als traue Håvard seinen Augen nicht.

Gunhilds Herz wäre fast gebrochen. Denn nie zuvor hatte sie eine solche Freude aus den Augen des Mannes leuchten sehen. Aber die Freude verschwand.
Er war aufgesprungen. Er hatte einen Arm ausgestreckt.
Der Arm senkte sich im Augenblick des Verstummens, in dem es nur die Erinnerung an die harten Worte gab, an Hohn und Spott aus einem Mund mit grinsend nach unten gezogenen Mundwinkeln, bis die Luft sich mit neuen Silben füllte, die nur Skandinavier verstehen konnten.

Francis lachte als Einziger. Er lachte über seine Frau und über den unbrauchbaren Bruder seiner Frau. Er erinnerte sich an die Mischung aus Hass und Erstaunen im Gesicht des Jungen, als der ein Wildschwein getötet hatte. Und Francis wusste es genau: Alice war auf dem Dampfer die Ausnahme gewesen. Sie war die Einzige gewesen, die die Kraft besessen hatte, weiterzukommen. Und damit nicht genug: Jetzt hatte sie sich ihm hingegeben. Sie war nicht mehr kalt. Wie in Verzweiflung hatten sie sich in den Nächten auf dieser Reise aneinandergeklammert, als fürchteten sie, nichts könne von Dauer sein, in einer Vereinigung aus gemeinsamem tiefem Begehren.
Sie hatten Sam bis Albany mitgenommen. Dort war die vom Leuchter geschlagene Wunde verheilt gewesen. Sie hatten sie neu eingekleidet und sie freigelassen, im Staate New York gab es keine Sklaverei. Francis hatte ihr außerdem ein gutes Stück Geld gegeben. Und Sam hatte das Alice gegebene Versprechen wiederholt, niemals einer lebenden Seele zu erzählen, was sie wusste.
Aber konnten sie ihr vertrauen?
Tagsüber taten sie das. Nachts kam der Zweifel. Und sie fielen einander in die Arme.
Am nächsten Morgen schien die Welt abermals keine Gefahren zu bergen.

Aber Francis wusste im tiefsten Herzen, als er hier stand, dass er seine Frau liebte, und sie ihn.

Im Trommler wuchs Klarheit heran. Jetzt wusste er es; seine Schwester hatte gemeint, was sie gesagt hatte, einmal auf einer Pritsche: dass sie ihn umbringen könne. Und er spürte ihre Arme um seinen Körper, damals ein schmächtiger Jungenkörper, und die Arme seiner Schwester, die ihn so fest hielten, glitten aufwärts und, ohne Kraft zu verlieren, über seine Brust und seinen Rücken, zu Hals und Kopf hin, als wolle sie sie zusammenpressen, mit einer Hand um den Hinterkopf und zwei spitzen Fingern gegen seine Augäpfel. Er sah es jetzt, an den verzerrten Lippen der Toten, an dem Abscheu im Blick des Gespensts, dass sie hasste.

So war es, und jetzt stieg es in ihm auf, jetzt stieg es, und er ließ es kommen, heiß und finster und gewaltig, von den fast neuen Stiefeln und durch Waden und Oberschenkel, bis zum Bauch, zur Brust, zur Kehle: Er musste die Tote daran hindern, das Werk der Schwester zu vollenden.

Von dem Geschrei sollte Hølje später erzählen. Dem Geschrei an dem Tag, an dem Brendas Mutter erstochen wurde, dem Tag, an dem ein zufälliger Grieche Brendas Onkel erschoss.

Es kam von Gunhild, das Geschrei, und von der Frau selbst, als das Messer traf. Später stimmten viele in das Jammern ein. Während der Mann aus Savannah wie zu Eis erstarrt danebenstand.

Håvard erwähnte das alles erst, als sie schon einige Tage wieder in Fox River waren. Er war wie in sich selbst versunken. Er arbeitete und aß. Er schlief wenig, saß nachts da und schaute in sich hinein. Gunhild wartete. Sie kümmerte sich um ihre Aufgaben, kochte. Wartete. An diesen Tagen lächelte sie nicht. Nichts hätte verschönert werden können. Alles war so, wie es war.

Dann kam er eines Morgens auf dem Hofplatz auf sie zu.

In tiefem Ernst blieb sie stehen.

Der Wind umgab sie mit Wellen wirbelnder Grashalme und Staub, der in der Herbstsonne glitzerte.

Er fasste ihre Schultern und zog sie behutsam an sich. So verharrten sie, und sie spürte sein Herz, näher als das Rauschen des Windes.

Im Grunde habe ich sie wohl niemals wirklich gekannt, sagte er. Elise.

Er ließ sie los. Sie blieben nebeneinander stehen, der Mann hatte einen Arm um die Schultern der Frau gelegt. Sie wandten ihre Gesichter nach Westen, geschützt vom Wind.

Jetzt weiß ich es, sagte Håvard. Dass du und ich uns schon einmal begegnet sind.

Er steckte in ihm. Der Blick einer Frau. So stark an jenem Tag vor einer Kneipe in Stavanger.

Sie schauten in die Richtung von Koshkonong. Er fasste ihre Hand, drückte sie.

Personengalerie

Die Hauptpersonen in diesem Buch – wie Håvard und die Geschwister Elise und Ansgar, wie Brenda und Francis und Gunhild und ihre Familien – sind erfunden. Wie auch Annie in Chicago und die Puppenspielertruppe. Auch der junge Carl aus Grimstad, der im Gefängnis verstorben ist, gehört der Fiktion an, wie einige andere, die unterwegs auftauchen.

Aber Lars Larsen aus Jeilane und Elias Tastad, der Quäker vom Gefängnisschiff und später in Stavanger, sind historische Personen. Lars und seine Marta Georgiana bekamen auf der Überfahrt nach Amerika wirklich ein Kind. Auch die Übrigen auf der »Restauration« und später in der Siedlung am Ontariosee hat es gegeben, mit Ausnahme von Alida Ruth, Olaves und noch einigen wenigen.

Der kleine Jon aus Tinn, der Freund von Gunhilds Sohn Hølje, ist ebenfalls eine historische Person, er wurde später zu dem legendären Snowshoe Thompson. Und Hans Christian Heg, der Junge, der Hølje den Grabhügel in Muskego zeigt, wurde im Bürgerkrieg ein hochdekorierter Offizier.

Danksagung

Zum Schluss möchte ich mich bedanken bei Michael Bouvre und Dee Grimsrud in Madison, Barney und Jackie in Utica, Dina Tolfsby von der Norwegisch-Amerikanischen Sammlung in der Nationalbibliothek Oslo, Tarald Oma und der restlichen Reisegesellschaft auf Hudson und Erie-Kanal, Bodil Løge-Wiig und Tore Wiig aus Jæren für Gastfreundlichkeit und Unterstützung, Stephen und Kirsten in St. Paul für erstaunliche Geschichten, Kulturchef Ingvar Frøyland für Führungen durch Cleng Peersons Kindheitsland und Egil Larsen für angenehme Gespräche, Wein und Buttermilchpfannkuchen in dem Haus, das Cleng und seine Frau auf Finnøy bewohnt haben, Hildegun und Ragnar Dybdal für historische Wanderungen durch Tinn, Nils Olav Østrem und andere Migrationsforscher an der Universität in Stavanger, Ruben Klipper für nützliche Informationen und schließlich meinem guten Freund und Lektor Øyvind Pharo für Engagement und Sachkenntnis sowie nette Gesellschaft auf der Landstraße in Wisconsin.